La profecía Romanov

Seix Barral

Steve Berry
La profecía Romanov

Traducción del inglés por
Ramón Buenaventura

Diseño de cubierta: Beck Stvan
Ilustraciones de cubierta:
emblema Romanov © Bettmann/Corbis/Cover
Plaza Roja © Adri Berger/Getty Images

Título original:
The Romanov Prophecy

© Steve Berry, 2004
© Mapa: David Lindroth, 2004

Primera edición: octubre 2005
Segunda impresión: mayo 2006

Derechos exclusivos de edición en español
reservados para todo el mundo:
© Editorial Seix Barral, S. A., 2005
Avda. Diagonal, 662-664 - 08034 Barcelona (España)
www.seix-barral.es

© Traducción: Ramón Buenaventura, 2005

Esta edición se publica con autorización de Ballantine Books,
un sello del Grupo Editorial Random House

ISBN: 84-322-9666-X (rústica)
       84-322-9660-0 (cartoné)
Depósito legal: B. 27.046 - 2006
Impreso en España

Para Amy y Elizabeth

AGRADECIMIENTOS

Gracias, otra vez. En primer lugar, a Pam Ahearn, agente y amiga. Me ha enseñado mucho, incluyendo en ello el título exacto de este libro. Luego, a todo el personal de Random House: a Gina Centrello, extraordinaria editora que me dio una oportunidad; a Mark Tavani, cuyos sabios consejos se manifiestan por doquier en este manuscrito; a Kim Hovey, que encabeza un equipo promocional de primera categoría, Cindy Murray incluida; a Beck Stvan, autora de la espléndida ilustración de cubierta; a Laura Jorstad, correctora de pruebas con ojos de águila; a Carole Lowenstein, que hizo resplandecer las páginas y, finalmente, a todos los integrantes del equipo de Marketing, Promoción y Ventas: nada se habría conseguido sin su entregado esfuerzo. Muchas gracias, también, a Dan Brown, que fue todo bondad con un escritor novato como yo, demostrando así que el éxito no quita la generosidad. Lo mismo que en *The Amber Room*, no puedo olvidarme de Fran Downing, Nancy Pridgen y Daiva Woodworth. Todo escritor debería ser bendecido por un grupo de críticos igual de maravillosos. Y, finalmente, más que a nadie, gracias a mi esposa, Amy, y a mi hija, Elizabeth. Con ellas, la vida se me llena de interés y maravilla.

Rusia: país donde lo que no ocurre sí ocurre.

PEDRO EL GRANDE

Años de gran pavor a Rusia llegarán.
La corona caerá de la testa real.
El trono de los Zares se hundirá en el barro.
El alimento de muchos será la muerte y la sangre.

MIJAÍL LERMONTOV (1830)

Rusia: misterioso continente oscuro, «acertijo envuelto en un misterio, en el interior de un enigma», en palabras de Winston Churchill, remoto, inaccesible para los extranjeros, inexplicable incluso para los nativos. Tal es el mito, alimentado por los propios rusos; éstos preferirían que nadie descubriese quiénes son y cómo viven en realidad.

ROBERT KAISER,
Russia: The People and the Power (1984)

Con todos sus padecimientos, con todos sus errores, la historia de Rusia, a finales del siglo XX, ha de contarse con una especie de resurgimiento, de resurrección.

DAVID REMNICK,
Resurrection: The Struggle for a New Russia (1997)

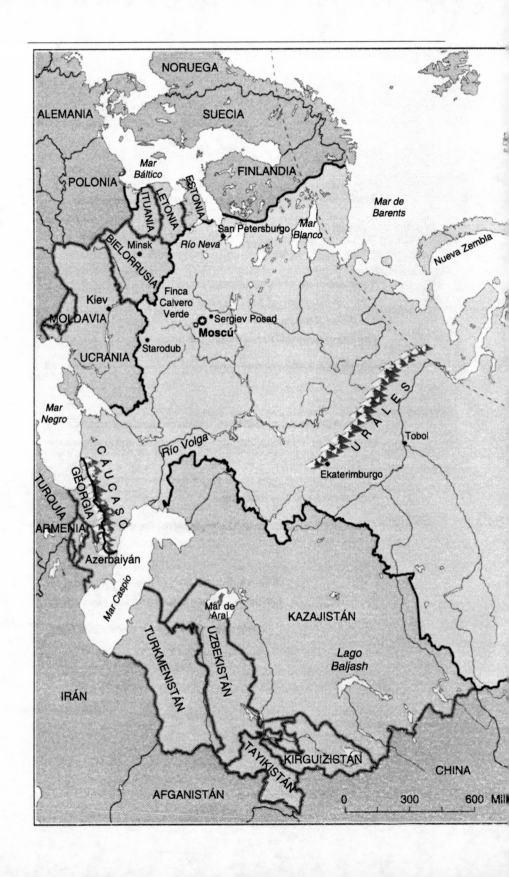

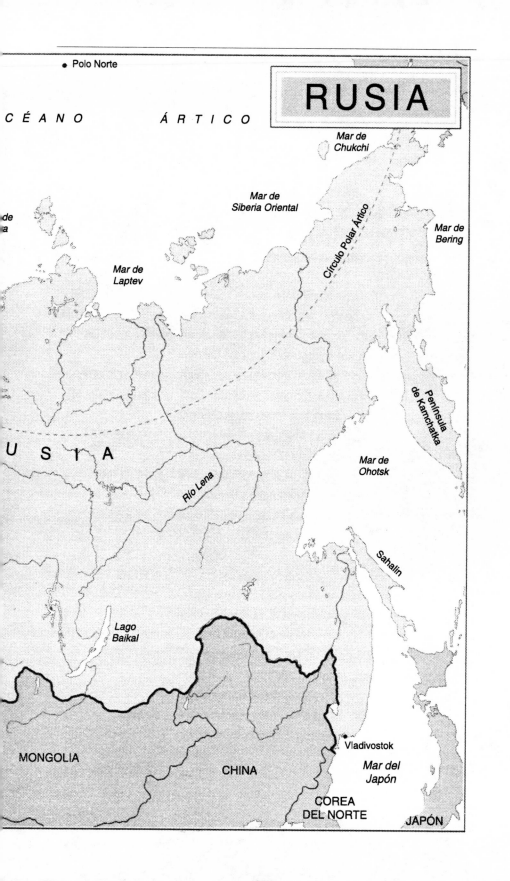

Polo Norte

OCÉANO   ÁRTICO

RUSIA

Mar de
Chukchi

Mar de
Siberia Oriental

Mar de
Bering

Mar de
Laptev

Círculo Polar Ártico

de
a

RUSIA

Península
de Kamchatka

Río Lena

Mar de
Ohotsk

Lago
Baikal

Sahalin

MONGOLIA

CHINA

Vladivostok

Mar del
Japón

COREA
DEL NORTE

JAPÓN

CRONOLOGÍA DE LOS PRINCIPALES ACONTECIMIENTOS HISTÓRICOS RUSOS

1613   21 de febrero
Mijaíl Feodorovich es proclamado Zar.

1894   20 de octubre
Ascensión al trono de Nicolás II.

1898   5 de abril
Nicolás II regala a su madre el huevo Fabergé llamado Lirios del Valle.

1916   16 de diciembre
Félix Yusúpov da muerte a Rasputín.

1917   15 de marzo
Nicolás II abdica y es detenido en unión de toda su familia.

1917   Octubre
Revolución bolchevique. Lenin toma el poder.

1918   Comienzo de la guerra civil rusa, donde los Blancos se enfrentan a los Rojos.

1918   16-17 de julio
Ejecución en Ekaterimburgo de Nicolás II, su mujer Alejandra y sus cinco hijos.

1919   Abril
Félix Yusúpov huye de Rusia.

1921   Fin de la guerra civil rusa con la victoria de los Rojos, liderados por Lenin.

1967   27 de septiembre
Muerte de Félix Yusúpov.

1979 Mayo

Localización del enterramiento de Nicolás II y su familia en las afueras de Ekaterimburgo.

1991 Diciembre

Disolución de la Unión Soviética.

1991 Julio

Exhumación de los restos de Nicolás II y su familia. Dos de los hijos no aparecen en fosa general.

1994 Identificación positiva de los restos. No obstante, no aparecen pruebas relativas a los dos hijos que faltan.

LA PROFECÍA ROMANOV

PRÓLOGO

PALACIO ALEJANDRO
TSARSKOE SELO, RUSIA
28 DE OCTUBRE DE 1916

Alejandra, Emperatriz de Todas las Rusias, salió de su vigilia junto a la cabecera de la cama cuando se abrió una puerta: era la primera vez en muchas horas que algo la hacía apartar los ojos del pobre niño que yacía boca abajo entre las sábanas.

Su Amigo entró presuroso en el dormitorio y ella se echó a llorar.

—Por fin, Padre Gregorii. Doy gracias a Dios bendito. Alexis te necesita terriblemente.

Rasputín se acercó a la cama e hizo la señal de la cruz. Su blusa de seda azul y sus calzones de terciopelo apestaban a alcohol, lo cual atemperaba su fetidez habitual, que a ciertas damas de la corte, según contaban, les hacía pensar en un auténtico macho cabrío. Pero a Alejandra nunca le había importado el olor. No el del Padre Gregorii.

Horas antes, había dado orden a los guardias de que fueran a buscarlo, conociendo, como conocía, lo que se contaba de su amor por los gitanos del extrarradio de la capital. Allí agotaba muchas veces la noche, bebiendo en compañía de prostitutas. Uno de los guardias llegó a decir que el amado Padre había ido pasando de mesa en mesa, con los pantalones en los tobillos, exhibiendo las delicias que su amplio órgano otorgaba a las damas de la Corte

19

Imperial. Alejandra se negó a creer semejante habladuría sobre su Amigo, y no tardó en hacer que el guardia fuera trasladado a un destino muy alejado de la capital.

—Llevo buscándote desde el anochecer —dijo, tratando de atraer su atención.

Pero Rasputín estaba concentrado en el niño. Cayó de rodillas. Alexis estaba inconsciente, y así llevaba casi una hora. A última hora de la tarde, jugando en el jardín, sufrió una caída. Dos horas después se puso en marcha el ciclo del dolor.

Alejandra se quedó mirando mientras Rasputín, tras levantar cuidadosamente la manta, estudiaba la pierna derecha del chico, cárdena e hinchada hasta incidir en lo grotesco. La sangre palpitaba, fuera de todo control, bajo la piel, el hematoma tenía ya el tamaño de un melón pequeño, la pierna se plegaba hacia arriba, hasta tocar el pecho. El demacrado rostro de su hijo había perdido por completo el color, quitadas las dos manchas oscuras de las ojeras.

Rasputín acarició suavemente el ligero pelo castaño del muchacho.

Los gritos habían cesado, gracias a Dios. Antes, había padecido espasmos cada cuarto de hora, con patológica regularidad. Una fiebre muy alta lo había hecho delirar, pero no por ello cesó en ese alarido constante que desgarraba el corazón de su madre.

En una ocasión recuperó la lucidez e imploró: «Señor, ten piedad de mí», y rogó: «Mamá, ¿por qué no me ayudas?» Luego quiso saber si el dolor desaparecería cuando muriera. Alejandra no consiguió forzarse a decirle la verdad.

¿Qué había hecho ella? Todo era culpa suya. Todo el mundo sabía que las mujeres transmiten la hemofilia, aunque no la sufran. Su tío, su hermano y sus sobrinos, todos habían muerto de esa enfermedad. Pero ella nunca se consideró portadora. Nada le enseñaron al respecto sus cuatro hijas. Sólo cuando por fin llegó el bendito niño, doce años atrás, conoció Alejandra la dolorosa realidad. Antes, ningún médico la había advertido de tal posibilidad. Pero ¿preguntó ella alguna vez? Nadie parecía dispuesto a hablar. Incluso las preguntas más directas se eludían a veces mediante disparatadas respuestas. Por eso era tan especial el Padre Gregorii. El *starets* nunca se echaba atrás.

Rasputín cerró los ojos y se acurrucó junto al muchacho herido. Restos de comida seca le manchaban la hirsuta barba. Llevaba al cuello la cruz de oro que ella le había regalado. La aferraba con fuerza. Sólo unas velas alumbraban la estancia. Alejandra lo oyó decir algo entre dientes, pero no pudo entender sus palabras. Y no osó decir nada. Era la Emperatriz de Todas las Rusias, la Zarina, pero nunca le había plantado cara al Padre Gregorii.

Sólo él podía detener la hemorragia. Por su mediación, Dios protegía a su amadísimo Alexis. El zarevich. Único heredero del trono. Próximo Zar de Rusia.

Pero solamente si vivía.

El chico abrió los ojos.

—No tengas miedo, Alexis, todo va bien —le susurró Rasputín. Su voz era tranquila y melodiosa, pero firme en la conclusión. Fue aplicando golpecitos por todo el sudoroso cuerpo de Alexis, desde la cabeza hasta los pies—. He ahuyentado tus horribles dolores. Nada seguirá doliéndote. Mañana estarás bien y volveremos a jugar nuestros divertidos juegos.

Rasputín siguió acariciando al chico.

—Recuerda lo que te conté de Siberia. Está llena de enormes bosques e interminables estepas, tan grandes, que nadie les ha visto el final. Y todo ello pertenece a tu mamá y a tu papá, y, un día, cuando estés bueno, cuando seas fuerte y grande, será tuyo —apretó la mano del chico con la suya—. Un día te llevaré a Siberia y te lo enseñaré todo. Ya verás qué gente tan distinta. Y lo majestuosa que es, Alexis. Tienes que verla.

La voz permanecía en calma.

Los ojos del chico se iluminaron. Volvía a la vida, tan de prisa como la había abandonado, horas antes. Hizo gesto de levantar la cabeza de la almohada.

Alejandra, preocupada, temerosa de que se infligiera una nueva herida, le dijo:

—Ten cuidado, Alexis. Ten mucho cuidado.

—Déjame ahora, mamá. Tengo que atender. —Se volvió hacia Rasputín—. Cuéntame otra historia, Padre.

Rasputín, sonriendo, le habló de caballos con joroba, de soldados sin piernas y jinetes sin ojos, y de una Zarina infiel que quedó convertida en un pato de color blanco. Le habló de las flores silvestres de las vastas estepas siberianas, donde las plantas tienen alma y charlan entre sí; le dijo que los animales también hablan y que él, de niño, había aprendido a entender lo que susurraban entre sí los caballos de la cuadra.

—Ves, mamá. Siempre te he dicho que los caballos hablan.

A Alejandra se le llenaron los ojos de lágrimas, ante el milagro que contemplaba.

—Cuánta razón tienes. Cuánta razón.

—Y me contarás todo lo que les oíste decir a los caballos, ¿verdad? —preguntó Alexis.

Rasputín aceptó con una sonrisa.

—Mañana. Mañana te contaré más cosas. Ahora tienes que descansar.

Estuvo dándole golpecitos al niño hasta que éste se durmió.

Rasputín se puso en pie.

—El Pequeño sobrevivirá.

—¿Cómo puedes estar tan seguro?

—¿Cómo puedes tú *no* estarlo?

Su tono era de indignación, y ella inmediatamente lamentó su duda. Muchas veces había pensado que su falta de fe era la causa del dolor de Alexis. Podía ser que Dios la estuviera poniendo a prueba con la hemofilia, para verificar el vigor de sus creencias.

Rasputín rodeó la cama. Se arrodilló ante el asiento de Alejandra y la asió de la mano.

—Mamá, no debes abandonar al Señor. No pongas en duda Su poder.

Sólo al *starets* le estaba permitido hablarle con tanta confianza. Alejandra era la *Matushka*, la madrecita; su marido, Nicolás II, el *Batiushka*, el padrecito. Así era como el campesinado los veía: como unos padres severos. Todos, en el entorno de Alejandra, afirmaban que Rasputín era también un simple campesino. Quizá lo fuese. Pero sólo él era capaz de aliviar los padecimientos de Alexis. Este campesino de Siberia, con su barba enmarañada, con su cuerpo apestoso, con su pelo largo y grasiento, era un enviado del cielo.

—Dios se ha negado a escuchar mis plegarias, Padre. Dios me ha abandonado.

Rasputín se puso en pie de un salto.

—¿Por qué hablas así?

Le agarró la cara, forzándole la postura, y la llevó junto a la cama.

—Mira al Pequeño. Está sufriendo horriblemente por tu falta de fe.

Sólo su marido habría osado tocarla sin permiso. Pero Alejandra no se resistió. De hecho, recibió con gusto aquel modo de tratarla. Él la obligó a echar hacia atrás la cabeza y la miró profundamente a los ojos. Toda la expresión de su personalidad parecía concentrada en el pálido azul de sus ojos. Éstos eran inevitables, como llamaradas fosforescentes, penetrantes y acariciadores, también llenos de resolución. Percibían directamente el alma de la Zarina, que nunca había sido capaz de resistírseles.

—*Matushka*, no debes hablar así de Dios Nuestro Señor. El Pequeño necesita que tú creas. Necesita que pongas tu fe en Dios.

—Mi fe está puesta en ti.

La soltó.

—Yo no soy nada. Un mero instrumento del Señor. Yo no hago nada —señaló al cielo—. Él lo hace todo.

Lágrimas brotaron de los ojos de Alejandra, que se dejó caer en un sillón, avergonzada. Tenía el pelo descuidado, el rostro —antaño bello— hinchado y abultado por años de pesadumbre. Le dolían los ojos de tanta pena. Deseó que nadie entrase en la habitación. Sólo con el *starets* podía expresarse abiertamente como mujer y madre. Se echó a llorar y rodeó con sus brazos las piernas de Rasputín, apretando las mejillas contra una ropa que olía a caballo y lodo.

—Tú eres el único que puede ayudar a Alexis —dijo.

Rasputín no movió un músculo. Como un tronco de árbol, pensó ella. Los árboles eran capaces de soportar los más crudos inviernos rusos, para luego retoñar en primavera. Este hombre santo, sin duda enviado por Dios, era su árbol.

—Mamá, así no vas a arreglar nada. Dios quiere tu devoción, no tus lágrimas. A Dios no le impresiona el sentimiento. Lo que quiere es fe. La fe que jamás vacila...

Alejandra notó que Rasputín temblaba. Le soltó las piernas y levantó la mirada. El rostro se le había puesto lívido, tenía los ojos en blanco. Un escalofrío recorrió su cuerpo. Se le aflojaron las piernas y se derrumbó.

—¿Qué te pasa? —preguntó ella.

Rasputín no contestó.

Alejandra lo asió por la camisa y empezó a sacudirlo.

—Dime algo, *starets*.

Él, lentamente, fue abriendo los ojos.

—Veo multitud de cadáveres amontonados, varios grandes duques y cientos de condes. El Neva enrojecerá con su sangre.

—¿Qué quieres decir, Padre?

—Es una visión, Mamá. He vuelto a tenerla. ¿Eres consciente de que dentro de poco moriré, entre horribles padecimientos?

¿Qué estaba diciendo?

La asió de los brazos y la acercó a él. El miedo le llenaba el rostro, pero de hecho no era a Alejandra a quien miraba. Sus ojos la dejaban atrás, muy lejos.

—Habré de dejar este mundo antes del año nuevo. Acuérdate, Mamá: Si me matan vulgares homicidas, el Zar no tendrá nada que temer. Seguirá en su trono y no habréis de preocuparos por vuestros descendientes. Reinarán por muchos siglos. Pero, Mamá, si son los boyardos quienes me matan, mi sangre manchará las manos de vuestros hijos por espacio de veinticinco años. Saldrán de Rusia. El hermano se levantará contra el hermano, y se matarán entre ellos, llevados por el odio. No habrá nobles en todo el país.

Alejandra estaba aterrorizada:

—Padre, ¿por qué hablas así?

Sus ojos regresaron de la lejanía y se concentraron en ella.

—Si es un pariente del Zar quien me mata, ningún miembro de tu familia vivirá más de dos años. A todos ellos les dará muerte el pueblo ruso. Ocúpate de tu propia salvación y explica a tus familiares que yo he pagado por ellos con mi vida.

—Padre, lo que dices carece de sentido.

—Es una visión, y la he tenido más de una vez. Oscurece la noche por el sufrimiento que nos aguarda. Yo no lo veré. Mi hora se acerca, pero, por amarga que sea, no tengo miedo.

Se puso de nuevo a temblar.

—Oh, Señor. Tan grande es el mal, que el hambre y la enfermedad asolarán la tierra. La Madre Rusia estará perdida.

Ella volvió a sacudirlo.

—Padre, no debes hablar así. Alexis te necesita.

La calma lo invadió.

—No temas, Mamá. Hay otra visión. Salvadora. Es la primera vez que me sobreviene. Oh, qué profecía. La veo con toda claridad.

PRIMERA PARTE

1

Moscú, época actual
Martes, 12 de octubre
13:24

En quince segundos, la vida de Miles Lord cambió para siempre.

Primero vio el automóvil. Una ranchera Volvo azul oscuro, de un color tan profundo que parecía negro a la resplandeciente luz del mediodía. Luego se fijó en los neumáticos delanteros abriéndose camino en línea recta por entre el tráfico, en la muy transitada Nikolskaya Prospekt. Luego, la ventanilla trasera, reflectante como un espejo, descendió, y el distorsionado reflejo de los edificios circundantes quedó reemplazado por un rectángulo que el cañón de un arma perforaba.

Explotaron las balas en la pistola.

Se lanzó al suelo. Se alzaron alaridos a su alrededor mientras caía de bruces en la acera grasienta. La calle estaba llena de compradores vespertinos, turistas y trabajadores, todos ellos poniéndose a cubierto, ahora, mientras el plomo dibujaba su huella en la gastada piedra de aquellos edificios de la era estalinista.

Se dio la vuelta en el suelo y buscó con la mirada a Artemy Bely, su compañero de almuerzo. Había conocido al ruso dos días antes, tomándolo por un abogado joven y amigable, al servicio del Ministerio de Justicia. Entre compañeros, habían cenado juntos la noche anterior y habían desayunado juntos aquella misma mañana, hablando de la nueva Rusia y de los grandes cambios que se aproximaban, maravillados, uno y otro, de estar participando en la Historia. Abrió la boca para gritar, pero antes de que pudiera emitir sonido entró en erupción el pecho de Bely: su sangre y sus vísceras salpicaron el escaparate que tenía detrás.

El fuego automático llegó con un ra-ta-ta-ta constante que le recordó las antiguas películas de gángsters. El cristal del escaparate se vino abajo y cayó en añicos irregulares sobre la acera. Hecho un ovillo, el cuerpo de Bely quedó encima del suyo. De sus heridas abiertas se desprendía un olor a azufre. Se desembarazó del exánime ruso, disgustándose al comprobar que una marea roja había inundado su traje y goteaba de sus manos. Apenas si conocía a Bely. ¿No sería seropositivo?

El Volvo frenó, haciendo chirriar las ruedas.

Lord miró a la izquierda.

Se abrieron las puertas del coche y salieron dos hombres, ambos con armas automáticas en la mano. Llevaban el uniforme azul y gris, con las solapas rojas, de la *militsya*, la policía. Ninguno de los dos, sin embargo, llevaba puesta la gorra reglamentaria, gris con visera roja. El individuo del asiento delantero tenía la frente muy inclinada, el pelo en pequeños rizos apretados y la nariz abultada de un hombre de Cromañón. El que se bajó de la parte trasera era bajo y fornido, con marcas en la cara y el pelo peinado hacia atrás. A Lord le llamó la atención su ojo derecho. La distancia entre la pupila y la ceja era muy amplia, dando lugar a una notable caída del párpado: era como si llevase un ojo cerrado y el otro abierto, y el detalle ponía una nota de emoción en un rostro, por lo demás, totalmente inexpresivo.

Párpado Gacho le dijo a Cromañón, en ruso:

—El puñetero *chornye* ha sobrevivido.

¿Había oído bien?

Chornye.

El equivalente ruso de *negro asqueroso.*

Desde su llegada a Moscú, ocho semanas atrás, no había visto más cara negra que la suya, de modo que se hizo a la idea de que estaba en apuros. Recordó algo que había leído en un libro ruso de viajes, hacía unos meses. *Cualquiera que tenga la piel oscura debe dar por sentado que despertará cierto grado de curiosidad.* Qué corta se quedaba la frase.

Cromañón recibió el comentario diciendo que sí con la cabeza. Ambos hombres se hallaban a unos treinta metros, y Lord no pensaba esperarlos para averiguar qué querían. Se puso en pie y corrió en dirección opuesta. Un rápido vistazo por encima del hombro le permitió ver que ambos individuos se agachaban para adoptar la posición de tiro. Tenía por delante un cruce de calles, y salvó de un brinco la distancia que le faltaba, justo cuando detrás de él empezaban a sonar los disparos.

Las balas desportillaron la piedra, lanzando nubes de polvo al aire helado.

Otras personas se echaron al suelo para ponerse a salvo.

Se bajó de la acera y se encontró frente a un *tolkuchki* —mercado callejero— que se extendía por aquella calle hasta más allá de donde le alcanzaba la vista.

—¡Pistoleros! ¡Corran! —vociferó en ruso.

Una *bobushka* que vendía muñecas lo comprendió inmediatamente y buscó refugio en el portal contiguo, anudándose un pañuelo en torno al curtido rostro. Media docena de niños, vendedores de periódicos y Pepsi-Cola, se metieron corriendo en una tienda de ultramarinos. Los vendedores abandonaron sus puestos y se dispersaron como cucarachas. La aparición de la *mafiya* no era insólita. Lord sabía que más de cien bandas operaban por todo Moscú. Los tiros, las puñaladas, los bombazos, se habían hecho tan normales y corrientes como un atasco de tráfico, eran un riesgo inherente al hecho de trabajar en la calle.

Se lanzó directamente a la abarrotada *prospekt*, pasando a centímetros de los coches, que empezaban a detenerse ante la alarma general. Bramó una bocina y un taxi frenó a muy corta distancia de Lord, que hubo de apoyar ambas ensangrentadas manos en el capó, con fuerza. El conductor seguía tocando la bocina. Lord miró hacia atrás y vio que los dos hombres doblaban la esquina. La gente se apartó, lo cual facilitaba la puntería. Se lanzó detrás del taxi, mientras las balas arrasaban la franja escaqueada del lado del conductor.

La bocina dejó de sonar.

Lord se puso en pie y vio la cara del taxista, llena de sangre, aplastada contra la ventanilla de la derecha, con un párpado levantado, el cristal manchado de color carmesí. Los individuos aquellos estaban ya a cincuenta metros, en la acera de enfrente de la congestionada *prospekt*. Lord observó los escaparates de ambos lados de la calzada y vio que había un salón de modas masculino, una boutique de ropa para niños, y varias tiendas de antigüedades. Tras su búsqueda de un sitio en que desaparecer, eligió el McDonald's. Por alguna razón, los arcos dorados le transmitían seguridad.

Corrió por la acera y empujó las puertas de cristal. Varios cientos de personas se amontonaban en mesas altas y cabinas. Lord se puso en la cola. Recordó que este restaurante fue tenido, en cierto momento, por el más frecuentado del mundo.

Tenía la respiración acelerada, y un olor a hamburguesa, patatas fritas y tabaco se le metía en los pulmones con cada bocanada. Seguía con la ropa y las manos manchadas de sangre. Varias mujeres pensaron que estaba herido y rompieron a gritar. El pánico se adueñó de la joven concurrencia, y se produjo una enloquecida avalancha hacia la salida. Lord metió el hombro para incorporarse a la turbamulta, y en seguida se dio cuenta de que acababa de cometer un error. Se abrió paso por el comedor, hacia las escaleras de bajada a los servicios. Logró escabullirse de la multitud presa del pánico y bajó las escaleras de tres en tres peldaños: su mano derecha, la ensangrentada, se fue deslizando por el resbaladizo pasamanos de hierro.

—Atrás. Aléjense. Atrás —ordenaban, en ruso, profundas voces de bajo.

Ruido de disparos.

Más griterío, pasos precipitados.

Al llegar al final de la escalera se encontró ante tres puertas cerradas. Una llevaba al servicio de señoras, otra al de hombres. Abrió la tercera. Quedó ante sus ojos un amplio almacén con las paredes cubiertas de azulejos blancos, resplandecientes, similares a los que había en el resto del local. En un rincón se encontraban tres personas, apiñadas en torno a una mesa, fumando. Le llamaron la atención sus camisetas blancas: el rostro de Lenin sobre los arcos dorados de McDonald's. Sus miradas tropezaron.

—Pistoleros. Quítense de en medio —les dijo Lord, en ruso.

Sin decir palabra, los tres se apartaron de la mesa y echaron a correr hacia el fondo de la muy iluminada habitación. El que llevaba la delantera abrió de golpe una puerta, y todos ellos desaparecieron en el exterior. Lord se detuvo un instante a cerrar la puerta por la que había entrado y echar el cerrojo por dentro; luego, fue en pos de los huidos.

Se encontró de pronto a la fría intemperie de la tarde, en un callejón situado a espaldas del edificio de muchas plantas que albergaba el local. No le habría sorprendido mucho encontrarse, allí instalados, unos cuantos gitanos, o veteranos de guerra, con sus medallas puestas. No había rincón oculto ni escondrijo de Moscú que no sirviera de refugio a algún grupo social en situación de desamparo.

Los edificios del entorno —hechos de piedra groseramente tallada— estaban todos sucios, ennegrecidos por décadas de escapes automovilísticos incontrolados. Lord se preguntaba a menudo cuál sería su efecto en los pulmones. Intentó situarse. Se encontraba unos cien metros al norte de la Plaza Roja. ¿Dónde estaba la estación de metro más cercana? Podría ser su mejor medio de fuga. En las estaciones siempre había policías. Pero es que eran precisamente policías quienes le iban detrás. ¿O no lo eran? En algún sitio había leído que la *mafiya* utilizaba con cierta frecuencia algún uniforme de las fuerzas de seguridad. Durante la mayor parte del tiempo las calles estaban atestadas de policías —demasiados—, todos ellos con porras y con armas automáticas. Pero hoy no había visto ninguno.

Del interior del edificio le llegó un ruido sordo.

Giró la cabeza en todas direcciones.

Estaban forzando la puerta del otro extremo del almacén, la que daba a los cuartos de baño. Echó a correr en dirección a la calle principal, justo cuando empezaron a oírse tiros en el interior.

Al llegar a la acera torció a la derecha, a toda la velocidad que le permitía el traje. Se llevó la mano al cuello de la camisa, se lo desabrochó y se aflojó la corbata. Ahora, al menos, podía respirar. Sólo faltaban unos instantes para que sus perseguidores doblasen la esquina. Viró rápidamente a la derecha y saltó por encima de una cerca de tela metálica que le llegaba a la cadera y que rodeaba uno de los innumerables aparcamientos que salpican el anillo interior de Moscú.

Pasó al trote corto y proyectó la mirada a izquierda y derecha. El aparcamiento estaba lleno de Ladas, Chaikas y Volgas. Algún que otro Ford. Varios automóviles de fabricación alemana. Casi todos ellos llenos de porquería y de golpes, por mala conducción propia y ajena. Miró atrás. Los dos hombres habían surgido de detrás de la esquina, a unos doscientos metros, y ahora se acercaban a él a toda prisa.

Corrió sobre la hierba del aparcamiento, hacia el centro. A su derecha, las balas rebotaban en los automóviles. Se metió a toda prisa detrás de un Mitsubishi de color oscuro y se asomó a mirar por la parte del parachoques trasero. Los dos hombres estaban situados al otro lado de la cerca. Cromañón con la pistola al frente, quieto; Párpado Gancho corriendo aún hacia la cerca.

Oyó el acelerón de un motor de coche.

Salía humo por el tubo de escape. Encendidas las luces de freno.

Era un Lada color crema que estaba aparcado en el lado opuesto del carril central. Salió rápidamente de su espacio. Lord vio miedo en el rostro del conductor. Seguramente había oído los disparos y había decidido largarse cuanto antes.

Párpado Gacho saltó la valla.

Lord salió corriendo de su escondite y saltó sobre el capó del Lada, agarrándose con ambas manos a los limpiaparabrisas. Menos mal que aquel automóvil los tenía. Muchos conductores los guardaban en la guantera cuando dejaban el coche aparcado, para que no se los robasen. El conductor del Lada lo miró con sorpresa, pero siguió llevando el coche hacia el bullicioso bulevar. Por la ventanilla trasera, Lord vio que Párpado Gacho estaba a unos cincuenta metros, agachándose para disparar, mientras Cromañón franqueaba la valla. Recordando lo ocurrido al taxista, pensó que no era justo meter al conductor del Lada en el lío. En cuanto llegaron a la avenida de seis carriles, se dejó caer rodando del capó a la acera.

Las balas llegaron un segundo después.

El Lada giró violentamente a la izquierda y aceleró su huida. Lord siguió rodando hasta llegar a la calzada, en la esperanza de que una ligera depresión que había junto a la acera bastase para ocultarle el ángulo de tiro a Párpado Gacho.

Las balas se clavaban en el cemento y la tierra.

Se dispersó una pequeña multitud de gente que esperaba el autobús.

Miró hacia la izquierda. Había, a unos quince metros, un autobús que se le acercaba. Ruido de frenos. Chirrido de neumáticos. La pestilencia de las emanaciones sulfurosas era casi asfixiante. Lord se dio media vuelta para meterse más en la calzada, mientras el autobús se detenía con otro chirrido. El vehículo se interponía ahora entre los pistoleros y él. Gracias a Dios, no venía ningún coche por el carril más exterior de la avenida.

Se puso en pie y emprendió a todo correr el cruce de los seis carriles de la avenida. El tráfico procedía todo de la misma dirección, del norte. Mientras iba dejando atrás los carriles, procuraba mantener una posición perpendicular al autobús. A medio camino tuvo que detenerse para dejar pasar una fila de coches. En pocos instantes, los pistoleros contornearían el autobús. Aprovechó un hueco del tráfico y terminó de cruzar los dos últimos carriles, saltó el bordillo y se plantó en la acera.

Enfrente vio una obra con mucha actividad. Las vigas desnudas, hasta una altura de cuatro pisos, se recortaban contra un cielo que iba encapotándose rápidamente. Lord no había visto aún ni un solo policía, quitados los dos que lo perseguían. Al rumor del tráfico se imponía el rugido de las grúas y las hormigoneras. Aquí no era como en Atlanta, donde Lord vivía; aquí no había ninguna clase de valla que delimitase la zona de peligro.

Entró a trote ligero en el solar y echó la vista atrás: los dos pistoleros emprendían en aquel momento su propia bisección del congestionado bulevar, esquivando coches, levantando bocinazos de protesta. Los obreros se afanaban en sus tareas, prestándole poca atención a Lord, a quien le habría gustado saber cuántos negros con la ropa llena de sangre entraban corriendo en el tajo todos los días. Pero todo ello era parte del nuevo Moscú. Lo más seguro era no meterse en nada.

Detrás, los dos pistoleros alcanzaron la acera. Ya estaban a menos de cincuenta metros.

Frente a él, una hormigonera revolvía mortero gris en su barril de acero, mientras un obrero con casco controlaba la marcha de la operación. El barril estaba sobre una gruesa plataforma de madera encadenada a un cable procedente de cuatro pisos más arriba, de una grúa de techo. El obrero que cuidaba de la mezcla dio un paso atrás y todo el conjunto empezó a separarse del suelo.

Lord decidió que ir hacia arriba era una opción tan buena como cualquier otra y corrió en dirección a la plataforma ascendente, dio un salto hacia delante y se aferró al borde inferior. El cemento cuajado que había en la superficie de la plataforma dificultaba el agarre, pero le bastó con pensar en Párpado Gacho y su compinche para no permitir que se le soltaran los dedos.

Mientras la plataforma seguía elevándose, Lord logró auparse a ella.

El movimiento provocó un balanceo, en tanto que el peso añadido hacía rechinar las cadenas de sujeción, pero consiguió situarse, pegando el cuerpo contra el barril. El peso añadido y el movimiento hicieron que el conjunto se inclinara hacia él, y le cayó cemento encima.

Miró a un lado, hacia abajo.

Los dos pistoleros lo habían visto saltar. Estaba a unos quince metros de altura, y seguía subiendo. Los individuos aquellos dejaron de correr y apuntaron sus armas. Lord tanteó la madera con incrustaciones de cemento que tenía bajo los pies y miró el barril de acero.

No había elección.

Se introdujo rápidamente en el barril, haciendo que el mortero rebosara por los bordes. Se encontró envuelto en lodo frío, que le hizo sentir un estremecimiento más en el ya agitado cuerpo.

Empezaron los disparos.

Las balas atravesaban el suelo de madera y hacían impacto en el barril. Se agachó más en el cemento y oyó el rebote del plomo en el acero.

De pronto, sirenas.

Acercándose.

Cesaron los disparos.

Sacó la cabeza del barril para inspeccionar el bulevar: tres coches de policía venían a toda velocidad en dirección sur, hacia donde él estaba. Aparentemente, los pistoleros también habían oído las sirenas y se retiraban a toda prisa. A continuación, Lord vio aparecer desde el norte, reduciendo la velocidad, el Volvo azul oscuro con el que todo había empezado. Los dos pistoleros recularon hacia el coche, no sin enviarle a Lord unos cuantos balazos de despedida.

Los estuvo observando hasta que se metieron en el coche y éste salió disparado.

Hasta aquel momento no se alzó sobre las rodillas y exhaló un suspiro de alivio.

2

Lord se apeó del coche de policía. Estaba de nuevo en la Nikols-kaya Prospekt, donde empezaron los tiros. Antes, todavía en la obra, lo bajaron al suelo y le limpiaron el mortero y la sangre con una manguera. Había perdido la chaqueta del traje, así como la corbata. La camisa blanca y los pantalones oscuros estaban chorreando y con manchas grises. En aquella tarde helada, le producían la impresión de una compresa fría. Lo envolvieron en una manta churretosa que trajo un obrero y que apestaba a caballo. Estaba tranquilo. Sorprendente, dadas las circunstancias.

La *prospekt* estaba llena de coches patrulla y ambulancias, con luces destellantes y una multitud de policías de uniforme por todas partes. El tráfico estaba detenido. La policía había cerrado un tramo de la avenida, hasta el McDonald's.

Lord fue conducido a presencia de un hombre de baja estatura, muy ancho de cuello y pecho, con unas patillas rojizas, poco pobladas, que le brotaban de los mofletes. Tenía la nariz rota, como por alguna fractura mal curada, y poseía la tez de color blanco cetrino tan común entre los rusos. Bajo el abrigo negro llevaba un traje gris, de corte ancho, y una camisa oscura. Llevaba unos zapatos sucios y raídos.

—Soy el inspector Orleg. De la *militsya*.

Le tendió la mano. Lord observó que tenía manchas de hígado en la muñeca y el antebrazo.

—¿Tú aquí cuando tiros?

El inspector hablaba inglés con un acento ruso muy fuerte, y Lord se planteó la posibilidad de contestarle en ruso. Ello facilitaría considerablemente la comunicación, desde luego. Casi todos los rusos daban por supuesto que los norteamericanos eran demasiado arrogantes o demasiado perezosos para aprender su lengua. Sobre todo, los negros norteamericanos, que, según había descubierto Lord, les parecían auténticas rarezas de circo. Había visitado Moscú más de diez veces en el último decenio y había aprendido a guardar para sí mismo sus talentos lingüísticos, con lo cual se le brindaba el beneficio añadido de entender los comentarios que hacían entre sí los abogados y los hombres de negocios, convencidos de que la barrera lingüística los protegía. En ese preciso momento, todo el mundo le resultaba sospechoso. Sus anteriores contactos con la policía no habían ido más allá de alguna discusión por cuestiones de aparcamiento y un incidente en que se vio obligado a pagar cincuenta dólares para evitar una multa de tráfico falsamente motivada. No era nada raro que la policía de Moscú abusase de los extranjeros. *¿Qué puede usted esperar de una persona que gana cien rublos al mes?*, le preguntó el agente, mientras se metía los cincuenta dólares en el bolsillo.

—Quienes disparaban eran policías —dijo, en inglés.

El ruso negó con la cabeza.

—Iban disfrazados de policías. La *militsya* no va por ahí pegándole tiros a nadie.

—Éstos sí.

Miró los ensangrentados restos de Artemy Bely, que el policía tenía a su espalda. El joven ruso estaba tendido boca arriba en la acera, con los ojos abiertos y cintas de color marrón rojizo saliéndole por los orificios del pecho.

—¿Cuántos heridos ha habido?

—*Pyát.*

—¿Cinco? ¿Y muertos?

—*Chetýre.*

—No parece usted nada preocupado. Cuatro muertos a la luz del día y en plena calle.

Orleg se encogió de hombros:

—No puede hacerse gran cosa. El Techo es difícil de controlar.

El Techo era lo que generalmente se decía para referirse a la *mafiya* que infestaba tanto Moscú como la mayor parte de Rusia occidental. No había llegado a enterarse del origen del término. Puede que fuese porque así era como se pagaban las deudas —por el techo—, o quizá fuese una especie de metáfora: el techo, el pináculo de la vida rusa. Los mejores coches, las mayores *dachas*, la mejor ropa, eran propiedad de los mafiosos. No hacían el menor esfuerzo por ocultar su riqueza. Al contrario: la *mafiya* tenía propensión a presumir de su prosperidad ante el gobierno y la gente. Era una clase social aparte, surgida con una asombrosa rapidez. Los contactos que Lord tenía en el mundo de los negocios consideraban que pagar por protección no era sino una faceta más de los gastos generales, tan indispensables para la supervivencia como la buena fuerza laboral y la gestión correcta del inventario. Más de un amigo ruso le había dicho que cuando se presentaban los caballeros vestidos de Armani, diciendo *Bog zaveshchaet delit'sia* —Dios nos enseña a compartir nuestras riquezas—, había que tomárselos muy en serio.

—Lo que me interesa —dijo Orleg— es por qué esos hombres lo perseguían a usted.

Lord señaló a Bely:

—¿Por qué no lo cubren?

—No creo que a él le moleste.

—A mí sí. Lo conocía.

—¿De qué?

Localizó su cartera. La placa plastificada de seguridad que le habían dado hacía unas semanas había sobrevivido al baño de cemento. Se la tendió a Orleg.

—¿Es usted miembro de la Comisión del Zar?

La pregunta llevaba implícita otra: ¿cómo era posible que un norteamericano estuviese envuelto en algo tan ruso? Cada vez le gustaba menos el inspector. Burlarse un poco de él le pareció el mejor modo de evidenciárselo.

—Yo miembro Comisión Zar.

—¿Actividad?

—Eso confidencial.

—Puede ser importante en este caso.

Su sarcástica intención pasaba inadvertida.

—Arréglelo con la comisión.

Orleg señaló al cadáver:

—¿Y éste?

Lord le explicó que Artemy Bely era un abogado del Ministerio de Justicia asignado a la comisión, y que le había facilitado el acceso a los archivos soviéticos. En lo personal, era muy poco más lo que sabía: Bely no estaba casado, vivía en un piso comunitario del norte de Moscú y le habría encantado visitar Atlanta alguna vez.

Se acercó más y puso la mirada en el cadáver.

Hacía mucho tiempo que no veía un cuerpo deformado de ese modo. Pero había visto cosas peores en Afganistán, durante los seis meses de trabajo compensatorio que acabaron convirtiéndose en un año. Estuvo allí como abogado, no en desempeños militares, y lo enviaron por sus conocimientos de lenguas: enlace político agregado a un contingente del Departamento de Estado, con la misión de contribuir a la transición gubernamental tras la expulsión de los talibanes. Su bufete consideró que era importante tener a alguien *in situ*. Bueno para su imagen. Bueno para su futuro. Pero resultó que le vinieron ganas de hacer algo más que trasladar papeles de un sitio a otro. De modo que ayudó a enterrar a los muertos. Los afganos habían sufrido muchísimas bajas. Más de las que la prensa recogió nunca. Aún recordaba aquel sol abrasador y aquel viento brutal, que contribuían, cada uno por su lado, a acelerar la descomposición de los cadáveres y a hacer aún más difícil su macabra tarea. Sencillamente dicho, la muerte no era plato de gusto. En ningún sitio.

—Balas explosivas —decía Orleg, a su espalda—. Entran pequeñas y salen grandes. Y se llevan por delante todo lo que pillan.

No había piedad alguna en la voz del inspector.

Lord devolvió la mirada inexpresiva de aquellos ojos legañosos. Orleg olía un poco a alcohol y menta. A Lord no le había sentado bien la frívola respuesta a su solicitud de que cubrieran el cadáver. Se quitó la manta que tenía encima y se inclinó para tenderla sobre Bely.

—Nosotros cubrimos a nuestros muertos —le dijo a Orleg.

—Aquí hay demasiados como para ocuparse de ellos.

Era la auténtica efigie del cinismo lo que estaba viendo. Seguramente, aquel policía había visto muchas cosas. Había visto cómo su gobierno iba perdiendo el control, poco a poco; había trabajado, como tantos rusos, a cambio de la mera promesa de cobrar algún día, por el sistema de trueque, o en dólares del mercado negro. Noventa y tantos años de comunismo habían dejado su huella. *Bespridel*, lo llamaban los rusos. Anarquía. Más indeleble que un tatuaje. Echando abajo un país hasta arruinarlo.

—El Ministerio de Justicia es un objetivo frecuente —dijo Orleg—. Se meten en las cosas sin preocuparse del riesgo. Se les ha advertido —se acercó al cadáver—. No es el primer abogado que pierde la vida, ni será el último.

Lord no dijo nada.

—A lo mejor nuestro nuevo Zar lo resuelve todo —dijo Orleg, en tono de duda.

Lord permaneció frente al inspector: los cuerpos muy cerca, los pies en paralelo.

—Cualquier cosa será mejor que esto.

Orleg lo miró con intención, pero Lord no supo si estaba o no estaba de acuerdo con él.

—Aún no ha contestado usted a ninguna de mis preguntas. ¿Por qué lo perseguían?

Volvió a oír lo que dijo Párpado Gacho al salir del Volvo. *El puñetero* chornye *ha sobrevivido.* ¿Debía contárselo a Orleg? Había algo en el inspector que no acababa de gustarle. Pero su paranoia bien podía ser efecto de lo que acababa de ocurrir. Ahora, lo que le hacía falta era volver al hotel y hablar de todo esto con Taylor Hayes.

—No tengo ni idea. Lo único que sé es que los vi muy bien. Mire, ya ha visto usted mi permiso de seguridad, y ya sabe dónde encontrarme. Estoy calado hasta los huesos, tengo un frío del carajo y lo que queda de mi ropa está impregnado de sangre. Me gustaría cambiarme. ¿Hay alguno de sus hombres que pueda llevarme al Voljov?

El inspector no contestó en seguida. Se le quedó mirando con una expresión comedida que Lord consideró intencionada.

Orleg le devolvió la tarjeta de seguridad.

—Por supuesto, señor letrado de la comisión. Lo que usted diga. Dispongo de un coche.

3

Un coche patrulla condujo a Lord hasta la entrada del Voljov. El portero le dio paso sin decir palabra. Se le había echado a perder la tarjeta del hotel, pero no le hizo falta identificarse. Era el único huésped de raza negra y, por tanto, instantáneamente identificable, aunque no por ello dejaron de observar con cara de extrañeza los destrozos que había sufrido su ropa.

El Voljov es un hotel de antes de la revolución, construido a principios del siglo XX. Está cerca del centro, al noroeste del Kremlin y de la Plaza Roja, con el Teatro Bolshoi enfrente, al otro lado de una concurrida plaza, en diagonal. En tiempos de la Unión Soviética, la maciza mole del Museo Lenin y el monumento a Karl Marx eran plenamente visibles desde las habitaciones que daban a la calle. Ninguno de los dos existía ya. Merced a una coalición de inversores europeos y norteamericanos, durante la última década se ha devuelto el hotel a su antiguo esplendor. El vestíbulo y los opulentos salones, con sus murales y sus arañas de cristal, generan una atmósfera zarista de fausto y privilegios. Pero los cuadros de las paredes —todos de pintores rusos— eran ahora un buen reflejo del capitalismo, porque todos llevaban la indicación de estar a la venta. Asimismo, la adición de un moderno centro de negocios, un gimnasio y una piscina interior, proyectaba aún más hacia el nuevo milenio aquella venerable institución hotelera.

Fue directamente a conserjería y preguntó si Taylor Hayes estaba en su habitación. El conserje puso en su conocimiento que Taylor Hayes estaba en el centro de negocios. No sabía si cambiarse antes de ropa, pero llegó a la conclusión de que no podía esperar. Tras cruzar el vestíbulo, localizó a Hayes al otro lado de una pared de cristal, sentado delante de un terminal de ordenador.

Hayes era uno de los cuatro socios principales de Pridgen & Woodworth. La firma tenía bajo contrato a unos doscientos abogados, lo cual la convertía en una de las mayores factorías legales del sudeste de Estados Unidos. Algunos de los más importantes bancos, compañías de seguros y corporaciones mantenían igualas mensuales con el bufete. Sus oficinas de Atlanta dominaban dos plantas de un elegante rascacielos azulado.

Hayes era licenciado en Derecho y había obtenido un máster en Gestión Comercial, de modo que tenía reputación de ser un excelente practicante de la economía global y del Derecho Internacional. Gozaba de la bendición de poseer un cuerpo atlético y delgado, y su madurez se reflejaba en unas cuantas canas que le añadían toques grises al pelo castaño. Solía participar en programas de la CNN, como comentarista, y proyectaba una fuerte presencia televisiva: sus ojos entre grises y azules destellaban una personalidad que a Lord se le antojaba de *showman*, de matón y de profesor, todo al mismo tiempo.

Su mentor rara vez hacía aparición en los tribunales, y más infrecuente aún era que participara en las reuniones semanales de las cuatro decenas largas de abogados —Lord incluido— que llevaban la División Internacional del bufete. Lord había trabajado directamente con Hayes varias veces, acompañándolo a Europa y Canadá, ocupándose de las investigaciones necesarias y proponiendo la acción a seguir en las cuestiones que se le encomendaban. Nunca habían estado juntos durante un prolongado espacio de tiempo, salvo en las últimas semanas, en que su relación había pasado del usted al tú.

Hayes andaba siempre de viaje, un mínimo de tres semanas al mes, al servicio de los muchos y diversos clientes internacionales a quienes no les parecía mal pagar 450 dólares la hora para que el abogado los atendiese a domicilio. Lord le cayó bien a Hayes desde el primer momento, cuando se incorporó al bufete, doce años atrás. Según más tarde le contó, él mismo había solicitado específicamente que lo pasaran a Internacional. Desde luego que su licenciatura con honores por la Facultad de Derecho de Virginia, el máster en Historia de Europa por la Universidad de Emory y su dominio de las lenguas eran ya suficiente mérito. Pero Hayes empezó a enviarlo a toda Europa, especialmente al bloque Oriental. Pridgen & Woodworth representaba una considerable cartera de clientes con grandes inversiones en la República Checa, Polonia, Hungría, los estados bálticos y Rusia. Lord, poco a poco, había ido ascendiendo en el bufete, hasta su actual posición de asociado principal, para, a no mucho tardar —eso, al menos, esperaba él—, convertirse en socio principal. Bien podía ser que algún día llegara a Director de Internacional.

Suponiendo, claro, que viviese para verlo.

Abrió la puerta de cristal y entró en el centro de negocios. Hayes levantó la vista del ordenador.

—¿Qué demonios te ha ocurrido?

—No aquí.

Había una docena de hombres desperdigados por la sala. Su jefe pareció hacerse cargo de la situación, inmediatamente, sin decir más, de modo que se trasladaron a uno de los numerosos salones que había en la planta baja del hotel, el que lucía una impresionante vidriera en el techo y una fuente de mármol rosa. A lo largo de las últimas semanas, sus mesas se habían convertido en lugar de reunión de Hayes y Lord.

Se metieron en un reservado.

Lord atrajo la atención de un camarero y se dio un golpecito en la garganta, para indicarle que le trajera vodka. De hecho, lo necesitaba.

—Cuéntame lo que sea, Miles —dijo Hayes.

Lord le contó lo ocurrido. Todo. Incluido el comentario que hizo uno de los pistoleros, y también la especulación del inspector Orleg en el sentido de que el ataque iba dirigido a Bely y el Ministerio de Justicia. Luego dijo:

—Yo creo que iba a por mí, Taylor.

Hayes negó con la cabeza.

—Eso no lo sabes. Puede que te quisieran eliminar porque les habías visto claramente el rostro y no querían testigos. Dio la casualidad de que tú eras el único negro a la vista.

—Había cientos de personas en la calle. ¿Por qué elegirme a mí?

—Porque estabas con Bely. El inspector tiene razón. La cosa puede haber sido contra Bely. Quizá llevaran todo el día al acecho, esperando el momento oportuno. Tal como lo cuentas, eso es lo que me parece a mí.

—No lo sabemos.

—Miles, hace un par de días que conociste a Bely. No sabes de qué iba. Anda que no muere gente aquí, y no precisamente de muerte natural.

Lord se miró los oscuros chafarrinones de la ropa y volvió a pensar en el sida. Llegó el camarero con la vodka. Hayes le tendió unos cuantos rublos. Lord tomó aire y echó un largo trago, con intención de que la fuerza del alcohol le calmara los nervios. Siempre le había gustado la vodka rusa. Era, ciertamente, la mejor del mundo.

—Lo que espero de verdad es que el hombre no fuera seropositivo. Aún tengo su sangre encima —depositó el vaso en la mesa—. ¿Crees que debería abandonar el país?

—¿Tú quieres abandonarlo?

—Mierda, no. Estamos a punto de hacer historia, aquí. No quiero desentenderme y largarme. Esto es algo que les podré contar a mis nietos. Yo estaba allí cuando al Zar de Rusia le devolvieron el trono.

—Pues no te vayas.

Nuevo sorbo de vodka.

—Pero también quiero estar allí para conocer a mis nietos.

—¿Cómo escapaste?

—Corriendo como alma que lleva el diablo. Fue extraño, pero pensé en mi abuelo y en las cacerías de mapaches para no venirme abajo.

Una extraña expresión se hizo visible en el rostro de Hayes.

—El deporte de los sureños racistas y pobres en los años cuarenta. Soltar a un negro asqueroso en el bosque, hacer que los perros lo huelan bien, y darle media hora de adelanto.

Nuevo trago de vodka.

—Los gilipollas esos jamás agarraron a mi abuelo.

—¿Quieres que se te ponga protección? —preguntó Hayes—. ¿Un guardaespaldas?

—Pues sí, creo que no sería mala idea.

—Quiero tenerte aquí en Moscú. El asunto podría ponerse feo, y me haces falta.

Y Lord quería quedarse. De modo que trató de convencerse: Párpado Gacho y Cromañón fueron a por él porque los había visto matar a Bely. Un testigo, nada más. Tenía que ser eso. ¿Qué otra cosa podía ser?

—He dejado todos mis bártulos en los archivos. Salí con idea de comer algo y volver en seguida.

—Haré una llamada para que te traigan todo.

—Déjalo. Creo que voy a darme una ducha y recoger yo mis cosas. De todas formas, aún me queda trabajo por delante.

—¿Algo en concreto?

—La verdad, no. Trataba de atar unos cuantos cabos, solamente. Ya te contaré, si saco algo en claro. El trabajo me distraerá.

—Y ¿qué pasa con mañana? ¿Podrás hacer el informe?

Volvió el camarero con un nuevo vaso de vodka.

—Por supuesto.

Hayes sonrió:

—Ésa es la actitud correcta. Ya sabía yo que eras un cabronazo duro de pelar.

4

14:30

Hayes se abría paso entre la multitud de personas que, de vuelta a casa tras la jornada laboral, salían del vagón del metro. En los andenes que un momento antes estaban desiertos aparecían ahora miles de moscovitas, empujándose entre sí para alcanzar alguna de las cuatro escaleras mecánicas que llevaban a la calle, doscientos metros más arriba. Un espectáculo impresionante, pero fue el silencio lo que más le llamó la atención. Como siempre. Nada más que suelas contra la superficie de piedra y frotar de abrigos con abrigos. De vez en cuando se oía hablar a alguien, pero, en conjunto, la procesión de ocho millones de personas, que cada mañana y cada tarde se trasladaban en el metro más frecuentado del mundo, resultaba bastante apagada y triste.

El metro fue el escaparate de Stalin. Un vano intento, en los años treinta, de celebrar abiertamente los logros socialistas con los túneles más largos y más anchos jamás perforados por el hombre. Las estaciones que sembraban la ciudad se convirtieron en obras de arte con floridos adornos de estuco, andenes de mármol neoclásico, muy elaboradas lámparas colgantes, oro, cristal. Nadie preguntó cuánto había costado, ni cuánto costaría mantenerlo. Y el precio de toda esa estupidez era un sistema de transporte del que no se podía prescindir, en el que había que invertir millones de rublos en mantenimiento, todos los años, y que sólo producía unos pocos kópecs por trayecto.

Tanto Yeltsin como sus sucesores intentaron subir las tarifas, pero fue tal la cólera de la gente, que hubieron de echarse atrás. Ése ha sido el problema, pensó Hayes. Demasiado populismo para un país tan veleidoso como Rusia. Acierta. Equivócate. Pero no dudes. Hayes estaba firmemente convencido de que los rusos habrían respetado más a sus dirigentes si éstos hubieran subido las tarifas y luego la hubiesen emprendido a tiros con todo el que levantara la voz. Ésa era una lección que muchos Zares rusos y primeros ministros soviéticos no llegaron a aprender; y menos que nadie, Nicolás II y Mijaíl Gorbachov.

Dejó la escalera mecánica y salió, como toda aquella multitud, por las estrechas puertas, a una tarde más bien fresca. Se hallaba en la zona centro norte de Moscú, más allá de la sobrecargada autopista de cuatro carriles que rodeaba la ciudad y que llevaba el curioso nombre de Cinturón Jardín. Esta estación de metro, concretamente —un óvalo de losetas y cristal—, estaba muy deteriorada y no era, desde luego, de las mejores que hizo Stalin. De hecho, nada había en esa zona de la ciudad que pudiera incluirse en una guía turística. En la entrada de la estación se alineaba una cáfila de mendigos, hombres y mujeres, demacrados, con el pelo enmarañado y apelmazado, vestidos de harapos apestosos, pignorándolo todo —desde artículos de tocador a casetes ilegalmente importadas, pasando por pescado seco—, tratando de pillar unos pocos rublos o, mejor aún, dólares norteamericanos. Hayes solía preguntarse si de veras alguien compraría aquellas armazones de pescado reseco y apergaminado, aún más desagradables a la vista que al olfato. La única fuente de pescado que había cerca era el río Moscova, y, sabiendo todo lo que él sabía sobre la gestión de desperdicios en Rusia, como antes en la Unión Soviética, prefería no imaginar qué añadidos vendrían con el pescado.

Se abotonó el abrigo y se abrió paso por una calle atestada, tratando de encajar el cuerpo. En lugar del traje de antes, llevaba unos pantalones de pana verde oliva, una camisa de sarga oscura y unas zapatillas de deporte negras. Cualquier barrunto de moda occidental eran ganas de buscarse un lío.

Encontró el club de que le habían hablado. Estaba en mitad de una manzana venida a menos, entre una panadería, una heladería, una tienda de ultramarinos y otra de discos. No había rótulo que indicase la presencia del club: sólo un cartelito que tentaba a los visitantes, en caracteres cirílicos, con la promesa de excitantes diversiones.

El interior era un rectángulo escasamente iluminado. Un vano intento de crear ambiente irradiaba de los paneles de nogal barato. Una neblina azul trazaba volutas en el aire. Dominaba el centro de la estancia un enorme laberinto de madera contrachapada. Hayes ya había visto antes esta novedad, en la zona centro, en los locales más postineros de los nuevos ricos. Allí eran monstruosidades de neón, creadas a base de losetas y mármol. Ésta era una versión para pobres, hecha a base de placas lisas y con lámparas fluorescentes que arrojaban destellos de un azul muy crudo.

Había mucha gente en torno a aquel montaje. No era el tipo de individuos que se juntan en los sitios más refinados, masticando salmón, arenques y ensalada de remolacha, con vigilantes armados a la puerta, mientras en una sala contigua se jugaban miles de dólares a la ruleta y al blackjack. Podía costar doscientos rublos sólo cruzar la puerta de aquellos locales. Para los aquí presentes —trabajadores manuales de las fábricas y fundiciones localizadas en las cercanías—, doscientos dólares eran seis meses de salario.

—Ya iba siendo hora —dijo Feliks Orleg, en ruso.

Hayes no había visto acercarse al inspector de policía. Tenía la atención puesta en el laberinto. Dio un paso hacia la piña de gente y preguntó en ruso:

—¿De qué va la atracción?

—Ya verás.

Se acercó más y pudo ver que lo que en principio le había parecido un laberinto eran en realidad tres distintos, conectados entre sí. Por unas trampillas del fondo salieron tres ratas. Los roedores daban la impresión de saber lo que se esperaba de ellos y se lanzaron hacia delante, mientras el público profería gritos y chillidos. Uno de los espectadores alargó un brazo para golpear el costado de la caja, y un hombre fornido, con brazos de campeón de lucha libre, surgió de no se sabía dónde y lo contuvo.

—La versión moscovita del Derby de Kentucky —dijo Orleg.

—¿Están así todo el día?

Las ratas tomaban a plena marcha las curvas y las vueltas.

—Todo el puto día. Lo poco que ganan, aquí se lo dejan.

Una de las ratas alcanzó la línea de llegada, y varios de los asistentes prorrumpieron en gritos de alegría. Hayes se preguntó a cuánto pagarían el boleto acertado, pero decidió que era mejor no perderse en divagaciones.

—Quiero saber qué ha pasado hoy.

—El *chornye* era igual que una rata. Corría que se las pelaba.

—No habría debido dejársele oportunidad de correr.

Orleg echó un trago de un vaso que sostenía en la mano; era un líquido incoloro.

—Parece ser que los tiradores fallaron.

La gente empezaba a tranquilizarse, en espera de la carrera siguiente. Hayes echó a andar hacia una mesa rinconera, llevándose a Orleg en pos.

—No tengo ganas de chorradas, Orleg. La idea era matarlo. ¿Tan difícil era?

Orleg saboreó el trago siguiente, antes de echárselo al coleto.

—Como ya te he dicho, los muy gilipollas fallaron. Cuando intentaron cazarlo, tu señor Lord logró escapar. Con mucha inventiva, según me han dicho. Me costó un trabajo enorme limpiar esa zona de policía durante unos pocos minutos. Tendría que haberles sido fácil. Pero lo que hicieron fue matar a tres ciudadanos rusos.

—Estaba en la idea de que esos tipos eran profesionales.

Orleg se echó a reír.

—Unos perfectos hijos de puta, sí. ¿Profesionales? No creo. Eran gángsters. ¿Qué esperabas? —Vació el vaso—. ¿Quieres que vuelva a intentarse?

—No, joder. De hecho, no quiero que se le toque un pelo de la cabeza a Lord.

Orleg no dijo nada, pero sus ojos expresaban a las claras su disgusto ante el hecho de que un extranjero le estuviese dando órdenes.

—Dejadlo en paz. No era una buena idea, desde el principio. Lord piensa que la cosa iba contra Bely. Que lo piense. No podemos permitirnos llamar tanto la atención.

—Los pistoleros dicen que su abogado se comportó como un auténtico profesional.

—Practicó mucho el deporte en sus tiempos de universidad. Fútbol americano y atletismo. Pero con dos Kaláshnikovs tendría que haber bastado para impedirle que recurriera a sus facultades.

Orleg se echó hacia atrás en su silla.

—La próxima vez te ocupas tú mismo.

—Quizá. Lo haré. Pero, por ahora, asegúrate de que esos idiotas no intervengan. Ya han tenido su oportunidad. No quiero otro ataque. Y si no acatan esta orden, convéncelos de que no les va a gustar nada la gente que sus jefes les enviarán de visita.

El inspector negó con la cabeza.

—Cuando era un muchacho, perseguíamos a los ricos y los torturábamos. Ahora nos pagan por protegerlos.

Escupió en el suelo y prosiguió:

—Todo esto me pone enfermo.

—¿Quién ha hablado de ricos?

—¿Crees que no sé lo que está ocurriendo aquí?

Hayes se inclinó hacia delante, acercándosele.

—Ni puta idea tienes, Orleg. Hazte un favor a ti mismo y no te plantees demasiadas preguntas. Limítate a cumplir las órdenes, que va a ser mucho mejor para tu salud.

—Puñetero americano. El mundo entero está patas para arriba. Aún recuerdo los tiempos en que lo que os preocupaba era saber si os dejaríamos salir del país. Ahora os pertenecemos.

—Atente a lo programado. Los tiempos están cambiando. Es a elegir: o cumples con tu cometido, o te quitas de en medio. ¿Querías participar? Pues participa. Para eso hace falta obedecer.

—No te preocupes por mí, letrado. Pero ¿qué pasa con el problema de Lord?

—No te inquietes por eso. Ya me ocuparé yo.

5

Lord estaba de vuelta en los archivos rusos, un lóbrego edificio de granito que en tiempos había sido sede del Instituto Marxista-Leninista. Ahora era el Centro de Conservación y Estudio de Documentos Históricos Contemporáneos —una prueba más de la proclividad rusa a los títulos superfluos.

En el transcurso de su primera visita lo sorprendió encontrar imágenes de Marx, Lenin y Engels todavía en pie sobre sus correspondientes pedestales, frente a la entrada principal, junto con la invocación ADELANTE HACIA LA VICTORIA DEL COMUNISMO. Casi todo lo que pudiera recordar a la Unión Soviética había sido retirado en todas las poblaciones, calles y edificios del país, sustituido por el águila bicéfala que la dinastía Romanov desplegó durante trescientos años. Le habían contado que la estatua de granito rojo de Lenin era una de las pocas que seguían en pie en toda Rusia.

Se había tranquilizado tras la ducha caliente y, luego, más vodka. Llevaba puesto el otro traje que se había traído de Atlanta, gris marengo con una pálida rayita blanca. Iba a tener que visitar pronto algún establecimiento moscovita, para comprarse otro traje, porque con uno no le iba a bastar durante las ajetreadas semanas que le aguardaban.

Antes de la caída del comunismo, se consideraba que los archivos eran demasiado heréticos para el público en general, y sólo eran accesibles a los comunistas más incondicionales. La distinción, en parte, seguía en pie. Lord aún no había logrado entender por qué. Lo que llenaba las estanterías era, en su mayor parte, un montón de documentos personales carentes de sentido —libros, cartas, diarios, documentos oficiales y otros textos sin publicar—: datos inocuos, sin la menor relevancia histórica. Para hacer las cosas aún más difíciles, no había ni barrunto de indexación, clasificación por año, persona o región geográfica. Todo al azar, algo establecido así, sin duda, mucho más para confundir que para aclarar nada a nadie. Como si nadie quisiera escarbar en el pasado, lo cual era, por otra parte, lo más probable.

Y había muy poca colaboración.

Los empleados del archivo eran sobrevivientes del régimen soviético, de la jerarquía del Partido, y en tiempos habían gozado de privilegios fuera del alcance de los moscovitas de a pie. Ya no estaba el Partido, pero ahí permanecía un cuadro de mujeres de avanzada edad, muchas de las cuales, pensaba Lord, lo que deseaban con todas sus fuerzas era el regreso del totalitarismo. La falta de colaboración fue la razón de que solicitara a Artemy Bely como ayudante: gracias a él, había adelantado más en los últimos días que en todas las semanas previas.

Sólo unos cuantos ociosos remoloneaban por entre las estanterías metálicas. Casi todas las carpetas, en especial si en ellas se hacía mención de Lenin, estuvieron una vez encerradas, tras barrotes de acero, en bóvedas subterráneas. Yeltsin puso fin al secreto, dando orden de que todo saliera a la luz, abriendo el edificio a estudiosos y periodistas.

Pero no por completo.

Una amplia sección seguía cerrada: los denominados Documentos Protegidos, con el mismo resultado que el sello TOP SECRET tiene en la Libertad de Información, en el país de Lord. Pero él tenía credenciales de la Comisión del Zar que le permitían eludir todo secretismo en el acceso a antiguos documentos de Estado. Su pase, que le había conseguido Hayes, suponía una autorización del gobierno para mirar donde quisiera, incluidos los Documentos Protegidos.

Tomó asiento ante su mesa reservada y se obligó a concentrarse en las páginas que tenía delante. Su tarea consistía en hallar fundamento a las aspiraciones al trono ruso de Stefan Baklanov.

Éste, Romanov de nacimiento, era el candidato con más posibilidades de salir elegido por la Comisión del Zar, pero también mantenía muy estrechas relaciones con compañías occidentales, muchas de las cuales eran clientes de Pridgen & Woodworth, de modo que Hayes había enviado a Lord a los archivos para asegurarse de que no hubiera nada en ellos que pudiera poner en peligro la candidatura de Baklanov al poder. Lo último que le convenía a nadie era que apareciese allí alguna investigación estatal, o datos que pudieran interpretarse en el sentido de que la familia Baklanov hubiera simpatizado con los alemanes durante la segunda guerra mundial: cualquier cosa que llevara al pueblo a poner en duda su compromiso con los rusos o con Rusia.

El cometido de Lord lo había llevado hasta el último Romanov que ocupara el trono ruso —Nicolás II—, y a lo ocurrido en Siberia el 16 de julio de 1918. En el transcurso de las últimas semanas ya había leído muchos relatos publicados y otros tantos sin publicar. Todos ellos eran, en el mejor de los supuestos, contradictorios. Había que proceder al minucioso estudio de cada relato, eliminando las falsedades más obvias y combinando los hechos, para entresacar alguna información útil. Sus notas, cada vez más voluminosas, eran ya una crónica acumulada de aquella aciaga noche rusa.

Nicolás volvió de un profundo sueño. Un soldado se alzaba sobre él. No le había ocurrido con frecuencia, durante los últimos meses, que llegara a conciliar el sueño, y le molestó la intrusión. Pero tampoco había mucho que pudiera hacer. Hubo un tiempo en que había sido el Zar de Todas las Rusias, Nicolás II, encarnación de Dios Todopoderoso en la Tierra. Pero ya había pasado un año, en marzo, desde el momento en que lo forzaron a algo impensable para un monarca por derecho divino: abdicar ante la violencia. El gobierno provisional que vino tras él estaba integrado, sobre todo, por liberales de la Duma y una coalición de socialistas radicales. Iba a ser un gobierno de transición, mientras se elegía una asamblea constituyente; pero los alemanes habían permitido a Lenin que cruzara su territorio y regresara a Rusia, en la esperanza de que desencadenara el caos político.

Y lo desencadenó.

Había derribado el débil gobierno provisional, hacía ya diez meses, mediante lo que los guardias denominaban, con orgullo, la Revolución de Octubre.

¿Por qué le hacía eso su primo el Káiser? ¿Tanto lo detestaba? ¿Era la guerra mundial tan importante como para sacrificarle una monarquía reinante?

Sí, al parecer.

Cuando apenas llevaba dos meses en el poder, y sin sorprender a nadie, Lenin firmó el alto el fuego con los alemanes, y los rusos abandonaron la Gran Guerra, dejando a los aliados sin frente oriental que distrajera en su avance a los alemanes. Gran Bretaña, Francia y Estados Unidos no podían estar contentos. Nicolás comprendía el peligroso juego en que se había embarcado Lenin. Prometer paz al pueblo, para granjearse su confianza, pero viéndose obligado a aplazar el cumplimiento de su promesa, para tranquilizar a los aliados, mientras trataba, al mismo tiempo, de no ofender a su verdadero aliado, es decir el Káiser. El tratado de Brest-Litovsk, firmado cinco meses atrás, era poco menos que demoledor. Alemania obtenía una cuarta parte del territorio de Rusia y un tercio de su población. La acción, según le habían contado, había generado un gran resentimiento. Lo que se decía entre los guardias era que todos los enemigos de los bolcheviques habían acabado unificándose bajo la bandera Blanca, elegida para mayor contraste con la bandera Roja comunista. Una gran masa de nuevos soldados se había pasado ya a la Rusia Blanca. A ello se vieron impulsados especialmente los campesinos, porque seguía negándoseles la tierra.

Hacía estragos, ahora, la guerra civil.

Los Blancos contra los Rojos.

Y él no era sino el ciudadano Romanov, cautivo de los bolcheviques rojos.

Soberano de nadie.

Su familia y él se vieron retenidos, al principio, en el Palacio Alejandro de Tsarskoe Selo, no lejos de Petrogrado. Luego los trasladaron a Tobolsk, en Rusia central, una ciudad fluvial llena de iglesias enjalbegadas y de casas de madera. La gente de Tobolsk se comportó lealmente, manifestando un gran respeto por el Zar caído y *su familia. Todos los días se congregaban en torno a la casa de confinamiento, con la cabeza descubierta y santiguándose. Casi nunca pasaba un día sin que alguien se presentase con pasteles, velas o algún icono. Los propios guardias, que pertenecían al muy honorable Regimiento de Fusileros, se comportaban amablemente e incluso se tomaban la molestia de hablar con los prisioneros y de jugar a las cartas con ellos. Se les permitía el acceso a libros y periódicos, incluso recibir correspondencia. La comida era excelente y se les ofrecían todas las comodidades.*

En conjunto, no era una mala cárcel.

Luego, setenta y ocho días atrás, un nuevo traslado.

Aquí, esta vez, a Ekaterimburgo, en la ladera oriental de los Urales, en lo más profundo del corazón de la Madre Rusia, bajo control de los bolcheviques. Diez mil soldados del Ejército Rojo vagaban por las calles. La población local se oponía amargamente a todo lo zarista. Tras requisarla, convirtieron en prisión provisional la casa de un rico mercader llamado Ipatiev. Casa para Usos Especiales, la había oído llamar Nicolás. Levantaron una cerca alta, de madera, embadurnaron todos los cristales y pusieron barrotes en las ventanas, prohibiendo que se abriera ninguna de ellas, so pena de recibir un tiro. Eliminaron las puertas de todos los dormitorios y lavabos. Nicolás se vio obligado a escuchar mientras cubrían de insultos a su familia, y tuvo que soportar que clavasen en las paredes unos retratos obscenos de su mujer con Rasputín. Ayer había estado a punto de llegar a las manos con uno de aquellos impertinentes hijos de puta. El guardia que había escrito en la pared del dormitorio de su hija: AL ZAR DE LAS RUSIAS LLAMADO COLÁS / LE QUITARON EL TRONO POR TANTO FOLLAR.

Ya está bien, pensó.

—¿Qué hora es? —le preguntó al guardia que esperaba junto a su cama.

—Las dos de la madrugada.

—¿Qué ocurre?

—Tenemos que trasladar a tu familia. El Ejército Blanco se acerca a la ciudad. El ataque es inminente. Sería peligroso permanecer en las habitaciones de arriba si hay tiros en la calle.

Estas palabras exaltaron a Nicolás. Había oído las murmuraciones de los guardias. El Ejército Rojo había cruzado Siberia a toda marcha, tomando una ciudad tras otra, recuperando territorio de los Rojos. Hacía ya varios días que podía oírse el rumor de los cañones en la distancia. Un ruido que le avivaba la esperanza. Podía ser que sus generales acudiesen al rescate, que todo volviera a la normalidad.

—Sal de la cama y vístete —le dijo el guardia.

El individuo se retiró, y Nicolás fue a despertar a su mujer. El hijo de ambos, Alexis, dormía en una cama colocada en el extremo opuesto de la habitación.

Nicolás y Alexis se vistieron en silencio, poniéndose la camisa, los pantalones, las botas y la gorra de campaña, mientras Alejandra se retiraba a la habitación de sus hijas. Desgraciadamente, Alexis no podía andar. Una nueva hemorragia hemofílica, dos días atrás, lo había dejado inválido, de modo que Nicolás hubo de trasladar cariñosamente a aquel chico de trece años, tan flaco, hasta el vestíbulo.

Hicieron aparición las cuatro hijas.

Todas vestían falda negra, lisa, y blusa blanca. En pos de ellas venía la madre, cojeando, apoyándose en un bastón. La preciosísima Rayo de Sol, como le llamaba el Zar, ya casi no podía andar: la ciática de su niñez había ido empeorando progresivamente. La casi constante preocupación que sentía por Alexis le había minado la salud, blanqueando su pelo castaño y velando el resplandor de unos ojos que cautivaron a Nicolás desde el día en que se conocieron, siendo ambos adolescentes. A Alejandra se le aceleraba la respiración con frecuencia, hasta el punto de que a veces se le hacía dolorosa y se le ponían los labios azules. Se quejaba del corazón y de la espalda, pero Nicolás no estaba seguro de que tales dolencias fueran auténticas, y no efectos del dolor psíquico inenarrable que padecía, preguntándose constantemente si había llegado el día en que la muerte se llevaría a su hijo.

—¿Qué es todo esto, papá? —preguntó Olga.

Tenía veintidós años, era la primogénita. Reflexiva e inteligente, se parecía a su madre en muchas cosas; también en el mal humor y el enfurruñamiento que la dominaban a veces.

—Quizá sea nuestra salvación —le contestó él, articulando para que le leyera los labios.

La excitación recorrió su agraciado rostro. Dos de sus hermanas —Tatiana, un año más joven, y María, dos años más joven— se acercaron con almohadas. Tatiana era alta y de porte majestuoso: era quien mandaba en las chicas —la llamaban la Gobernanta—, y también la preferida de su madre. María era guapa y cariñosa —con unos ojos enormes—, y también coqueta. Quería casarse con un militar ruso y tener veinte hijos. Alejandro se dio cuenta de que sus dos hijas medianas también habían captado el mensaje.

Les hizo seña de que guardaran silencio.

Anastasia, diecisiete años, permanecía junto a su madre, llevando en brazos a Rey Carlos, el cocker spaniel que sus carceleros le habían permitido quedarse. Era bajita y rechoncha y tenía reputación de rebelde —una verdadera payasa contando chistes—, pero también poseía unos ojos azules encantadores, a los que Nicolás nunca había sabido oponer resistencia.

Los otros cuatro cautivos no tardaron en unírseles.

El doctor Botkin, médico de Alexis. Trupp, el ayuda de cámara de Nicolás. Demidova, doncella de Alejandra. Y Jaritonov, el cocinero. Demidova también llevaba consigo una almohada, pero Nicolás sabía que ésta era especial. Oculta en lo más profundo de sus plumas iba un joyero, y el encargo que tenía Demidova era no perder de vista aquella almohada ni por un segundo. También Alejandra y las hijas llevaban tesoros encima: diamantes, esmeraldas, ristras de perlas y rubíes escondidos en el corsé.

Alejandra se le acercó cojeando y le preguntó:

—¿Sabes qué es lo que ocurre?

—Los Blancos se acercan.

Se leyó el asombro en su fatigado rostro.

—¿Es posible?

—Por aquí, por favor —dijo una voz conocida, desde la escalera.

Nicolás se dio la vuelta para mirar de frente a Yurovsky.

Este personaje había llegado doce días atrás, con un escuadrón de la policía secreta bolchevique, en sustitución del comandante anterior y su pandilla de obreros fabriles indisciplinados. Al principio, el cambio pareció positivo, pero Nicolás no tardó en llegar a la conclusión de que estos nuevos hombres eran todos profesionales. Quizá húngaros, incluso, prisioneros de guerra del ejército austrohúngaro, contratados por los bolcheviques para desempeñar tareas que los rusos nativos hallaban detestables. Yurovsky era su jefe. Un hombre de piel cetrina, con la barba negra, de los que jamás se apresuran, ni hablando ni actuando. Emitía sus órdenes con toda calma y esperaba ser obedecido. Le habían puesto el sobrenombre de Comandante Buey, y Nicolás pronto llegó a la conclusión de que aquel endemoniado individuo disfrutaba teniendo a los demás bajo su bota.

—Hay que darse prisa —dijo Yurovsky—. No tenemos mucho tiempo.

Nicolás pidió silencio y su cortejo lo siguió hasta el piso de abajo por una escalera de madera. Alexis dormía profundamente, con la cabeza apoyada en su hombro. Anastasia liberó al perro, que se quitó de en medio.

Los llevaron fuera, cruzando un patio, a un semisótano con ventana en forma de arco. Cubría las cuatro paredes un papel sucio, estampado a rayas. No había muebles.

—Esperad aquí a que lleguen los coches —dijo Yurovsky.

—¿Dónde vamos? —preguntó Nicolás.

—Nos vamos —fue todo lo que dijo su carcelero.

—¿Sin sillas? —dijo Alejandra—. ¿No podemos sentarnos?

Yurovsky, tras encogerse de hombros, dio instrucciones a uno de sus subordinados. Aparecieron dos sillas. Alejandra tomó una de ellas. María le colocó entre el asiento y la espalda la almohada que llevaba. Nicolás hizo que Alexis ocupara la otra. Tatiana le puso su almohada debajo, para que el chico estuviera más cómodo. Deminova siguió sujetando su almohada con los brazos cruzados.

Volvió a oírse el cañoneo distante.

—Tenemos que haceros fotos —dijo Yurovsky—. Hay gente convencida de que habéis escapado. Así que poneos aquí.

Yurovsky colocó a todo el mundo. Al final, las hijas estaban detrás de la madre, sentada ésta, y Nicolás permanecía en pie junto a Alexis, con los cuatro miembros de la familia detrás de él. Durante los dieciséis últimos meses habían recibido orden de hacer cosas bastante extrañas. Ésta —verse sacados de la cama en plena noche, para hacerles un retrato, y a continuación decirles que se retiraran— no era una excepción. Nadie dijo una sola palabra cuando Yurovsky salió de la habitación y cerró la puerta.

Un segundo más tarde, la puerta volvió a abrirse.

Pero no entró ningún fotógrafo con su cámara y su trípode.

Quienes entraron, uno por uno, fueron once hombres armados con sendos revólveres. Yurovsky entró el último. Llevaba la mano derecha hundida en el bolsillo del pantalón. En la otra sostenía una hoja de papel.

Comenzó a leer.

«En vista del hecho de que vuestros parientes insisten en su ataque a la Rusia Soviética, el Comité Ejecutivo del Ural ha decidido daros muerte.»

A Nicolás le costaba trabajo oír. Fuera, alguien ponía al máximo de revoluciones el motor de un vehículo, provocando un gran estruendo. Qué extraño. Miró a su familia, luego se situó frente a Yurovsky y le dijo:

—¿Cómo? ¿Cómo?

La expresión del ruso no se alteró. Se limitó a repetir la lectura en el mismo tono monocorde. Luego, su mano derecha surgió del bolsillo.

Nicolás vio el arma.

Una pistola Colt.

El cañón se acercó a su cabeza.

6

Lord sentía una especie de flojera en el estómago cada vez que leía algo de aquella noche. Trató de imaginar cómo sería aquello cuando empezaron los tiros. El terror que tenían que haber sentido. Sin escape posible. Sin otra opción que morir de un modo horripilante.

Se había retrotraído a aquellos acontecimientos por culpa de lo que acababa de encontrar entre los Documentos Protegidos. Diez días atrás había tropezado con una nota garrapateada en un papel liso, ya muy quebradizo, en anticuados caracteres rusos, con la negra tinta apenas legible. Se hallaba en el interior de una bolsa de cuero de color morado, con la boca cosida. La etiqueta del exterior decía: ADQUIRIDO A 10 DE JULIO DE 1925. NO ABRIR ANTES DEL 1 DE ENERO DE 1950. Era imposible determinar si esta indicación se había respetado.

Buscó en su cartera de mano y encontró la copia ya cuidadosamente traducida. La fecha era de 10 de abril de 1922.

En lo que respecta a Yurovsky, la situación es inquietante. No creo que los informes procedentes de Ekaterimburgo sean correctos, y la información procedente de Félix Yusúpov confirma esta impresión mía. Es lamentable que los Guardias Blancos a quienes convenciste de que hablaran no fueran más explícitos. Puede que el exceso de dolor sea contraproducente. La mención de Kolya

Maks es interesante. Había oído ese nombre antes.
La localidad de Starodub también ha sido traída a
colación por otros Guardias Blancos igualmente
persuadidos. Algo está ocurriendo, de eso estoy
seguro, pero me temo que mi cuerpo no soportaría
averiguarlo. Me preocupa grandemente el futuro de
todos nuestros empeños, cuando yo falte. Stalin
es terrorífico. Es tal su inflexibilidad, que
elimina todo sentimiento de sus decisiones. Si el
liderazgo de nuestra nación recayera en él, temo
que el sueño pudiera perecer.

No sé si fue uno o fueron más los imperiales
que pudieron salvarse en Ekaterimburgo. Así
parece, desde luego. Aparentemente, el camarada
Yusúpov es de tal opinión. Quizá piense que
puede ofrecerse un indulto a la generación
siguiente. Puede que la Zarina no fuese tan tonta
como todos creíamos. Puede que las divagaciones
del *starets* tuvieran más sentido del que en
principio les atribuimos. A lo largo de las
últimas semanas, pensando en los Romanov, he dado
en recordar un viejo poema ruso: Los caballeros
son polvo, y oxidadas están sus buenas espadas.
Sus almas están con los santos en quienes
confiamos.

Artemy Bely y él pensaron que el documento era de puño y letra de Lenin. No habría sido nada del otro jueves. Los comunistas habían conservado miles de escritos de Lenin. Pero, en concreto, este documento no había aparecido donde tendría que haber aparecido. Lord lo había encontrado entre los papeles en poder de los nazis que los aliados devolvieron a Rusia después de la segunda guerra mundial. Los ejércitos invasores de Hitler no se habían apoderado solamente de obras de arte rusas, sino de verdaderas toneladas de documentos. Los archivos de Leningrado, Stalingrado, Kiev y Moscú fueron minuciosamente despojados. Sólo después de la guerra, cuando Stalin envió una Comisión Extraordinaria a reclamar el legado de su país, hallaron el camino de regreso a casa muchos de estos papeles.

Había, sin embargo, otra pieza de interés en la bolsa morada de cuero. Una sola hoja de pergamino, con borde de hojas y flores, muy recargado. El texto estaba redactado en inglés y la escritura era claramente de mujer:

28 de octubre de 1916

Querida Alma de mi Alma, Pequeñita mía, mi Dulce Ángel, yo quererte de qué modo, así que siempre juntos, noche y día. Comprendo lo que estás pasando y tu pobre corazón. Apiádese Dios, concédate fuerza y sabiduría. Él no te abandonará. Él te ayudará, recompensará tu demencial sufrimiento y pondrá fin a esta separación en el momento en que más falta nos hacía estar juntos.

Nuestro Amigo acaba de marcharse. Volvió a salvar a Bebé. Oh Jesucristo Señor Nuestro, agradezcamos a Dios poder contar con él. El dolor era inmenso, el corazón se me desgarraba viéndolo, pero Bebé duerme ahora pacíficamente. Seguro que mañana estará bien.

Qué día de sol, sin nubes. Quiere decir que tengamos confianza y esperemos, aunque a nuestro alrededor se espese la oscuridad, porque Dios está por encima de todas las cosas: no conocemos sus caminos, ni cómo va a ayudarnos, pero Él escuchará nuestras plegarias. Nuestro Amigo insiste mucho en ello.

Tengo que contarte que justo antes de marcharse nuestro Amigo entró en un extraño trance. Me asusté muchísimo pensando que podía estar enfermo. ¿Qué sería de Bebé sin él? Cayó al suelo y empezó a decir cosas sobre abandonar este mundo antes de fin de año y ver montones de cadáveres, varios grandes duques y cientos de condes. El Neva bajará rojo de sangre, dijo. Sus palabras me aterrorizaron.

Con los ojos puestos en lo alto, me dijo que si le daban muerte los boyardos sus manos quedarían manchadas de sangre durante veinticinco años. Que abandonarían Rusia. Que el hermano se levantaría contra el hermano, que se matarían entre sí por odio. Que no quedaría ningún noble en el país. Y lo más inquietante: dijo que si es algún pariente nuestro quien lo mata, nadie de nuestra familia sobrevivirá más de dos años. A todos nos dará muerte el pueblo ruso.

Hizo que me levantara y que escribiese todo ello inmediatamente. Luego me dijo que no perdiera la esperanza. Que habría solución. El más lleno de culpa comprendería el error. Él proveería a que la sangre de nuestro cuerpo resucite. Su perorata rozaba lo disparatado, y yo me pregunté, por primera vez, si el olor a alcohol que de él emana le habría afectado la cabeza. Dijo una y otra vez que sólo un cuervo y un águila pueden tener éxito cuando todo se viene abajo, y que la inocencia de las bestias servirá de guarda y guía del camino, para ser el árbitro final del éxito. Dijo que Dios proveerá el modo de asegurarnos la justicia. Fue muy intranquilizador lo que dijo de que doce deben morir para que la resurrección sea completa.

Intenté que contestara a mis preguntas, pero se quedó callado, insistiéndome en que pusiera por escrito la profecía, con total exactitud, y que te la enviara a ti. Hablaba como si algo fuera a ocurrirnos, pero yo le aseguré que Papá tenía el país bien controlado. Él no se calmó, y sus palabras me tuvieron alterada toda la noche. Ay, mi preciado bien, te tomo en mis brazos y jamás permitiré que nadie toque mi alma resplandeciente. Te beso, te beso y te bendigo y tú siempre lo comprendes todo. Espero que regreses pronto a mí.

Tu mujercita

Lord supo que quien escribía aquello era Alejandra, la última Zarina. Estuvo llevando un diario durante decenios. También su marido, Nicolás; y ambos diarios, más adelante, suministraron a quienes los estudiaron una visión sin precedentes de la corte real. Casi setecientas cartas suyas se encontraron en Ekaterimburgo tras la ejecución. Lord había leído pasajes del diario y casi todas las cartas. Varios libros recientes las habían publicado al pie de la letra. Lord sabía que por «nuestro Amigo» había que entender Rasputín, porque ambos, Alejandra y Nicolás, estaban convencidos de que alguien les inspeccionaba las cartas. Desgraciadamente, nadie más compartía la ilimitada confianza que ellos tenían en Rasputín.

—Qué concentración —dijo una voz en ruso.

Lord levantó la mirada.

Al otro lado de la mesa había un hombre, de pie. Tenía la piel clara, los ojos azul pálido, el pecho hundido y las muñecas pecosas. Estaba medio calvo y una pelusa grisácea cubría la cetrina piel de su sotabarba, de oreja a oreja. Llevaba gafas de montura metálica y corbata de pajarita. Lord inmediatamente recordó haberlo visto rebuscando en los archivos: uno de los pocos individuos que parecían empeñarse en su trabajo tanto como él.

—La verdad es que por un instante me retrotraje a 1916. Leer esto es como una especie de viaje por el tiempo —dijo Lord, en ruso.

El hombre sonrió. Lord calculó que tenía que estar a punto de cumplir los sesenta, si no los había cumplido ya.

—Completamente de acuerdo. Es uno de los motivos por los que me gusta venir aquí. Un recordatorio de lo que una vez fue.

Instantáneamente animado por la afabilidad del otro, Lord se puso en pie:

—Me llamo Miles Lord.

—Ya sé quién es usted.

Lord sospechó algo y automáticamente miró en derredor.

El visitante pareció percibir su temor.

—Le aseguro, señor Lord, que no represento ninguna amenaza para usted. No soy más que un pobre historiador que está muy cansado y que busca un poco de conversación con alguien cuyos intereses se parecen a los suyos.

Lord se tranquilizó:

—¿Cómo es que me conoce?

El hombre sonrió.

—No es usted el favorito de las mujeres que trabajan en este archivo. Les molesta que un americano les dé órdenes.

—Americano y negro.

El hombre sonrió.

—Desgraciadamente, en este país no rige una mentalidad muy progresista en lo tocante a la raza. Somos una nación de piel blanca. Pero sus credenciales de la comisión no pueden ignorarse.

—Y ¿quién es usted?

—Semyon Pashenko, catedrático de Historia. Universidad de Moscú.

El hombre le tendió la mano y Lord se la estrechó.

—¿Por dónde anda el caballero que lo acompañaba a usted últimamente? Abogado, creo. Cambiamos unas palabras entre estantería y estantería.

Se planteó la posibilidad de mentir, pero decidió que era preferible decir la verdad.

—Lo mataron esta mañana en la Nikolskaya Prospekt. A tiros.

El rostro del hombre expresó consternación.

—Algo vi esta mañana en la televisión. Qué horror.

Meneó la cabeza.

—Este país será su propia ruina, si alguien no hace algo, y pronto.

Lord tomó asiento e indicó al otro que hiciera lo mismo.

—¿Se vio usted implicado? —preguntó Pashenko, mientras se sentaba en una silla.

—Estaba allí —decidió guardarse todo lo demás.

Pashenko volvió a menear la cabeza.

—Estos espectáculos dicen muy poco a nuestro favor. Los occidentales, incluido usted, deben de pensar que somos unos bárbaros.

—En modo alguno. Todos los países pasan por períodos así. A nosotros nos ocurrió durante la expansión hacia el oeste, en el siglo XIX, y en los años treinta del XX.

—Pero me parece a mí que nuestra situación es algo más que dificultades iniciales.

—Los últimos años han sido muy duros para Rusia. Bastante difícil era ya cuando había gobierno. Yeltsin y Putin trataron de mantener el orden. Pero ahora que no hay nada parecido a la autoridad, la situación no está muy lejos de la mera anarquía.

Pashenko dijo que sí con la cabeza.

—Nada nuevo para nuestra nación, desgraciadamente.

—¿Es usted investigador?

—En el campo de la Historia. He consagrado mi vida al estudio de nuestra amada Madre Rusia.

Lord sonrió al oír aquella expresión vetusta.

—Imagino que su especialidad no ha gozado de mucho crédito últimamente.

—Lo cual es muy de lamentar. Los comunistas tenían su propia versión de la Historia.

Lord recordó algo que había leído en algún sitio: *Rusia es un país con un pasado impredecible.*

—¿Enseñaba usted en aquella época?

—Durante treinta años. Pasé por todos ellos. Stalin, Khrushchev, Brezhnev. Cada uno de ellos hizo su propio daño, a su manera. Es un pecado lo que ocurrió. Pero incluso ahora sigue siendo difícil superarlo. La gente sigue haciendo cola todos los días para desfilar junto al cadáver de Lenin. —Pashenko bajó la voz—. Un carnicero al que se reverencia como si hubiera sido un santo. ¿Se fijó usted en las flores que hay en su estatua, delante de este mismo edificio? —Meneó la cabeza—. Un asco.

Lord decidió medir muy bien sus palabras. Estábamos en pleno poscomunismo, de acuerdo, pero pronto estaríamos en la nueva época de los Zares, y, por ahora, él seguía siendo un norteamericano trabajando con credenciales de un gobierno ruso tambaleante.

—Algo me dice que si los carros de combate circularan mañana por la Plaza Roja todas las personas que trabajan en este archivo se echarían a la calle a vitorearlos.

—Son peores que mendigos callejeros —dijo Pashenko—. Disfrutaron de sus privilegios. No divulgaron los secretos de los jefes y, a cambio, recibieron una vivienda selecta, mayor ración de pan y unos pocos días más de vacaciones de verano. Hay que trabajar para ganarse lo que se recibe. ¿No es eso lo que predica Estados Unidos?

Lord no contestó. Al contrario, le hizo una pregunta:

—¿Qué piensa usted de la Comisión del Zar?

—Voté sí. Peor no va a ser, con un Zar.

Lord había podido comprobar que ésa era la actitud predominante.

—Es raro encontrar un americano que hable tan bien el ruso.

Lord se encogió de hombros:

—Tienen ustedes un país fascinante.

—¿Siempre le interesó a usted?

—Desde pequeño. Empecé leyendo cosas sobre Pedro el Grande e Iván el Terrible.

—Y ahora forma usted parte de la Comisión del Zar. Dispuesto a hacer historia.

Pashenko se aproximó a los documentos que había encima de la mesa.

—Son muy antiguos. ¿Proceden de los Documentos Protegidos?

—Los localicé hace un par de semanas.

—Reconozco la letra. Ése lo escribió la propia Alejandra. Escribía en inglés todas sus cartas y sus diarios. Los rusos la odiaban, porque era una princesa alemana, por nacimiento. Algo que siempre me ha parecido injusto. Alejandra fue una mujer a quien casi nadie supo comprender.

Lord le tendió el documento, con idea de escarbar un poco en aquella cabeza rusa. Pashenko, una vez leída la carta, dijo:

—Tenía una prosa pintoresca, pero aquí se contiene un poco. Nicolás y ella escribieron muchas cartas románticas.

—Se entristece uno trabajando con ellas. Me siento como una especie de intruso. Hace un rato leí algo sobre la ejecución. Ese Yurovsky tiene que haber sido un bicho malo.

—El hijo de Yurovsky siempre dijo que su padre lamentaba haberse visto envuelto en aquello. Pero ¿quién sabe? Se pasó los veinte años siguientes dando conferencias a los bolcheviques, contándoles las ejecuciones y expresando su orgullo al respecto.

Lord le tendió a Pashenko la nota manuscrita de Lenin.

—Échele un vistazo a esto.

El ruso leyó la página muy despacio. Luego dijo:

—Lenin, sin asomo de duda. Estoy muy familiarizado con su forma de escribir. Curioso.

—Eso mismo pensé yo.

Los ojos de Pashenko se iluminaron:

—¿No se habrá usted creído eso de que dos miembros de la familia real se salvaron en Ekaterimburgo?

—Hasta la fecha, los cadáveres de Alexis y de Anastasia siguen sin aparecer. Y ahora esto.

Pashenko sonrió:

—Son ustedes unos conspiracionistas, los americanos. De veras. Ven confabulaciones por todas partes.

—Por el momento, ése es mi trabajo.

—Estará usted a favor de la candidatura de Stefan Baklanov, claro.

Lord se sorprendió un poco, al comprobar lo transparente que podía resultar.

Pashenko señaló el entorno.

—De nuevo las mujeres, señor Lord. Ellas lo saben todo. Queda registro de los documentos que usted utiliza, y, créame, a estas señoras no se les escapa nada. ¿Conoce usted en persona al llamado Presumible Heredero?

Lord dijo que no con la cabeza.

—Pero mi jefe sí.

—Baklanov no está más capacitado para gobernar de lo que estaba Mijaíl Romanov hace cuatrocientos años. Demasiado blando. Y, a diferencia del pobre Mijaíl, que tuvo a su padre para que tomara las decisiones por él, Baklanov no tendrá a quién acudir, y no faltarán quienes se regodeen en su fracaso.

Aquel profesor ruso tenía su punto de razón. Por todo lo que Lord había leído sobre Baklanov, el tipo estaba más interesado en la recuperación del prestigio zarista que en gobernar verdaderamente el país.

—¿Puedo hacerle una sugerencia, señor Lord?

—Por supuesto.

—¿Ha estado usted en el archivo de San Petersburgo?

Dijo que no con la cabeza.

—Echarle un vistazo podría resultarle productivo. Allí tienen muchos de los escritos de Lenin. Y también casi todos los diarios y cartas del Zar y la Zarina. Zarina —señaló los papeles—. Podría contribuir a aclarar el significado de lo que ha descubierto usted.

Parecía una buena sugerencia.

—Muchas gracias. Quizá lo haga —miró el reloj—. Ahora voy a pedirle que me perdone, pero tengo que seguir buscando un poco en los archivos, antes de que me cierren. Ha sido un placer hablar con usted. Estaré por aquí unos cuantos días más. Puede que surja la posibilidad de que charlemos otro poco.

—Yo también andaré por aquí. Si no le molesta, voy a sentarme un rato. ¿Me permite leer de nuevo esos dos documentos?

—Sí, claro.

Al regresar, diez minutos más tarde, encontró ambos papeles encima de la mesa, pero Semyon Pashenko había desaparecido.

7

17:25

Un BMW oscuro recogió a Hayes delante del Voljov. Tras un cuarto de hora de recorrido, con tráfico sorprendentemente ligero, el conductor metió el coche en un patio con puerta. La casa que había al fondo era de estilo neoclásico, databa de principios del siglo XIX y era —sigue siéndolo— una de las joyas de Moscú. Bajo el mandato de los comunistas fue Centro Estatal de la Literatura y de las Artes, pero, tras la caída, como casi todo, el edificio salió a subasta y, finalmente, cayó en manos de uno de los nuevos ricos del país.

Hayes se bajó del coche y le dijo al chófer que esperara.

Como de costumbre, dos individuos armados de Kaláshnikovs hacían la centinela en el patio. La fachada de la casa, de estuco azul, parecía gris a la tenue luz de la tarde. Hayes respiró a fondo —un aire amargo por culpa de las emanaciones de carbono— y entró decididamente, por un camino de ladrillos, en un hermoso jardín otoñal. Accedió a la casa por una puerta de madera de pino, que no estaba cerrada con llave.

El interior era típico de una vivienda edificada casi doscientos años atrás. La planta baja era una mezcolanza irregular, con las zonas de recepción orientadas hacia la fachada exterior, y con varias habitaciones privadas en la trasera. La decoración era de época, y Hayes la tenía por original, aunque nunca le había preguntado al propietario. Se orientó por un dédalo de pasillos estrechos y llegó al salón revestido donde se celebraban siempre las reuniones.

Allí aguardaban cuatro hombres, cada uno con su vaso y su puro habano.

Había estado con ellos por primera vez ya hacía un año, y todos los contactos posteriores se habían efectuado mediante nombres clave. Hayes era Lincoln, los otros cuatro utilizaban los nombres que cada uno había escogido: Stalin, Lenin, Khrushchev y Brezhnev. Habían tomado la idea de un grabado que se vendía en las tiendas de regalo de Moscú. En él se veía a varios Zares rusos, emperatrices y gerifaltes soviéticos reunidos en torno a una mesa, bebiendo y fumando y no hablando de nada que no fuese la Madre Rusia. Ni que decir tiene que semejante reunión nunca existió, pero el dibujante apelaba a su fantasía para imaginar cómo habrían reaccionado tales personajes en semejante eventualidad. Cada uno de los cuatro hombres había escogido cuidadosamente su alias, poniendo de manifiesto, así, que sus reuniones no eran muy distintas de las que representaba el grabado, y que el destino de la Patria estaba ahora en sus manos.

Los cuatro le dieron la bienvenida a Hayes, y Lenin le sirvió vodka de una botella puesta a enfriar en un cubo de plata. Le ofrecieron también una bandeja de salmón ahumado y setas maceradas. Hayes no aceptó.

—Me temo que tengo malas noticias —dijo en ruso, y a continuación les contó que Lord había salido ileso del atentado.

—Hay otra cosa —dijo Brezhnev—: hasta ahora no hemos sabido que el abogado ese es africano.

A Hayes le pareció curiosa la observación:

—No es africano. Es americano. Si a lo que se refiere usted es al color, ¿qué importancia tiene?

Stalin se inclinó hacia delante. A diferencia de su tocayo, siempre se convertía en portavoz de la razón.

—Qué trabajo les cuesta a los americanos entender hasta qué punto somos sensibles al destino, los rusos.

—Y ¿qué pinta el destino en este asunto?

—Háblenos del señor Lord —le pidió Brezhnev.

A Hayes no le gustaba nada aquel asunto. Ya le había parecido extraño que se diera la orden de matar a Lord de un modo tan despreocupado, y sin saber nada de él. En el transcurso de la última reunión, Lenin le había dado el teléfono de Orleg y le había dicho que organizara el atentado con él. Aquello le molestó en principio —no le iba a ser fácil encontrar otro ayudante tan valioso—, pero era tanto lo que había en juego que no iba a preocuparse por un abogado de más o de menos. Así que hizo lo que le habían pedido. No más preguntas. No tenían sentido.

—Lord llegó a mí directamente de la Facultad de Derecho. Alumno muy destacado de la Universidad de Virginia. Interesado desde siempre en las cosas de Rusia, hizo un máster en estudios de Europa Oriental. Se le dan muy bien los idiomas. Es dificilísimo encontrar un abogado que hable ruso. Desde el principio pensé que sería una buena inversión, y no me equivoqué. Hay muchos clientes nuestros que confían exclusivamente en él.

—¿Información personal? —preguntó Khrushchev.

—Nació en Carolina del Sur, donde se crió. Con algo de dinero. Su padre era predicador. Un evangelista de esos que van de pueblo en pueblo con su tienda de campaña, sanando gente. Según me cuenta Lord, su padre y él no se entendían bien. Miles tiene treinta y ocho o treinta y nueve años, no se ha casado nunca. Lleva una existencia bastante frugal, por lo que yo veo. Trabaja mucho. Es una de las personas con mayor índice de producción que tenemos en el bufete. Nunca me ha creado ningún problema.

Lenin se echó hacia atrás en su asiento.

—¿Por qué le interesa Rusia?

—Ni puta idea. Hablando con él, se nota que está verdaderamente fascinado. Siempre lo ha estado. Es un fanático de la Historia, tiene el despacho lleno de libros y tratados. Incluso ha dado un par de conferencias en la universidad y en reuniones del colegio de abogados. Pero ahora me toca a mí preguntar: ¿Qué importancia tiene todo esto?

Stalin se acomodó.

—Ninguna, dado lo ocurrido hoy. El problema que representa el señor Lord tendrá que esperar. Lo que debe preocuparnos ahora es qué va a ocurrir mañana.

Hayes no estaba dispuesto a cambiar de tema:

—Que conste que yo no estaba a favor de matar a Lord. Les dije a ustedes que podía manejarlo, fuese lo que fuese lo que temían de él.

—Como quiera —dijo Brezhnev—. Hemos decidido que el señor Lord es asunto suyo.

—Me alegra que estemos de acuerdo. No será problema. Pero aún no me ha explicado nadie por qué *era* problema.

Khrushchev dijo:

—Su ayudante está hurgando demasiado en los archivos.

—Para eso lo envié aquí. Siguiendo las instrucciones que ustedes me dieron, debo añadir.

La tarea asignada era simple. Descubrir cualquier cosa que pudiera afectar la candidatura de Baklanov al trono. Y Lord se había pasado diez horas diarias investigando, durante las últimas seis semanas, y había dado parte de todos sus hallazgos. Hayes sospechaba que algo de lo que él había trasladado al grupo había despertado la atención de Khrushchev, Brezhnev, Lenin y Stalin.

—No es necesario que lo sepa usted todo —dijo Stalin—. Ni creo que quiera usted saberlo. Baste decir que la eliminación del señor Lord nos pareció el modo más económico de tratar el asunto. El intento falló, de modo que seguiremos su criterio. Por ahora.

Esta afirmación vino acompañada de una sonrisa. A Hayes no le gustaba especialmente la condescendencia con que lo trataban. No era el chico de los recados. Era el quinto miembro de lo que en privado se denominaba Cancillería Secreta. Pero decidió no exteriorizar su enfado y cambió de tema:

—Doy por supuesto que se ha tomado la decisión de que el nuevo Zar gobierne en calidad de monarca absoluto.

—La cuestión del poder que haya de tener el Zar aún está discutiéndose —dijo Lenin.

Hayes comprendió que ciertos aspectos de lo que hacían eran únicamente rusos, y sólo los rusos podían decidir al respecto. Y mientras tales decisiones no pusieran en peligro la gigantesca contribución financiera de sus clientes, ni el considerable rendimiento que esperaba sacarle, a él qué más le daba.

—¿Hasta qué punto podemos influir en la comisión?

—Tenemos nueve que votarán lo que les digamos, sea lo que sea —dijo Lenin—. Con los otros ocho estamos en contacto.

—Según las normas, tendrá que haber unanimidad —dijo Brezhnev.

Lenin suspiró:

—La verdad es que no entiendo cómo dejamos pasar eso.

La unanimidad fue, desde el principio, parte integral de la resolución fundacional de la Comisión del Zar. Se aprobaron ambas cosas, la idea del Zar y la comisión, pero con el control que implicaba que los diecisiete comisionados tenían que votar sí. Un voto bastaba para hacer fracasar cualquier intento de marcar las cartas.

—A los otros ocho también los tendremos seguros cuando llegue el momento de votar —aclaró Stalin.

—¿Están ustedes mismos trabajando en ese sentido? —preguntó Hayes.

—Ciertamente —dijo Stalin, echando un trago de su vaso—. Pero vamos a necesitar más fondos, señor Hayes. Estos individuos están resultando bastante caros de comprar.

El dinero occidental estaba financiando prácticamente todo lo que hacía la Cancillería Secreta, algo que Hayes no veía con buenos ojos. Era él quien sufragaba todos los gastos, pero sólo tenía voz hasta cierto punto.

—¿Cuánto? —preguntó.

—Veinte millones de dólares.

Controló su reacción. Eso era además de los diez millones ya aportados treinta días atrás. Le habría gustado saber cuánta parte de ese dinero estaba yendo a los miembros de la comisión y cuánta a los hombres que ahora estaban con él, pero no se atrevió a preguntar.

Stalin le tendió dos tarjetas plastificadas.

—Ahí tiene usted sus credenciales de la comisión. Con ellas podrán entrar, usted y su señor Lord, en el Kremlin. También dan acceso al Palacio de las Facetas. Gozan ustedes de los mismos privilegios que los miembros de la comisión.

Se quedó impresionado. No había contado con estar presente en las sesiones de la comisión.

Khrushchev sonrió:

—Pensamos que sería mejor que asistiese usted en persona. Habrá un montón de periodistas americanos. Usted lo que tiene que hacer es pasar inadvertido e irnos informando. Ninguno de los miembros de la comisión lo conoce, ni sabe hasta dónde llegan sus relaciones. Lo que usted observe será de utilidad en nuestras discusiones venideras.

—También hemos decidido ampliar su participación —dijo Stalin.

—¿De qué modo? —preguntó Hayes.

—Es importante que la comisión no tenga motivos de distracción durante las deliberaciones. Pondremos los medios para que la sesión sea corta, pero hay riesgo de influencias exteriores.

Ya había percibido, durante la reunión, que algo estaba incomodando a aquellos cuatro hombres. Algo que Stalin había dicho antes cuando le hizo preguntas sobre Lord. *Qué trabajo les cuesta a los americanos entender hasta qué punto somos sensibles al destino, los rusos.*

—¿Qué quieren ustedes que haga?

—Lo que sea necesario, cuando lo sea. Por supuesto que cualquiera de nosotros podría echar mano de la gente a quienes representamos para solventar un problema, pero necesitamos cierto componente de desmentido. Desgraciadamente, a diferencia de lo que ocurría en la vieja Unión Soviética, los nuevos rusos no son muy buenos guardando secretos. Nuestros archivos están abiertos, la prensa es agresiva, hay una gran influencia extranjera. Usted, por otra parte, goza de credibilidad internacional. Y, además, ¿quién va a sospechar que esté metido en alguna actividad nefanda?

Stalin puso en sus labios una áspera sonrisa.

—Y ¿cómo he de manejar las situaciones que se presenten?

Stalin se sacó una tarjeta del bolsillo de la chaqueta. En ella había escrito un número de teléfono.

—Hay personas al otro lado del hilo. Si les dice usted que se tiren de cabeza al río Moscova y que se hundan para siempre, lo harán. Le sugiero que utilice tan gran lealtad con prudencia.

8

Lord miró las murallas púrpura del Kremlin a través de los cristales tintados del Mercedes. El reloj de la torre, desde muy alto, dio las ocho de la mañana. Taylor Hayes y él estaban siendo conducidos por la Plaza Roja adelante. El chófer era un ruso con una buena mata de pelo. A Lord le habría parecido inquietante, de no ser porque el propio Hayes se había ocupado del transporte.

La Plaza Roja estaba vacía de gente. Por respeto a los comunistas, muchos de los cuales aún merodeaban por la Duma, la plaza empedrada permanecía acordonada todos los días hasta la una de la tarde, que era cuando cerraban la tumba de Lenin a los visitantes. El gesto se le antojaba ridículo; no obstante, parecía suficiente para satisfacer el ego de quienes en un tiempo dominaron aquel país de 150 millones de habitantes.

Un centinela de uniforme, al ver la brillante pegatina naranja colocada en el parabrisas del coche, les indicó que entraran por la Puerta del Salvador. Lo emocionó entrar en el Kremlin por esa puerta. La Torre Spasskaya, allá en lo alto, había sido levantada en 1491 por Iván III, dentro de su masiva reconstrucción del Kremlin, y por esa puerta había accedido a la sede del poder cada uno de los nuevos Zares y Zarinas. Hoy en día era la entrada oficial a la Comisión del Zar.

Seguía temblando. Las imágenes de su persecución de ayer, no lejos de donde ahora estaba, desfilaron por su mente. Durante el desayuno, Hayes le había asegurado que no correrían riesgos y que se tomarían las medidas necesarias para garantizar su seguridad, y Lord daba por hecho que su jefe cumpliría en ese sentido. Confiaba en Hayes. Lo respetaba. Deseaba ansiosamente participar en lo que ocurría, pero no podía dejar de preguntarse si no estaría haciendo el tonto.

¿Qué diría su padre si lo viese ahora?

El reverendo Grover Lord no era lo que se dice un entusiasta de los abogados. Se complacía en llamarlos *plaga de langostas en los campos de la sociedad*. El padre de Lord visitó en cierta ocasión la Casa Blanca, con un grupo de clérigos sureños invitados a salir en la foto mientras el presidente firmaba un vano intento de restaurar el rezo en las escuelas públicas. No había transcurrido un año cuando el Tribunal Supremo ya había anulado la ley por inconstitucionalidad. *Plaga sin Dios,* clamó el reverendo desde su púlpito.

A Grover Lord no le hizo ninguna gracia que su hijo se metiera a abogado y expresó su disgusto no contribuyendo ni con un centavo al coste de los estudios de Miles, aunque podría haberlos sufragado íntegros sin esfuerzo. Ello obligó a Lord a autofinanciarse mediante préstamos estudiantiles y trabajos nocturnos. Obtuvo buenas notas y se licenció con todos los honores. Consiguió un buen empleo y fue ascendiendo en el organigrama.

O sea: que le den mucho por donde le quepa, a Grover Lord, pensó.

El automóvil se adentró en el patio del Kremlin.

Miró con admiración lo que antaño fue el Presidium del Soviet Supremo, un compacto rectángulo neoclásico. En lo alto ya no ondeaba la bandera Roja de los bolcheviques. En su lugar, la brisa mañanera agitaba el águila bicéfala del imperio. También observó la ausencia del monumento a Lenin que en otros tiempos estuvo situado a la derecha, y recordó el alboroto que suscitó su retirada. Por una vez, Yeltsin hizo oídos sordos al desacuerdo popular y dio orden de que fundieran la efigie, para aprovechar el hierro.

Le pareció maravillosa la construcción que tenía en torno. El Kremlin era una perfecta ilustración de la inclinación rusa a los grandes tamaños. A los rusos siempre les habían encantado las plazas con capacidad para una plataforma lanzamisiles, las campanas tan enormes que luego nadie lograba subirlas al campanario, los cohetes tan poderosos que resultaban incontrolables. Cuanto más grande, mejor. No sólo mejor: espléndido.

El coche aminoró la marcha y viró a la derecha.

A la izquierda quedaban las catedrales del Arcángel San Miguel y la Anunciación; a la derecha, las de la Dormición y los Doce Apóstoles. Más edificios innecesariamente obesos. Todos se levantaron por orden de Iván III, una extravagancia que le granjeó el sobrenombre de *el Grande*. Lord sabía que muchos capítulos de la historia de Rusia se habían iniciado, o cerrado, en aquellas antiguas edificaciones, todas ellas rematadas en cúpulas doradas, de bulbo, y con trabajadas cruces bizantinas. Las había visitado todas, pero jamás había soñado que alguna vez penetraría en la Plaza de las Catedrales a bordo de una limosina oficial, participando en un intento de restaurar la monarquía rusa. No estaba nada mal, para el hijo de un predicador de Carolina del Sur.

—Vaya mierda —dijo Hayes.

Lord sonrió:

—Y tú que lo digas.

El automóvil se detuvo con suavidad.

Salieron al aire libre: una mañana helada de cielo azul resplandeciente y sin una nube, algo poco frecuente en el otoño ruso. Señal de buena suerte, quizá, pensó Lord, esperanzado.

Nunca había estado en el Palacio de las Facetas. No se permitía el paso a los turistas. Era uno de los pocos edificios del Kremlin que conservaba su forma original. Iván el Grande lo hizo construir en 1491, inspirándose, para dar nombre a su obra maestra, en los bloques de piedra caliza tallados en forma de diamante que cubrían el exterior.

Se abotonó el abrigo y subió en pos de Hayes la Escalera Roja ceremonial. Stalin mandó demoler la escalera original, y esta reencarnación se había hecho unos años atrás, a partir de cuadros antiguos. Por ella habían bajado los Zares para dirigirse a la Catedral de la Dormición, donde eran coronados. Y fue exactamente desde este punto desde donde contempló Napoleón el incendio que destruyó Moscú en 1812.

Se encaminaron hacia la Sala Grande.

Esa antigua estancia sólo la había visto en reproducciones gráficas. Y, siempre tras los pasos de Hayes, rápidamente llegó a la conclusión de que las imágenes en modo alguno hacían justicia a aquella sala. Sabía que sus dimensiones eran de más de quinientos metros cuadrados, lo que hacía de ella la estancia más grande del siglo XV, pensada exclusivamente para impresionar a los dignatarios extranjeros. En el día de hoy las arañas daban una luz muy brillante, poniendo destellos de oro en la maciza columna central y en los ricos murales con escenas de la Biblia y de la sabia prudencia de los Zares.

Lord imaginó cómo habría sido la escena en 1613.

La casa de Ruirik, tras reinar durante setecientos años —sus figuras más notables fueron Iván el Grande e Iván el Terrible—, se había extinguido. A continuación, tres hombres intentaron ser Zares, y ninguno de ellos lo consiguió. Luego vino el Período Difícil, doce años de angustia durante los cuales hubo muchos que intentaron crear una nueva dinastía. Al final, los boyardos, hartos del caos, se plantaron en Moscú —dentro de las murallas que ahora rodeaban a Lord— y eligieron una nueva familia gobernante. Los Romanov. Pero Mijaíl, primer Zar Romanov, halló el país en un tremendo estado de agitación. Bandidos y ladrones merodeaban por los bosques. La hambruna casi general y la enfermedad hacían estragos en el país. Había cesado casi toda la actividad económica y comercial. Nadie recaudaba los impuestos, las arcas del Tesoro estaban prácticamente vacías.

Más o menos como ahora, pensó Lord, en conclusión.

Setenta años de comunismo habían dejado las mismas secuelas que doce años sin Zar.

Por el momento, imaginó que era uno de los boyardos que habían participado en la elección, luciendo finas prendas de terciopelo y brocado, con un gorro de marta cibelina, sentado en uno de los bancos de roble que se alineaban contra las paredes doradas.

Qué gran momento tenía que haber sido ése.

—Qué cosa —susurró Hayes—. Esta gente se ha tirado siglos y más siglos sin conseguir que un terreno diera dos cosechas seguidas, pero mira lo que eran capaces de construir.

Lord participaba de aquella opinión.

Una hilera de mesas colocadas en U y cubiertas de terciopelo rojo ocupaba un extremo de la sala. Lord contó diecisiete sillas de respaldo alto y vio cómo las iban ocupando los delegados, todos varones. Ninguna mujer había llegado a los diecisiete primeros puestos. No había habido elecciones regionales. Sólo un período de calificación de treinta días, pasado el cual los diecisiete que consiguieron mayoría relativa fueron nombrados miembros de la comisión. En esencia, un gigantesco concurso de popularidad, pero quizá el modo más sencillo de garantizar que ninguna facción dominara el voto.

Siguió a Hayes hasta una fila de sillas y tomó asiento con los demás dirigentes y la prensa. Había cámaras de televisión para retransmitir las reuniones en directo.

Abrió la sesión un delegado a quien el día anterior se había nombrado presidente. El hombre se aclaró la garganta y se puso a leer en ruso una declaración preparada de antemano.

—«El 16 de julio de 1918, nuestro nobilísimo Zar, Nicolás II, junto con todos los herederos de su sangre, fueron apartados de esta vida. Nuestro mandato consiste en rectificar lo ocurrido en los años subsiguientes y devolver a esta nación su Zar. El pueblo ha designado a esta comisión para que designe la persona que ha de regir el país. Esta decisión no carece de precedentes. Otro grupo de hombres se dio cita aquí, en esta misma sala, en 1613, y proclamó al primer gobernante de la estirpe Romanov, Mijaíl. Su progenie gobernó este país hasta la segunda década del siglo xx. Nos hemos reunido aquí para enmendar el yerro en que incurrimos entonces.

»Anoche nos juntamos a rezar con Adriano, Patriarca de Todas las Rusias. Él rogó a Dios que nos guiara en este empeño. Quede claro a todos los presentes que esta comisión se llevará adelante de un modo civilizado, franco e imparcial. Buscaremos el debate, porque sólo del contraste de pareceres puede salir la verdad. A partir de este momento, que todo el que desee expresar algo se acerque a la mesa para ser escuchado.»

Lord siguió con impaciencia la sesión matinal entera. El tiempo fue pasando en observaciones introductorias, asuntos parlamentarios y fijación de procedimientos. Los delegados acordaron que al día siguiente se presentara una lista de candidatos y que cada uno de los comisionados sometiera personalmente un candidato a consideración. A continuación se abriría un período de tres días para el debate de nuevas candidaturas. En la cuarta jornada se procedería a votación para reducir la lista a tres. Vendría a continuación otra ronda de intenso debate, y la elección final se efectuaría dos días después, siempre que se alcanzara la unanimidad, exigencia incluida en el referendo popular. Todas las demás votaciones serían por mayoría simple. Si, transcurrido este primer proceso de seis días, ningún candidato resultaba elegido, habría que volver a empezar desde el principio. No obstante, parecía haber acuerdo en el sentido de que, por el bien de la nación, todos pondrían lo mejor de sí mismos para que una persona aceptable saliese elegida al primer intento.

Poco antes de la pausa para comer, Lord y Hayes se retiraron de la Sala Grande al Vestíbulo Sacro, en uno de cuyos accesos más apartados los esperaba el chófer de la mata de pelo que los había traído aquella mañana.

—Miles, te presento a Ilya Zinov. Será tu guardaespaldas cuando estés fuera del Kremlin.

Lord observó a aquel ruso parecido a una esfinge, cuyo rostro sin expresión irradiaba un resplandor helado. El hombre tenía el cuello tan ancho como las quijadas, y a Lord le alegró ver que poseía un físico duro y atlético.

—Ilya cuidará de ti. Viene muy recomendado. Procede del ejército y conoce muy bien esta ciudad.

—Te agradezco mucho esto, Taylor. De veras.

Hayes, sonriendo, miró el reloj.

—Son casi las doce, y tienes que asistir a la reunión. Yo me ocuparé de todo aquí. Pero estaré en el hotel antes de que empecéis.

Miró a Zinov:

—Esté usted pendiente de él, tal como hemos dicho.

9

Lord entró en el salón de conferencias del Voljov: un rectángulo sin ventanas que ocupaban tres docenas de hombres y mujeres, todos con ropa de estilo conservador. En aquel momento, los camareros acababan de servir la bebida. El aire, caliente, contenía un aroma de cenicero, como en el resto del hotel. Ilya Zinov se quedó fuera esperando, junto a la puerta de doble batiente que daba al vestíbulo. Lord se sentía mucho más tranquilo sabiendo que el corpulento ruso estaba ahí.

Había preocupación grabada en los rostros que tenía alrededor. Eran personas a quienes las ansiosas incitaciones de Washington y la eventualidad de grandes beneficios en el nuevo mercado habían impulsado a invertir en la Rusia reemergente. Pero la casi constante inestabilidad política, la amenaza diaria de la mafia y los pagos por protección estaban minando los beneficios y convirtiendo aquella oportunidad de inversión en una pesadilla. Los presentes en aquel salón eran los principales colaboradores norteamericanos en la nueva Rusia: transporte, construcción, bebidas refrescantes, minería, petróleo, comunicaciones, informática, comida rápida, maquinaria pesada y banca. Tenían contratado a Pridgen & Woodworth para que defendiera sus intereses colectivos, porque todos ellos, individualmente, confiaban en la capacidad negociadora y en los buenos contactos de Taylor Hayes dentro de la Rusia reemergente. Ésta era la primera vez que Lord se reunía con el grupo entero, aunque a muchos de sus integrantes sí los conocía de antemano.

Hayes entró tras él y le dio un golpecito en el hombro.

—De acuerdo, Miles, haz lo que tienes que hacer.

Lord se situó a la vista de todos en la muy iluminada habitación.

—Buenas tardes. Soy Miles Lord.

En el grupo se hizo la calma.

—Algunos de ustedes ya me conocen. Quienes no, reciban mi más cordial bienvenida. Taylor Hayes piensa que una reunión informativa servirá para responder a todas sus preguntas. Aquí van a empezar a ocurrir cosas, muy pronto, y puede que en los próximos días no tengamos ocasión de hablar...

—Joder que si tenemos preguntas —gritó una rubia corpulenta, con acento de Nueva Inglaterra. Lord la reconoció: era la directora de operaciones para Europa del Este de Pepsico—. Quiero saber qué está pasando —prosiguió la mujer—. Tengo al consejo de administración con un nerviosismo del carajo, por culpa de todo esto.

Y con toda la razón, pensó Lord. Pero se mantuvo impasible y dijo:

—¿Ni siquiera va usted a darme la oportunidad de empezar?

—No nos hace falta ningún discurso. Queremos datos.

—Puedo describirles la cruda situación. El producto industrial ha bajado el cuarenta por ciento. La tasa de inflación se acerca al ciento cincuenta por ciento. El desempleo es bajo, en torno al dos por ciento, pero el verdadero problema está en el *subempleo*...

—Todo eso ya lo sabemos —dijo otro alto ejecutivo, uno de los que Lord no conocía—. Los químicos cuecen pan, los ingenieros trabajan en líneas de producción. Los periódicos rusos vienen llenos de toda esa basura.

—Pero las cosas no están tan mal como para que no sea posible que empeoren —dijo Lord—. Circula por ahí un chiste: Yeltsin y los gobiernos que le siguieron han logrado en dos décadas lo que los soviéticos no consiguieron en setenta y cinco años: hacer que la gente añore el comunismo.

Conatos de risas.

—Los comunistas siguen poseyendo una sólida organización de bases. Todos los años, cuando llega noviembre, el Día de la Revolución viene acompañado de impresionantes manifestaciones.

Predican la nostalgia. Cero criminalidad, pobreza reducida al mínimo, garantías sociales. Son mensajes con cierto atractivo para un país sumido en la desesperación.

Hizo una pausa.

—Pero si surge un líder fascista, un fanático... No un comunista, no un demócrata. Un demagogo... Ése es el peor escenario posible. Y ello es especialmente cierto dada la considerable capacidad nuclear rusa.

Varias cabezas dijeron que sí. Por lo menos estaban escuchando.

—¿Cómo ha podido ocurrir todo eso? —preguntó un hombrecito enjuto. Lord recordó vagamente que su dedicación era la informática—. Nunca he sido capaz de comprender cómo se ha llegado a esta situación.

Lord retrocedió un paso, acercándose a la pared frontal.

—Los rusos siempre han concedido una enorme importancia a la idea de nación. El carácter nacional ruso nunca se ha basado en el individualismo ni en la actividad mercantil. Es algo mucho más espiritual, mucho más profundo.

—Pero resultaría mucho más fácil si lográramos occidentalizarlos de arriba abajo —dijo uno de los asistentes.

Siempre le ponía los pelos de punta la idea de occidentalizar Rusia. La nación nunca se vincularía por completo a Occidente, ni tampoco en exclusiva a Oriente. Era lo que siempre había sido, una mezcla única. Lord estaba convencido de que el inversor, si quería ser listo, tenía que comprender el orgullo ruso. Explicó lo que pensaba y luego volvió a la respuesta de la pregunta:

—El gobierno ruso ha terminado por comprender que necesita algo situado por encima de la política. Algo con capacidad para congregar al pueblo. Quizá, incluso, un concepto que pueda utilizarse en la gobernación del país. Hace dieciocho meses, cuando la Duma hizo un llamamiento a una idea nacional en esa línea, se quedó muy sorprendida ante los resultados que le presentó el Instituto de Opinión Pública e Investigación de Mercado. *Dios, Zar y Patria*. En otras palabras: volvamos a la monarquía. ¿Radical? Por supuesto. Pero cuando la opción se sometió a plebiscito, la gente votó sí por abrumadora mayoría.

—¿Cómo lo explica usted? —preguntó uno de los asistentes.

—Sólo puedo darles a ustedes mi opinión. En primer lugar, hay verdadero miedo al posible resurgir del comunismo. Lo vimos hace años, cuando Zyuganov desafió a Yeltsin y estuvo a punto de salirse con la suya. Pero la mayoría de los rusos no desea volver al totalitarismo, y eso lo dicen todas las encuestas. Lo cual no quita que surja un populista y aproveche los malos tiempos para acceder al gobierno con falsas promesas.

»La segunda razón es más profunda y fiable. Sencillamente dicho, la gente ya no cree que el gobierno pueda resolver los problemas del país. Y, con toda franqueza, creo que la gente tiene razón. Fíjense en la delincuencia. Estoy seguro de que todos y cada uno de ustedes pagan protección a una o más mafias. No les queda otra elección. O eso, o volver a casa en un ataúd.

Recordó en aquel momento lo ocurrido el día anterior, pero no dijo nada. Hayes le había aconsejado que se lo guardase. Suficientemente nerviosos estaban ya los asistentes a esta charla como para hacerles pensar que los abogados también podían estar en el punto de mira.

—Existe la creencia generalizada de que si alguien no está robando es que se engaña a sí mismo. Menos del veinte por ciento de la población se toma la molestia de pagar impuestos. Hay un derrumbamiento interno casi total. No cuesta mucho trabajo comprender que cualquier cosa le parezca mejor a la gente que la situación actual. Pero también hay cierta nostalgia en lo tocante al Zar.

—Es de locos —gritó uno de los asistentes—. ¡Un puñetero rey!

Comprendía muy bien el punto de vista de los norteamericanos sobre la autocracia. Pero la combinación de tártaros y eslavos que constituía la Rusia moderna parecía añorar un líder autócrata, y era esa batalla por la supremacía la que había mantenido viva y alerta a la sociedad rusa durante siglos.

—La nostalgia es fácil de comprender —dijo—. La verdadera historia de Nicolás II y su familia sólo ha llegado a contarse en las últimas décadas. En toda Rusia se considera que lo ocurrido en julio de 1918 estuvo mal. Los rusos se sienten engañados por la ideología soviética, que hizo del Zar la encarnación del mal.

—Vale. Vuelve el Zar —empezó a decir uno de los asistentes.

—No exactamente —dijo Lord—. Ése es un error muy generalizado, que la prensa no acaba de captar. Por eso pensó Taylor que esta charla nos vendría muy bien a todos —se dio cuenta de que por fin había conseguido fijar la atención de la concurrencia—. Lo que vuelve es la idea del Zar, pero hay dos preguntas a las que será necesario dar respuesta. ¿Qué significa ser Zar? Y ¿hasta dónde llega su poder?

—Zar o Zarina —dijo una de las mujeres.

Lord negó con la cabeza:

—No. Sólo Zar. De eso estamos seguros. A partir de 1797 la ley rusa establece que la sucesión sólo se produciría por la línea masculina. Damos por sentado que este precepto seguirá en pie.

—Vale —dijo otro hombre—. Veamos la respuesta a las dos preguntas.

—La primera es fácil. Será Zar quienquiera que designen los diecisiete representantes que la comisión eligió. Los rusos son unos verdaderos fanáticos de las comisiones. Hasta ahora, para lo único que valieron, casi todas, fue para añadir una nueva estampilla a los usos del Comité Central Soviético; pero éste funcionará totalmente aparte del gobierno, lo cual no es tan difícil, en este momento, porque apenas si queda gobierno alguno.

»Se presentarán los candidatos y se valorarán los méritos que cada uno aduce. Por el momento, el aspirante más cualificado es el nuestro, Stefan Baklanov. Su filosofía es claramente occidental, pero desciende directamente de los Romanov. Ustedes nos están pagando para que nos aseguremos de que sea su candidatura la que prospere al final ante la comisión. Taylor está cabildeando al máximo para que así sea. Y yo me he pasado las últimas semanas en los archivos rusos, asegurándome de que no hay en ellos nada que pueda perjudicar a nuestro candidato.

—Es sorprendente que lo dejen a usted meter mano en los archivos —dijo una voz.

—La verdad es que no —dijo Lord—. Nosotros, de hecho, no tenemos nada que ver con la Comisión del Zar, aunque nuestras credenciales digan lo contrario. Nosotros estamos aquí para velar por sus intereses, los de ustedes, y para garantizar que Stefan Baklanov salga elegido. Aquí pasa lo mismo que en Estados Unidos: el cabildeo es una forma de arte.

Un hombre de las últimas filas se puso en pie:

—Señor Lord, todos los aquí presentes ponemos nuestras carreras en juego. ¿Se hace usted cargo de la gravedad del asunto? Estamos hablando de un posible retroceso de la semidemocracia a la autocracia. Ello no dejará de tener un efecto indirecto en nuestras inversiones.

Tenía una respuesta preparada:

—En este punto y hora, no sabemos hasta dónde llegará la autoridad del nuevo Zar. En este punto y hora, no sabemos si el Zar será una figura decorativa o el verdadero regidor de Todas las Rusias.

—Sea realista, Lord —dijo uno de los asistentes—. Esos idiotas no van a poner todo el poder verdadero en manos de un solo hombre.

—Falso. Lo pactado es que hagan exactamente eso, poner todo el poder en manos de un solo hombre.

—No es posible lo que está pasando —dijo otro.

—Puede no ser tan malo —se apresuró a decir Lord—. Rusia está en la bancarrota. Necesita inversión extranjera. Puede que sea más fácil tratar con un autócrata que con las mafias.

Unos cuantos emitieron murmullos de aprobación, pero uno de ellos preguntó:

—¿Y ese problema va a desaparecer?

—Esperemos que así sea.

—¿Usted qué piensa, Taylor? —preguntó otro de los asistentes.

Hayes, que ocupaba una de las mesas del fondo, se puso en pie y se situó frente a la concurrencia.

—En mi opinión, lo que acaba de decirles Miles es totalmente correcto. Vamos a ser testigos del regreso al trono del Zar de Todas las Rusias. La nueva creación de una monarquía absoluta. Sorprendentísimo, qué quieren que les diga.

—Y terrorífico, también —dijo uno de los asistentes.

Hayes sonrió.

—No se preocupen. Nos están ustedes dando un buen montón de dólares por salvaguardar sus intereses. La comisión se ha puesto en marcha, y es en serio. Allí estaremos nosotros, cumpliendo con lo que estipula el contrato firmado con ustedes. Lo único que tienen que hacer es confiar en nosotros.

10

Hayes entró en la diminuta sala de conferencias del decimoséptimo piso. Aquel inmueble de oficinas se alzaba en el centro de Moscú: un rectángulo con la fachada de cristal tintado de gris. Siempre le parecía muy bien la elección de local para las reuniones. Sus benefactores daban la impresión de nadar en la abundancia y el lujo.

Stalin ocupaba un asiento de la mesa de conferencias en forma de ataúd.

Dmitry Yakolev era el representante de las mafias en la Cancillería Secreta. Tenía unos cuarenta y cinco años, una mecha de pelo color trigo le caía sobre la morena frente, irradiaba encanto y control de la situación. Por una vez, las aproximadamente trescientas bandas que ocupaban la Rusia occidental se habían puesto de acuerdo en que un solo delegado representara sus intereses respectivos. Había demasiadas cosas en juego como para ponerse a discutir por cuestiones protocolarias. El elemento criminal, al parecer, comprendía lo que era sobrevivir, y era perfectamente consciente de lo que un monarca absoluto con pleno apoyo popular podía hacer por ellos. O contra ellos.

Hayes se daba cuenta de que, en muchos aspectos, Stalin era el centro de todo. En Rusia, la influencia del hampa llegaba hasta los más profundos estamentos del gobierno, del comercio y del ejército. Los rusos incluso tenían su propio nombre para designarla: *Vori v Zakone*, Ladrones en Derecho. Era una descripción que a Hayes le gustaba. Pero la amenaza que representaba su violencia era muy real. Un contrato para matar a alguien era más barato y más rápido, para resolver una disputa, que los tribunales.

—¿Cómo fue la sesión de apertura? —preguntó Stalin, en perfecto inglés.

—Los comisionados consiguieron organizarse, como era de esperar. Mañana entrarán en el fondo del asunto. Lo previsto es que tengamos una primera votación a los seis días.

El ruso pareció impresionado.

—Eso fue lo que usted predijo: menos de una semana.

—Ya se lo dije: sé muy bien lo que estoy haciendo. ¿Se hizo la transferencia?

No hubo ningún titubeo que indicara irritación.

—No estoy acostumbrado a ir tan directamente al grano.

Lo que no dijo, pero quedó muy claro, fue que no estaba acostumbrado a que *un extranjero* fuese tan directamente al grano. Hayes decidió andarse con tiento, aunque también él estaba irritado.

—No he pretendido faltarle a usted al respeto. Es sólo que los pagos no se han hecho según lo acordado, y no estoy acostumbrado a que los pactos se ignoren.

Encima de la mesa había una hoja de papel. Stalin se la pasó, haciéndola deslizarse sobre la superficie.

—Ahí verá usted la nueva cuenta en Suiza que solicitó. El mismo banco de antes. Cinco millones de dólares. Se ingresó esta mañana. Cubre todos los pagos debidos hasta la fecha.

Hayes quedó satisfecho. Llevaba diez años representando a la *mafiya* en sus ramificaciones estadounidenses. Millones de dólares se habían lavado por medio de instituciones financieras de Norteamérica, que encaminaban el dinero a actividades necesitadas de capital, casi siempre legales, más acostumbradas a comprar acciones, valores, oro y obras de arte. Pridgen & Woodworth había ganado millones de dólares en minutos por su gestión, siempre legítima, merced a una combinación de leyes norteamericanas favorables y de burócratas aún más favorables. Nadie conocía el origen del dinero, y, hasta la fecha, estas actividades no habían llamado la atención de los estamentos oficiales. Hayes había utilizado su trabajo de representación para ganar influencia en el bufete y atraerse una enorme cantidad de clientes extranjeros que acudían a él sencillamente porque sabía el modo en que había que hacer las cosas en la nueva Rusia: cómo servirse del miedo y de la angustia, cómo hacer que la incertidumbre se tornara en una buena amiga, si uno sabía cómo aliviarla. Y lo sabía.

Stalin sonrió con suficiencia.

—Este asunto se está haciendo de lo más rentable para usted, Taylor.

—Ya le dije que si me arriesgaba no era por hacer un poco de ejercicio saludable.

—No parece, no.

—¿Qué quiso decir ayer? Lo de ampliar mi papel en todo este asunto.

—Quise decir lo que dije. Necesitamos que determinadas cosas se solucionen, y usted puede negarlo todo, llegado el momento.

—Quiero saber qué es lo que no me está contando.

—Créame: no tiene importancia, por el momento. No hay motivo de preocupación. Estamos siendo cautelosos, eso es todo.

Hayes se sacó del bolsillo del pantalón la tarjeta que Stalin le había dado el día antes.

—¿Voy a tener que hacer la llamada?

Stalin se rió entre dientes.

—¿Le resulta a usted atractivo ese concepto de la lealtad, que baste una orden suya para que unos hombres se tiren de cabeza al río?

—Lo que quiero saber es para qué pueden hacerme falta.

—Esperemos que no suceda. Hábleme ahora de la concentración de poder. ¿Qué se dijo hoy al respecto, en la sesión?

Hayes decidió dejar el asunto.

—El poder se concentrará en manos del Zar. Pero aún tenemos que ocuparnos del consejo de ministros y de la Duma.

Stalin sopesó la información.

—Parece formar parte de nuestra naturaleza, ser volubles. Monarquía, república, democracia, comunismo... Nada de eso funciona aquí.

Hizo una pausa. Luego, con una sonrisa, añadió:

—Gracias a Dios.

Hayes preguntó lo que verdaderamente quería saber:

—¿Qué me dice de Stefan Baklanov? ¿Cooperará?

Stalin miró su reloj.

—Supongo que no tardará usted en obtener respuesta a esa pregunta.

11

Hayes miró la escopeta con admiración: una Fox de dos cañones con culata turca de nogal, pulida a mano hasta darle brillantez. La empuñadura en forma de culata de pistola era fina y recta, con la parte delantera en forma de cola de castor y la base de caucho duro. Probó la báscula, de caja, con expulsores automáticos. Sabía que el precio oscilaba entre los siete mil dólares del modelo básico y los veinticinco mil de una pieza de exhibición. Un arma impresionante, en verdad.

—Le toca a usted —dijo Lenin.

Hayes se echó la escopeta al hombro y apuntó al cielo nubloso de la tarde. Estabilizó el cañón con un toque ligerísimo.

—¡Pichón! —gritó con todas sus fuerzas.

De la torreta salió volando un pichón gris. Siguió el punto negro, adelantó la mirilla a su trayectoria, y disparó.

El blanco se desintegró en mil fragmentos.

—Es usted un buen tirador —dijo Khrushchev.

—La caza es mi pasión.

Pasaba como mínimo nueve semanas al año viajando por el mundo, de partida de caza en partida de caza. Caribúes y gansos en Canadá. Faisanes y cabras salvajes en Asia. Ciervos y zorros rojos en Europa. Antílopes y búfalos de El Cabo en África. Por no decir nada de los patos, venados, urogallos y pavos salvajes que perseguía normalmente por los bosques del norte de Georgia y por los montes del oeste de Carolina del Norte. Su despacho de Atlanta estaba atestado de trofeos. Los dos últimos meses habían sido tan intensos que no había tenido tiempo ni de pegar unos tiros, de modo que esta excursión de ahora la había agradecido mucho.

Salió de Moscú nada más terminar su reunión con Stalin, y un coche, con su correspondiente chófer, lo llevó a una finca situada a algo menos de cincuenta kilómetros de la capital, en dirección sur. El edificio principal era verdaderamente encantador, con sus paredes de ladrillo rojo cubiertas de hiedra. Era propiedad de otro de los miembros de la Cancillería Secreta, George Ostanovich, que Hayes conocía mejor bajo el sobrenombre de Lenin.

Ostanovich procedía del ejército. Era un hombre flaco, cadavérico, con los ojos grises como el acero detrás de unas gruesas gafas. Nunca iba de uniforme, pero era general con experiencia en combate: había participado al mando de su batallón en el asalto de Grozny, al principio de la guerra chechena. Aquel acto de guerra le había costado un pulmón, de ahí que ahora el mero hecho de respirar le resultase muy penoso. Después de la guerra adoptó una postura pública muy crítica con respecto a Yeltsin y su débil política militar, y si no hubiera sido porque Yeltsin se vio apartado del poder, Ostanovich no habría logrado mantenerse en su empleo y cargo. A los militares de más graduación les preocupaba cuál podía ser su futuro bajo un nuevo Zar, de modo que la presencia del ejército en toda conspiración se consideraba de fundamental importancia, y Ostanovich había sido elegido para representar los intereses militares en la comisión.

Lenin se situó en la marca y se aprestó a disparar.

—Pichón —aulló.

Un segundo después hizo blanco a la primera.

—Excelente —dijo Hayes—. Ahora que el sol está cayendo, el tiro se hace cada vez más difícil.

El Presumible Heredero, Stefan Baklanov, se mantenía aparte, con su escopeta de un solo tiro en posición de carga. Baklanov era un hombre de baja estatura, con los ojos de color verde claro y una espesa barba al estilo Hemingway; se estaba quedando calvo y tenía barriga. Andaba cerca de los cincuenta y poseía un rostro desprovisto de toda expresión, al menos en apariencia, y eso era algo que preocupaba a Hayes. En el ámbito de lo político, que un candidato fuera o no capaz de gobernar era, las más de las veces, irrelevante. Lo importante era que diese la impresión de poder gobernar. Hayes no ponía en duda que, al final, los diecisiete miembros de la Comisión del Zar acabarían vendiéndose, con lo cual quedaban asegurados sus votos; pero, así y todo, había que presentarles un candidato adecuado y, lo que era aún más importante, ese tonto del bote tenía que ser capaz de llevar la cosa adelante, o, por lo menos, de dar eficaz cumplimiento a las órdenes que recibiera de los hombres que lo alzaron al trono.

Baklanov dio un paso adelante hasta situarse en la marca. Lenin y Khrushchev se apartaron.

—Por curiosidad —dijo Baklanov, con su voz de barítono—: ¿estamos hablando de monarquía absoluta?

—No hay otro modo de que pueda funcionar.

Hayes abrió la escopeta y extrajo el cartucho usado. Los cuatro hombres estaban solos en la terraza de ladrillo. En el hayedo que tenían a la vista empezaban a percibirse los primeros toques cobrizos del otoño. Más allá del pabellón, en la distancia, una manada de bisontes correteaba por campo abierto.

—¿Tendré plenos poderes en lo militar? —preguntó Baklanov.

—Dentro de los límites de lo razonable —dijo Lenin—. Los tiempos de Nicolás ya pasaron. Ahora hay que tener en cuenta otros factores... más modernos.

—Y ¿seré comandante en jefe del ejército?

—¿Cuál sería su política militar? —le preguntó Lenin.

—No tenía idea de que se me fuesen a tolerar políticas propias.

El sarcasmo era claro, y Hayes se dio cuenta de que a Lenin no le había gustado nada. También Baklanov pareció notarlo.

—Soy consciente, General, de que las fuerzas armadas están muy escasas de fondos y nuestra capacidad defensiva se ha visto muy mermada por la inestabilidad política. Pero no creo que nuestro destino dependa de ser una gran potencia militar. Los soviéticos arruinaron este país a base de fabricar bombas mientras las carreteras se deshacían en pedazos y la gente se moría de hambre. Nuestra misión estriba en satisfacer las necesidades básicas.

Hayes sabía que no era eso lo que Lenin quería oír. Los mandos del ejército ruso ganaban menos, a fin de mes, que un mercachifle callejero. Las viviendas militares se habían convertido poco menos que en chabolas. La maquinaria llevaba años sin el mantenimiento adecuado, y los equipos más sofisticados estaban ya casi obsoletos.

—Ni que decir tiene, General, que habrá partidas presupuestarias que corrijan las deficiencias del pasado. Nos hace falta un ejército fuerte, que cubra las necesidades de defensa.

Era clara señal de que Baklanov estaba dispuesto a transigir.

—Lo que me gustaría saber es si serán restituidas al Zar sus antiguas propiedades.

A Hayes estuvo a punto de escapársele una sonrisa. El Presumible Heredero parecía estar disfrutando con los aprietos de su huésped. La palabra rusa «zar» era corrupción de la latina «cæsar», y la analogía le pareció muy adecuada. Este hombre podría ser un César excelente. Poseía una arrogancia ilimitada, rayana en la estupidez. Baklanov quizá hubiera olvidado que, en la antigua Roma, los partidarios de César acabaron perdiendo la paciencia.

—¿Qué tenía usted en mente? —preguntó Khrushchev.

Khrushchev —Maxim Zubarev— procedía del gobierno. Actuaba sin miramientos, con fanfarronería. Quizá, pensaba a menudo Hayes, lo hacía para compensar su cara de caballo y sus ojos arrugados, nada favorecedores. Representaba a un considerable número de funcionarios de la Administración Central moscovita que también estaban preocupados por su posible pérdida de influencia tras la restauración de la monarquía. Zubarev era consciente, y así lo había expresado muchas veces, de que el orden nacional existía sólo porque el pueblo admitía la autoridad del gobierno mientras la Comisión del Zar terminaba su tarea. Los altos cargos que quisieran sobrevivir a la mutación tendrían que adaptarse a toda prisa. De ahí su necesidad de tener voz en la manipulación subrepticia del sistema.

Baklanov miró de hito en hito a Khrushchev.

—Debo solicitar que se me restituya la propiedad de los palacios que pertenecían a mi familia en el momento de la revolución. Eran propiedad de los Romanov, y fueron ladrones quienes no la respetaron.

Lenin suspiró:

—¿Cómo piensa usted mantenerlos, los palacios?

—No lo haré. De eso se ocupará el Estado, por supuesto. Pero quizá pudiéramos llegar a un acuerdo similar al que tiene la monarquía británica. Casi todos los palacios permanecerán abiertos al público, y el importe de las entradas irá a gastos de mantenimiento. Pero todas las propiedades e imágenes de la Corona pertenecerán a la Corona, que podrá conceder licencias de utilización al extranjero, previo pago de los correspondientes derechos. Así obtiene millones, todos los años, la corona británica.

Lenin se encogió de hombros:

—No veo problema. El pueblo, desde luego, no puede permitirse las monstruosidades esas.

—Ni que decir tiene —prosiguió Baklanov— que volveré a convertir el Palacio Catalina de Tsarskoe Selo en residencia de verano. En Moscú, quiero el control completo de los palacios del Kremlin, y las Facetas será el centro de mi corte.

—¿Es usted consciente de lo que pueden costar semejantes extravagancias? —dijo Lenin.

Baklanov se quedó mirándolo.

—El pueblo no querrá que su Zar viva en una choza. Los costes son problema de ustedes, caballeros. La pompa y la solemnidad son consustanciales a la capacidad de gobierno.

Hayes admiró la osadía de aquel hombre. Le recordó al alcalde Jimmy Walker rebelándose contra los gerifaltes de Tammany Hall en el Nueva York de los años veinte. Pero tal actitud tenía sus riesgos. Walter terminó dimitiendo de su cargo, la gente quedó convencida de que era un rufián, y el Hall lo dejó caer, porque no obedecía las órdenes.

Baklanov asentó la culata de la escopeta en su resplandeciente bota derecha. Hayes admiró el traje de lana —de Savile Row, si no se equivocaba—, la camisa Charvet de algodón, la corbata Canali y el sombrero de fieltro con penacho de gamuza. Por lo menos, aquel ruso sabía presentarse.

—Los soviéticos invirtieron años y más años en hacernos aprender las maldades de los Romanov. Todo mentira, desde la primera hasta la última palabra —dijo Baklanov—. La gente quiere una monarquía con todo su boato. Que se entere el resto del mundo. Eso sólo puede lograrse con mucho espectáculo y mucha solemnidad. Empezaremos con una coronación muy bien montada, luego con un gesto de lealtad hacia su nuevo jefe de Estado por parte del pueblo... Digamos un millón de almas en la Plaza Roja. A continuación, los palacios serán una consecuencia lógica.

—Y ¿qué me dice de la corte? —le preguntó Lenin—. ¿Pondrá usted la capital en San Petersburgo?

—Sin duda alguna. Los comunistas eligieron Moscú. La vuelta a lo anterior será símbolo del cambio.

—Y ¿tendrá usted su propio surtido de grandes duques y duquesas? —preguntó Lenin, sin ocultar su disgusto.

—Por supuesto. Hay que preservar la sucesión.

—Pero usted desprecia a su familia —dijo Lenin.

—Mis hijos recibirán lo que por nacimiento les corresponde. Además de eso, crearé una nueva clase dirigente. ¿Qué mejor modo de recompensar a los patriotas que hicieron posible todo esto?

Khrushchev levantó la voz:

—Hay entre nosotros quienes desean un estamento de boyardos creado a partir de los nuevos ricos y las bandas organizadas. El pueblo espera que el Zar acabe con la *mafiya,* no que la premie.

Hayes se preguntó si Khrushchev habría sido tan osado si Stalin hubiera estado presente. Stalin y Brezhnev habían sido excluidos de la reunión, intencionadamente. La división había sido idea de Hayes, una variante del truco policía bueno-policía malo.

—Estoy de acuerdo —dijo Baklanov—. Una evolución lenta será buena para todos los implicados. Me interesa más que los herederos de mi sangre me hereden y que la dinastía Romanov siga adelante.

Los hijos de Baklanov, todos varones, estaban entre los veinticinco y los treinta y tres años. Odiaban a su padre como un solo hombre, pero la perspectiva de que el mayor fuera Zar y los otros dos, grandes duques, había aconsejado una tregua familiar. La mujer de Baklanov era una alcohólica sin remisión posible, pero era ortodoxa de nacimiento, rusa, con algo de sangre real. Se había pasado los últimos treinta años en un balneario austríaco, tratando de aplicarse la ley seca, y había asegurado en varias ocasiones a todo el que quería oírla que con mucho gusto abandonaría la botella a cambio de convertirse en Zarina de Todas las Rusias.

—La continuidad de la monarquía es algo que a todos nos interesa —dijo Lenin—. Su primogénito parece una persona razonable. Ha dado promesa de que seguirá aplicando los principios políticos que usted establezca.

—Y ¿cuáles serán mis principios políticos?

Hayes había estado esperando la oportunidad de intervenir:

—Hacer exactamente lo que nosotros digamos.

Estaba hasta las narices de andarse con miramientos ante aquel hijo de puta.

Baklanov no ocultó el enfado que le provocaba semejante salida de tono. Muy bien, pensó Hayes. Más le vale acostumbrarse.

—No era yo consciente de que fuéramos a tener a un norteamericano desempeñando un papel en esta transición.

Hayes ajustó la dureza de su mirada:

—Este norteamericano es quien está financiando su modo de vida.

Baklanov miró a Lenin.

—¿Es eso cierto?

—Nosotros no tenemos ningún deseo de gastar nuestros rublos en usted. Los extranjeros se ofrecieron. Nosotros aceptamos. Ellos tienen mucho que ganar o que perder en los próximos años.

Hayes prosiguió:

—Nos aseguraremos de que sea usted el próximo Zar. Tendrá usted poder absoluto. Habrá una Duma, pero tendrá menos importancia que un toro castrado. Toda propuesta de ley tendrá que ser aprobada por usted y por el Consejo de Estado.

Baklanov asintió con un gesto de la cabeza.

—La filosofía de Stolypin: que la Duma sea un apéndice del Estado y que esté ahí para respaldar la política del gobierno, no para controlarla ni administrarla. Toda la soberanía para el monarca.

Petr Stolypin fue uno de los últimos cancilleres de Nicolás II. Tan cruel en su defensa del orden zarista, que el nudo de la horca utilizada para colgar a los campesinos rebeldes llegó a denominarse «corbata de Stolypin», y los vagones de tren con destino a Siberia, repletos de desterrados políticos, se llamaban «coches de Stolypin». Pero un revolucionario le pegó un tiro y lo mató, ante los ojos del propio Nicolás II, en la ópera de Kiev.

—Quizá quepa deducir alguna conclusión del modo en que terminó sus días Stolypin —dijo Hayes.

Baklanov no respondió, pero su barbado rostro dejó percibir que había comprendido la amenaza.

—¿Cómo se elegirá el Consejo de Estado?

Lenin dijo:

—La mitad por elección, la mitad por designación directa suya.

—Es un intento —dijo Hayes— de añadir una pizca de democracia al proceso, en atención a las relaciones públicas. Pero nos aseguraremos de que el consejo sea controlable. En asuntos políticos, sólo nos escuchará usted a nosotros, exclusivamente. Ha hecho falta una enorme cantidad de esfuerzos para juntar a todo el mundo en este proyecto. Usted es la piedra angular. Lo comprendemos. La discreción será ventajosa para todos, de modo que no seremos nosotros quienes le critiquemos en público. Pero su obediencia no puede estar en duda, ni lo estará.

—¿Y si me niego, una vez investido de la púrpura del poder?

—En ese caso —dijo Lenin—, tendrá usted el mismo destino que sus predecesores. Veamos. Iván V vivió toda su vida encerrado, sin comunicación con el mundo. Pedro II murió de una paliza. Pablo I fue estrangulado. Con Alejandro II acabó una bomba. A Nicolás II le pegaron un tiro. Ustedes, los Romanov, no parecen muy buenos evitando que los asesinen. No sería muy difícil organizarle una buena muerte. Luego, ya nos ocuparemos de que el siguiente Romanov sea más cooperativo.

Baklanov no dijo nada. Se limitó a volverse hacia los bosques que viraban al gris y cerrar su escopeta de un solo golpe. Dio un paso hacia el encargado de cancha.

Un disco surcó el aire.

Baklanov falló el tiro.

—Ay, ay, ay —dijo Khrushchev—. Va a haber que trabajar mucho para mejorarle la puntería.

12

A Lord le inquietaba que Hayes hubiera salido de la ciudad tan súbitamente. Se sentía más a gusto teniendo a su jefe cerca. Seguía muy nervioso por lo del día anterior, y resultaba que Ilya Zinov se había ido a dormir a casa, prometiéndole, eso sí, que estaría esperándolo en el vestíbulo del Voljov a las siete en punto de la mañana siguiente. Lord se había hecho a la idea de permanecer en su habitación, pero estaba muy inquieto y acabó bajando al bar a tomarse una copa.

Como de costumbre, había una mujer de edad sentada tras un mostrador de madera falsa, al final del pasillo del tercer piso: era imposible entrar o salir del ascensor sin pasar junto a ella. Era una *dezhurnaya*. Otra reliquia de tiempos de la Unión Soviética, cuando en cada planta de cada hotel había una mujer, perteneciente a la plantilla del KGB, que se ocupaba de facilitar el control de los huéspedes extranjeros. Ahora no pasaban de camareras complicadas.

—¿Sale usted, señor Lord?

—Sólo voy al bar.

—¿Asistió hoy a la reunión de la comisión?

Lord no había hecho ningún secreto de sus actividades en la comisión: todos los días salía y entraba con la credencial prendida de la solapa.

Dijo que sí con la cabeza.

—¿Van a conseguirnos un nuevo Zar?

—¿Es eso lo que usted quiere?

—Con todas mis ganas. Este país necesita un retorno a sus raíces. Ahí está el problema.

Había despertado la curiosidad de Lord.

—Estamos en un sitio enorme, con una facilidad extraordinaria para olvidar su pasado. El Zar, un Romanov, nos devolverá a nuestras raíces.

Por sus palabras, parecía orgullosa de sí misma.

—¿Y si el que eligen no es un Romanov?

—No saldrá bien —declaró ella—. Dígales que ni se les pase por la cabeza. El pueblo quiere un Romanov. Lo más cerca posible de Nicolás II.

Charlaron un rato más, y Lord, antes de meterse en el ascensor, prometió a la mujer que transmitiría su punto de vista a la comisión.

Una vez abajo, se encaminó hacia el mismo salón en que se habían refugiado Hayes y él la tarde anterior, después de la agresión. Pasaba frente a uno de los restaurantes cuando vio un rostro conocido. Era el hombre de los archivos, con otras tres personas.

—Buenas noches, profesor Pashenko —dijo Lord en ruso, atrayéndose la atención del viejo.

—¡Señor Lord! ¡Qué coincidencia! ¿Viene usted a cenar?

—Vivo en este hotel.

—Estoy con unos amigos. Cenamos aquí con frecuencia. El restaurante es muy bueno.

Pashenko presentó a sus acompañantes. Tras una breve charla, Lord se excusó:

—Me ha alegrado mucho volverlo a ver, profesor —dio un paso adelante, como para seguir su camino—. Iba a tomar una copa rápida antes de irme a dormir.

—¿Puedo acompañarlo? —preguntó Pashenko—. Lo pasé tan bien charlando con usted...

Lord dudó un momento y luego dijo:

—Si le apetece... Siempre es de agradecer un poco de compañía.

Pashenko dio las buenas noches a sus amigos y entró con Lord en el salón. Un ligero popurrí de piezas de piano flotaba en el ambiente. Sólo la mitad de las mesas estaban ocupadas. Tomaron asiento, y Lord pidió al camarero que les trajese una jarrita de vodka.

—Desapareció usted de pronto, ayer —dijo Lord.

—Vi que estaba usted ocupado. Y ya le había hecho perder bastante tiempo.

Llegó el camarero con la vodka, y Pashenko se adelantó a pagar, sin darle tiempo a Lord de sacar la cartera. El norteamericano, recordando las palabras de la mujer del pasillo, dijo:

—¿Puedo preguntarle una cosa, profesor?

—Por supuesto.

—Si a la comisión le diese por elegir a alguien que no fuera un Romanov, ¿cuál sería el efecto?

Pashenko sirvió vodka en ambos vasos.

—Sería un error. El trono pertenecía a la familia Romanov cuando llegó la revolución.

—Hay quien podría decir que Nicolás renunció al trono con su abdicación de marzo de 1917.

Pashenko se rió.

—Con una pistola en la sien. A nadie se le ocurriría alegar en serio que renunció libremente al trono y a la sucesión.

—¿Quién cree usted que está más legitimado?

El ruso levantó una ceja.

—Difícil pregunta. ¿Conoce usted la ley sucesoria rusa?

Lord asintió con la cabeza.

—La instituyó el emperador Pablo, en 1797. Se establecieron cinco criterios. El sucesor ha de ser varón, siempre que haya alguno entre los posibles herederos. Será de religión ortodoxa. Su madre y su mujer han de ser ortodoxas. Sólo podrá contraer matrimonio con una mujer de igual rango, perteneciente a una familia reinante. Y necesitará permiso del Zar para casarse. Si no cumples cualquiera de estos requisitos, puedes darte por eliminado.

Pashenko sonrió.

—Conoce usted bien nuestra historia. ¿Y qué pasa con el divorcio?

—Eso es algo que nunca preocupó a los rusos. No es extraordinario que una divorciada pase a formar parte de la familia real. Siempre me pareció interesante esa actitud. Devoción casi fanática por la religión ortodoxa, pero, al mismo tiempo, aceptación de las razones prácticas, en nombre de la política.

—¿Es usted consciente de que no puede garantizarse que la Comisión del Zar cumpla la Ley de Sucesión?

—Estoy en el convencimiento de que no les queda otro remedio. La ley nunca fue derogada, salvo por decretos comunistas a los que nadie otorga validez en este momento.

Pashenko ladeó la cabeza.

—Pero la aplicación de los cinco requisitos excluiría literalmente a todos los pretendientes.

Ése era el punto que habían estado discutiendo Lord y Hayes. Aquel hombre tenía razón, la ley sucesoria planteaba un problema. Y los pocos Romanov que sobrevivieron a la revolución no estaban facilitando las cosas. Se habían escindido en cinco clanes bien diferenciados, sólo dos de los cuales —los Mijailovichi y los Vladimirovichi— poseían los vínculos genéticos suficientes como para competir por el trono.

—Es un verdadero dilema —dijo el profesor—. Pero la situación que se da aquí es muy insólita. Toda una familia reinante fue eliminada. Es fácil comprender que haya confusión en lo tocante a la sucesión. La comisión tendrá que resolver el rompecabezas y elegir un Zar válido que el pueblo pueda aceptar.

—Me preocupa el proceso. Baklanov asegura que varios de los Vladimirovichi son unos traidores. Me han dicho que se propone presentar pruebas que demuestren esta acusación, si alguno de sus nombres aparece entre los candidatos.

—Y ¿le preocupa a usted Baklanov?

—Mucho.

—¿Ha descubierto usted algo que pueda poner en peligro su candidatura?

Lord negó con la cabeza.

—Nada que guarde relación con él. Es un Mijailovichi, el más cercano, por linaje, a Nicolás II. Es nieto de Xenia, hermana de Nicolás. Huyeron de Rusia a Dinamarca en 1917, cuando los bolcheviques se hicieron con el poder. Los siete hijos se criaron en Occidente, y acabaron dispersándose. Los padres de Baklanov vivieron en Alemania y en Francia. Él fue a los mejores colegios, pero no entró en la línea directa hasta las prematuras muertes de sus primos. Ahora es el varón de más edad. Aún no he encontrado nada que pueda perjudicarle.

Si quitamos, pensó, la posibilidad de que un descendiente directo de Nicolás y Alejandra ande por ahí dando vueltas. Pero ésa era una idea demasiado fantástica como para tenerla en consideración.

O, al menos, hasta ayer, eso parecía.

Pashenko se acercó el vaso de vodka al curtido rostro.

—Conozco bien a Baklanov. Su único problema puede ser su mujer. Es ortodoxa, con un toque de sangre real. Pero, por supuesto, no pertenece a ninguna casa reinante. ¿Cómo iba a pertenecer? Quedan tan pocas. Seguramente, los Vladimirovichi dirán que eso la descalifica, pero, a mi modo de ver, la comisión no tendrá más remedio que obviar ese requisito. Me temo que nadie lo cumple. Y, desde luego, ninguno de los descendientes que aún viven puede aducir que el Zar autorizó su matrimonio, porque llevamos decenios sin Zar.

Lord ya había llegado, él también, a esa conclusión.

—No creo que el pueblo ruso tenga en cuenta la cuestión del matrimonio —prosiguió Pashenko—. Tendrá muchísima más importancia lo que el nuevo Zar y la Zarina hagan después. Estos sobrevivientes de los Romanov pueden ser bastante mezquinos. Tienen antecedentes de conflictos internos. Algo que no puede tolerarse, y menos en público, en la comisión.

Recordando de nuevo la nota de Lenin y el mensaje de Alejandra, Lord decidió comprobar hasta dónde sabía Pashenko.

—¿Ha vuelto usted a pensar en lo que le enseñé el otro día, en los archivos?

El profesor sonrió.

—Entiendo su preocupación. ¿Qué pasa si hay un descendiente directo de Nicolás II que aún esté con vida? Con ello quedarían invalidadas las aspiraciones de todos los Romanov, excepto el descendiente directo. ¿No irá usted a creer, señor Lord, que alguien sobrevivió a la matanza de Ekaterimburgo?

—No sé qué creer. Pero no, si los relatos en que se describe la matanza son correctos, no hubo sobrevivientes. El caso, no obstante, es que Lenin parece poner en duda los informes. Y, bueno, el tal Yurovsky en ningún caso habría informado a Moscú, si le hubieran faltado dos cadáveres.

—Estoy de acuerdo. Aunque ahora hay pruebas evidentes de que así ocurrió. Los huesos de Alexis y Anastasia se han esfumado.

Lord recordó que habían sido Alexander Audonin, geólogo retirado, y Geli Ryabov, cineasta, quienes en 1979 localizaron el sitio en que Yurovsky y sus esbirros habían enterrado a la familia imperial. Se pasaron meses entrevistando a familiares de los guardias y de miembros del Soviet del Ural y recuperando documentos y libros desaparecidos: uno de ellos era un manuscrito del propio Yurovsky, y lo consiguieron por mediación del primogénito del ejecutor; este texto llenó muchas lagunas y aportó detalles exactos de dónde estaban enterrados los cuerpos. Pero el clima político soviético hizo entonces que nadie se atreviera a revelar lo descubierto, y mucho menos a buscar los cuerpos. Audonin y Ryabov no siguieron sus propias pistas y exhumaron los esqueletos hasta 1991 —caído ya el régimen comunista—. Luego se procedió a su identificación positiva mediante análisis del ADN. Pashenko tenía razón: de la tierra sólo se extrajeron nueve esqueletos. En años posteriores hubo rigurosas búsquedas en la tumba, pero los restos de los dos hijos menores de Nicolás II nunca aparecieron.

—Puede que los enterraran en otro sitio, sencillamente —señaló Pashenko.

—Pero ¿a qué se refiere Lenin cuando dice que los informes sobre lo sucedido en Ekaterimburgo no son enteramente ciertos?

—Es difícil saberlo. Lenin era un tipo muy complicado. No cabe dudar de que fue él quien ordenó la ejecución de toda la familia. Los documentos demuestran fehacientemente que las órdenes llegaron de Moscú y que llevaban la aprobación personal de Lenin. Lo que menos le convenía en este mundo era que el Ejército Blanco liberara al Zar. Los Blancos no eran monárquicos, pero aquella acción podría haber ofrecido un punto de unión a partir del cual se produjera el fin de la revolución.

—¿A qué cree usted que se refería al escribir: *la información relativa a Félix Yusúpov corrobora la aparente falsedad de los informes sobre Ekaterimburgo?*

—*Eso*, desde luego, es interesante. He estado dándole vueltas, junto a lo que cuenta Alejandra que le dijo Rasputín. Son datos nuevos, señor Lord. Me considero bastante informado en lo tocante a la historia de los Zares, pero nunca había leído nada que relacionase a Yusúpov con la familia real *después* de 1918.

Se llenó de nuevo el vaso.

—Yusúpov mató a Rasputín. No faltan quienes dicen que ello aceleró la caída de la monarquía. Ambos, Nicolás y Alejandra, odiaban a Yusúpov por lo que había hecho.

—Lo cual contribuye al misterio. ¿Por qué iba la familia real a querer relacionarse con él?

—Si no me engaña la memoria, los duques y las duquesas, en su mayor parte, aplaudieron la decisión de matar al *starets*.

—Muy cierto. Y ése fue, quizá, el peor daño que hizo Rasputín: dividir a la familia real en dos facciones, Nicolás y Alejandra contra todos los demás.

—Rasputín es un enigma —dijo Lord—. Un campesino de Siberia capaz de influir directamente en el Zar de Todas las Rusias. Un charlatán dotado de poder imperial.

—Muchos pondrían en duda que fuese un charlatán. Gran cantidad de sus profecías se ha cumplido. Dijo que el zarevich no moriría de hemofilia, y no fue de eso de lo que murió. Predijo que la emperatriz Alejandra vería el sitio en que él nació, en Siberia, y lo vio, camino de Tobolsk, prisionera. También dijo que si un miembro de la familia real le daba muerte la familia real no sobreviviría dos años. Yusúpov se casó con una sobrina de los Zares, mató al *starets* en diciembre de 1916, y la familia Romanov fue ejecutada diecinueve meses después. No está nada mal para un charlatán.

A Lord no le impresionaban los santos varones en conexión directa con Dios. Su padre pretendió ser uno de ellos. Miles de personas se amontonaban en los servicios que dirigía, para oírlo predicar a gritos la palabra y verlo curar a los enfermos. Ni que decir tiene que todo ello quedaba olvidado unas horas después, cuando una de las mujeres del coro llegaba a su habitación. Había leído mucho sobre Rasputín y cómo seducía a las mujeres por el mismo método.

Se desprendió de todo pensamiento relativo a su padre y dijo:

—No se ha demostrado que ninguna de las predicciones de Rasputín se pusiera por escrito estando él en vida. Casi todas ellas proceden de una época posterior, de su hija, que parecía convencida de que su destino en la vida consistía en limpiar la memoria de su padre. He leído el libro que escribió.

—Eso puede haber sido cierto hasta ahora.

—¿Qué quiere usted decir?

—Alejandra menciona lo de que la familia real moriría antes de transcurrir dos años. La fecha que hay en el papel es de su propia mano: 28 de octubre de 1916. Eso es dos meses *antes* de que mataran a Rasputín. Algo le dijo éste, al parecer. Según ella, una profecía. Y la recogió por escrito. De modo que tiene en su posesión un importante documento histórico, señor Lord.

Lord no había valorado en toda su importancia las consecuencias de su descubrimiento, pero el profesor tenía razón.

—¿Piensa usted ir a San Petersburgo? —le preguntó Pashenko.

—No lo había pensado hasta ahora, pero creo que sí, que iré.

—Buena decisión. Sus credenciales pueden darle acceso a partes del archivo que ninguno de nosotros ha logrado ver. Puede que haya más cosas que descubrir, sobre todo porque ahora ya sabe usted qué buscar.

—Ése es el auténtico problema, profesor: la verdad es que no sé qué estoy buscando.

El catedrático no dio la impresión de inquietarse al respecto:

—No se preocupe. Tengo la sensación de que se las apañará usted muy bien.

13

Lord se fue instalando en el archivo, situado en el cuarto piso de un edificio posrevolucionario al que se entraba por la muy transitada Nevsky Prospekt. Había conseguido dos plazas en el vuelo Moscú-San Petersburgo de Aeroflot de las nueve de la mañana. El vuelo fue tranquilo, pero le puso los nervios de punta, porque los cortes presupuestarios y la falta de personal bien adiestrado estaban causando serios problemas a la compañía nacional rusa. Pero iba con prisa y no tenía tiempo para hacerse los mil trescientos kilómetros, ida y vuelta, en coche o en tren.

Ilya Zinov lo estaba esperando en el vestíbulo del Voljov a las siete de la mañana, tal como había prometido, listo para una nueva jornada de labores de escolta. El ruso se sorprendió cuando Lord le dijo que lo llevase al aeropuerto y quiso llamar a Taylor Hayes en solicitud de instrucciones al respecto, pero Lord puso en su conocimiento que Hayes no estaba en Moscú y que no había dejado ningún número de teléfono donde localizarlo. Desgraciadamente, el vuelo de vuelta de por la tarde estaba completo, de modo que Lord había reservado dos billetes para el tren nocturno de San Petersburgo a Moscú.

Moscú proyectaba una atmósfera de realidad, con sus calles sucias y sus estructuras sin imaginación, pero San Petersburgo era una ciudad encantada, de palacios barrocos, catedrales y canales. Mientras el resto del país dormitaba bajo un manto de gris monotonía, aquí, la vista se emocionaba ante el granito rosa y amarillo y ante el estuco verde. Recordó la descripción que de la ciudad hacía el novelista ruso Nikolai Gógol: *Todo en ella respiraba falsedad*. Entonces, como ahora, la ciudad daba la impresión de estar muy ocupada consigo misma, eran italianos sus grandes arquitectos, su trazado poseía un toque europeo claramente perceptible. Fue capital de Rusia hasta que los comunistas ocuparon el poder, en 1917, y ahora se estudiaba seriamente la posibilidad de volver a situar en ella el centro del poder, una vez coronado el nuevo Zar.

A Lord le pareció bastante escaso el tráfico desde el aeropuerto hacia el sur de San Petersburgo, sobre todo para un día laborable en una ciudad de cinco millones de habitantes. Al principio manifestaron algún recelo ante sus credenciales, pero una llamada a Moscú confirmó su identidad, lo que bastó para que le dieran acceso a la totalidad de los archivos, incluidos los Documentos Protegidos.

Entre los papeles depositados en San Petersburgo había un verdadero tesoro de textos escritos a mano por Nicolás, Alejandra y Lenin. Y, como había afirmado Semyon Pashenko, allí estaban los diarios del Zar y la Zarina, así como sus cartas personales, todo ello traído de Tsarskoe Selo y Ekaterimburgo, tras el asesinato de la familia real.

Lo que brotaba de las páginas era un retrato de dos personas claramente enamoradas. Alejandra escribía con el estilo de un poeta romántico, y sus textos estaban salpicados de manifestaciones de pasión carnal. Lord se pasó dos horas revisando las cajas que contenían su correspondencia, más que para encontrar nada, para hacerse una idea de cómo componía sus pensamientos esa mujer tan compleja y tan intensa.

Fue a media tarde cuando dio con un conjunto de diarios de 1916. Los tomos, encuadernados, estaban metidos con calzador en una mohosa caja de cartón con la etiqueta N & A. Nunca dejaba de sorprenderle el modo que en que los rusos ordenaban los archivos. Muchísimo cuidado en la creación, pero muy poco en la conservación. Los diarios estaban en orden cronológico; las anotaciones de portada de cada uno de los tomos encuadernados en tela indicaban que casi todos eran regalo de las hijas de Alejandra. Algunos de ellos llevaban una esvástica bordada en la tapa. Resultaba raro verlo, pero Lord sabía que antes de que Hitler lo adoptara aquel signo significaba bienestar, de ahí que Alejandra lo utilizase abundantemente.

Hojeó varios tomos y no encontró nada que se saliera de las alharacas expresivas habituales entre dos prisioneros del amor. Luego tropezó con dos rimeros de correspondencia. Extrajo de su maletín la fotocopia que había hecho de la carta dirigida por Alejandra a Nicolás con fecha de 28 de octubre de 1916. Tras comparar la copia con el original, llegó a la conclusión de que la caligrafía y el muy recargado borde de hojas y florecillas eran idénticos.

¿Por qué habían puesto aparte precisamente esta carta, en Moscú?

Otra más de las purgas efectuadas por los soviéticos en la historia de los Zares, supuso. O pura y simple paranoia. Pero ¿qué era lo que otorgaba tanta importancia a esta carta como para conservarla en una bolsa con instrucción de no abrirla hasta pasados veinticinco años? Una cosa era cierta. Semyon Pashenko tenía razón. Lord tenía en las manos un documento de gran importancia histórica.

Pasó el resto de la tarde revisando todo lo que pudo encontrar sobre Lenin. Eran ya casi las cuatro cuando se fijó en aquel hombre. Era bajo y delgado, tenía los ojos acuosos. Por alguna razón, llevaba un traje beis con bolsas en las rodillas y en los codos. En varias ocasiones, Lord pensó que la mirada del extraño se demoraba en él más de lo debido. Pero cerca vigilaba Zinov, y Lord atribuyó sus sospechas a la paranoia, y se dijo que debía mantener la calma.

A eso de las cinco volvió a encontrar otro documento de puño y letra de Lenin. En principio, no le pareció muy relevante, pero luego le llamó la atención el nombre de Yusúpov, llevándolo a tender un puente mental con la nota de Moscú:

Félix Yusúpov vive en la rue *Gutenberg, cerca del Bosque de Bolonia. Mantiene abundantes contactos con la población de aristócratas rusos que ha invadido París. Los muy tontos creen que la revolución perecerá y que pronto recuperarán su posición y sus riquezas. Me cuentan que la viuda de un antiguo noble vive con las maletas hechas, convencida de que no tardará en partir con destino a su casa. Mis agentes me han pasado información sobre la correspondencia entre Yusúpov y Kolya Maks. Tres cartas, por lo menos. Hay en ello motivo de preocupación. Me doy cuenta ahora del error que cometimos al confiar en el Soviet del Ural para que se ocupara de las ejecuciones. Los informes en marcha se hacen cada vez más inquietantes. Ya tenemos arrestada a una mujer que dice ser Anastasia. Nos llamó la atención por sus constantes cartas a Jorge V de Inglaterra, solicitándole ayuda para escapar. El Comité del Ural informa de que dos de las hijas del Zar están escondidas en un pueblo remoto. Según ellos las identifican, son María y Anastasia. He enviado agentes a que lo comprueben. En Berlín ha hecho aparición otra mujer que afirma, con mucha rotundidad, ser Anastasia. Los informadores dicen que su parecido con la hija del Zar es sorprendente.*

Todo ello resulta inquietante. Si no fuera por el temor que me suscita lo sucedido en Ekaterimburgo, no dudaría en negar toda verosimilitud a estos informes. Pero me temo que haya bastante más. Tendríamos que haber dado muerte a Yusúpov con los demás burgueses. Algo se centra en ese estúpido asno. No oculta su odio a nuestro gobierno. Su mujer lleva sangre Romanov en las venas, y no falta quien ha hablado de restauración con él en el trono de los Zares. Son sueños tontos que los tontos sueñan. La Patria está perdida para ellos. Eso, al menos, deberían comprenderlo.

Siguió leyendo hasta el final de la página, pero no encontró ninguna otra referencia a Félix Yusúpov. A Lenin, sin duda, le preocupaba que Yurovsky, el encargado de ejecutar a los Romanov en Ekaterimburgo, hubiera falseado el informe sobre lo ocurrido.

¿Murieron once personas en aquel sótano, o sólo nueve?

¿O quizá ocho?

¿Cómo saberlo?

Lord se acordó de los pretendientes al trono surgidos en los años veinte. Lenin aludía a la mujer aparecida en Berlín. Llegó a ser conocida por el nombre de Anna Anderson, y fue la más celebrada de las sucesivas pretendientes. Su historia se narró con todo detalle en películas y libros, y se pasó decenios bajo la luz de los focos, manteniendo tercamente, hasta su fallecimiento en 1984, que era la hija menor de los Zares. Pero las pruebas de ADN que se practicaron post mortem en sus restos demostraron sin atisbo de duda que aquella mujer no tenía ninguna relación, de ningún tipo, con los Romanov.

Había también un relato muy convincente que circuló por Europa en los años veinte. Según se contaba en él, Alejandra y sus hijas no fueron ejecutadas en Ekaterimburgo, sino que las habían hecho desaparecer, como por arte de magia, antes de que mataran a Nicolás y Alexis. Se suponía que las mujeres estaban retenidas en Perm, una ciudad de provincias no lejos de Ekaterimburgo. Lord recordaba un libro, *El expediente del Zar,* que daba toda clase de detalles en su intento de demostrar esas afirmaciones. Pero hubo documentos posteriores —a los que no había tenido acceso el autor del libro— que demostraban sin duda alguna que Alejandra y, por lo menos, tres de sus hijas murieron en Ekaterimburgo.

Todo era muy confuso, resultaba dificilísimo distinguir lo verdadero de lo fingido. Qué razón tenía Churchill cuando dijo: *Rusia es un acertijo envuelto en un misterio, en el interior de un enigma.*

Extrajo de su cartera de mano otra fotocopia que había hecho en el archivo de Moscú. Iba unida a una nota escrita a mano por Lenin. Este documento no se lo había enseñado ni a Hayes ni a Semyon Pashenko, porque, de hecho, carecía de relevancia. Hasta ahora.

Era copia mecanografiada de una declaración hecha bajo juramento por uno de los guardias de Ekaterimburgo; llevaba fecha de 18 de octubre, tres meses después de la muerte de los Romanov.

```
     El Zar ya no era joven, se le estaba poniendo
blanca la barba. Llevaba a diario una camisa de
soldado, sujeta por la cintura por un cinturón
con hebilla. Su mirada era bondadosa, y me dio la
impresión de ser una persona sencilla, abierta y
```

habladora. Hubo veces en que pensé que iba a
dirigirme la palabra. Parecía que le gustaba
hablar. La Zarina no se le asemejaba en nada.
Parecía bastante estricta y tenía el porte y las
maneras de una gran dama. De vez en cuando, los
guardias, en nuestras charlas, decíamos que tenía
toda la pinta que cabía esperar de una Zarina.
Parecía mayor que el Zar. Se le veían claramente
las canas de las sienes, y su rostro no era el de
una mujer joven. Todos mis malos sentimientos con
respecto al Zar se esfumaron cuando llevaba ya
cierto tiempo formando parte de la guardia.
Tras haberlos visto varias veces, empecé a
considerarlos de un modo completamente distinto.
Empezaron a darme pena. Me daban pena como seres
humanos. Estaba deseando que terminaran sus
padecimientos. Pero fui consciente de lo que iba
a pasar. Su suerte estaba echada, por lo que
oíamos. Yurovsky se ocupó de que todos
comprendiéramos bien en qué iba a consistir
nuestra tarea. Al cabo de un tiempo, empecé a
decirme a mí mismo que algo había que hacer para
permitirles escapar.

¿Qué era lo que había encontrado? Y ¿cómo podía ser que nadie lo hubiera encontrado antes? Pero había que tener en cuenta que los archivos llevaban pocos años abiertos al público. En su mayor parte, los Documentos Protegidos seguían vedados a casi todos los investigadores, y el puro caos del sistema de clasificación ruso convertía el hallazgo de algún papel en una mera cuestión de suerte.

Tenía que regresar a Moscú y poner el asunto en conocimiento de Taylor Hayes. Era posible que la candidatura de Stefan Baklanov fuera puesta en tela de juicio. Podía haber por ahí un pretendiente cuya línea de sangre estuviera más cerca de Nicolás II que la de Baklanov. La prensa sensacionalista y las novelas populares siempre habían proclamado la existencia de un pretendiente. Una productora cinematográfica había llegado incluso a distribuir una película de dibujos animados en que se postulaba la supervivencia de Anastasia ante millones de niños. Pero lo mismo se decía de Elvis y de Jimmy Hoffa: las conjeturas nunca faltaban, pero las pruebas sí.

¿O no?

Hayes colgó el teléfono y trató de controlar su mal humor. Se había desplazado de Moscú a Calvero Verde tanto por trabajo como por placer. Había dejado recado a Lord, en el hotel, de que había tenido que salir de la ciudad y de que siguiera con su trabajo en los archivos, asegurándole que se pondría en contacto a media tarde. Intencionadamente, no facilitó ningún modo de localizarle. Pero Ilya Zinov recibió instrucciones de estar muy atento a lo que hacía Lord e informar de todo.

—Era Zinov —dijo—. Lord ha pasado el día en San Petersburgo, buscando en el archivo.

—¿No estaba usted al corriente? —le preguntó Lenin.

—No, en absoluto. Lo suponía en Moscú, trabajando. Zinov acaba de decirme que Lord le pidió que lo llevara al aeropuerto esta mañana. Vuelven esta noche a Moscú, en el Flecha Roja.

Khrushchev no ocultó su inquietud. Cosa rara en él, pensó Hayes. El más tranquilo de los cinco era precisamente el representante del gobierno: rara vez levantaba la voz. Se controlaba con la vodka, observando aparentemente a los demás, quizá convencido de que estar sobrio le otorgaba ventaja.

Stefan Baklanov se había marchado de Calvero Verde, para ser conducido, al día siguiente, a otra finca no muy lejana, donde podía mantenérsele encerrado hasta que hiciera su primera aparición ante la comisión, dentro de dos días. Eran un poco más de las siete de la tarde y Hayes ya tenía que haber emprendido su regreso a Moscú. Estaba a punto de salir cuando le llegó la llamada de San Petersburgo.

—Zinov se escabulló un momento y llamó a sus superiores, que le dieron este teléfono —dijo Hayes—. También dijo que Lord habló ayer, en Moscú, con un tal Semyon Pashenko. El conserje del hotel le dijo a Zinov, esta mañana, que Lord estuvo tomando unas copas con ese mismo individuo ayer por la noche.

—¿Qué descripción ha dado? —preguntó Khrushchev.

—Rondando los sesenta años. Delgado. Ojos azul claro. Calvo. Un comienzo de barba completa.

Hayes tomó nota de la mirada que intercambiaron Lenin y Khrushchev. Llevaba toda la semana notando que le ocultaban algo, y cada vez le gustaba menos la situación.

—¿De quién se trata? Porque está claro que ustedes lo saben.

Lenin suspiró:

—Un problema.

—Hasta ahí llego. Entremos en detalles.

Khrushchev dijo:

—¿Ha oído usted hablar de la Santa Agrupación?

Hayes negó con la cabeza.

—En el siglo XIX, el hermano del Zar Alejandro II puso en marcha un grupo que respondía a tal nombre. En aquella época era tremendo el miedo a ser asesinado. Alejandro acababa de liberar a los siervos y no era muy querido. La Santa Agrupación era una especie de broma. Nada más que unos aristócratas comprometidos, bajo palabra, a defender la vida del Zar. En realidad apenas si alcanzaban a defenderse ellos y, al final, a Alejandro lo mató la bomba de un asesino. Pashenko lidera en la actualidad un grupo que no puede considerarse de aficionados. Su Santa Agrupación se formó en algún momento de los años veinte, por lo que hemos podido averiguar, y ha sobrevivido hasta ahora.

—Eso es ya después del asesinato de Nicolás II y su familia —dijo Hayes—. No había ningún Zar a quien proteger.

—Ahí está el problema —dijo Lenin—. Corre persistentemente el rumor, desde hace decenios, de que algún descendiente de Nicolás sobrevivió a la matanza.

—Tonterías —dijo Hayes—. Me he leído todo lo que hay sobre los pretendientes. Son una panda de majaretas. Todos y cada uno de ellos.

—Quizá. Pero la Santa Agrupación sigue existiendo.

—¿Tiene esto algo que ver con lo que Lord encontró en los archivos?

—Todo, tiene que ver todo —dijo Lenin—. Y ahora que Pashenko ha establecido contacto por dos veces, hay que ocuparse de Lord cuanto antes.

—¿Otro golpe de mano?

—Sin duda alguna. Y esta misma noche.

Hayes decidió no discutir los pros y los contras.

—¿Cómo se supone que voy a enviar a alguien a San Petersburgo antes de medianoche?

—Puede arreglarse el transporte por vía aérea.

—¿Pueden explicarme a qué viene la urgencia?

—Francamente —dijo Khrushchev—, los detalles carecen de importancia. Baste decir que este problema puede poner en peligro todo lo que estamos intentando conseguir. Ese Lord es, al parecer, un espíritu libre. Alguien a quien no se puede controlar. No podemos correr más riesgos. Utilice usted el número de teléfono que le dimos y que vayan unos cuantos hombres. A ese *chornye* no se le puede permitir que regrese vivo a Moscú.

14

Lord y su guardaespaldas llegaron a la estación de ferrocarril. Por los andenes de cemento había un intenso tráfico de personas, todas ellas muy abrigadas, algunas con cuello de astracán, casi todas llevando a cuestas grandes maletas o bolsas de la compra. Nadie parecía fijarse en Lord. Y, quitado el hombre que le pareció sospechoso, en el archivo, llevaba todo el día sin haber experimentado la menor sensación de peligro.

Zinov y él habían cenado estupendamente en el Gran Hotel Europa, y luego habían hecho tiempo escuchando un cuarteto de cuerda en uno de los salones. Lord quiso ir andando por la Nevsky Prospekt, pero a Zinov no lo convencía semejante paseo nocturno por las calles. De modo que permanecieron en el hotel hasta que llegó la hora de coger un taxi y trasladarse directamente a la estación, con el tiempo justo para abordar el tren.

Era una noche fría, y la Plaza de Levantamiento presentaba un tráfico muy cargado. Lord imaginó los sangrientos enfrentamientos entre la policía zarista y los manifestantes que pusieron en marcha la revolución de 1917; la batalla por el control de la plaza se prolongó por espacio de dos días. La estación de ferrocarril, en cambio, era de creación estalinista, y su grandiosa fachada verde y blanca era más propia de un palacio que de una terminal de tren. Al lado se prolongaban las obras de la terminal de una línea de alta velocidad que llegaría hasta Moscú. El proyecto, con un presupuesto de miles de millones de dólares, era de una compañía de obras públicas de Illinois que actuaba por mediación de una empresa británica de ingeniería; y el arquitecto principal había asistido el día antes a la reunión del Voljov, donde manifestó una comprensible preocupación por el futuro.

Lord había reservado un compartimento de dos cuchetas. Conocía el Flecha Roja de otros varios viajes anteriores y recordaba los días en que las sábanas y los colchones estaban sucios y los compartimentos algo menos que limpios. Pero las cosas habían cambiado: este tren, ahora, estaba considerado como uno de los más lujosos de Europa.

El tren salió con puntualidad, a las 23:55, lo cual suponía que llegarían a Moscú a las 7:55 de la mañana siguiente. Seiscientos cincuenta kilómetros en ocho horas.

—No tengo mucho sueño —le dijo a Zinov—. Creo que voy a irme al bar a tomar una copa. Quédate aquí, si quieres.

Zinov asintió y dijo que se echaría en seguida a dormir. Lord salió de su compartimento y recorrió otros dos coches cama por un pasillo estrecho, con anchura para una sola persona. Le irritó los ojos el humo de carbón de los samovares que había al final de cada coche.

En el bar había unos sillones de cuero muy confortables y adornos decorativos de caoba. Ocupó una mesa de ventanilla y estuvo viendo pasar el paisaje, gracias a la escasa iluminación del local.

Pidió una Pepsi, porque no tenía el estómago para vodka, y abrió su cartera de mano para revisar sus primeras notas sobre los documentos que había descubierto. Estaba convencido de haber hecho un hallazgo, y le habría gustado saber qué efecto iba a tener el asunto en los pretendidos derechos de Stefan Baklanov a acceder al trono.

Era mucho lo que estaba en juego, no sólo para Rusia, sino también para las compañías representadas por Pridgen & Woodworth. Lord no quería hacer nada que comprometiese el futuro de éstas, ni el de Rusia, ni el suyo propio dentro del bufete.

Pero no le cabía negar que sus dudas iban en aumento.

Se frotó los ojos. Estaba cansado, puñeta. Estaba bastante acostumbrado a trasnochar, pero la tensión de las últimas semanas estaba empezando a pesar en él.

Se recostó en el mullido sillón de cuero y bebió un sorbo de su vaso. Desde luego que sobre estas cosas no se enseñaba nada en la Facultad de Derecho. Y diez años de abrirse paso en el bufete tampoco le habían preparado. Se suponía que los abogados como él trabajaban en sus despachos, en los juzgados, en las bibliotecas jurídicas, desempeñando una actividad cuyo único punto de intriga era cómo minutar el número de horas suficiente para que el esfuerzo resultara rentable, y cómo granjearse el reconocimiento de los socios más veteranos, como Taylor Hayes —es decir: de las personas que, a la larga, decidirían su futuro.

Las personas a quienes deseaba causar buena impresión.

Como su padre.

Aún veía a Grover Lord en su ataúd, de ceniza los labios y el rostro, cerrada por la muerte la boca que tanto había cantado las alabanzas de Dios. Llevaba puesto uno de sus mejores trajes y lucía en la corbata el nudo que siempre le había gustado al reverendo. Tampoco faltaban los gemelos de oro, ni el reloj. Lord recordó haber pensado que esas tres joyas podrían haber subvencionado buena parte de sus estudios. Unos miles de fieles acudieron al funeral: desmayos, gritos, cánticos. Su madre habría querido que Lord pronunciara unas palabras, pero ¿qué decir? Aquel tipo había sido un charlatán, un hipócrita, un pésimo padre; pero tampoco era cosa de proclamarlo en público. Se negó a hablar, y su madre nunca se lo perdonó. Las relaciones entre ambos seguían siendo muy frías, aún ahora. Ella estaba muy orgullosa de haber sido la mujer de Grover Lord.

Se volvió a frotar los ojos, porque el sueño empezaba a apoderarse de él.

Su mirada se desplazó a lo largo del vagón, hasta los rostros de quienes acababan de levantarse para un refrigerio de última hora. Un hombre le llamó la atención. Joven, rubio, bajo y fornido. Estaba ahí sentado, solo, bebiendo algo de color claro; y la presencia de este hombre le provocó un escalofrío a todo lo largo de la espina dorsal. ¿Representaba una amenaza? Su pregunta halló respuesta al llegar una joven con un niño pequeño. Se sentaron ambos con aquel hombre y todos emprendieron la charla.

Lord se dijo que debía tomarse las cosas con más tranquilidad.

Pero entonces vio al otro extremo del vagón a un hombre de mediana edad, con una botella de cerveza en el regazo, el rostro delgado y adusto, los labios finos, los mismos ojos húmedos y angustiados que Lord había visto aquella tarde.

El hombre del archivo, que seguía con el mismo traje beis con bolsas en las rodillas y en los codos.

Lord se puso en guardia.

Demasiada coincidencia.

Tendría que haber vuelto junto a Zinov, pero no lo hizo, para que no se le notara tanto la inquietud. De modo que se echó al coleto el resto de la Pepsi y, a continuación, cerró con lentitud su cartera de mano. Se puso en pie y arrojó unos rublos sobre la mesa. Todo ello lo hacía con la esperanza de dar una imagen de tranquilidad, pero luego, al salir por la puerta de cristal, vio que el reflejo de aquel hombre se abalanzaba sobre él.

Abrió de par en par la puerta corredera y salió a toda prisa de la sala, no sin haber vuelto a cerrar con violencia. Cuando se volvía hacia el último coche vio que el hombre continuaba avanzando.

Mierda.

Siguió adelante y entró en el coche en que estaba su compartimento. Un rápido vistazo atrás le permitió ver que el hombre entraba también en el coche, sin detenerse.

Abrió la puerta de su compartimento.

Zinov se había marchado.

Volvió a cerrar la puerta. Podía ser que su guardaespaldas hubiera ido al servicio. Echó a correr por el pasillo adelante y tomó una ligera curva que conducía a la salida más alejada. La puerta del servicio estaba cerrada, sin el cartel de OCUPADO puesto.

Abrió.

Vacío.

¿Dónde demonios estaba Zinov?

Se metió en el servicio, pero antes abrió la puerta de acceso al vagón siguiente, para que pareciese que alguien la acababa de franquear. Cerró la puerta del servicio, sin poner la señal de OCUPADO, para que no se viese desde fuera.

Se quedó muy quieto, apoyado contra la puerta de acero inoxidable, respirando pesadamente. Le latía con mucha fuerza el corazón. Oyó pasos acercándose y cruzó los brazos a la altura del pecho, dispuesto a utilizar su cartera de mano a guisa de arma. A través de la puerta le llegó el ruido rasposo del paso entre vagón y vagón al abrirse.

Un segundo después se cerró.

Dejó transcurrir todo un minuto, sin oír nada. Abrió una rendija para mirar: no había nadie a la vista. Cerró la puerta de golpe y echó el pestillo. Era la segunda vez en dos días que se salvaba por piernas de una muerte cierta. Colocó la cartera de mano encima de la tapa del váter y se tomó un tiempo para limpiarse el sudor ante el lavabo, en cuyo borde alguien había olvidado un envase de desinfectante. Utilizó el spray para limpiar la pastilla de jabón y luego se lavó la cara y las manos, poniendo especial cuidado en no tragar agua, porque acababa de ver un pequeño rótulo en caracteres cirílicos advirtiendo de que nada allí era potable. Utilizó su pañuelo para secarse la cara. No había toallitas de papel.

Se miró al espejo.

Se le notaba el cansancio en los ojos y en la cara; y, además, necesitaba un corte de pelo. ¿Qué estaba pasando? ¿Dónde se había metido Zinov? Menudo guardaespaldas. Volvió a lavarse la cara y se enjuagó la boca, siempre con cuidado de no tragar agua. Qué extraña ironía, pensó. He aquí una superpotencia mundial con mil veces la capacidad de hacer estallar el planeta, pero incapaz de ofrecer agua limpia en los trenes.

Trató de recuperar la calma. La noche desfilaba a toda prisa tras la ventana ovalada. Cruzó a toda velocidad un tren, en la dirección opuesta: le dio la impresión de que fueron varios minutos.

Tomó aire, agarró el maletín y abrió la puerta corredera.

Le cerraba el camino un individuo alto, fornido, con marcas de viruela en la cara, con el pelo reluciente peinado hacia atrás, en cola de caballo. Lord lo miró a los ojos e inmediatamente observó la excesiva distancia que había entre la pupila derecha y la ceja del mismo lado.

Párpado Gacho.

Un puño se hundió en el estómago de Lord.

Se dobló en dos, con el aire estrangulándole la garganta. Sintió náuseas. La fuerza del golpe lo arrojó contra la pared opuesta, haciendo que su cabeza chocara con fuerza contra el cristal de la ventana y que se le fuera un momento la visión.

Quedó sentado en la tapa del váter.

Párpado Gacho se metió en el servicio y cerró la puerta.

—Vamos a terminar de una vez, señor Lord.

Lord consiguió asir el maletín y, por un momento, pensó en utilizarlo para asestarle un golpe ascendente a su enemigo, pero el margen de maniobra que tenía era tan corto, que el golpe no habría surtido ningún efecto. Empezaba a faltarle aire en los pulmones. La conmoción inicial se vio reemplazada por el miedo. Un terror helado, escalofriante.

En la mano de Párpado Gacho se abrió una navaja.

Sólo sería un momento.

La mirada de Lord se trasladó al desinfectante. Hinchó el pecho, agarró el envase y utilizó el spray contra el rostro de su asaltante. El vapor cáustico le entró en los ojos a Párpado Gacho, que profirió un alarido. Lord le propinó un rodillazo en la entrepierna. Párpado Gacho se dobló en dos y se le cayó la navaja de la mano, al suelo de losetas. Lord aferró el maletín con ambas manos y le aplicó a su rival un tremendo golpe descendente. Párpado Gacho cayó hacia delante.

Lord repitió el golpe. Y volvió a repetirlo.

Luego saltó por encima del cuerpo de Párpado Gacho y abrió la puerta corredera para salir al pasillo. Esperándolo estaba Cromañón, con la misma frente huidiza y la misma nariz abultada del día antes.

—¿Tiene usted mucha prisa, señor Lord?

Aplicó un puntapié en la rodilla del ruso, haciéndolo caer. A su derecha había un samovar de plata que desprendía vapor y un escanciador de cristal, listo para atender a los clientes que quisieran café. Le arrojó el agua hirviendo a Cromañón.

El hombre gritó de dolor.

Lord echó a correr en la dirección opuesta, hacia la salida que había junto al servicio. Oyó que Párpado Gacho se levantaba del suelo, llamando a voces a Cromañón.

Abandonó el coche cama y siguió su carrera por el vagón siguiente, a toda la velocidad que le permitía la estrechez del pasillo. Iba con la esperanza de que apareciese algún empleado. Nadie. Sin soltar el maletín de mano, alcanzó la puerta de comunicación con el vagón contiguo. A sus espaldas, oyó el ruido de la puerta del otro extremo, al abrirse, y vio que sus dos perseguidores porfiaban en su empeño.

Siguió adelante, pero en seguida pensó que no valía la pena. Tarde o temprano tendría que saltar del tren.

Echó una mirada atrás.

El hecho de no hallarse en línea recta con el pasillo, sino en el pequeño distribuidor de la salida, le otorgaba un instante de privacidad. Enfrente tenía otra hilera de compartimentos de coche cama. Dio por supuesto que aún no había salido de primera clase. Tenía que esconderse en uno de los compartimentos, aunque sólo fuera un segundo, para dar tiempo a que sus perseguidores pasaran de largo. No era imposible que ello le permitiera retroceder, para localizar a Zinov.

Probó con la primera puerta.

Tenía el cierre echado.

La siguiente también.

Sólo disponía de un instante más.

Agarró una manecilla y miró hacia atrás. En el coche delantero se veían sombras aproximándose. En cuanto llegó a distinguir el hombro de uno de los individuos, se puso a dar golpes en la puerta.

Ésta se abrió.

Lord se metió en el compartimento y cerró a toda prisa.

—¿Quién es usted? —preguntó una voz de mujer, en ruso.

Él se dio media vuelta.

Encaramada en su cama, a un metro, había una mujer. Era más delgada que una patinadora artística y el pelo rubio le llegaba a los hombros. Lord paró mientes en su rostro oval, en la blancura lechosa de su piel, en la punta sin punta de su nariz levantada. Era una extraña mezcla de marimacho y feminidad extrema. Y en sus ojos azules no había el menor barrunto de sobresalto.

—No se asuste, por favor —dijo Lord, en ruso—. Me llamo Miles Lord y tengo un problema tremendo.

—Lo cual no explica por qué se ha metido usted en mi compartimento.

—Me persiguen dos individuos.

Ella se bajó de la cama y se acercó a Lord. Era de escasa estatura —sólo le llegaba al hombro— y llevaba unos vaqueros que parecían hechos a medida, para ella sola, y un jersey de cuello vuelto bajo una chaqueta ceñida, de hombreras reforzadas. Emanaba de ella un leve perfume dulce.

—¿Es usted de la *mafiya*? —preguntó.

Lord negó con la cabeza.

—Pero puede que lo sean quienes me persiguen. Anteayer mataron a otro hombre, y también intentaron matarme a mí.

—Hágase a un lado —dijo ella.

Pasó, rozándolo, en su camino hacia la puerta del compartimento. Abrió, echó un vistazo, como si nada, y volvió a cerrar.

—Hay tres hombres al final del pasillo.

—¿Tres?

—Tres. Uno es moreno y lleva cola de caballo. El otro es un tipo duro, con la nariz aplastada, como de tártaro.

Párpado Gacho y Cromañón.

—El tercero es atlético. No tiene cuello. Rubio.

Podía tratarse de Zinov. Se le aceleró la mente, ante el cúmulo de posibilidades que ello abría.

—¿Hablaban entre ellos?

La mujer afirmó con la cabeza.

—También van llamando a la puerta de los compartimentos, en esta dirección.

La inquietud que de inmediato llenó sus ojos era, al parecer, auténtica. Indicó con un gesto el receptáculo que había sobre el dintel de la puerta.

—Métase ahí y estése quieto.

En el hueco habrían cabido dos maletas de buen tamaño, espacio más que suficiente para que Lord se escondiera allí, en posición fetal. Sirviéndose de una de las cuchetas como apoyo, se aupó a su escondite. Ella le alargó la cartera de mano. Apenas había acabado de encajarse cuando se oyó un golpe en la puerta.

La mujer abrió.

—Estamos buscando a un negro vestido de traje y con un maletín —la voz era de Zinov.

—No he visto a nadie así —dijo ella.

—No nos mienta —dijo Cromañón—. No va a engañarnos. ¿Lo ha visto o no lo ha visto?

El tono era brutal.

—No he visto a nadie así. No quiero problemas con ustedes.

—Su cara me resulta familiar —dijo Párpado Gacho.

—Soy Akilina Petrovna, del Circo de Moscú.

Pasó un instante.

—Eso es. La he visto actuar.

—Qué estupendo. A lo mejor así se deciden a seguir buscando en algún otro sitio. Necesito dormir. Tengo función esta noche.

Cerró la puerta con decisión.

Lord oyó que echaba el pestillo.

Y, por tercera vez en dos días, exhaló un profundo suspiro de alivio.

Dejó pasar un minuto entero antes de descender del hueco en que se había ocultado. Un sudor frío le empapaba el pecho. Su anfitriona había tomado asiento en la cucheta de enfrente.

—¿Por qué razón te quieren matar esos hombres?

El tono de su voz era suave. Seguía sin percibirse en ella la menor inquietud.

—No tengo ni idea. Vengo de Estados Unidos, soy abogado y trabajo aquí en la Comisión del Zar. Hasta hace dos días, no era consciente de que nadie conociese siquiera mi existencia, dejando aparte a mi jefe.

Se sentó en la cucheta de su lado. La adrenalina iba bajándole de nivel, sustituida por una serie de punzadas en todos los músculos del cuerpo. Le ganaba la fatiga. No por ello dejaba de tener un problema de grandes dimensiones.

—Uno de esos tipos, el que primero se dirigió a ti, se supone que es mi guardaespaldas. O sea que me queda muchísimo que aprender sobre él.

A la mujer se le amusgaron los rasgos de la cara:

—No te aconsejaría yo que fueras a pedirle ayuda, desde luego. Daba toda la impresión de que iban juntos los tres.

Lord le preguntó:

—¿Pasa algo así todos los días, en Rusia? ¿Es de lo más corriente eso de que se te metan tres individuos en el compartimento? Gángsters puerta a puerta. No pareces asustada.

—¿Por qué iba a estarlo?

—No digo que tengas por qué estarlo. Yo, bien lo sabe Dios, soy inofensivo. Pero en Estados Unidos esto lo consideraríamos una situación peligrosa.

Ella se encogió de hombros.

—No tienes ninguna pinta de ser peligroso. De hecho, me recordaste a mi abuela nada más verte.

Lord quedó a la espera de una explicación.

—Mi abuela se crió en tiempos de Khrushchev y Brezhnev. Los norteamericanos enviaban de vez en cuando espías para medir la radiactividad del terreno, en un intento de localizar los silos de misiles. Todo el mundo estaba advertido de su posible presencia, a todo el mundo se le decía que eran peligrosos, que anduvieran con cuidado. Mi madre estaba una vez en el bosque y se topó con un buscador de setas la mar de raro. Iba vestido de campesino y llevaba una cesta de mimbre, como es habitual en los bosques. Mi abuela, lejos de asustarse, fue derecha a él y le dijo: «Hola, espía.» Él se quedó mirándola, muy sorprendido, pero no negó la imputación. Le contestó, en cambio: «Con lo bien que me adiestraron. He aprendido todo lo que se puede aprender de Rusia. ¿Cómo ha sabido usted que soy espía?» «Muy fácil», le contestó mi abuela: «Llevo aquí toda mi vida y es la primera vez que veo a un negro por este bosque.» Lo mismo puede decirse de ti, Miles Lord. Eres el primer negro que veo en este tren.

Él sonrió.

—Tu abuela debe de ser una mujer muy realista.

—Lo era. Hasta que una noche se la llevaron los comunistas. No se sabe cómo, pero sin duda, a sus setenta años, era una amenaza para el imperio.

Lord sabía, por sus lecturas, que Stalin había matado a veinte millones de campesinos en nombre de la Madre Patria, y que no fueron mucho mejor que Stalin los secretarios del Partido y los presidentes del Soviet Supremo que le sucedieron en el tiempo. ¿Cómo decía Lenin? *Más vale encarcelar a cien inocentes que dejar en libertad a un solo enemigo del régimen.*

—Lo siento —dijo.

—¿Por qué vas tú a sentirlo?

—No sé. Es lo que se dice, en estas circunstancias. ¿Qué quieres que te diga? Muy mal, eso de que a tu abuela la descuartizara una horda de fanáticos.

—Pues eso fue lo que pasó.

—¿Ése es el motivo de que me hayas ayudado?

Ella se encogió de hombros:

—Odio tanto al gobierno como a la *mafiya*. El mismo perro con distinto collar.

—¿Crees tú que esos individuos pertenecen a la *mafiya*?

—Sin duda alguna.

—Tengo que hablar con el conductor.

Ella sonrió.

—Sería una estupidez. En este país no hay nadie que no se venda por dinero. Esos individuos te están buscando y, por consiguiente, ya habrán untado a todo el tren.

Tenía razón. La policía no tenía nada que echarle en cara a la *mafiya*. Se acordó del inspector Orleg. Un mazacote de ruso que le había caído mal desde el primer momento.

—¿Qué sugieres?

—Yo no tengo nada que sugerir. Tú eres el abogado de la Comisión del Zar. A ver si se te ocurre algo.

Lord observó la bolsa de viaje que tenía ella al lado, encima de la cucheta, con el rótulo CIRCO DE MOSCÚ estampado en un costado.

—Les dijiste que trabajabas en un circo. ¿Es verdad?

—Pues claro.

—¿Cuál es tu especialidad?

—Adivínalo. ¿Cuál crees tú que pueda ser?

—Con lo pequeñita que eres, serías una acróbata ideal —miró sus zapatillas de deporte, de color oscuro—. Tienes los pies firmes y compactos. Seguro que con los dedos largos. Tienes los brazos cortos, pero musculosos. Apostaría a que eres acróbata, quizá en la barra de equilibrio.

—Se te da bien. ¿Me has visto actuar alguna vez?

—Llevo años y años sin ir al circo.

¿Qué tendría? Veintitantos, quizá treinta y pocos.

—¿Cómo es que hablas tan bien el ruso? —le preguntó ella.

—Me he pasado años estudiándolo.

La mente se le detuvo en otro problema, más acuciante:

—Tengo que salir de aquí y dejarte en paz. Ya has hecho mucho más de lo que podía pedírsete.

—¿Dónde piensas ir?

—Ya encontraré algún compartimento vacío. Mañana trataré de bajarme del tren sin que nadie me vea.

—No seas tonto. Esos individuos van a pasarse la noche registrando el tren de arriba abajo. Éste es el único lugar seguro para ti.

Puso en el suelo, entre los dos, su bolsa de viaje y se tendió en la cucheta. En seguida buscó el interruptor con la mano y apagó la luz de cabecera.

—Ponte a dormir, Miles Lord. Aquí estás a salvo. Ésos no volverán.

Lord estaba demasiado cansado para discutir. Y carecía de sentido hacerlo, porque la chica tenía razón. De modo que se aflojó la corbata, se quitó la chaqueta, se tendió en su litera e hizo lo que ella le aconsejaba.

Lord abrió los ojos. Aún rechinaban las ruedas sobre los raíles de acero. Miró la esfera luminosa de su reloj. Las cinco y veinte de la madrugada. Cinco horas durmiendo.

Había soñado con su padre. El sermón del Hijo Incomprendido que tantas veces había tenido que escuchar. A Grover Lord le encantaba mezclar la política con la religión, y su principal objetivo eran los comunistas y los ateos; le encantaba, además, utilizar la parábola de su hijo primogénito ante sus fieles. La idea funcionaba bien en las congregaciones sureñas, y el reverendo era un artista metiendo miedo a gritos, pasando luego el plato y embolsándose el ochenta por ciento ante de pasar al pueblo siguiente.

Su mujer, la madre de Lord, lo defendió hasta el final, al muy hijo de puta, negándose a aceptar la evidencia. A Lord hijo le tocó, por su condición de primogénito, recoger su cadáver de un motel de Alabama. A la mujer con quien su padre acababa de pasar la noche se la llevaron, presa de la histeria, tras haberse despertado desnuda y con el cadáver del reverendo Grover Lord a su lado. Sólo entonces se confirmaron las ya viejas sospechas de Miles: que tenía dos medio hermanos y que su padre los había mantenido, todos estos años, con el dinero de las colectas. Sólo Dios podía saber por qué no le bastó a aquel hombre con los cinco hijos que ya tenía en casa. No daba la impresión de haber hecho mucho caso de su propio sermón sobre el Adulterio y el Mal.

Trató de ver algo en la oscuridad del compartimento. Akilina Petrovna dormía tranquilamente bajo un cobertor de color blanco. Apenas si alcanzaba a percibir su rítmica respiración por encima del monótono traqueteo del tren. Pensó que se había metido en un buen lío y que tenía que salir pitando de Rusia, por mucha historia que estuviera fraguándose en aquel momento. Menos mal que llevaba encima el pasaporte. Mañana saldría con destino a Atlanta en el primer vuelo que pudiera agarrar. Pero ahora mismo, con el vaivén del compartimento y el chasquear de las ruedas, junto con la oscuridad que lo rodeaba, lo único que podía hacer era seguir durmiendo. Eso hizo.

15

—Miles Lord.

Al abrir los ojos, vio a Akilina Petrovna mirándolo desde lo alto.

—Estamos llegando a Moscú.

—¿Qué hora es?

—Las siete y poco.

Apartó la manta y se incorporó. Akilina volvió a sentarse en el borde de su cucheta, a medio metro. Lord tenía la boca como si se hubiera enjuagado los dientes con cola de carpintero. Le hacía falta una buena ducha y un afeitado, pero no había tiempo. También era indispensable que se pusiera en contacto con Taylor Hayes, pero había un problema. Un problema enorme. Y su anfitriona parecía saberlo.

—Esos individuos van a estar esperando en la estación.

Se pasó la lengua por la película que le cubría los dientes.

—Ya.

—Hay un modo de evitarlos.

—¿Cuál?

—Dentro de unos minutos vamos a pasar por el Anillo Ajardinado, y el tren aminorará la marcha. Velocidad limitada. Cuando era pequeña, nos subíamos y nos bajábamos del expreso de San Petersburgo. Era un modo fácil de ir al centro y luego volver.

A Lord no le pareció especialmente atractiva la idea de tirarse en marcha de un tren, pero no podía correr el riesgo de encontrarse con Párpado Gacho y Cromañón.

El tren empezó a aminorar la marcha.

—¿Lo ves? —dijo ella.

—¿Sabes dónde estamos?

La chica miró por la ventana.

—A unos veinte kilómetros de la estación. Deberías marcharte cuanto antes.

Lord cogió su maletín y abrió los cierres. No llevaba gran cosa: unas cuantas copias de lo que había descubierto en los archivos de Moscú y San Petersburgo y otros papeles sin importancia. Los dobló todos y se los metió en un bolsillo de la chaqueta, comprobando que también tenía el pasaporte y la cartera.

—El maletín sería un estorbo.

Se hizo cargo ella del maletín de cuero.

—Yo te lo guardo. Si quieres recuperarlo, pásate por el circo.

Él sonrió.

—Gracias. Lo mismo me paso, sí.

Pero en otro viaje, en otro momento, pensó.

Se puso en pie y se colocó la chaqueta.

Ella se acercó a la puerta.

—Voy a echar un vistazo al pasillo, a ver si todo está en orden.

Él le tocó ligeramente el brazo:

—Gracias. Por todo.

—De nada, Miles Lord. Me has hecho pasarlo bien en un viaje aburrido.

Estaban muy cerca el uno del otro, y Lord volvió a percibir el perfume floral de la noche anterior. Akilina Petrovna era atractiva, aunque su rostro mostraba ya un atisbo de los duros efectos de la vida. La propaganda soviética llegó a proclamar que las mujeres comunistas eran las más liberadas del mundo. No había fábrica que pudiera funcionar sin ellas. El sector de servicios se derrumbaría sin su contribución. Pero el tiempo nunca las trató bien. Lord había admirado siempre la belleza de las mujeres rusas, pero le daban pena los inevitables efectos en su físico de la sociedad en que vivían. Y se preguntó qué aspecto tendría esa chica tan encantadora dentro de veinte años.

Lord se echó atrás para dejarle paso y ella abrió la puerta para salir al pasillo.

Un minuto después entró de nuevo.

—Ven —dijo.

El pasillo estaba vacío en ambas direcciones. Estaban más o menos a un cuarto de la trasera del vagón. A la izquierda, detrás de un samovar humeante, había una salida. Más allá del cristal, iba deslizándose la cruda realidad urbana de Moscú. A diferencia de lo que ocurre en los trenes norteamericanos o europeos, la puerta no estaba bloqueada, ni había alarma.

Akilina bajó el tirador y tiró de la puerta. El traqueteo del tren aumentó de volumen.

—Buena suerte, Miles Lord —le dijo al pasar.

Él miró por última vez sus ojos azules y se lanzó a la dura realidad. Cayó en tierra fría y echó a rodar.

Pasó el último coche y la mañana fue virando hacia una calma irreal, según se alejaba hacia el sur el estrépito del convoy.

Se hallaba en un solar lleno de hierbajos, entre dos bloques de mugrientas casas de vecinos. Se alegró de haber saltado en el momento en que lo hizo, porque si hubiera esperado un poco se habría encontrado solo en una extensión de cemento. Los ruidos del tráfico mañanero llegaban de detrás de los edificios. Un penetrante olor a dióxido de carbono le saturó el olfato.

Se puso en pie y se sacudió la ropa. Otro traje echado a perder. Pero qué más daba. Mañana mismo abandonaría Rusia.

Necesitaba un teléfono, de modo que se adentró en una avenida comercial, cuyas tiendas levantaban el cierre en ese momento. Los autobuses soltaban viajeros y se marchaban, dejando una estela de humo negro detrás. Se fijó atentamente en lo que podían estar haciendo dos militares, en la acera de enfrente, con sus uniformes de color azul y gris. A diferencia de Párpado Gacho y Cromañón, éstos sí llevaban la gorra de reglamento, gris con visera roja. Decidió evitarlos.

Siguiendo por la misma acera en que se hallaba, a los pocos metros vio una tienda de comestibles y se metió en ella. El encargado era flaco y viejo.

—¿Tiene usted un teléfono que yo pueda utilizar? —le preguntó Lord en ruso.

El hombre lo miró muy serio y no contestó. Lord se echó

mano al bolsillo y sacó un billete de diez rublos. El hombre aceptó el dinero y señaló el mostrador. Lord pasó al otro lado, marcó el número del Voljov y le pidió a la operadora que lo pusiese con la habitación de Taylor Hayes. El teléfono sonó más de diez veces. Cuando volvió a ponerse la operadora, le pidió que lo intentase con el restaurante. Dos minutos después tenía en línea a Hayes.

—¡Miles! ¿Dónde diablos estás?

—Taylor, tenemos un problema enorme.

Le contó a Hayes lo ocurrido. De vez en cuando le echaba un vistazo al encargado, mientras éste ponía orden en las estanterías, preguntándose si podría entender algo, pero el ruido del tráfico que se metía en la tienda por la puerta contribuía a enmascarar la conversación.

—Me persiguen, Taylor. No a Bely, ni a nadie. A mí.

—De acuerdo. Tranquilízate.

—¿Que me tranquilice? El guardaespaldas que me pusiste está con ellos.

—¿Qué quieres decir?

—Que estaba con los otros dos, cuando andaban buscándome.

—Comprendo…

—No, no comprendes, Taylor. Tendría que haberte perseguido la mafia rusa alguna vez, para que comprendieras.

—Escúchame, Miles. El pánico no va a ayudarte a salir de ésta. Mira a ver si encuentras un policía cerca.

—Que no, mierda. No me fío de nadie en este nido de ratas. El país entero está comprado. Tienes que ayudarme, Taylor. Eres la única persona en quien confío.

—¿Para qué fuiste a San Petersburgo? Te dije que no te hicieras notar.

Lord le habló de Semyon Pashenko y lo que éste le había comunicado.

—Y tenía razón, Taylor. Había mucha tela que cortar en los archivos de San Petersburgo.

—¿Puede afectar en algo a la aspiración de Baklanov de acceder al trono?

—Sí que podría.

—¿Qué me estás diciendo, que Lenin estaba en la idea de que

134

algún miembro de la familia del Zar había sobrevivido a la matanza de Ekaterimburgo?

—La cuestión le interesaba, desde luego. Hay suficientes referencias escritas como para que le entre a uno la duda.

—Joder. Justo lo que nos hacía falta.

—Mira, lo más probable es que no sea nada. Ha pasado casi un siglo desde el día en que mataron a Nicolás II. Algo seguro tendría que saberse, a estas alturas.

Al oír el nombre del Zar, el encargado de la tienda levantó la cabeza. Lord bajó la voz.

—Pero no es eso lo que más me preocupa, en este momento. Lo que me interesa es salir vivo de aquí.

—¿Dónde están los papeles?

—Los llevo encima.

—Vale. Coge el metro y ve a la Plaza Roja. La tumba de Lenin...

—¿Por qué no el hotel?

—Puede estar vigilado. Mantengámonos a la vista del público. La tumba abrirá dentro de un rato. La plaza está llena de guardias armados. Allí estarás seguro. Todos no pueden estar comprados.

La paranoia estaba apoderándose de él. Pero Hayes tenía razón. Tenía que hacerle caso.

—Espera en el exterior de la tumba. Yo llegaré en seguida con el séptimo de caballería. ¿Comprendido?

—Date prisa.

16

08:30

La estación de metro que utilizó Lord estaba en la parte norte de la ciudad. El vagón iba lleno, y tuvo que padecer la sofocante proximidad de unos pasajeros apestosos. Se agarró a una de las barras metálicas y sintió el traqueteo del tren. Menos mal que nadie tenía pinta de ser peligroso. Todo el mundo parecía igual de cansado que él.

Salió del metro en el Museo Histórico y cruzó una calle con mucho tráfico, pasando por la Puerta de la Resurrección. A partir de ahí empezaba la Plaza Roja. Miró, maravillado, la puerta recién reconstruida, cuyo original del siglo XVII —dos torres blancas con sendos arcos de ladrillo rojo— se derribó por orden de Stalin.

Siempre le había asombrado lo compacta que era la Plaza Roja. Los espectáculos de la televisión comunista la presentaban siempre como un espacio empedrado, pero infinito. De hecho, sólo era un tercio más larga que un campo de fútbol americano, y su anchura no llegaba a la mitad. Las imponentes murallas de ladrillo del Kremlin ocupaban el lado sudoeste. Al norte se alzaban los grandes almacenes GUM, cuyo macizo edificio barroco más hacía pensar en una estación de ferrocarril del siglo XIX que un auténtico bastión del capitalismo. El norte lo dominaba el Museo Histórico, con su techo de tejas blancas. Ahora, una vez desaparecida la estrella roja del comunismo, el águila bicéfala de los Romanov decoraba la parte más alta del edificio. Al sur se levantaba la Catedral de San Basilio, un estallido de pináculos, cúpulas en forma de bulbo y gabletes puntiagudos. Su mezcolanza de colores, bañada por la luz de los focos y con el cielo negro de la noche moscovita como fondo, era el símbolo más identificable de la capital.

A cada extremo de la plaza había sendas barricadas metálicas, para impedir el paso de peatones. Lord sabía que la zona permanecía acordonada todos los días, hasta la una de la tarde, que era cuando cerraba la tumba de Lenin.

Y se dio cuenta de que Hayes tenía razón.

Había veintitantos *militsya* uniformados en el interior y los alrededores de la tumba rectangular. Ya se había formado una pequeña cola de visitantes a la puerta del mausoleo de granito. La edificación se alzaba en la cota más alta de la plaza, muy cerca del muro del Kremlin, y a cada lado, recortándose contra las murallas, había una hilera de altísimos abetos plateados, como montando guardia.

Bordeó la barrera y se unió a un grupo de turistas que se dirigían a la tumba. Se abrochó la chaqueta, porque hacía mucho frío, y pensó que ojalá se hubiese traído el abrigo de lana; pero había quedado en el compartimento del Flecha Roja que Ilya Zinov y él compartieron durante breve espacio de tiempo. Repicaron las campanas de la torre del reloj, más alta que las murallas. Los turistas, con sus cámaras y su ropa de abrigo sobredimensionada, se iban arremolinando. Los colores chillones servían para identificarlos con claridad. A los rusos, en general, parecían gustarles más el negro, el gris, el marrón y el azul marino. Los guantes también eran una pista. Los rusos de verdad nunca los llevaban, ni siquiera en pleno invierno.

Siguió con el grupo hasta llegar a la fachada del mausoleo. Uno de los *militsya* se acercó a él: un chico pálido, con abrigo verde oliva y *shlapa* azul de piel. Lord observó que no iba armado, de lo cual cabía deducir que sus deberes eran de mera ceremonia. Mala cosa.

—¿Viene usted a visitar la tumba? —le preguntó el centinela, en ruso.

Lord lo comprendió perfectamente, pero optó por fingir ignorancia. Dijo que no con la cabeza.

—Nada ruso. ¿Inglés?

Al centinela no se le movió un músculo de la cara.

—Pasaporte —dijo, en inglés.

Lo último que le apetecía a Lord era llamar la atención. Echó un rápido vistazo en derredor, tratando de localizar a Taylor Hayes o a cualquier otra persona que caminara en su dirección.

—Pasaporte —repitió el centinela.

Otro centinela empezó a acercárseles.

Lord echó mano a su bolsillo posterior y encontró el pasaporte. La tapa azul lo identificaría inmediatamente como estadounidense. Se lo tendió al centinela, pero los nervios hicieron que se le cayese al suelo de guijarros. Se agachó a recogerlo y algo le pasó zumbando junto al oído derecho antes de hincarse en el pecho del centinela. Al levantar la vista, vio que un hilo de sangre brotaba de un orificio en el abrigo verde del soldado. El centinela hizo un esfuerzo por coger aire, se le pusieron los ojos en blanco y su cuerpo cayó al suelo.

Lord se dio media vuelta y vio a alguien con un fusil en la parte de arriba de los almacenes GUM, a unos cien metros de distancia.

Vio que levantaba de nuevo el fusil y se lo echaba a la cara.

Lord volvió a meterse el pasaporte en el bolsillo y echó a correr, atravesando la multitud antes de bajar por las escaleras de granito, derribando gente a su paso y gritando a pleno pulmón, en ruso y en inglés:

—¡Hay un francotirador! ¡Huyan!

Los turistas se dispersaron.

Lord se tiró de bruces al suelo, en el mismo momento en que una nueva bala rebotaba en la piedra vidriada, muy cerca. Aterrizó con violencia en la labradorita negra del vestíbulo de la tumba y se dejó rodar hacia delante en el preciso momento en que otra bala echaba a perder otro trozo de granito de la entrada.

Otros dos centinelas acudían corriendo desde el interior.

—Hay un francotirador fuera —gritó en ruso—. En lo alto de los GUM.

Ninguno de los dos centinelas iba armado, pero uno de ellos se metió en un cubículo y marcó un número de teléfono. Lord se aproximó un poco a la puerta. La gente corría en todas direcciones. Pero no había peligro para nadie. El blanco era él. El del fusil seguía en el techo, encajado en una hilera de focos. De pronto, una ranchera

Volvo surgió a toda velocidad de una calle lateral situada al sur de los GUM y enfrente de la fachada de San Basilio. El coche se detuvo de un frenazo y las puertas de ambos lados se abrieron a la vez.

Párpado Gacho y Cromañón se bajaron del vehículo y se lanzaron en dirección al mausoleo.

A Lord sólo le quedaba un camino, de modo que echó a correr escaleras abajo, hacia las profundidades del monumento. La gente se arremolinaba al pie de la escalera, con el miedo en los ojos. Se abrió paso a empujones, viró dos veces y entró en la cámara principal. Recorrió a toda velocidad la pasarela que rodeaba el sarcófago de cristal en que yacía Lenin, echando sólo una rápida mirada al cadáver. Había otros dos centinelas en el lado opuesto. Ninguno de ellos dijo una sola palabra. Lord se lanzó hacia arriba, por una elegante escalera de mármol, y abrió una puerta lateral de salida. En lugar de volver hacia la izquierda, en dirección a la Plaza Roja, torció a la derecha.

Un rápido vistazo le confirmó que el del fusil lo había localizado. Pero no tenía buen ángulo: no le quedaba más remedio que desplazarse, y Lord vio que eso era precisamente lo que estaba haciendo.

Se encontraba ahora en el espacio verde de detrás de la superficie descendente del mausoleo. Vio que a su izquierda había una escalera cuyo acceso cerraba una cadena. Sabía que por ella se llegaba a la terraza del edificio. No tenía sentido subir. Tenía que permanecer a baja altura.

Corrió hacia la muralla del Kremlin. Cuando miró hacia atrás, vio que el hombre del fusil estaba situándose en una nueva posición, hacia el final de la hilera de focos. Lord estaba ahora en la zona de detrás de la tumba. Bustos de piedra remataban las sepulturas de hombres como Sverdlov, Brezhnev, Kalinin y Stalin.

Se oyeron dos disparos.

Se agachó hasta casi tocar el suelo de cemento, guareciéndose tras uno de los abetos plateados. Una bala sacudió las ramas del árbol, deslizándose después por el muro del Kremlin, a su espalda, mientras otra rebotaba en uno de los monumentos de piedra. No podía ir hacia la derecha, hacia el Museo Histórico. Yendo hacia la izquierda, el mausoleo le haría las veces de parapeto. Pero, claro, el hombre del fusil no era un problema tan inmediato como los individuos a quienes había visto bajarse del Volvo.

Viró a la izquierda y corrió hacia delante, por el sendero que había entre las tumbas de los líderes del Partido. Iba encogido y se desplazaba tan de prisa como le era posible, cubriéndose con los troncos de los árboles.

Cuando llegó al otro lado de la tumba, los disparos desde el techo de los GUM volvieron a empezar. Las balas desconchaban el muro del Kremlin. Aquel hombre no podía ser tan mal tirador, de modo que Lord llegó a la conclusión de que lo estaba llevando en una dirección determinada, hacia donde seguramente lo esperarían Párpado Gacho y Cromañón.

Miró a la izquierda, más allá de las plataformas de granito, hacia la Plaza Roja. Párpado Gacho y Cromañón lo localizaron en ese mismo momento y echaron a correr a su encuentro.

Tres coches de policía entraban en la plaza desde el sur, con las señales luminosas y las sirenas funcionando. La aparición hizo que Párpado Gacho y Cromañón detuvieran su rápido avance. Lord se detuvo también, acurrucándose junto a un monolito en busca de protección.

Párpado Gacho y Cromañón miraron hacia el techo de los GUM. El del fusil hizo una seña desde lo alto y desapareció. Los otros dos dio la impresión de que le hacían caso y se retiraron al Volvo.

Los coches de policía estaban ya en la plaza. Uno de ellos había derribado una barrera al entrar. De los vehículos salieron varios *militsya* de uniforme, empuñando sus armas. Lord miró a la izquierda, de donde venía. Otros varios *militsya* corrían hacia él, por el estrecho camino que discurre junto al muro, con los abrigos desabrochados y dejando en pos, en el aire frío y seco, las nubecillas de vapor condensado que creaba su aliento.

E iban armados.

Lord no podía ir a ninguna parte.

Levantó las manos por encima de la cabeza y se incorporó.

El primer policía que llegó junto a él lo tiró al suelo de un golpe y le colocó el cañón de una pistola en la nuca.

17

Lord, con las esposas puestas, fue sacado de la Plaza Roja en un coche de policía. Los *militsya* fueron de todo menos amables, haciéndole recordar que no se encontraba en Estados Unidos. De modo que se mantuvo en silencio y, cuando tuvo que hablar, para confirmarles su nombre y su nacionalidad norteamericana, lo hizo en inglés. A Taylor Hayes no se le veía por ninguna parte.

A juzgar por el fragmento de conversación que pudo oír, un centinela había muerto. Los otros dos estaban heridos, uno de ellos de gravedad. El tirador había huido por el tejado. No habían encontrado rastro de él. Al parecer, ninguno de los policías y guardias militares había parado mientes en el Volvo de color oscuro, ni en sus ocupantes. Lord decidió no decir nada hasta encontrarse en presencia de Hayes. No cabía poner en duda, ya, que los teléfonos del hotel Voljov estaban pinchados. ¿Cómo podían haber sabido dónde estaba, si no? Ello tal vez quisiera decir que alguien del gobierno se hallaba implicado en lo que quiera que fuese que ocurría.

Pero Párpado Gacho y Cromañón se habían esfumado ante la presencia de la policía.

Tenía que ponerse en contacto con Hayes. Su jefe sabría qué hacer. ¿Podría echar una mano algún integrante de la policía? Lo dudaba. No le quedaba ya mucha confianza en los rusos.

Lo llevaron como una exhalación por las calles de Moscú, en un coche patrulla con la sirena puesta, hasta la comisaría central. El edificio, moderno, de varios pisos, estaba situado junto al río Moscova, con el antiguo edificio gubernamental ruso en la orilla de enfrente. Lo llevaron al tercer piso y lo condujeron por un lóbrego pasillo flanqueado de sillas vacías, hasta llegar a un despacho en que fue el inspector Feliks Orleg quien lo recibió. El ruso iba embutido en el mismo traje oscuro que llevaba tres días antes, cuando él y Lord se encontraron por primera vez en la Nikolskaya Prospekt, junto al cadáver ensangrentado de Artemy Bely.

—Adelante, señor Lord, por favor. Siéntese —le dijo Orleg en inglés.

El despacho era un cubículo claustrofóbico de paredes mugrientas. Había en él una mesa negra de metal, un archivador y dos sillas con ruedas. El suelo era de baldosas y en el techo se veían manchas de nicotina —no sin razón, según pudo observar en seguida Lord: Orleg tiraba con ansia de un cigarrillo negro—. Había una intensa niebla azulada, que servía, al menos, para atemperar el mal olor que desprendía el inspector.

Orleg dio orden de que le quitaran las esposas. Cerraron la puerta y quedaron a solas.

—Vamos a hablar libremente. ¿De acuerdo, señor Lord?

—¿Por qué me están tratando como si fuera un criminal?

Orleg tomó asiento tras la mesa, en una silla de roble, desvencijada y rechinante. Llevaba la corbata floja y el cuello de la camisa, amarillenta, desabrochado.

—Es la segunda vez que se encuentra usted en el sitio en que una persona ha muerto. Un policía, esta vez.

—Yo no he matado a nadie.

—Pero la violencia va con usted. ¿Por qué razón?

El obstinado inspector le estaba cayendo aún peor que durante su primer encuentro. El ruso tenía unos ojos líquidos que amusgaba al hablar. Su expresión era de desprecio, y Lord se preguntó qué estaría de veras pasando por su cabeza mientras mantenía aquel rostro impasible. No le gustaban tampoco las palpitaciones que sentía en el pecho. ¿Qué eran? ¿Miedo? ¿O aprensión?

—Quiero hacer una llamada telefónica —dijo.

Orleg fumó antes de hablar.

—¿A quién?

—Eso no es asunto suyo.

Una leve sonrisa reforzó esta vez la mirada vacía del inspector.

—Esto no es Estados Unidos, señor Lord. Aquí, los detenidos no tienen ningún derecho.

—Quiero llamar a la embajada norteamericana.

—¿Es usted diplomático?

—Estoy en la Comisión del Zar. Lo sabe usted muy bien.

Otra intrigante sonrisa.

—¿Le confiere ello algún privilegio?

—Yo no he dicho eso. Pero estoy en este país con salvoconducto del gobierno.

Orleg se rió.

—¿Del gobierno, señor Lord? No hay gobierno. Estamos a la espera del regreso del Zar.

No hizo esfuerzo alguno por ocultar el sarcasmo.

—¿Debo suponer que usted votó no?

Orleg se puso serio.

—No dé nada por supuesto. Estará usted más seguro si no lo hace.

A Lord no le gustó lo que sugerían tales palabras. Pero antes de que pudiera responder sonó el teléfono que había encima de la mesa. El ruido lo sobresaltó. Orleg levantó el auricular sin soltar el cigarrillo que tenía entre los dedos de la otra mano. Contestó en ruso y ordenó a la otra persona que pasara la llamada.

—¿Qué puedo hacer por usted? —dijo Orleg al auricular, todavía en ruso.

Hubo una pausa mientras Orleg escuchaba.

—Tengo aquí al *chornye* —dijo el inspector.

El interés de Lord aumentó, pero evitó hacer nada que revelase su comprensión del ruso. El policía, al parecer, se encontraba a gusto tras la barrera idiomática.

—Ha muerto un centinela. Los hombres que envió usted no tuvieron éxito. Ya le dije que la situación podía manejarse de un modo mejor. Estoy de acuerdo. Sí. El tipo tiene mucha suerte.

Quien llamaba era, evidentemente, el origen de todos sus problemas. Y había acertado en lo tocante a Orleg. El muy hijo de puta no era digno de confianza.

—Lo mantendré aquí hasta que llegue su gente. Esta vez se hará como es debido. Ya está bien de gángsters. Lo mataré yo mismo.

Unos dedos helados recorrieron la espina dorsal de Lord.

—No se preocupe. Está bajo mi vigilancia personal. Lo tengo sentado aquí delante —se formó una sonrisa en los labios del ruso—. No entiende una sola palabra de lo que digo.

Hubo una pausa. Luego, Orleg se incorporó en su sillón. Su mirada se encontró con la de Lord.

—¿Qué? —dijo Orleg—. ¿Habla…?

Lord empujó la pesada mesa metálica con ambas piernas y la proyectó contra Orleg, sobre el suelo de baldosas. La silla del inspector rodó hacia atrás, giró sobre su eje y fue a dar contra la pared, dejándolo a él atrapado. Lord arrancó de la pared el cable del teléfono y salió rápidamente de la habitación, dando un portazo. Luego recorrió el pasillo vacío y bajó por las escaleras saltando los escalones de tres en tres, haciendo de nuevo el camino que lo había llevado al despacho de Orleg, hasta llegar al piso bajo y luego a la calle.

Una vez pudo respirar el aire del frío mediodía, se incorporó a la multitud que ocupaba la acera.

18

12:30

Hayes se bajó del taxi en las Colinas de los Gorriones y pagó al conductor. Era mediodía y el cielo parecía hecho de platino pulido, mientras el sol ponía todo de su parte —como atravesando un cristal helado— para compensar el ligero aire gélido que soplaba. Abajo, el río Moscova trazaba una marcada curva, formando la península en que se alzaba el estadio Luzhniki. En la distancia, hacia el noreste, las cúpulas de las catedrales del Kremlin, de plata y de oro, asomaban por encima de la niebla fría, como tumbas en la niebla. En estas colinas empezaron a desmoronarse los planes de Napoleón y de Hitler. En 1917, entre sus árboles, resguardados de la policía secreta, se reunían los grupos clandestinos de la revolución, conspirando para terminar con el régimen zarista. Ahora, una nueva generación parecía decidida a hacer lo contrario.

A la derecha de Hayes asomaba, por encima de los árboles, la Universidad de Moscú, con sus imponentes agujas caprichosas, sus laterales ornamentados y sus complicadas florituras. Otro de los grandiosos pasteles de boda en forma de rascacielos que Stalin hizo levantar para asombro del mundo entero. Éste es uno de los mayores, y en su construcción participaron prisioneros de guerra alemanes. Hayes recordó lo que se contaba de un prisionero: que se fabricó un par de alas con madera de desecho y se lanzó al aire desde lo alto, en su ansia por volver a Alemania. Como ésta cayó, igual que su *Führer*.

Feliks Orleg lo esperaba en un banco, bajo un dosel de hayas. Hayes aún estaba fuera de sus casillas por lo ocurrido dos horas antes, pero se dijo que más le valía medir sus palabras. No estaban en Atlanta. Ni siquiera en Estados Unidos. En Rusia no era sino un miembro más de un amplio equipo. Desgraciadamente, por el momento, el hombre clave.

Tomó asiento en el banco y dijo, en ruso:

—¿Han localizado a Lord?

—Todavía no. ¿Ha llamado?

—¿Lo harías tú, si fueras él? Evidentemente, ya no se fía de mí. Le dije que estaría allí para ayudarle y se encontró con dos asesinos. Ahora, gracias a ti, ya no se fiará de nadie. De lo que se trataba era de eliminar el problema. Ahora, el problema anda por ahí, paseándose por Moscú.

—¿Por qué es tan importante matar a ese hombre? Estamos despilfarrando energía.

—Eso no es cosa que tú o yo tengamos que preguntarnos, Orleg. Lo único que nos salva es que no escapó de nuestros asesinos, sino de los que *ellos* enviaron.

Hubo una ligera ráfaga de viento y se oyó un movimiento de hojas en los árboles. Hayes llevaba un grueso abrigo de lana y un buen par de guantes, pero, así y todo, el frío se le estaba metiendo en el cuerpo.

—¿Has informado de lo sucedido? —le preguntó Orleg.

No se le escapó a Hayes lo que implicaba el tono de voz de su interlocutor.

—Aún no. Haré lo que pueda. Pero no les va a gustar nada. Cometiste una estupidez poniéndote a hablar por teléfono delante de él.

—¿Cómo iba yo a saber que habla ruso?

Hayes estaba haciendo un gran esfuerzo por no perder el control, pero ese policía arrogante lo había puesto en una situación muy difícil. Miró cara a cara a Orleg:

—Escúchame: tienes que encontrarlo, ya. ¿Comprendes? Encuéntralo y mátalo. Y hazlo cuanto antes. Sin errores. Sin excusas. Hazlo y punto.

Orleg se puso tenso.

—Ya he recibido suficientes órdenes de ti.

Hayes se puso en pie:

—Eso se lo vas a contar a las personas para quienes trabajamos. Con mucho gusto enviaré un representante, para que puedas depositar tu queja.

El ruso captó el mensaje. Su jefe inmediato era un norteamericano, pero eran rusos quienes llevaban la operación. Rusos muy peligrosos. Gente que había matado a hombres de negocios, ministros del gobierno, mandos del ejército, extranjeros. A todo el que les había creado algún problema.

A cualquier inspector de policía incompetente, por ejemplo.

Orleg se levantó también.

—Encontraré al *chornye* y lo mataré. Luego, a lo mejor te mato a ti también.

Hayes no se dejó impresionar por la bravata del ruso:

—Coge número, Orleg. Tienes un montón de gente por delante.

Lord se refugió en un café. Tras su fuga de la comisaría central se había metido en la primera estación de metro que encontró en su camino, se había montado en un tren y había cambiado varias veces de trayecto. Luego salió del metro, subió a la superficie y se mezcló con la multitud vespertina que poblaba las calles. Estuvo una hora andando antes de convencerse de que nadie lo seguía.

El café estaba muy animado, lleno de jóvenes con vaqueros desteñidos y chaquetas de cuero. El fuerte olor del café expreso suavizaba la nube de nicotina. Lord ocupó una mesa pegada a la pared y trató de comer algo, porque estaba sin comer ni desayunar. Pero el *stroganoff* que le pusieron no hizo sino acabar de revolverle el estómago.

Había acertado en lo tocante al inspector Orleg. Tenía sentido que las autoridades estuviesen implicadas de algún modo. Lo más probable era que los teléfonos del hotel Voljov estuviesen pinchados. Pero ¿con quién había sostenido Orleg aquella conversación telefónica? Y ¿tenía todo aquello algo que ver con la Comisión del

Zar? Casi seguro. Pero ¿cómo? Podía ser que el respaldo que daba el consorcio de inversores occidentales a la candidatura de Stefan Baklanov se considerara una amenaza. Pero ¿no se suponía que sus actividades eran secretas? Y ¿no había una buena cantidad de comunistas que veían en Baklanov al más próximo sucesor del Zar? Un reciente sondeo de opinión le daba más del cincuenta por ciento del apoyo popular. Eso bien podía considerarse una amenaza. La *mafiya* tenía que estar involucrada. Párpado Gacho y Cromañón eran, sin duda alguna, miembros de la mafia. ¿Qué era lo que había dicho Orleg? *Ya está bien de gángsters. Lo mataré yo mismo.*

Había unas relaciones muy profundas entre la mafia y el gobierno. La política rusa tenía más esquinas que la fachada del Palacio de las Facetas. A cada rato se creaban nuevas alianzas. La única verdadera alianza era el rublo. O, para ser más exactos, el dólar. Ya estaba bien. Tenía que salir del país lo antes posible.

Pero ¿cómo?

Menos mal que aún llevaba encima el pasaporte, las tarjetas de crédito y cierta cantidad de dinero. También seguía en su poder la información que había podido localizar en los archivos, aunque no fuera ésa su principal preocupación, ahora. Su prioridad era mantenerse con vida —y obtener ayuda.

Pero ¿qué hacer?

No podía acudir a la policía.

¿La embajada norteamericana, quizá? Sería el primer sitio que tendrían vigilado. Ciertamente. Hasta ahora, los muy hijos de puta se habían presentado en un tren procedente de San Petersburgo y luego en la Plaza Roja, dos sitios donde nadie más que él mismo podía saber que se encontraba.

Y Hayes.

¿Qué pensar de él? Tenía que estar preocupado por lo ocurrido. ¿Podía Hayes echarle una mano? Conocía a un montón de gente en el gobierno ruso, pero quizá no hubiera caído en la cuenta de que los teléfonos del Voljov estaban controlados. O quizá sí, a estas alturas.

El té caliente le calmó el estómago. Se preguntó qué habría hecho el reverendo en una situación así. Era raro que pensase en su padre, pero es que Grover Lord era un maestro en situaciones apuradas. Su verbo ardiente siempre le trajo problemas, pero él se limitaba a entrelazar todas las palabras a fuerza de *Dios* y de *Jesús* y a no retroceder. No, sin embargo. La labia no le iba a servir de nada aquí.

Pero ¿había algo que pudiera servirle?

Echó un vistazo a la mesa contigua. Dos jóvenes, muy juntos, leían el periódico. Lord vio el artículo sobre la Comisión del Zar que venía en primera, y leyó todo lo que pudo.

Durante el tercer día de la sesión inicial habían surgido los nombres de cinco candidatos posibles. Mencionaban a Baklanov como principal candidato, pero había miembros de las otras dos ramas de la familia Romanov que trataban de demostrar por todos los medios que su vínculo de sangre con Nicolás II era más próximo. Aún tenían que transcurrir dos días para que se pusiera en marcha el proceso de nombramiento formal, a lo cual se anticipaban los pretendientes y sus abogados aportando sus mejores argumentos al debate.

Durante las dos horas que llevaba en el café había oído a la gente de su alrededor emitir diversos comentarios sobre la elección pendiente. Había un buen seguimiento de los hechos, y, sorprendentemente, los jóvenes rusos apoyaban la creación de una monarquía moderna. Quizá sus bisabuelos les hubieran hablado del Zar. Los rusos, en general, lo que querían era que su país tuviera muy grandes miras. Pero Lord no dejaba de preguntarse si una autocracia podía funcionar bien en el siglo XXI. El único consuelo, se dijo, estaba en que Rusia quizá fuera uno de los últimos lugares de la Tierra en que una monarquía aún podía tener alguna posibilidad de funcionar.

Pero su problema era más inmediato.

No podía meterse en un hotel: los establecimientos hoteleros autorizados seguían teniendo la obligación de enviar todas las noches a la policía una relación de huéspedes. Tampoco podía coger un avión, ni un tren, porque todos los puntos de embarque estarían vigilados. Ni podía alquilar un coche, sin permiso de conducir ruso. Tampoco podía volver tranquilamente al Voljov. Dicho en pocas palabras, estaba atrapado: el país entero era una cárcel para él. Tenía que ponerse en contacto con la embajada norteamericana. Allí encontraría a alguien que le hiciera caso. Pero no era cosa de coger el teléfono y llamar. Con toda seguridad, quien tenía pinchados los teléfonos del Voljov también controlaría las líneas de la embajada. Le hacía falta alguien que estableciese el contacto, y algún sitio en que ocultarse mientras.

Echó un nuevo vistazo al periódico y se fijó en un anuncio. Era del circo: función todas las tardes, a las seis. El anuncio intentaba atraer a los visitantes con promesas de estupendo esparcimiento para todos los públicos.

Miró el reloj: las cinco y cuarto de la tarde.

Akilina Petrovna. Recordó su pelo rubio alborotado y su carita de duende. Lo habían impresionado su valor y su paciencia. De hecho, a ella le debía la vida. Y ella era quien tenía su maletín y quien le había dicho que fuera a recogerlo.

¿Por qué no, pues?

Se levantó de la mesa y echó a andar hacia la salida. Se le ocurrió una idea estimulante: iba a acudir a una mujer para que lo sacara de un aprieto.

Igual que su padre.

19

MONASTERIO TRINITARIO DE SAN SERGIO
SERGIEV POSAD
17:00

Hayes se hallaba a ochenta kilómetros de Moscú, en dirección noreste, cerca ya del lugar más santo de toda Rusia. Conocía su historia. Cuando primero se alzó la irregular fortaleza por encima del bosque que la rodea fue en el siglo XIV. Cien años después, los tártaros pusieron sitio a la ciudadela y acabaron saqueándola. En el siglo XVII, los polacos intentaron, sin éxito, echar abajo las murallas del monasterio. Pedro el Grande se refugió en San Sergio durante una revuelta popular, al principio de su reinado. Y en la actualidad es centro de peregrinación de millones de rusos ortodoxos, un lugar tan sagrado como el Vaticano lo es para los católicos. Aquí, en un féretro de plata, yace san Sergio, y los fieles acuden de todo el país sólo para besar su tumba.

Llegó cuando el sitio cerraba. Se bajó del coche y se abrochó en seguida el cinturón del abrigo, para ponerse a continuación un par de guantes negros de cuero. El sol se había ocultado ya y se tendía la noche de otoño: a la luz cenital, las centelleantes cúpulas en forma de bulbo, azules con estrellas doradas, perdían esplendor. El fuerte viento hacía un ruido sordo que hizo pensar a Hayes en un lejano fuego de artillería.

Con él venía Lenin. Los otros tres miembros de la Cancillería Secreta habían tomado la unánime decisión de que fueran Lenin y

Hayes quienes se ocuparan del primer contacto. El patriarca tal vez valorase mejor los riesgos si oía decir a un alto cargo del ejército ruso, de sus propios labios, que estaba dispuesto a jugarse su reputación en la inminente aventura.

Hayes miró al cadavérico Lenin mientras se alisaba el abrigo de lana y se ponía al cuello una bufanda marrón. Apenas si habían hablado durante el trayecto. Pero ambos sabían lo que había que hacer.

Ante la puerta principal los aguardaba un pope vestido de negro, con la barba como de musgo, mientras por su izquierda y por su derecha fluía una ininterrumpida sucesión de peregrinos, abandonando el lugar. El pope los hizo entrar en las densas murallas de piedra, llevándolos directamente a la Catedral de la Dormición. El interior del templo estaba iluminado con velas, bailaban sombras en el iconostasio dorado que se alzaba tras el altar principal, y los acólitos se concentraban en las tareas de cierre.

Fueron en pos del pope hasta un recinto subterráneo. Les habían dicho que la reunión se celebraría en la cripta de Todos los Santos, donde estaban enterrados los patriarcas de la Iglesia Ortodoxa Rusa. Era una cámara nada espaciosa, con el techo y las paredes cubiertos de mármol gris claro. Una araña de hierro lanzaba su pálida luz contra el techo abovedado. Las tumbas, muy trabajadas, tenían cruces doradas, candelabros de hierro e iconos pintados.

El hombre arrodillado ante la tumba más apartada no tenía menos de setenta años. Le brotaban mechones grises y dispersos del estrecho cráneo. Una barba apelmazada y un espeso bigote le cubrían el rostro rubicundo. Por una oreja le asomaba un audífono, y la piel de sus manos, unidas en oración, estaba salpicada de manchas. Hayes había visto fotografías de aquel hombre, pero era la primera vez que ponía los ojos en Su Santidad el Patriarca Adriano, cabeza visible de la milenaria Iglesia Ortodoxa Rusa, en carne y hueso.

Quien los había escoltado hizo mutis, y sus pasos se fueron perdiendo en la subida hacia la catedral.

Llegó de lo alto el ruido de una puerta al cerrarse.

El patriarca se santiguó antes de ponerse en pie.

—Caballeros, agradezco su venida.

Tenía una voz bronca y profunda.

Lenin hizo las presentaciones.

—Sé bien quién es usted, general Ostanovich. Mis fuentes me aconsejan que preste oídos a lo que tenga que proponerme y que proceda luego a valorarlo.

—Agradecemos la audiencia —dijo Lenin.

—Pensé que esta cripta era el lugar más seguro para nuestra conversación. No puede objetársele nada, en cuanto a privacidad. La Madre Tierra nos protegerá de los oídos indiscretos. Y puede que las almas de los grandes hombres aquí enterrados, predecesores míos, me indiquen el camino a seguir.

Hayes no se dejó engañar por esa explicación. La propuesta que iban a hacerle no era de las que un hombre en la posición de Adriano podía permitir que trascendiera. Una cosa era sacar provecho del asunto, cuando procediese, y otra participar de modo activo en una conspiración traicionera —sobre todo tratándose de una persona que teóricamente se hallaba por encima de los asuntos políticos.

—Lo que me pregunto, caballeros, es por qué habría yo de considerar lo que ustedes me proponen. Desde que terminó el Gran Intervalo, mi Iglesia viene experimentando un resurgimiento sin parangón. Ahora que ya no están los soviéticos, se acabaron las persecuciones y las restricciones. Hemos bautizado decenas de miles de nuevos miembros, y las iglesias abren a diario. Pronto estaremos donde nos encontrábamos antes de que llegaran los comunistas.

—Pero podría ser mucho más —dijo Lenin.

Los ojos del anciano resplandecieron como ascuas en un fuego que se extingue.

—Y ésa es la posibilidad que me tiene intrigado. Explíquese, por favor.

—Una alianza con nosotros le asegurará a usted un sitio cerca del nuevo Zar.

—Pero es que ningún Zar tendrá otra opción que la de colaborar con la Iglesia. Será lo menos que exija el pueblo.

—Vivimos en una nueva época, Patriarca. Una campaña de relaciones públicas puede hacer más daño del que jamás hizo la represión policial. Piénselo. Mientras la gente se muere de hambre, la Iglesia sigue erigiendo monumentos costosísimos. Andan ustedes por ahí con vestimentas bordadas en oro, pero en seguida empiezan a lamentarse, cuando la contribución de los fieles no basta al adecuado mantenimiento de sus popes. Todo el apoyo de que ahora gozan ustedes podría desvanecerse en el aire con unos cuantos escándalos públicos. En nuestra organización hay personas que controlan los medios: periódicos, emisoras de radio, televisión. Y con semejante poder se consiguen muchas cosas.

—Me sorprende muy desagradablemente que un hombre de su talla incurra en semejantes amenazas, General.

El patriarca habló con firmeza, aunque también con gran calma en la voz.

Lenin ni se inmutó ante la respuesta del patriarca.

—Son tiempos difíciles, Patriarca. Hay muchas cosas en juego. A los militares no les alcanza el sueldo ni para comer ellos, y menos aún para alimentar a sus familias. Hay mutilados y veteranos que no perciben pensión alguna. Sólo el año pasado, quinientos oficiales de alta graduación se quitaron la vida. Nuestro ejército, que en otros tiempos era el asombro del mundo entero, está reduciéndose a la nada. El gobierno lleva un tiempo paralizándolo. Dudo, Santidad, que nos quede un solo misil capaz de despegar y salir de su silo. La nación está indefensa. Lo único que nos salva es que, por ahora, nadie lo sabe.

El patriarca se pensó la diatriba.

—¿En qué podría nuestra Iglesia contribuir a un próximo cambio?

—El Zar necesitará el pleno apoyo de la Iglesia —dijo Lenin.

—Eso lo tendrá, de todas formas.

—Por *pleno apoyo* entiendo todo lo necesario para garantizarnos que la opinión pública esté controlada. La prensa tiene que ser libre, al menos en principio. Dentro de lo razonable, hay que tolerar que los disidentes expresen sus ideas. En conjunto, la idea de regresar al zarismo es una ruptura con nuestro pasado represivo. La Iglesia podría ser de gran ayuda en el sostenimiento de un gobierno estable y duradero.

—Lo que está usted diciéndome, en realidad, es que los demás miembros de la colación no quieren correr el riesgo de que la Iglesia se les ponga enfrente. No estoy en la ignorancia, General. Sé que la *mafiya* forma parte de su grupo. Por no decir nada de las sanguijuelas del gobierno, que son aún peores. Usted, General, es una cosa. Ellos son otra.

A Hayes le constaba que el anciano tenía razón. Los miembros del gobierno estaban todos al servicio remunerado de la *mafiya* o de los nuevos ricos. El soborno era la forma normal de sacar adelante los asuntos públicos. De modo que preguntó:

—¿Preferiría usted a los comunistas?

El patriarca se volvió hacia él:

—¿Qué pueden saber los norteamericanos de todo esto?

—Llevo treinta años tratando de comprender lo que ocurre en este país. Represento a un enorme conglomerado de inversores estadounidenses. Compañías con miles de millones de dólares en juego. Compañías que también podrían hacer sabrosas contribuciones a las diversas diócesis que usted tiene.

Brotó en el rostro del anciano una sonrisa alborozada:

—Los norteamericanos se creen que todo puede comprarse con dinero.

—Y ¿no se puede?

Adriano se aproximó a una de las adornadas sepulturas, con las manos fuertemente trabadas, de espaldas a sus dos interlocutores:

—La cuarta Roma.

—¿Perdón? —le preguntó Lenin.

—La cuarta Roma. Es lo que están ustedes proponiéndome. En tiempos de Iván el Grande, Roma, sede del primer Papa, ya había caído. Más tarde sucumbió Constantinopla, sede del Papa de Oriente. Tras ello, Iván proclamó a Moscú tercera Roma. Era el único lugar del mundo en que la Iglesia y el Estado se fundían en un solo ente político, con él, Iván, a la cabeza, por supuesto. Y predijo que nunca habría una cuarta Roma.

El patriarca se dio la vuelta para mirar de frente a los otros dos.

—Iván el Grande casó con la última princesa bizantina, poniendo así de manifiesto que *su* Rusia se constituía en heredera de Bizancio, por mediación de *su* mujer. Tras la toma de Constantinopla por los turcos, en 1453, Iván proclamó a Moscú como centro secular del mundo cristiano. Una medida inteligente, de hecho. Le permitía, de paso, proclamarse cabeza de la eterna unión entre la Iglesia y el Estado, adjudicándose la santa majestad de un rey-sacerdote universal que ejercía su potestad en nombre de Dios. De Iván en adelante, todos los Zares se consideraron directamente nombrados por Dios, y los cristianos les debían obediencia. Una autocracia de Derecho Divino, en que se concertaba la Iglesia y la Dinastía para convertirse en legado imperial. Todo funcionó perfectamente durante cuatrocientos cincuenta años, hasta Nicolás II, cuando los comunistas asesinaron al Zar y deshicieron la unión de Iglesia y Estado. ¿Cabe suponer, quizá, que ahora volveremos a lo anterior?

Lenin sonrió.

—Pero esta vez, Santidad, la unión será de grandísimo alcance. Lo que nosotros proponemos es la fusión de todas las facciones, incluida la Iglesia. Un esfuerzo unificado que asegure la supervivencia de todos. Como usted dice: la cuarta Roma.

—¿Incluida la *mafiya*?

Lenin asintió con la cabeza.

—No tenemos elección. Tienen demasiada implantación. Puede que, con el tiempo, se les pueda aclimatar a la corriente dominante de la sociedad.

—Mucho esperar es eso. Están dejando seco al pueblo. Su codicia es, en gran parte, responsable de la nefasta situación en que nos hallamos.

—Lo comprendo, Santidad. Pero no tenemos elección. Afortunadamente, las diversas facciones de la *mafiya* están colaborando, por el momento.

Hayes decidió aprovechar la oportunidad:

—También podemos resolver el problema de relaciones públicas que tienen ustedes.

El patriarca arqueó las cejas.

—No era yo consciente de que mi Iglesia tuviese tal problema.

—Seamos francos, Santidad. Si no tuvieran ustedes un problema, no estaríamos aquí, bajo la catedral más santa de la Iglesia Ortodoxa Rusa, planeando la manipulación de la monarquía, una vez la restauremos.

—Prosiga, señor Hayes.

Estaba empezando a gustarle el Patriarca Adriano. Parecía un hombre práctico, de pies a cabeza.

—La gente va cada vez menos a la iglesia. No hay muchos rusos que deseen ver a sus hijos convertidos en sacerdotes, y son menos aún quienes hacen donativos a sus parroquias. Su flujo de caja debe de estar bajo mínimos. También tienen ustedes encima la posibilidad de una guerra civil. Por lo que me dicen, un buen número de sacerdotes y obispos están a favor de convertir la Ortodoxia en religión nacional, excluyendo todas las restantes religiones. Yeltsin se negó a hacerlo, vetando la ley que así lo establecía y volviéndola a promulgar luego, pero en versión diluida. Pero no tenía elección. Estados Unidos habría cortado las subvenciones si se hubiera puesto en marcha la persecución religiosa, y Rusia necesita la ayuda exterior. Sin el respaldo gubernamental, su Iglesia bien podría venirse abajo.

—No negaré que hay un creciente cisma entre ultratradicionalistas y modernistas.

Hayes no perdió comba:

—Los misioneros de otras religiones están erosionando sus bases. Tienen ustedes clérigos de todos los rincones de Estados Unidos, haciendo proselitismo entre los rusos. La variedad, en teología, es siempre un problema, ¿verdad? Resulta difícil que la grey no se desmande, habiendo otros que predican opciones distintas.

—Desgraciadamente, los rusos no nos manejamos bien cuando nos dan a elegir.

—¿Cuál fue la primera elección democrática? —dijo Lenin—. Dios creó a Adán y Eva y luego le dijo a Adán: «Puedes elegir esposa.»

El patriarca sonrió.

Hayes siguió hablando:

—Lo que usted quiere, Santidad, es la protección del Estado, sí, pero sin represión. Quiere la Ortodoxia, pero no quiere perder el control. Ése es el lujo que le ofrecemos nosotros.

—Concrete, por favor.

—Usted, en su calidad de patriarca —dijo Lenin— será la autoridad suprema de la Iglesia. El nuevo Zar se atribuirá esa posición, pero no interferirá en la administración de la Iglesia. De hecho, el Zar animará al pueblo a que practique el culto ortodoxo. Los Romanov siempre se entregaron a esa tarea con gran dedicación. Sobre todo Nicolás II. Esta dedicación, además, en modo alguno excluye la propugnación por parte del nuevo Zar de una filosofía nacionalista rusa. Usted, en compensación, hará pública su postura favorable al Zar y dará su apoyo a todo lo que haga el nuevo gobierno. Sus sacerdotes deben ser aliados nuestros. Así quedarán unidos la Iglesia y el Estado, aunque las masas no tienen por qué saberlo. La cuarta Roma, adaptada a la nueva realidad.

El anciano quedó en silencio, ponderando, sin duda, la propuesta.

—Muy bien, caballeros. Consideren la Iglesia a su disposición.

—Ha sido rápido —dijo Hayes.

—En absoluto. Llevo pensándomelo desde el día en que me hicieron ustedes la propuesta. Eso sí: quería ver con mis propios ojos y evaluar a las personas con quienes estaré en alianza. Me han gustado ustedes.

Lenin y Hayes agradecieron el cumplido con una inclinación de cabeza.

—He de preguntarles si sólo quieren tratar conmigo en este asunto.

Lenin comprendió:

—¿Le gustaría que un representante suyo asistiera a las reuniones? Es una cortesía que podemos tener con usted.

Adriano asintió:

—Nombraré a un pope. Sólo él y yo estaremos al corriente de este acuerdo. Ya les comunicaré el nombre.

20

Dejó de llover en el preciso momento en que Lord salía de la estación del metro. El bulevar Tsventnoy rezumaba agua, el aire se había enfriado perceptiblemente, una niebla glacial envolvía la ciudad. Seguía sin más abrigo que la chaqueta de su traje, entre aquella densa multitud de personas envueltas en lanas y en pieles. Le venía muy bien que hubiera caído la noche. La oscuridad y la niebla le harían más fácil ocultarse.

Se incorporó a un grupo de gente que caminaba hacia el teatro de la acera opuesta. Sabía que el Circo de Moscú, uno de los grandes espectáculos del mundo, era parte del circuito turístico. Él mismo había asistido hacía años, y lo habían dejado atónito los osos danzarines y los perros amaestrados.

Tenía veinte minutos hasta el inicio de la función. Cabía la posibilidad de que durante el descanso lograse hacerle llegar un mensaje a Akilina Petrovna. Si no, la buscaría al final. Quizá pudiera ella ponerse en contacto con la embajada norteamericana. Quizá pudiera entrar y salir del Voljov y hablar con Taylor Hayes. Era probable que tuviese un apartamento donde pudiera él esperar sin peligro.

El teatro se alzaba a unos cincuenta metros, al otro lado de la calle. Estaba a punto de cruzar, para dirigirse a una taquilla, cuando una voz, a su espalda, gritó: «*Stoi.*» Alto.

Siguió hacia delante, abriéndose paso entre la gente.

La voz repitió: «*Stoi.*»

Volvió la cabeza y vio a un policía. El hombre avanzaba por entre la multitud, con un brazo levantado, mirando al frente. Lord apretó el paso y cruzó rápidamente la congestionada calle, para en seguida mezclarse con la apretada marea de gente del lado opuesto. Un autobús turístico descargaba sus pasajeros, y Lord se incorporó a una fila de japoneses que se iban metiendo en el local brillantemente iluminado. Miró de nuevo hacia atrás y no vio al policía.

Podían haber sido imaginaciones suyas.

Mirando al suelo, fue en pos de la bulliciosa muchedumbre. Pagó sus diez rublos en taquilla y entró a toda prisa, en la esperanza de encontrarse con Akilina Petrovna.

Akilina se puso el vestido. En el camerino común reinaba el habitual bullicio, con los artistas entrando y saliendo todo el tiempo. A nadie se le concedía el lujo de un vestidor privado. Eso era algo que Akilina sólo había visto en las películas norteamericanas, que pintaban un retrato romántico de la vida circense.

Estaba cansada, porque había dormido poco la noche anterior. El viaje de San Petersburgo a Moscú había sido interesante, por no decir otra cosa, y Akilina se había pasado el día pensando en Miles Lord. Le había dicho la verdad. Era el primer hombre de raza negra a quien había visto en aquel tren. Y no, nunca se había asustado ante él. Podía ser que el miedo de Lord la hubiese desarmado a ella.

Lord no se ajustaba a ninguna de las descripciones estereotipadas que Akilina recordaba de su niñez, cuando los profesores de los colegios estatales deploraban la espantosa maldad de la raza negroide. Recordaba comentarios sobre su inferioridad mental, sus débiles sistemas inmunológicos y su completa incapacidad para gobernarse. En Norteamérica fueron esclavos, circunstancia que los propagandistas martilleaban una y otra vez, para dar énfasis al fracaso del capitalismo. Akilina incluso había visto fotos de linchamientos, donde los blancos vestían de fantasmas con capirotes y se regocijaban en el espectáculo.

Miles, sin embargo, no hacía pensar en nada parecido. Su piel era de color óxido, como la del río Voina, que Akilina recordaba de las visitas al pueblo de su abuela. El pelo, que era castaño oscuro, lo llevaba corto y limpio. Tenía un cuerpo compacto y vigoroso. Tenía pinta de ser serio, pero también afable, y su voz gutural era de las que no se olvidan. Dio la impresión de sorprenderle de veras la propuesta que ella le hizo de pasar la noche en su compartimento, quizá porque no estuviera acostumbrado a tanta desenvoltura en una mujer. Akilina pensó que ojalá fuera todavía más profundo su refinamiento, porque le parecía un hombre interesante.

Al bajarse del tren vio salir de la estación, y subirse a un Volvo de color oscuro que esperaba en la calle, a los tres hombres que perseguían a Lord. Antes había metido el maletín de Lord en su valija, y ahora seguía custodiándolo, en espera de que él acudiese a reclamarlo.

Se había pasado el día preguntándose cómo estaría Lord. Los hombres no habían desempeñado papeles importantes en su vida de los últimos años. El circo daba función casi todas las noches, doble en verano. Si no estaban en Moscú, la compañía se desplazaba muchísimo. Akilina había estado en casi toda Rusia y en la mayor parte de Europa, e incluso en Nueva York, en el Madison Square Garden. No le quedaba mucho tiempo libre para dedicarlo a los hombres, si no contamos alguna cena ocasional y alguna que otra conversación en los trayectos largos de tren o ferrocarril.

Le faltaba un año para cumplir los treinta y se preguntaba si alguna vez se le presentaría la opción del matrimonio. Su padre siempre había querido que se estableciera en algún sitio, que abandonase el circo y se casara. Pero Akilina había sido testigo de lo que les había ocurrido a muchas amigas suyas. Todo el día trabajando, en una fábrica o en una tienda, para luego volver a casa y ocuparse de las labores del hogar, un día tras otro, sin conclusión posible. No había igualdad entre los hombres y las mujeres, por más que el régimen soviético hubiera proclamado en su momento, y con mucho orgullo, que las mujeres soviéticas eran las más liberadas del mundo. El matrimonio aportaba muy pocas ventajas. Maridos y mujeres, por lo general, trabajaban cada uno en lo suyo, con horarios distintos, incluso con vacaciones separadas, porque rara vez les coincidían los períodos de asueto. Akilina comprendía perfectamente que uno de cada tres matrimonios terminase en divorcio, y que las parejas, en su mayor parte, sólo tuvieran un hijo. No tenían ni tiempo ni dinero para más. Nunca le había parecido atractivo ese modo de vivir. Como decía su abuela, *para conocer a una persona hay que compartir la sal con ella.*

Se situó frente al espejo y se roció el pelo con agua, para luego hacerse un moño con las trenzas húmedas. No se ponía mucho maquillaje para salir a escena, lo justo para resistir los duros focos azules y blancos. Era de tez pálida —porque había heredado una casi total carencia de pigmentación—, rubia, con los ojos azules, como su madre eslava. El oficio le venía de su padre, que había sido acróbata durante decenios. Afortunadamente, su buen hacer les valió un apartamento más grande, más raciones alimenticias y mejor presupuesto para vestir. Gracias a Dios, el arte siempre fue un componente importante de la propaganda comunista. El circo, junto con el ballet y la ópera, había estado años exportándose, en un intento por mostrar al mundo que Hollywood no poseía el monopolio del espectáculo.

Ahora, toda la *troupe* estaba ahí para hacer dinero. El circo pertenecía a un conglomerado de empresas moscovitas que seguía paseando el espectáculo por todo el planeta, con la diferencia de que ahora no se hacía con fines propagandísticos, sino por obtener dinero. De hecho, Akilina ganaba un buen sueldo, para vivir en la Rusia postsoviética. Pero en el momento mismo en que ya no fuera capaz de fascinar al público desde la barra de equilibrio pasaría a incorporarse al número de los desempleados, que eran millones. De ahí que se mantuviera en excelente forma física, vigilando atentamente la dieta y regulando con precisión sus hábitos de sueño. Anoche había sido la primera vez en mucho tiempo en que no había dormido sus ocho horas.

Volvió a pensar en Miles Lord.

Antes, en su apartamento, había abierto el maletín. Recordaba que Lord se había quedado algunos papeles, pero tenía la esperanza de que los restantes arrojarían alguna luz sobre aquel hombre que tan fascinante le parecía. Pero sólo encontró un cuaderno de notas, en blanco, tres bolígrafos, unas cuantas tarjetas del hotel Voljov y un billete de Aeroflot para el vuelo Moscú-San Petersburgo del día antes.

Miles Lord. Abogado norteamericano en la Comisión del Zar. Quizá volviese a verlo alguna vez.

Lord asistió pacientemente a toda la primera parte del espectáculo. Ningún *militsya* lo había seguido —no de uniforme, al menos, y esperaba que no hubiese policías de paisano entre el público—. El circo era impresionante: un anfiteatro interior que se alzaba en semicírculo en torno a un escenario multicolor. Calculó que en los mullidos asientos debían de acomodarse unas mil personas, casi todas ellas turistas y niños sintiendo la misma emoción que irradiaban los rostros de los artistas. El entorno rayaba en lo surrealista, y los funambulistas, los perros amaestrados, los trapecistas y los malabaristas habían conseguido, por el momento, que Lord apartase la mente de la situación en que se encontraba.

Vino el descanso y decidió quedarse en su sitio. Cuanto menos se moviera, mejor. Estaba a pocas filas de la pista principal, en línea directa de visión, y esperaba que Akilina lo viese al salir a escena.

Sonó un timbre y el director de pista anunció que la segunda parte del espectáculo comenzaría en cinco minutos. Lord recorrió una vez más con la mirada la amplia extensión del circo.

Se fijó en un rostro.

El hombre estaba encaramado en el lado opuesto al suyo y llevaba una chaqueta de cuero negro y unos vaqueros. Era el individuo del traje beis con bolsas en las rodillas y en los codos que había visto en los archivos de San Petersburgo, ayer, y también, luego, en el tren. Estaba situado entre un grupo de turistas, muy ocupados todos en sacarse las últimas fotos, antes de que el espectáculo se reanudara.

A Lord se le aceleró el corazón. Se le hizo un hueco en el estómago.

Luego vio a Párpado Gacho.

Aquel demonio de hombre entró por la izquierda, entre Lord y su otro problema. El pelo oscuro, recogido en cola de caballo, le resplandecía por la brillantina. Llevaba un jersey color tabaco y pantalones oscuros.

Cuando se apagaron las luces y volvió a sonar la música de acompañamiento, Lord se puso en pie para marcharse. Pero en lo alto de su grada, a no más de quince metros, vio a Cromañón, con una sonrisa en el rostro marcado de viruela.

Lord se volvió a sentar. No tenía a donde ir.

El primer turno de actuación correspondía a Akilina Petrovna, que saltó a escena con los pies descalzos, con unos leotardos azules cubiertos de lentejuelas. Al rápido ritmo de la música, fue dando saltitos hasta la barra y, tras auparse a ella, inició su número entre los aplausos del público.

Una oleada de pánico lo invadió. Miró hacia atrás y vio que Cromañón seguía en la parte superior de la grada, pero en seguida localizó también el rostro grisáceo y sin expresión de Párpado Gacho, que ahora estaba sentado entre Lord y Cromañón. Ojos negros como el carbón —ojos de gitano, se dijo Lord— en los que se leía con claridad un mensaje: la caza ha terminado. Tenía la mano derecha hundida en la chaqueta, separando ésta lo suficiente como para exhibir la culata de una pistola.

Lord volvió a poner la mirada en la pista.

Akilina Petrovna, sentada de través en la barra, adoptaba una postura sorprendente. La música se hizo más suave, y ella seguía el ritmo con movimientos ágiles. Lord enfocó la vista en ella, deseando que lo localizase.

Y Akilina lo localizó.

Sus ojos se encontraron por un instante, y Lord captó que Akilina lo había reconocido. En seguida captó otra cosa. ¿Miedo? ¿También ella habría identificado a los hombres que había detrás de él? ¿O acaso había leído el terror en la mirada de Lord? Fuera como fuera, Akilina no se permitió desconcentrarse. Siguió impresionando a la multitud con una lenta danza atlética, en lo alto de una barra de madera de roble de diez centímetros escasos.

Hizo una pirueta con una sola mano y a continuación saltó de la barra. El público rompió en aplausos, mientras los payasos hacían su entrada en la pista a lomos de diminutas bicicletas. En el tiempo que tardaron los subalternos en llevarse la pesada barra de equilibrio, Lord llegó a la conclusión de que no tenía elección. Se alzó de su asiento y, de un salto, se metió en la pista, en el preciso momento en que pasaba uno de los payasos de las bicicletas, tocando la bocina. El público se echó a reír estrepitosamente, convencido de que aquello era parte del espectáculo. Lord miró hacia la izquierda y vio que Párpado Gacho y el individuo de San Petersburgo se estaban incorporando. Se introdujo detrás del telón y corrió directamente hacia Akilina Petrovna.

—Tengo que salir de aquí —le dijo, en ruso.

Ella lo cogió de la mano y lo llevó más hacia el fondo del escenario, detrás de un par de jaulas de caniches blancos.

—He visto a esos hombres. Parece que sigues en apuros, Miles Lord.

—A mí me lo vas a contar.

Pasaron junto a otros artistas, ocupados en sus preparativos para actuar. Nadie pareció fijarse en ellos.

—Tengo que ocultarme en algún sitio —dijo Lord—. Corriendo así no vamos a ninguna parte.

Akilina lo condujo por un pasillo lleno de carteles antiguos pegados a las sucias paredes. Un acre olor a orines y pellejo mojado enrarecía el aire. Había varias puertas a ambos lados del estrecho corredor.

Ella accionó uno de los tiradores.

—Entra.

Era un armario que contenía fregonas y escobas, pero quedaba suficiente sitio libre como para que Lord se encajara dentro.

—Quédate aquí hasta que vuelva —dijo ella.

La puerta se cerró.

En la oscuridad, trató de recuperar el aliento. Oyó pasos fuera, en ambas direcciones. No podía creer lo que estaba sucediendo. El policía del exterior del circo tenía que haber avisado a Feliks Orleg. Párpado Gacho, Cromañón y Orleg tenían que estar relacionados. Sin duda alguna. ¿Qué iba a hacer? La tarea de un buen abogado, en su cincuenta por ciento, consiste en explicarle al cliente lo tonto que es. Debería escuchar sus propios consejos. Tenía que largarse de Rusia lo antes posible.

La puerta se abrió.

A la luz del pasillo, percibió el rostro de tres hombres.

Al primero no lo identificó, pero tenía en la mano un largo cuchillo plateado, contra el cuello de Párpado Gacho. El otro rostro pertenecía al hombre del día anterior en San Petersburgo. Sostenía un revólver que apuntaba directamente a Lord.

En seguida, Lord vio a Akilina Petrovna.

Estaba, muy tranquila, junto al individuo del revólver.

SEGUNDA PARTE

21

—¿Quién es usted? —preguntó Lord.

El hombre que estaba al lado de Akilina le contestó:

—No hay tiempo para explicaciones, señor Lord. Tenemos que salir de aquí a toda prisa.

No estaba del todo convencido.

—No sabemos cuántos más hay. No somos enemigos suyos, señor Lord. Él, sí —añadió, señalando a Párpado Gacho.

—Resulta difícil creerle, mientras me apunta con una pistola.

El hombre bajó el arma.

—Tiene razón. Ahora hay que irse. Mi colega se ocupará de este hombre mientras nosotros nos las piramos.

Lord miró a Akilina y le preguntó:

—¿Estás con él?

Ella asintió con la cabeza.

—Tenemos que marcharnos, señor Lord.

Su mirada le cablegrafió: *¿tenemos que marcharnos?*

—Creo que sí —dijo ella.

Lord decidió seguir la intuición de Akilina. La suya no había funcionado muy bien últimamente.

—De acuerdo.

El hombre se dirigió a su colega en un dialecto que Lord no supo identificar. Párpado Gacho fue conducido a la fuerza por el pasillo, en dirección a una puerta situada al otro extremo.

—Por aquí —dijo el hombre.

—¿Por qué tiene ella que venir? —preguntó Lord, señalando a Akilina—. No está relacionada con el asunto.

—Me dijeron que la llevara.

—¿Quién se lo dijo?

—Ya hablaremos de ello por el camino. Ahora tenemos que marcharnos.

Lord decidió no seguir discutiendo.

Sin detenerse más que a recoger un par de zapatos y un abrigo para Akilina, siguieron al hombre hasta el exterior, donde ya había caído la noche y hacía frío. La salida daba a un callejón de la parte trasera del teatro. Al fondo, Lord vio que estaban introduciendo a Párpado Gacho en la parte trasera de un Ford negro. Su guía los condujo hasta un Mercedes de color claro, abrió la puerta trasera y les indicó que subieran. A continuación entró él delante. Ya había otra persona en el asiento del conductor. Mientras abandonaban la zona empezó a caer una fina lluvia.

—¿Quién es usted? —volvió a preguntar Lord.

El hombre no contestó. Lo que hizo fue ponerle en la mano una tarjeta de visita.

SEMYON PASHENKO

*Profesor de Historia
Universidad Estatal de Moscú*

Lord empezaba a comprender.

—De modo que no fue casual mi encuentro con él.

—Ni por asomo. El profesor Pashenko se dio cuenta del enorme riesgo que corrían ustedes y nos indicó que estuviéramos al tanto. Eso era lo que estaba haciendo yo en San Petersburgo. Parece ser que no lo hice muy bien.

—Pensé que estaba usted con los otros.

El hombre asintió con la cabeza.

—Lo comprendo. Pero el profesor me dijo que no entrara en contacto con usted más que si me veía forzado a ello. Lo que estaba a punto de ocurrir en el circo creo que vale, como motivo.

El coche fue sorteando el denso tráfico, con los limpiaparabrisas en funcionamiento, sin mucha eficacia. Iban en dirección sur, dejando atrás el Kremlin, hacia el parque Gorky y el río. Lord ob-

servó que el conductor no perdía de vista los coches que tenían alrededor y dio por supuesto que las muchas vueltas que estaban
dando eran para despistar a cualquiera que intentara seguirlos.

—¿Crees que estamos a salvo? —le musitó Akilina.

—Espero.

—¿Conoces al tal Pashenko?

Lord dijo que sí con la cabeza.

—Pero eso no significa nada. Aquí no es nada fácil conocer de
verdad a la gente.

Luego añadió, con una leve sonrisa:

—Mejorando lo presente, claro.

Su derrotero los había apartado de los altos bloques de edificios
anónimos y rarezas neoclásicas, los cientos de apartamentos que
apenas si aventajaban en algo a los *trushchoba* —suburbios— y donde la vida, como bien sabía Lord, era un tenso esfuerzo diario, entre
el ruido y las aglomeraciones. Pero no todo el mundo vivía así, y observó que habían entrado en una zona de calles discretas, arboladas,
que partían todas del concurrido bulevar. Ésta iba hacia el norte, hacia el Kremlin, uniendo dos de las vías de circunvalación.

El Mercedes se metió directamente en un solar asfaltado. Había un vigilante a la puerta, en una cabina de cristal. El edificio de
tres pisos que tenían enfrente era algo insólito, porque no estaba
hecho de cemento, sino de ladrillos color miel puestos uno encima
de otro, una verdadera rareza para los albañiles de Moscú. Los pocos coches que había en los espacios marcados eran extranjeros y
caros. El conductor apuntó el mando a distancia e hizo que se levantara la puerta del garaje. Cuando hubo entrado el Mercedes, el
cierre volvió a bajarse.

Estaban en un amplio zaguán, bajo la luz de una araña de cristal. Olía a pino, no a la horrible mezcla de barro y orina que ema-
naban casi todos los zaguanes —*una peste a gato,* en palabras de un
periodista moscovita—. Una escalera tapizada conducía al apartamento del tercer piso.

Semyon Pashenko respondió a un ligero golpe en la puerta blanca y los invitó a entrar.

Lord tomó nota inmediata del suelo de parqué, las alfombras
orientales, la chimenea de ladrillo y los muebles nórdicos. Todos ellos

artículos de lujo, tanto en Rusia como en la Unión Soviética. Las paredes eran de un color beis relajante, interrumpido a trechos regulares por pinturas de la fauna y flora siberianas. El aire olía a col hervida con patatas.

—Qué bien vive usted, profesor.

—Regalo de mi padre. Para gran disgusto mío, era un devoto comunista y gozaba de los privilegios inherentes a su cargo. Yo heredé el usufructo, y luego pude comprar el piso cuando el gobierno empezó con las desamortizaciones. Afortunadamente, tenía los rublos necesarios.

Lord se dio la vuelta, en el centro de la habitación, y miró directamente a su huésped.

—Creo que deberíamos darle las gracias.

Pashenko alzó las manos.

—No hace falta. De hecho, somos nosotros quienes debemos estar agradecidos.

Lord se quedó sorprendido, pero no dijo nada.

Pashenko se acercó a unos sillones tapizados.

—¿Por qué no nos sentamos? La cena está calentándose en la cocina. ¿Un poco de vino, quizá?

Lord miró a Akilina, que negó con la cabeza.

—No, gracias.

Pashenko se dio cuenta de cómo iba vestida Akilina y pidió a uno de los hombres que le trajera un albornoz. Se sentaron junto a la chimenea y Lord se quitó la chaqueta.

—Yo mismo corto la leña, en mi *dacha* del norte de Moscú —dijo Pashenko—. Me encanta la chimenea, aunque este piso tiene calefacción central.

Otra rareza en Rusia, pensó Lord. También observó que el conductor del Mercedes ocupaba posiciones junto a una de las ventanas, para mirar de vez en cuando entre las cortinas cerradas. Al quitarse la chaqueta, dejó al descubierto una sobaquera con su correspondiente pistola en la funda.

—¿Quién es usted, profesor? —preguntó Lord.

—Soy un ruso que está contento con el futuro.

—¿Podríamos prescindir de las adivinanzas? Estoy cansado, han sido tres días larguísimos.

Pashenko inclinó la cabeza como pidiendo perdón.

—Por lo que sé, no tengo más remedio que estar de acuerdo. El incidente de la Plaza Roja salió en las noticias. Es curioso que no se le mencionara a usted en los informes oficiales, pero Vitaly —Pashenko se refería al hombre del día anterior en San Petersburgo— lo vio todo. La policía llegó justo a tiempo.

—¿Estaba allí su hombre?

—Fue a San Petersburgo para asegurarse de que hiciera usted el viaje en tren con toda tranquilidad. Pero esos dos caballeros que tan bien conoce usted, a estas alturas, se metieron por medio.

—¿Cómo me encontró su hombre?

—Los vio a usted y a la señorita Petrovna, y fue testigo de cómo saltaba usted del vagón. Otro hombre que iba con él le siguió a usted los pasos y los vio en la tienda de comestibles, hablando por teléfono.

—¿Qué me dice de mi guardaespaldas?

—Pensábamos que podía trabajar para la *mafiya*. Ahora ya estamos seguros.

—¿Puedo preguntar qué tengo yo que ver con el asunto? —dijo Akilina.

Pashenko la miró de hito en hito.

—Es usted misma quien se ha inmiscuido, cariño.

—Yo no me he inmiscuido en nada. El señor Lord se metió en mi compartimento anoche. Eso es todo.

Pashenko se incorporó en su asiento.

—A mí también me resultaba curiosa su participación. De modo que me tomé la libertad de informarme acerca de usted, hoy mismo. Tenemos muchos contactos en el gobierno.

El rostro de Akilina se puso tenso.

—No me gusta nada que invadan mi vida privada.

Pashenko lanzó una breve carcajada.

—Ésa es una noción que los rusos a duras penas concebimos, cariño. Vamos a ver. Nació usted aquí en Moscú. Sus padres se divorciaron cuando tenía doce años. Dado que ninguno de los dos cumplía con las condiciones para que le fuese concedido un apartamento nuevo, no tuvieron más remedio que seguir viviendo juntos. Por supuesto, su alojamiento era un poquito mejor de lo habitual, dados los servicios que su padre prestaba al Estado como artista de circo, pero, así y todo, era una situación estresante. Por cierto que he visto actuar varias veces a su padre. Era un acróbata maravilloso.

Ella aceptó el cumplido con un gesto.

—Su padre se relacionó con una rumana que tenía algo que ver con el circo. La mujer quedó preñada, pero regresó a su país con la criatura. Su padre trató de conseguir un visado de salida, pero las autoridades rechazaron su solicitud. Los comunistas no tenían costumbre de dejar marcharse a sus artistas. Cuando trató de fugarse sin permiso, lo detuvieron y lo enviaron a un campo de prisioneros.

»Su madre volvió a casarse, pero el matrimonio terminó rápidamente en divorcio. Como no pudo encontrar sitio para vivir, tras el segundo divorcio, todos recordamos perfectamente lo difícil que era encontrar piso, se vio obligada a volver a compartir alojamiento con su padre. En aquel momento, las autoridades ya habían decidido dejarlo salir del campo de prisioneros. De manera que allí, en un apartamentito, ambos se desesperaban, en habitaciones separadas, hasta que murieron prematuramente. Todo un éxito de nuestra república popular, ¿no le parece?

Akilina no dijo nada, pero Lord percibió el dolor que irradiaban sus ojos.

—Yo vivía con mi abuela en el campo —le dijo a Pashenko—, de modo que no tuve que asistir al tormento de mis padres. Ni siquiera hablé con ellos durante los tres últimos años. Murieron amargados, coléricos y solos.

—¿Dónde estaba usted cuando los soviéticos se llevaron a su abuela?

Akilina movió la cabeza.

—En aquel momento ya me habían metido en una escuela especial para artistas. Me dijeron que mi abuela había muerto de vieja. Tardé en enterarme de la verdad.

—Usted, en especial, debería ser un factor catalizador del cambio. Todo ha de ser mejor de lo que tuvimos nosotros.

Lord sintió pena de la mujer que tenía al lado. Sintió el impulso de asegurarle que nada de aquello volvería a ocurrir. Pero no sería verdad. Se limitó, pues, a preguntarle al profesor:

—¿Sabe usted qué es lo que está ocurriendo?

Una arruga de preocupación se dibujó en el rostro del viejo.

—Sí, lo sé.

Lord esperó a que se explicara:

—¿Ha oído usted hablar alguna vez de la Asamblea Monárquica de Todas las Rusias? —le preguntó Semyon Pashenko.

Lord negó con la cabeza.

—Yo sí —dijo Akilina—. Quieren restaurar el trono de los Zares. Organizaban grandes fiestas, tras la caída de los soviéticos. Leí un artículo sobre ellos, en una revista.

El profesor asintió.

—Daban unas fiestas enormes. Unas cosas monstruosas, con personas disfrazadas de nobles, cosacos con gorra alta, hombres de mediana edad en uniforme del Ejército Blanco. Todo ello pensado para conseguir publicidad, para mantener presente al Zar en los corazones y en la mente del pueblo. Antes se les consideraba unos fanáticos. Ahora no.

—No creo yo que a ese grupo pueda atribuírsele el referéndum nacional sobre la restauración —dijo Akilina.

—No estaría yo muy seguro. En la Asamblea había más de lo que saltaba a la vista.

—¿Podría usted ir al grano, profesor? —preguntó Lord.

Pashenko había adoptado una postura poco natural, que no comunicaba emoción alguna.

—Señor Lord, ¿se acuerda usted de la Santa Agrupación?

—Un grupo de nobles dispuestos a dar su vida por la seguridad del Zar. Ineptos y cobardes. Ninguno de ellos estaba presente cuando una bomba mató a Alejandro II en 1881.

—Más tarde, otro grupo adoptó el mismo nombre —dijo Pashenko—. Pero les aseguro que no eran ningunos ineptos. La verdad es que sobrevivieron a Lenin, a Stalin y a la segunda guerra mundial. Y el grupo sigue existiendo. Para el público, se denominan Asamblea Monárquica de Todas las Rusias. Pero también hay una sección privada, a cuyo frente estoy yo.

La mirada de Lord se fijó en Pashenko.

—Y ¿qué finalidad tiene esta Santa Agrupación?

—La seguridad del Zar.

—Pero si no hay Zar desde 1918...

—Sí que lo ha habido.

—¿De qué está usted hablando?

Pashenko se colocó ambos dedos índice en los labios.

—En la carta de Alejandra y en la nota de Lenin ha encontrado usted lo que nos faltaba. Debo confesar que hasta el otro día, cuando leí esas palabras, también yo tenía mis dudas. Pero ahora estoy seguro. Un heredero sobrevivió a Ekaterimburgo.

Lord negó con la cabeza.

—No puede usted estar hablando en serio, profesor.

—Hablo en serio. Mi grupo se constituyó poco después de julio de 1918. Un tío y un tío abuelo míos pertenecían a la Santa Agrupación. A mí me reclutaron hace decenas de años, fui ascendiendo, y ahora ocupo la jefatura. Lo que pretendemos es guardar el secreto y cumplir con sus términos en el momento adecuado. Pero las purgas comunistas se llevaron por delante a muchos de nuestros miembros. Por razones de seguridad, el Originador tomó las medidas necesarias para que nadie conociera todos los términos secretos. De modo que una gran parte del mensaje se perdió, incluido su inicio. Usted, ahora, ha vuelto a descubrir ese inicio.

—¿Qué quiere decir?

—¿Sigue teniendo las copias?

Lord sacó de su chaqueta los papeles plegados y se los tendió a Pashenko.

Éste los tomó.

—Aquí está, en la nota de Lenin: «En lo que respecta a Yurovsky, la situación es inquietante. No creo que los informes procedentes de Ekaterimburgo sean correctos, y la información procedente de Félix Yusúpov confirma esta impresión mía. Es lamentable que los Guardias Blancos a quienes convenciste de que hablaran no fueran más explícitos. Puede que el exceso de dolor sea contraproducente. La mención de Kolya Maks es interesante. Había oído ese nombre antes. La localidad de Starodub también ha sido traída a colación por otros Guardias Rusos igualmente persuadidos.» Los datos que habíamos perdido eran el nombre, Kolya Maks, y el pueblo, Starodub. Ahí está el punto de partida de nuestra búsqueda.

—¿Qué búsqueda? —preguntó Lord.

—La búsqueda de Alexis y Anastasia.

Lord se echó hacia atrás en su sillón. Estaba muy cansado, pero lo que ese hombre estaba diciendo le ponía el cerebro a cien por hora.

Pashenko prosiguió:

—Cuando los reales cadáveres de los Romanov fueron, por fin, exhumados, en 1991, y luego identificados, supimos con toda certeza que podía haber dos sobrevivientes de la matanza. Los restos de Alexis y Anastasia nunca se han encontrado, hasta la fecha.

—Yurovsky afirmó que los había quemado separadamente —dijo Lord.

—¿Qué habría usted dicho si le hubieran ordenado matar a la familia imperial y se encontrase de pronto con que le faltaban dos cadáveres? Habría usted mentido, porque, si no, le habrían pegado un par de tiros, por incompetente. Yurovsky le contó a los de Moscú lo que éstos querían oír. Pero no hay suficientes documentos que hayan salido a la luz tras la caída de los soviéticos como para poner en seria duda la declaración de Yurovsky.

Pashenko tenía razón. Las declaraciones juradas que se tomaron a los Guardias Rojos y a otros partícipes confirmaban la posibilidad de que no todos hubieran muerto aquella noche de julio. Los informes iban desde grandes duquesas que morían dando alaridos, con una bayoneta clavada en el cuerpo, hasta víctimas histéricas rematadas a puñaladas o culatazos. Había numerosas contradicciones. Pero Lord recordó también el fragmento de testimonio que él mismo había encontrado y que parecía corresponder a uno de los guardias de Ekaterimburgo, con fecha de tres meses después de los asesinatos.

Pero fui consciente de lo que iba a pasar. Su suerte estaba echada, por lo que oíamos. Yurovsky se ocupó de que todos comprendiéramos bien en qué iba a consistir nuestra tarea. Al cabo de un tiempo, empecé a decirme a mí mismo que algo había que hacer para permitirles escapar.

Lord señaló los papeles.

—Hay otro documento, profesor. De uno de los guardias. No se lo enseñé antes. Puede que le interese leerlo.

Pashenko localizó el papel y leyó.

—Es coherente con los demás testimonios —dijo, al terminar—. Brotaron espontáneamente intensos sentimientos de simpatía por los miembros de la familia imperial. Muchos de los guardias los odiaban, les robaron todo lo que pudieron, pero hubo otros que reaccionaron de modo distinto. El Originador supo utilizar esa simpatía.

—¿Quién es el Originador? —preguntó Akilina.

—Félix Yusúpov.

Lord quedó muy sorprendido.

—¿El hombre que mató a Rasputín?

—El mismo.

Pashenko cambió de postura.

—Mi padre y mi tío me contaron algo que ocurrió en el Palacio Alejandro, en Tsarskoe Selo. La noticia partió del Originador y llegó a conocimiento de la Santa Agrupación. El acontecimiento tuvo por fecha el 28 de octubre de 1916.

Lord acercó los ojos a la carta que Pashenko sostenía.

—La fecha coincide con la de la carta de Alejandra a Nicolás.

—Exactamente. Alexis acababa de sufrir otro episodio de hemofilia. La emperatriz mandó a buscar a Rasputín, éste acudió y supo aliviar los padecimientos del muchacho. Luego, Alejandra se vino abajo, y el *starets* le echó en cara su falta de fe en Dios y en él. Fue entonces cuando Rasputín profetizó que quien se sintiera más culpable vería el error de sus propósitos, afirmando que la sangre de la familia imperial resucitaba por sí misma. También dijo que sólo un cuervo y un águila podrían tener éxito donde todo hubiera fracasado antes...

—... Y que la inocencia de las bestias guardaría el camino, señalándolo; y que sería el último árbitro del éxito —dijo Lord.

—La carta confirma lo que a mí me contaron hace tantos años. Una carta que encontró usted oculta en los archivos estatales.

—Muy bien, pero ¿qué tiene que ver todo eso con nosotros? —preguntó Lord.

—Señor Lord: usted es el cuervo.

—¿Por ser negro?

—En parte. Es usted una rareza en este país. Pero hay algo más.

—Pashenko se volvió hacia Akilina—. Esta dama tan bella. Su nombre, señora, significa «águila» en ruso antiguo.

El rostro de Akilina expresó sorpresa.

—Ahora comprenderán ustedes por qué sentimos tanta curiosidad. Sólo un cuervo y un águila pueden tener éxito donde todo haya fracasado antes. El cuervo entra en contacto con el águila. Me temo, señorita Petrovna, que está usted metida en esto, se dé usted cuenta o no. Por esa razón teníamos vigilado el circo. Estaba seguro de que ustedes dos volverían a ponerse en contacto. Que así haya sido no hace sino confirmar la profecía de Rasputín.

Lord estuvo a punto de echarse a reír.

—Rasputín era un oportunista. Un campesino corrupto que manipuló a una Zarina abrumada por el sentido de culpa. Si no hubiera sido por la hemofilia del zarevich, el gusano del *starets* nunca habría tenido acceso a la casa imperial.

—Lo cierto es que Alexis padecía una gravísima hemofilia y que Rasputín le proporcionaba alivio durante los ataques.

—*Sabemos* que la disminución del estrés emocional puede tener efecto en la pérdida de sangre. Determinado tipo de hemofilia reacciona bien a la hipnosis. El estrés afecta tanto la circulación de la sangre como la solidez de las paredes vasculares. A juzgar por todo lo que he leído, lo único que hacía Rasputín era calmar al chico. Le hablaba, le contaba cuentos de Siberia, le decía que todo acabaría bien. En esas ocasiones, Alexis solía quedarse dormido, lo cual también contribuía.

—Yo también he leído esas explicaciones. Pero sigue siendo un hecho que Rasputín tenía efecto en el zarevich. Y, al parecer, predijo su propia muerte con semanas de antelación, además de lo que ocurriría si era alguien de sangre real quien lo mataba. También profetizó una resurrección. La que puso en práctica Félix Yusúpov. La que ahora va a alcanzar su culminación, gracias, en parte, a la ayuda de ustedes dos.

Lord miró a Akilina. Su nombre y la relación establecida entre ambos podían ser pura coincidencia. Pero el caso era que esa coincidencia llevaba años gestándose. *Sólo un cuervo y un águila pueden tener éxito cuando todo se viene abajo.* ¿Qué era lo que estaba pasando?

—Stefan Baklanov no es digno de regir los destinos de este país —dijo Pashenko—. Es un tonto lleno de petulancia, sin capacidad alguna para gobernar. Es elegible sólo por una serie de muertes casuales. Lo manipularán con mucha facilidad, y me temo que la Comisión del Zar piensa investirlo de un poder sin límites, un regalo que la Duma no podrá sino confirmar. El pueblo quiere un Zar, no una figura decorativa.

Pashenko bajó los ojos para ponerlos en Lord.

—Señor Lord, soy consciente de que su tarea consiste en apoyar las aspiraciones de Baklanov. Pero creo firmemente que hay, en alguna parte, un heredero directo de Nicolás II. Dónde exactamente, no tengo ni idea. Sólo usted y la señorita Petrovna pueden averiguarlo.

Lord suspiró:

—Es demasiado, profesor. Esto ya es demasiado.

Una ligera sonrisa se dibujó en los labios del viejo.

—Lo comprendo. Pero antes de contarles nada más a ustedes, voy un momento a la cocina, para ocuparme de la cena. ¿Por qué no lo hablan a solas? Tienen que tomar una decisión.

—¿Sobre qué?

Pashenko se levantó del sillón:

—Su futuro. Y el de Rusia.

22

Hayes se tendió de espaldas y asió la barra de hierro que había más arriba de su cabeza. Alzó las pesas, las separó de su base e hizo diez levantamientos, sudando copiosamente: sus bíceps y sus hombros acusaron dolorosamente el esfuerzo. Le encantaba que el Voljov dispusiera de gimnasio. Andaba ya cerca de los sesenta años, pero no estaba dispuesto a tolerar que el tiempo lo derrotara. Nada le impedía vivir otros cuarenta años. Y necesitaba ese tiempo. Había tanto que hacer, y sólo ahora estaba en condiciones de tener éxito. Tras la coronación de Stefan Baklanov, podría trabajar a gusto y hacer lo que quisiera. Le tenía puesto el ojo a un espléndido chalé en los Alpes austríacos, un sitio donde podía disfrutar del aire libre, la caza y la pesca, y ser dueño de su propia casa solariega. La mera idea lo embriagaba de placer. Motivación más que suficiente para seguir adelante, fuera cual fuera la tarea.

Concluyó otra sesión de levantamientos, cogió una toalla y se enjugó el sudor de la frente. A continuación abandonó la sala de ejercicios y se encaminó hacia los ascensores.

¿Dónde podía estar Lord? ¿Por qué no había llamado? Le había dicho a Orleg, antes, que bien podía ser que Lord ya no confiara en él. Pero no estaba convencido. También era posible que Lord diera por supuesto que los teléfonos del hotel estaban pinchados. Lord conocía lo suficientemente bien la paranoia rusa como para saber lo fácil que le resultaría al gobierno —o a cualquier agrupación privada— aplicar ese control. Ello podría explicar por qué no había tenido noticias de Lord desde su apresurada salida del despacho de Feliks Orleg. Pero podría haber llamado por teléfono a Atlanta, a la compañía, para que alguien concertase desde allí un encuentro entre los dos. Lo había comprobado hacía un par de horas, sin embargo, y nadie había recibido ninguna llamada.

Qué lío.

Miles Lord se estaba convirtiendo en un auténtico problema.

Salió del ascensor a un vestíbulo con las paredes forradas de madera, en el sexto piso. Había uno en cada pasillo, una zona para sentarse a leer periódicos y revistas. Dos de los sillones estaban ocupados por Brezhnev y Stalin. Hayes tenía cita con ellos y con los demás miembros de la Cancillería Secreta dentro de dos horas, en un palacete del sur de la ciudad, de modo que le sorprendió su presencia en aquel momento.

—Caballeros, ¿a qué debo el honor?

Stalin se puso en pie.

—Hay un problema que requiere acción. Tenemos que hablar, y no hemos podido localizarlo por teléfono.

—Como pueden ver, estaba haciendo un poco de ejercicio.

—¿Podemos ir a su habitación? —preguntó Brezhnev.

Hayes fue delante de ellos y pasaron junto a la *dezhurnaya*, que ni siquiera apartó la mirada de la revista que estaba leyendo. Una vez dentro de la habitación, con el cierre de la puerta echado, Stalin dijo:

—El señor Lord fue localizado hace unas horas, en el circo. Nuestros hombres trataron de interceptarlo. A uno de ellos lo inutilizó Lord, del otro se ocuparon dos hombres que, aparentemente, también buscaban a Lord. Nuestro hombre tuvo que matar a su captor para escapar.

—¿Quién interfirió?

—Ahí está el problema. Ha llegado el momento de que sepa usted ciertas cosas. —Brezhnev se inclinó hacia delante en su sillón—. Se ha estado especulando con la posibilidad de que algún miembro de la familia real sobreviviera a la pena de muerte que los soviéticos impusieron a los Romanov en 1918. Su señor Lord ha descubierto material interesante en Documentos Protegidos, pero son papeles a los que no hemos tenido acceso. Al principio pensamos que el asunto era grave, pero controlable. Ahora no es así. El hombre con que Lord se ha puesto en contacto en Moscú es Semyon Pashenko, profesor de Historia de la universidad. Pero también lidera una agrupación consagrada a la restauración del zarismo.

—¿Qué amenaza puede representar para nuestros propósitos? —preguntó Hayes.

Brezhnev se recostó en su sillón y Hayes se dispuso a escucharlo.

Vladimir Kulikov representaba a una amplia coalición de los nuevos ricos del país, los pocos afortunados que se las habían apañado para obtener tremendas ganancias tras la caída de la Unión Soviética. Un hombre de baja estatura, muy serio, con la cara curtida como un campesino —le parecía a Hayes, que lo había pensado en más de una ocasión—, con la nariz ganchuda y el pelo corto, ralo y gris. De él se desprendía un aire de superioridad que solía poner furiosos a los demás integrantes de la Cancillería Secreta.

Los nuevos ricos no les caían especialmente bien a los militares que ocupaban el gobierno. Casi todos ellos eran antiguos miembros del Partido que disfrutaban de toda una red de relaciones; hombres listos, que habían sabido manipular el caos para sacarle provecho. Ninguno de ellos trabajaba gran cosa. Y contaban con el apoyo de muchos de los hombres de negocios norteamericanos que Hayes representaba.

—Hasta su muerte —dijo Brezhnev—, Lenin estuvo siempre muy interesado por lo ocurrido en Ekaterimburgo. A Stalin también le inquietaba grandemente el asunto. Tanto, que precintó todos los documentos de los archivos estatales en que se mencionaba a los Romanov. Luego hizo matar o encerró en campos de deportación a todo el que sabía algo. Su fanatismo es una de las razones de que resulte tan difícil averiguar algo de primera mano. A Stalin le preocupaba que hubiese un sobreviviente de los Romanov, pero veinte millones de muertes pueden provocar un caos tremendo, y quienes se le oponían nunca lograron organizarse. La agrupación de Pashenko está relacionada, de algún modo, con la posibilidad de que haya uno o más sobrevivientes de los Romanov. Cómo, no lo sabemos. Pero hace decenios que circulan rumores de que hay un Romanov escondido, hasta que llegue el momento adecuado para revelar su paradero.

Stalin dijo:

—Sabemos que sólo dos de los hijos pudieron sobrevivir: Alexis y Anastasia, cuyos cadáveres nunca fueron encontrados. Ni que decir tiene que si cualquiera de los dos hubiera sobrevivido a la matanza, ahora llevaría mucho tiempo muerto, especialmente el chico, por su hemofilia. De modo que estamos hablando de hijos o nietos, si de veras los hay. En tal caso, serían Romanov en línea directa. La candidatura de Baklanov perdería todo sentido.

Hayes vio preocupación en los ojos de Stalin, pero no lograba creer lo que estaba oyendo.

—Es de todo punto imposible que esas personas sobrevivieran. Les dispararon a bocajarro, y luego los remataron a golpe de bayoneta.

Stalin recorrió las tallas del sillón de madera con la mano.

—Ya se lo dije a usted durante nuestra última reunión: a los norteamericanos les cuesta mucho comprender lo sensibles que somos los rusos al destino. Ahí va un ejemplo. Hay documentos soviéticos que yo mismo he visto donde se recogen interrogatorios del KGB sobre el asunto. Rasputín predijo que la sangre de los Romanov resucitaría. Supuestamente, dijo que un águila y un cuervo llevarían a cabo la resurrección. El señor Lord encontró un escrito que confirma esta predicción —se inclinó hacia delante—. ¿Cómo negar que el señor Lord lo tiene todo para ser el cuervo?

—¿Por ser negro?

Stalin se encogió de hombros.

—Es una razón tan válida como cualquier otra.

No podía creer que un hombre de la reputación de Stalin estuviera tratando de convencerlo de que un labriego bribón de principios del siglo XX había predicho el retorno de la dinastía de los Romanov. Y, lo que era aún peor, que un afroamericano de Carolina del Sur tenía algo que ver con el asunto.

—Puede que no comprenda lo sensibles que son ustedes al destino, pero lo que sí entiendo, sin duda de ninguna clase, es el sentido común. Todo eso es una sarta de sandeces.

—Semyon Pashenko no lo cree así —se dio prisa Brezhnev en contestar—. Si puso hombres en el circo, fue por alguna razón, y además acertó: Lord apareció por allí. Según informaron nuestros hombres, en el tren, anoche, viajaba una artista de circo. Una mujer, Akilina Petrovna. Incluso llegaron a hablar con ella y no les llamó especialmente la atención en aquel momento, pero el caso es que salió del circo con Lord y que a ambos se los llevaron los hombres de Pashenko. ¿Por qué, si todo esto no es más que invención?

Buena pregunta, reconoció Hayes, sin decirlo.

Stalin se había puesto muy serio:

—*Akilina* significa «águila» en ruso antiguo. Usted, que habla nuestra lengua, ¿lo sabía?

Hayes negó con la cabeza.

—Esto es grave —dijo Stalin—. Están pasando cosas que no alcanzamos a comprender. Hasta hace unos meses, antes del referéndum, nadie consideraba posible el retorno de los Zares, y mucho menos que pudiera utilizarse para obtener posiciones políticas ventajosas. Pero ahora ambas cosas son posibles. Tenemos que poner fin a lo que está ocurriendo, sea lo que sea, inmediatamente, antes de que dé origen a algo peor. Utilice el número de teléfono que le hemos proporcionado, reúna a unos cuantos hombres y encuentre al señor Lord.

—Ya está haciéndose.

—Pues haga más.

—¿Por qué no se ocupa usted mismo?

—Porque usted tiene una libertad de movimientos de que ninguno de nosotros disfruta. Esta tarea le toca a usted. Puede incluso que el asunto rebase las fronteras nacionales.

—Orleg está buscando a Lord en este mismo momento.

—Puede que un boletín policial sobre el tiroteo de la Plaza Roja sirva para que la gente esté más atenta —dijo Brezhnev—. Mataron a un policía. La *militsya* estará ansiosa por encontrar a quien lo hizo. Incluso puede que resuelvan nuestro problema con un tiro bien dado.

23

Lord dijo:

—Lamento mucho lo que les ocurrió a tus padres.

Akilina llevaba sentada, sin moverse, con la vista baja, desde que Pashenko salió de la habitación.

—Mi padre quería estar con su hijo. Tenía intención de casarse con la madre, pero para emigrar había que conseguir permiso paterno, del padre y de la madre, una absurda norma soviética que en la práctica hacía imposible que nadie se marchara de aquí. Ni que decir tiene que mi abuela dio su consentimiento, pero mi abuelo llevaba sin aparecer desde la segunda guerra mundial.

—Así y todo, ¿era imprescindible que tu padre obtuviera el consentimiento de su padre?

Ella asintió.

—Nunca llegaron a declararlo muerto. Ninguno de los desaparecidos fue declarado muerto. Y, sin padre, ni permiso ni visado. Las consecuencias no tardaron en verse. Mi padre fue despedido del circo y no se le permitió actuar en ninguna parte, a pesar de que era lo único que sabía hacer.

—¿Por qué llevas varios años sin ver a tus padres?

—No había forma de soportar a ninguno de los dos. Lo único que mi madre veía era que otra mujer había parido un hijo de su ex marido. Lo único que mi padre veía era una mujer que lo había dejado por otro hombre. El deber de ambos, mi padre y mi madre, consistía en aguantarlo todo, por el bien de la comunidad —ahora estaba claro el rencor de Akilina—. A mí me enviaron con mi abuela. Al principio los detestaba por haberme hecho eso, pero cuando me hice mayor no podía soportarlos cerca, a ninguno de los dos, de modo que me mantuve alejada. Murieron con pocos meses de intervalo. Una mera gripe, que degeneró en neumonía. A veces me pregunto si no sufriré yo el mismo destino. Cuando ya no sea capaz de contentar al público, ¿dónde terminaré?

Lord no supo qué decir.

—A los norteamericanos les cuesta mucho trabajo entender lo que pasaba aquí. Lo que sigue pasando, en cierto modo. No se podía vivir donde uno quería, ni hacer lo que uno quería. Todas nuestras decisiones las tomaba alguien por nosotros, ya desde los primeros pasos en la vida.

Lord sabía lo que Akilina quería decir: la *raspredeleniye*, la distribución. Una decisión que se tomaba a los dieciséis años sobre lo que una persona habría de hacer durante el resto de su vida. La gente con enchufe podía elegir. Quienes carecían de él habían de conformarse con lo que hubiera. Los que caían en desgracia tenían que hacer lo que se les dijera.

—Los hijos de miembros del Partido siempre eran atendidos —dijo ella—. Les daban los mejores cargos, en Moscú. Porque en Moscú era donde todo el mundo quería estar.

—Pero tú no.

—Yo lo detestaba. Aquí no había más que miseria, para mí. Pero me vi obligada a volver. El Estado necesitaba mi talento artístico.

—¿No querías actuar?

—¿Sabías tú a los dieciséis años a qué querías dedicarte durante el resto de tu vida?

Él le dio la razón con el silencio.

—Varios amigos míos optaron por el suicidio. Era preferible, con mucho, a pasar el resto de tu vida en el círculo polar ártico o en algún remoto pueblo de Siberia, dedicado a algo que sólo te inspiraba desprecio. En el colegio tuve una amiga que quería ser médica. Era una magnífica estudiante, pero le faltaba la obligada afiliación al Partido para entrar en la universidad. Otros, con mucho menos talento, fueron seleccionados, pasando por encima de ella. Terminó trabajando en una fábrica —miró a Lord con dureza—.

Tienes suerte, tú, Miles Lord. Cuando seas viejo o te quedes incapacitado, la administración pública te ayudará. Aquí no tenemos eso. Los comunistas hablaban del Zar y de sus extravagantes caprichos, pero no tenían nada que echarle en cara.

Lord estaba empezando a comprender aún mejor la inclinación de los rusos a preferir el lejano pasado.

—En el tren te hablé de mi abuela. Era verdad lo que te dije. Se la llevaron una noche y nadie volvió a verla. Trabajaba en una tienda estatal y tenía que ver cómo vaciaban las estanterías los jefes, achacándoles el robo a otros. Al final escribió una carta a Moscú, quejándose. La despidieron, le cancelaron la pensión, le pusieron un sello de *informadora* en la documentación laboral. Nadie quiso contratarla. De modo que se entregó a la poesía. Su delito era poesía.

Lord ladeó la cabeza.

—¿Qué significa eso?

—Le gustaba escribir del invierno ruso, del hambre, de los gritos de los niños. De la indiferencia del gobierno hacia la gente. El soviet local decidió que aquello ponía en peligro el orden nacional. Mi abuela se había hecho notar como persona que se alzaba por encima de la comunidad. Ése fue su delito. Podía convertirse en un punto de encuentro para la oposición, en alguien capaz de conseguir algún apoyo. De modo que la hicieron desaparecer. Quizá seamos el único país del mundo donde se ejecuta a los poetas.

—Comprendo muy bien el odio que les tienes a los comunistas, Akilina. Pero también hay que tener en cuenta la realidad. Hasta 1917, el Zar fue un gobernante inepto a quien le importaba un rábano que su policía matara a la gente. El Sábado Sangriento de 1905 hubo cientos de víctimas, por el mero hecho de protestar contra la política del Zar. Era un régimen brutal, que apelaba a la fuerza para sobrevivir. Igual que los comunistas.

—El Zar representa un vínculo con nuestro legado, algo que se remonta a cientos de años atrás. Él es la encarnación de Rusia.

Lord se echó hacia atrás en el sillón y tomó aire varias veces. Estudió atentamente el fuego de la chimenea y escuchó con la misma atención los crujidos de la leña al convertirse en llama.

—Pashenko quiere que vayamos en busca de ese supuesto heredero, que quizá esté vivo, o quizá no, Akilina. Y todo porque un idiota que curaba a la gente por medio de la sugestión, hace ya casi un siglo, predijo que lo haríamos.

—Quiero hacerlo.

Lord la miró.

—¿Por qué?

—Llevo sintiéndome rara desde que nos conocimos. Como si hubiera estado previsto que nos encontráramos. No me asusté cuando entraste en mi compartimento, y ni por un instante puse en duda mi decisión de permitirte pasar allí la noche. Algo en mi interior me dijo que lo hiciera. También sabía que volvería a verte.

Lord no era tan místico como su guapa rusa parecía serlo.

—Mi padre era predicador. Iba de pueblo en pueblo engañando a la gente. Le gustaba gritar la palabra de Dios, pero lo único que hacía era abusar de la pobreza de la gente y jugar con sus miedos. Era el hombre menos santo que he conocido. Engañaba a su mujer, a sus hijos y a Dios.

—Pero era tu padre.

—Estaba allí cuando mi madre se quedó preñada. Pero no me hizo de padre. Me tuve que educar yo solo.

Ella se llevó la mano al pecho.

—Pero sigue ahí dentro, quieras o no quieras admitirlo.

No, Lord no quería admitir semejante cosa. En cierto momento, incluso consideró la posibilidad de cambiarse el apellido. Lo único que lo detuvo fueron las lamentaciones de su madre.

—¿Te das cuenta, Akilina, de que todo esto podría ser un montaje?

—¿Con qué propósito? Tú llevas días preguntándote por qué quieren matarte. El profesor te ha facilitado una respuesta.

—Que busquen ellos mismos a su Romanov sobreviviente. Ya tienen los datos que yo conseguí.

—Rasputín dejó dicho que tú y yo somos los únicos que podemos lograrlo.

Él negó con la cabeza.

—¿De veras te crees eso?

—No sé qué creer. Mi madre me dijo, cuando era pequeña, que veía muchas cosas buenas en mi futuro. Quizá tuviera razón.

No era exactamente lo que Lord habría querido que le contestara, pero también en su interior había algo que lo impulsaba hacia delante. Aunque sólo fuera porque aquella búsqueda podía sacarlo de Moscú, lejos de Párpado Gacho y Cromañón. Y no podía negar que todo aquello lo tenía fascinado. Pashenko tenía razón. En los últimos días se había ido produciendo una tremenda cantidad de coincidencias. Ni por un minuto podía creer que Gregorii Rasputín hubiera sido capaz de predecir el futuro, pero lo tenía intrigado la participación de Félix Yusúpov. *El Originador.* Así lo llamaba Pashenko, casi con reverencia.

Repasó la historia de aquel hombre. Yusúpov era un travestido homosexual que mató a Rasputín en la falsa creencia de que el destino del país dependía de que así lo hiciera. Estaba orgullosísimo, de un modo casi perverso, de su hazaña y estuvo cincuenta años alimentándose de la luz que sobre él arrojaba aquella acción estúpida. Era otro estúpido charlatán, un fraude, peligroso y mala persona, como Rasputín y como el padre del propio Lord. Y, sin embargo, Yusúpov estuvo involucrado en algo que contradecía su egoísmo.

—Muy bien, Akilina, hagámoslo. ¿Por qué no? ¿Acaso tengo alguna otra cosa de que ocuparme?

Miró hacia la puerta de la cocina cuando notó que Pashenko regresaba al cubil.

—Acabo de recibir una mala noticia —dijo—. Uno de nuestros colegas, el que se ocupó de aquel hombre del circo, no se ha presentado en el punto de encuentro con su prisionero. Lo han encontrado muerto.

Párpado Gacho había logrado huir. Una perspectiva nada halagüeña.

—Lo siento —dijo Akilina—. Nos salvó la vida.

Pashenko no pareció inmutarse.

—Ya conocía los riesgos cuando se unió a nuestra Santa Agrupación. No es el primero que muere por la causa —tomó asiento en un sillón, con cansancio en los ojos—. Y seguramente no será el último.

—Hemos decidido hacerlo —dijo Lord.

—Eso pensé que harían. Pero no olviden que Rasputín también dijo: *Ha de haber doce muertos antes de que concluya la búsqueda.*

A Lord no le preocupaba gran cosa aquella profecía casi centenaria. Los místicos suelen equivocarse. Párpado Gacho y Cromañón, en cambio, eran de carne y hueso y representaban un peligro inmediato.

—¿Es consciente, señor Lord —dijo Pashenko—, de que era a usted a quien querían matar, hace cuatro días, en la Nikolskaya Prospekt, y no a Artemy Bely? Van a por usted. Personas que, si mis sospechas son ciertas, ya saben algo de lo que nosotros sabemos. Personas que quieren frenarlo a usted.

—¿Puedo suponer que nadie más que usted sabrá a donde vamos? —dijo Lord.

—Exactamente. Y así será en todo momento. Sólo usted y yo, y la señorita Petrovna, conoceremos los detalles del punto de partida.

—Eso no es enteramente cierto. La persona para quien trabajo conoce los escritos de Alejandra. Pero no creo que logre ordenar todos los datos. Y, suponiendo que lo lograra, tampoco se lo contaría a nadie.

—¿Tiene usted alguna razón para confiar en su jefe?

—Le enseñé este material hace un par de semanas, y nunca dijo nada. No creo que le interesara mucho, la verdad —cambió de postura—. Vale, muy bien, ahora que hemos aceptado, ¿le importaría explicarnos el *más* que mencionó antes?

Pashenko se irguió en su asiento. Su rostro había recuperado la expresión.

—El Originador dejó establecido que la búsqueda se efectuara siguiendo una serie de pasos, todo ellos independientes entre sí. Si durante el primer paso se presenta la persona adecuada, y dice las palabras adecuadas, se le suministrará información para el paso siguiente. El único que conocía el plan en su totalidad era Yusúpov, y, si hemos de creerle, no se lo comunicó a nadie.

»Ahora sabemos que en algún lugar de la localidad de Starodub se halla la primera pista. Lo comprobé después de nuestra conversación de hace unos días. Kolya Maks fue uno de los guardias del palacio de Nicolás que se incorporó a los bolcheviques tras la revolución. En los días en que se produjo el asesinato de los Romanov, ya era miembro del Soviet del Ural. Durante la infancia de la revolución, cuando Moscú aún no se había hecho con el control, los soviets locales gobernaban en sus respectivas zonas geográficas. Así que el Soviet del Ural tenía mucho más peso en los destinos del Zar que el propio Kremlin. La región del Ural era radicalmente antizarista. Allí lo que querían era matar a Nicolás, desde que puso el pie en Ekaterimburgo.

—Recuerdo todo eso —dijo Lord, con la mente puesta en el tratado que firmó Lenin en marzo de 1918, sacando a Rusia de la primera guerra mundial—. Lenin creyó que se había librado de los alemanes. Prácticamente mendigó la paz. Las condiciones eran tan humillantes, que uno de los generales rusos se pegó un tiro después de la ceremonia de firma. Luego, el embajador alemán fue asesinado en Moscú, el 6 de julio de 1918, y Lenin se vio obligado a asumir la posibilidad de una nueva invasión alemana. Así que se le ocurrió utilizar a los Romanov como pieza de negociación, pensando que el Káiser tendría suficiente interés en el asunto como para querer rescatarlos, sobre todo a Alejandra, que era una princesa nacida en Alemania.

—Pero los alemanes no quisieron saber nada de los Romanov —dijo Pashenko—. Fue en ese momento cuando la familia se convirtió en una auténtica responsabilidad. Y el Soviet del Ural recibió orden de ejecutarlos. Puede que Kolya Maks interviniera en el asunto. Puede incluso que asistiera a la ejecución.

—Ese hombre tiene que estar muerto, profesor —dijo Akilina—. Han pasado demasiados años.

—Sí, pero estaba en el deber de poner todos los medios para que la información se salvase. Hemos de suponer que Maks fue fiel a su juramento.

Lord se quedó perplejo.

—¿Por qué no va usted mismo a buscar a Maks? Soy consciente de que hasta ahora no tenía usted el nombre, pero ahora que lo tiene, ¿por qué somos nosotros quienes hemos de ocuparnos?

—El Originador se aseguró de que sólo el Cuervo y el Águila pudieran recibir información. Aunque fuera yo en persona, o enviase a alguien, no se me daría la información. Tenemos que respetar la profecía de Rasputín. El *starets* afirmó que sólo ustedes podían tener éxito, cuando todos los demás fracasaran. Yo también debo ser fiel a mi juramento y respetar los designios del Originador.

Lord buscó en su memoria más detalles de Félix Yusúpov. Su familia era una de las más acaudaladas de Rusia, pero Félix no pudo tomar las riendas familiares hasta que su hermano murió en un duelo. Ya desde el momento de su nacimiento había defraudado a sus mayores. Su madre habría preferido una niña y, para consolarse, lo tuvo con trenzas y vestiditos hasta la edad de cinco años.

—¿No estaba Yusúpov fascinado con Rasputín? —preguntó.

Pashenko asintió con la cabeza.

—Hay biógrafos que han llegado a sugerir una relación homosexual, que Rasputín habría rechazado, provocando así el rencor de Yusúpov. Su mujer era la sobrina favorita de Nicolás II, y estaba considerada la joven casadera más cotizada de Rusia. Félix era profundamente leal a Nicolás y se consideraba en el deber de librar al Zar de la amenazadora influencia de Rasputín. Era un convencimiento mal planteado, en el que pesaba la influencia de otros nobles a quienes disgustaba la posición del *starets* en la corte.

—Nunca me pareció demasiado inteligente Yusúpov. Más servidor que dirigente.

—Quizá disimulara. De hecho, estamos convencidos de que tal fue el caso. —Pashenko hizo una pausa—. Ahora que han aceptado ustedes, puedo proporcionarles más información. Mi tío abuelo y mi tío mantuvieron su parte del secreto hasta la muerte. Son las palabras que han de pronunciarse ante la persona que viene a continuación en la cadena, que, según creo ahora, es Kolya Maks, o algún sucesor suyo. *Quien resista hasta el fin se salvará.*

Lord pensó inmediatamente en su padre.

—Evangelio según san Mateo.

Pashenko asintió.

—Estas palabras deberían dar acceso a la segunda parte del viaje.

—¿Es usted consciente de que todo esto puede terminar en una completa pérdida de tiempo? —preguntó Lord.

—Ya he dejado de pensar así. Alejandra y Lenin mencionan los mismos datos. Alejandra redactó su carta en 1916, y en ella describe el incidente con Rasputín que el Originador, por su lado, nos pasó a nosotros. Lenin, seis años más tarde, pone por escrito lo que se supo gracias a un Guardia Blanco sometido a tortura. Da, concretamente, el nombre de Maks. No. Hay algo en Starodub, algo que Lenin no logró desvelar. Tras su ataque cardíaco de 1922, Lenin quedó en situación de retiro, más o menos, y perdió todo su celo. En 1924 estaba muerto. Cuatro años más tarde, Stalin lo puso todo bajo sello y decretó que así continuara hasta 1991. *El asunto Romanov*, lo llamaba Stalin. Prohibió hasta la simple mención de la familia imperial. Como consecuencia de ello, nadie siguió nunca la ruta marcada por Yusúpov, si es que alguien percibió alguna vez que había una ruta a seguir.

—Si no me falla la memoria —dijo Lord—, Lenin nunca pensó que el Zar fuera necesariamente un elemento que pudiera concitar el acuerdo de toda la oposición. En 1918, los Romanov estaban totalmente desacreditados. «Nicolás el Sanguinario», etcétera. La campaña de desinformación que organizaron los comunistas contra los imperialistas fue bastante eficaz.

Pashenko asintió.

—Algunos escritos del Zar y la Zarina se publicaron en aquel momento. Fue idea de Lenin. Así podía enterarse la gente, de primera mano, de hasta qué punto se había vuelto indiferente a todo la familia real. Ni que decir tiene que el material publicado había sido objeto de una selección previa y, en gran medida, de bastantes retoques. La intención era también enviar un mensaje al extranjero. Lenin tenía la esperanza de que el Káiser quisiera rescatar a Alejandra. Pensó que si dejaba claro que su vida estaba en peligro tal vez Alemania aceptase la firma de un tratado de paz, o la negociación sobre el retorno de los prisioneros de guerra rusos. Pero los alemanes poseían una extensa red de espionaje por toda Rusia, y más en la región del Ural, luego cabe suponer que ya estaban al corriente de que la familia imperial había sido asesinada en julio de 1918. De hecho, Lenin estaba negociando con cadáveres.

—¿Y eso que decía de que la Zarina y sus hijas se salvaron?

—Más desinformación soviética. Lenin no estaba seguro de cómo se valoraría en el extranjero la matanza de mujeres y niños. Moscú puso gran empeño en pintar lo ocurrido como una ejecución legítima, efectuada, además, con heroísmo. Así que los comunistas se inventaron un cuento en el que las mujeres Romanov se salvan para perecer luego en una batalla del Ejército Blanco. Lenin pensó que mediante la desinformación lograría despistar a los alemanes. Cuando al fin comprendió que a nadie le importaban un bledo los Romanov, fueran del sexo que fuesen, desistió del engaño.

—Pero la desinformación siguió adelante.

Pashenko sonrió.

—Ese mérito debe atribuirse a nuestra Santa Agrupación. Nuestros predecesores llevaron a cabo una excelente labor de cobertura. Parte del plan del Originador consistía en dejar a los soviéticos en la duda, y también a los extranjeros. No estoy seguro, pero creo que lo de Anna Anderson fue creación de Yusúpov. La hizo salir a escena para perpetuar un engaño, y todo el mundo lo aceptó con ganas.

—Hasta que las pruebas de ADN pusieron de manifiesto el fraude.

—Pero eso ha ocurrido hace poco. Yo tengo la intuición de que Yusúpov le enseñó a Anna Anderson todo lo que necesitaba saber. El resto fue producto de su extraordinaria interpretación.

—¿Así que también hay que incluir lo de Anna Anderson en todo esto?

—Y muchas más cosas, señor Lord. Yusúpov vivió hasta 1967, y puso todo de su parte para que el plan funcionase bien. Las informaciones erróneas no sólo eran para mantener desprevenidos a los soviéticos, sino también para que los demás sobrevivientes de los Romanov no se desmandasen. Nunca pudieron estar seguros de que no se había salvado ningún heredero directo, de modo que ninguna de las facciones logró hacerse con el control de la familia. Anna Anderson interpretó magníficamente su papel, y hubo miembros de los Romanov que llegaron a jurar que ella era Anastasia. Yusúpov era muy brillante concibiendo ideas. Transcurrido un tiempo, empezaron a surgir pretendientes por todas partes. Hubo libros, películas, disputas cortesanas. El engaño adquirió vida propia.

—Todo por guardar el secreto real.

—Exacto. Tras la muerte de Yusúpov, la responsabilidad recayó en otros, yo entre ellos; pero las restricciones que los soviéticos ponían al desplazamiento de personas dificultaron el éxito. Puede que Dios nos esté alumbrando ahora con la aparición de ustedes dos. —Pashenko reforzó a continuación el énfasis—. Me alegra que haya tomado usted la decisión de hacer esto, señor Lord. Este país necesita sus servicios.

—No sé muy bien qué servicios puedo prestar.

El anciano miró a Akilina.

—Y lo mismo te digo, cariño.

Pashenko se echó hacia atrás en su sillón.

—Ahora, unos cuantos detalles más. La profecía de Rasputín nos predice que habrá animales en el asunto. No se me ocurre cómo. También dice que Dios nos facilitará el modo de garantizar que la elección sea justa. Esto último puede ser una referencia a la prueba de ADN, que desde luego puede utilizarse para verificar la autenticidad de cualquier persona que usted localice. Ya no estamos en los tiempos de Lenin o Yusúpov. La ciencia puede ayudarnos.

La serenidad de aquella casa le había calmado los nervios, y Lord sentía que lo iba invadiendo el cansancio, hasta el punto de no dejarlo pensar. También había que tener en cuenta lo apetitoso que resultaba el olor de las coles con patatas.

—Ni que decir tiene que los hombres que los trajeron a ustedes aquí están preparándolo todo. —Pashenko se volvió hacia Akilina—. Mientras comemos, los enviaré a su apartamento para que recojan lo que usted pueda necesitar. Le recomiendo que lleve encima el pasaporte, porque no hay indicación alguna de adónde puede conducirlos su búsqueda. Por otra parte, sepa usted que tenemos contactos dentro de la organización propietaria del circo. Haré que le concedan un permiso, para no poner en peligro su carrera. Si de esto no resulta nada, al menos tendrá usted su trabajo esperándola.

—Gracias.

—¿Qué hacemos con sus cosas, señor Lord?

—Les daré a sus hombres la llave de mi habitación. Pueden traerme la maleta. También necesito enviarle un mensaje a mi jefe, Taylor Hayes.

—No se lo recomiendo. La profecía aconseja el secreto, y estoy convencido de que debemos respetarla.

—Pero es que Taylor podría sernos de ayuda.

—No necesita usted ninguna ayuda.

Lord estaba demasiado cansado para discutir. Además, era muy posible que Pashenko tuviera razón. Cuantas menos personas conocieran su paradero, mejor. Siempre podía llamar por teléfono a Hayes más adelante.

—Aquí podrán ustedes pasar la noche sin ningún riesgo —dijo Pashenko—, y emprender su búsqueda mañana.

24

Lord conducía un Lada bastante asendereado, por un trozo de carretera de dos carriles. El coche era aportación de Pashenko y vino con el depósito lleno, más cinco mil dólares al contado. Lord había pedido dólares, mejor que rublos, porque era muy cierto lo que les había dicho Pashenko la noche anterior: nadie sabía adónde podía conducirles este viaje. Seguía pensando que la aventura, en su totalidad, era una pérdida de tiempo, pero se sentía mil veces mejor en aquel momento, a seis horas de Moscú, dirección sur, atravesando los bosques del sudoeste ruso.

Llevaba unos pantalones vaqueros y un jersey: los hombres de Pashenko habían podido entrar en el hotel Voljov y recoger su maleta sin problemas. Había echado una cabezada, y la ducha y el afeitado habían hecho milagros. Akilina también tenía mucho mejor aspecto. Los hombres de Pashenko habían recogido su ropa, junto con el pasaporte y el visado de salida. Para facilitar sus muchos viajes, todos los artistas del circo poseían visado sin fecha de expiración.

No había dicho una palabra durante todo el viaje. Llevaba una camiseta de cuello vuelto, vaqueros y una chaqueta de ante color verde hoja (prendas que, según explicó, había comprado en Múnich el año anterior). Los colores oscuros y la confección tradicional le sentaban muy bien. Las solapas altas acentuaban la estrechez de los hombros, confiriéndole un aspecto de Annie Hall que a Lord le encantó.

Por la ventanilla pasaban campos y bosques. El terreno era negro, en nada parecido a la arcilla roja del norte de Georgia. La zona era famosa por sus patatas. Lord recordó, divertido, aquella anécdota de Pedro el Grande en que ordenaba por decreto real que los campesinos de aquella área cultivaran tan extraña planta. *Manzanas de tierra*, las llamaba Pedro. Pero las patatas eran desconocidas en Rusia, y el Zar no cayó en el detalle de explicar qué parte de la planta había que recoger. Cuando, en su desesperación, los campesinos se comieron todo, menos las raíces, cayeron enfermos. Irritados y llenos de frustración, quemaron la cosecha entera. Fue sólo cuando uno de ellos probó el interior de un tubérculo, recién quemado, cuando las patatas se ganaron un sitio en sus campos y en su dieta.

Su ruta los hizo pasar por varios deprimentes emporios de fundición y de fabricación de tractores. El aire olía a una mezcla de carbón y ácido, y todo se veía sucio de hollín. Toda la zona había sido escenario bélico. Paganos tratando de rechazar a los cristianos, príncipes compitiendo por el poder, tártaros a la conquista de algún territorio. Como escribió alguien, era una zona en que la tierra rusa bebía sangre rusa.

Starodub era una localidad mucho más larga que ancha, y de sus arcadas comerciales y sus edificios de madera y ladrillo se desprendía un aire colonial. Las calles estaban flanqueadas de abedules de corteza blanca, y en el centro se alzaba, dominándolo todo, una iglesia de tres torres, todas coronadas por sendas cúpulas de bulbo y estrellas doradas que resplandecían al sol poniente. Una enfermiza sensación de podredumbre corrompía el ambiente, causada por los edificios tambaleantes que nadie reparaba, el pavimento desmigándose y los espacios verdes descuidados.

—¿Se te ocurre algún modo de encontrar a Kolya Maks? —le preguntó Lord a Akilina, mientras circulaban lentamente por una de las calles.

Ella señaló hacia delante.

—No creo que eso sea problema.

Lord miró por el parabrisas sucio y vio un rótulo que decía

KAFE SNEZHINKI. En el cartel de fuera se anunciaban las especialidades de la casa: pastel, tarta de carne y helado. El establecimiento ocupaba la planta baja de un edificio de tres pisos, de ladrillo, con los marcos de las ventanas muy alegremente tallados. En el rótulo también decía: PROPIETARIO, IOSIF MAKS.

—Qué raro —dijo Lord.

Los rusos no eran aficionados a airear sus propiedades. Echó un vistazo en torno y vio otros rótulos de tienda, pero en ninguno se especificaba el nombre del dueño. Pensó en la Nevsky Prospekt de San Petersburgo y en el barrio Arabat de Moscú. Ambas eran zonas de moda, con cientos de tiendas carísimas, dispuestas a lo largo de muchos kilómetros, en una especie de cancán comercial. Pocas de estas tiendas exhibían los precios en el escaparate, por no decir nada del nombre de los dueños.

—Debe de ser una señal de los tiempos —dijo Akilina—: el capitalismo se nos está echando encima. Incluso aquí, en la Rusia rural.

Su sonrisa indicaba que era una broma.

Lord aparcó el Lada y ambos se apearon, a la luz menguante del final del día. Desanduvieron el trayecto recorrido desde que pasaron frente al Kafe Snezhinki. El único ocupante de la calle era un perro que perseguía a una urraca en vuelo. Pocas tiendas estaban iluminadas. Los establecimientos rusos rara vez abrían en fin de semana. Como bien sabía Lord, eran restos del pasado bolchevique.

El café estaba escasamente alumbrado. En el centro había cuatro filas de mesas. Los platos del día estaban en vitrinas de cristal. Llenaba el aire un olor a café amargo. Había cuatro personas, tres en una mesa y una en otra. Nadie pareció fijarse en Akilina y Lord, aunque éste no dejó de preguntarse cuántos negros entrarían al día en ese local, para que a nadie le llamase la atención.

El hombre de detrás del mostrador era bajo y fornido, con el pelo muy abundante y del color del cobre, un bigote muy poblado y una barba a juego. Lucía todo un muestrario de manchas en el delantal y, al acercarse a él, Lord pudo comprobar que desprendía un olor a queso feta. Se secaba las manos con una toalla sucia.

—¿Es usted Iosif Maks? —le preguntó Lord en ruso.

El hombre le respondió con una mirada de extrañeza.

—¿De dónde es usted? —le preguntó a Lord, en ruso.

Éste decidió que cuanta menos información, mejor.

—¿Por qué le da usted importancia a eso?

—Porque ha entrado usted en mi local y se ha puesto a hacer preguntas. Hablando como un ruso.

—Entonces, ¿puedo suponer que es usted Iosif Maks?

—Suelte lo que sea.

El tono era áspero, de pocos amigos, y Lord se preguntó si sería por prejuicios o por ignorancia.

—Mire, señor Maks, no estamos aquí para crear problemas. Buscamos a un hombre llamado Kolya Maks. Seguro que lleva años muerto, pero nos gustaría saber si algún familiar suyo sigue viviendo por aquí.

El hombre lo miró con mucha atención.

—¿Quién es usted?

—Me llamo Miles Lord. Ella es Akilina Petrovna. Venimos de Moscú buscando a Kolya Maks.

El hombre dejó la toalla a un lado y cruzó sus fornidos brazos.

—Hay muchos Maks que viven por aquí. No conozco ningún Kolya.

—Debió de vivir aquí en tiempos de Stalin. Quizá quede algún hijo, o algún nieto suyo.

—Yo soy Maks por parte de madre, y nunca he tenido nada que ver con ninguno de ellos.

—Y ¿por qué lleva usted el apellido Maks? —se apresuró a preguntar Lord.

Una expresión de desconcierto se instaló en el rostro del ruso.

—No tengo tiempo para esto. Debo atender a mis clientes.

Akilina se acercó al mostrador.

—Esto es importante, señor Maks. Necesitamos localizar a los parientes de Kolya Maks. ¿No puede usted decirnos si viven aquí?

—¿Qué les hace a ustedes pensar que pueden vivir aquí?

Lord oyó pasos a su espalda y se dio media vuelta: había entrado en el café un policía muy alto, con el uniforme de las *militsya* rurales y un *shlapa* azul de piel. Se desabrochó la pelliza, se la quitó y tomó asiento a una de las mesas, para a continuación hacerle una seña a Maks. El dueño del local acusó recibo y se puso de inmediato a preparar un café. Lord se situó más cerca del mostrador. El policía lo ponía nervioso. Bajó la voz para contestarle a Maks:

—Quien resista hasta el fin se salvará.

Maks giró bruscamente la cabeza.

—¿Qué significa eso?

—Dígamelo usted.

El ruso negó con la cabeza.

—Un americano loco. ¿Están todos ustedes igual de locos?

—¿Quién ha dicho que yo sea americano?

Maks miró a Akilina.

—¿Por qué está usted con ese *chornye?*

Lord no reaccionó ante el calificativo de desprecio. Tenían que salir del café con el menor alboroto posible. Pero había algo en los ojos de Maks que contradecía sus palabras. No estaba seguro, pero quizá aquel hombre estuviera tratando de indicarle que no eran el lugar ni el momento adecuado. Decidió probar suerte.

—Nos vamos, señor Maks. ¿Puede usted sugerirnos dónde pasar la noche?

El propietario terminó de preparar el café y salió por un extremo del mostrador, para llevárselo al policía. Depositó la taza encima de la mesa y regresó.

—Prueben en el hotel Okatyabrsky. Al llegar a la esquina, tuerzan a la izquierda, y es la cuarta bocacalle en dirección al centro.

—Gracias —dijo Lord.

Pero Maks no devolvió la cortesía y se retiró detrás de su vidriera, sin pronunciar una palabra más. Akilina y Lord echaron a andar hacia la salida, pero tuvieron que pasar junto al policía, que degustaba su café humeante. Lord notó que la mirada de aquel hombre se detenía en él más de lo debido, y que luego se dirigía al mostrador, al otro lado del local. Lord vio que Iosif también lo había notado.

Encontraron el Okatyabrsky. El hotel ocupaba un edificio de cuatro plantas y las habitaciones que daban a la calle tenían todas unos balcones destartalados. El suelo del vestíbulo estaba cubierto de negra suciedad y había en el aire el típico olor a sulfuro de las cañerías mal instaladas. El tipo de detrás del mostrador, muy malhumorado, inmediatamente les contestó que no se aceptaban huéspedes extranjeros. Akilina tomó las riendas de la situación y puso en su conocimiento que Lord era su marido y que esperaba que lo tratasen con el debido respeto. Tras un poco de regateo, el hombre les alquiló una habitación a un precio por encima de lo normal, y ellos dos subieron por las escaleras que conducían al tercer piso.

Las habitaciones eran espaciosas, pero muy avejentadas, con una decoración que hacía pensar en las películas de los años cuarenta. La única concesión a la modernidad era el frigorífico que zumbaba intermitentemente en un rincón. El baño no era mucho mejor: ni tabla del váter ni papel higiénico, y Lord, cuando fue a lavarse la cara, descubrió que había agua fría y agua caliente, pero no al mismo tiempo.

—Imagino que no habrá muchos turistas que se aventuren tan al sur —dijo al salir del baño, secándose la cara.

Akilina estaba sentada al borde de la cama.

—Esto era zona prohibida durante el comunismo. Hace poco tiempo que se ha permitido la entrada de extranjeros.

—Te agradezco tu intervención ante el conserje.

—Y yo siento mucho lo que Maks dijo de ti. No tenía derecho.

—No estoy muy seguro de que lo dijese de veras.

Le explicó a continuación lo que había creído captar en los ojos del ruso.

—Creo que el policía lo ponía tan nervioso a él como a nosotros.

—¿Por qué? Dijo no saber nada de Kolya Maks.

—Creo que nos mintió.

Ella sonrió.

—Eres un optimista, Cuervo.

—Déjate de optimismos. Estoy suponiendo que en todo esto haya una brizna de verdad.

—Espero que sí.

Lord sentía curiosidad.

—Lo que dijiste anoche es verdad. Los rusos sólo quieren acordarse de las cosas buenas del régimen zarista. Pero tenías razón: era una autocracia, represiva y cruel. Aunque… esta vez podría ser distinto —añadió Akilina; una sonrisa se tendió en sus labios—. Lo que estamos haciendo puede ser un modo de chasquear a los soviéticos, una vez más. Con lo listos que se creían. Ambos Romanov pueden haberse salvado. ¿No sería estupendo?

Sí, sería estupendo, pensó Lord.

—¿Estás enfadado? —le preguntó Akilina.

Lo estaba.

—Creo que no debemos exhibirnos por ahí. Bajaré a comprar algo de comer en la tienda del vestíbulo. El pan y el queso tenían buena pinta. Podemos cenar tranquilamente aquí.

Ella sonrió.

—Estaría muy bien, sí.

Una vez abajo, Lord se acercó a la mujer que llevaba la pequeña tienda y eligió una hogaza de pan moreno, algo de queso, dos salchichas y dos cervezas. Pagó con un billete de cinco dólares, que ella aceptó con mucho gusto. Se dirigía de nuevo a las escaleras cuando oyó ruido de automóviles en el exterior. Por las ventanas del vestíbulo se veían luces rojas y azules girando en la oscuridad. Miró fuera y vio abrirse la puerta de tres coches de policía que acababan de detenerse.

Lord sabía adónde iban.

Subió corriendo las escaleras y se metió en la habitación.

—Coge tus cosas. La policía está abajo.

Akilina se movió de prisa. Se echó la mochila al hombro y se puso el abrigo.

Él agarró su bolsa de viaje y su abrigo.

—No les llevará mucho tiempo averiguar el número de habitación.

—¿Adónde vamos?

Lord sabía bien que sólo podían ir en una dirección: hacia arriba, al cuarto piso.

—Vamos.

Salieron ambos y Lord cerró la puerta sin ruido.

Treparon por las escaleras de madera de roble, pobremente alumbradas. Giraron en el rellano y subieron de puntillas al último piso. Del tercer piso les llegaban ruidos de pasos. Lord pasó revista a las siete habitaciones, a la débil luz de una lámpara incandescente. Tres de ellas daban a la calle y otras tres a la trasera del edificio. La última se hallaba al final del pasillo. Todas tenían la puerta abierta, lo que quería decir que no estaban ocupadas.

De abajo llegó un ruido de puños golpeando la madera.

Lord, con un gesto, le señaló a Akilina que no hiciera ruido y le indicó que entraran en la última habitación, la del final del pasillo.

Hacia allá fue Akilina.

Según avanzaba, Lord fue cerrando con suavidad las habitaciones de ambos lados del pasillo. Luego se metió con Akilina en el último cuarto y cerró la puerta tras ellos.

De abajo llegaban más golpes.

La habitación estaba a oscuras, y Lord no se atrevió a prender la luz de la mesilla de noche. Se acercó a mirar por la ventana. A unos diez metros en vertical había un callejón con coches aparcados. Levantó la ventana y asomó la cabeza al frío del exterior. No había policías a la vista. Quizá hubieran pensado que con la sorpresa les bastaba para garantizar el éxito de su misión. A la derecha de la ventana había una cañería que les brindaba la oportunidad de bajar hasta el suelo de adoquines.

Metió la cabeza.

—Estamos atrapados.

Akilina pasó junto a él y se subió al alféizar. Lord oyó pesados pasos que subían las escaleras. Los policías ya debían de haber comprendido que la habitación del tercer piso estaba vacía. Las puertas cerradas los retrasarían algo, pero no mucho.

Akilina se descolgó la bolsa del hombro y la arrojó por la ventana.

—Dame la tuya.

Él obedeció, pero no sin preguntarle:

—¿Qué estás haciendo?

Ella arrojó también la bolsa de Lord.

—Mira lo que yo hago y sígueme.

Se dejó caer hacia el exterior y se agarró al reborde de la ventana. Lord la vio aferrarse a la cañería y situar el cuerpo en ángulo, con las piernas plantadas en la fachada de ladrillo y las manos en torno al hierro oxidado. Fue bajando con gran habilidad, sirviéndose de las piernas como contrapeso, agarrándose y soltándose según iba la gravedad llevándola hacia el suelo. Unos segundos después se despegó de la pared y aterrizó en el suelo.

Lord oyó que estaban abriendo las puertas del pasillo. No se sentía capaz de imitar a Akilina, pero tampoco tenía mucha elección. Al cabo de unos segundos, la habitación estaría llena de policías.

Colgándose de la ventana, se agarró a la cañería. El metal le heló las manos y la humedad lo hacía perder agarre, pero se mantuvo con todas sus fuerzas. Plantó los pies contra la pared y empezó a bajar.

Oyó golpes en la puerta de la habitación.

Se dejó caer más de prisa y pasó ante la ventana del segundo piso. Vio caer astillas cuando forzaron la puerta, que había cerrado con llave. Siguió hacia abajo, pero perdió el agarre en la primera cincha de la cañería. Empezó a caer justo cuando una cabeza se asomaba por la ventana. Preparó el cuerpo para el impacto mientras sus manos resbalaban por el áspero ladrillo y su cuerpo golpeaba con el cemento, en su caída.

Dio la voltereta en el suelo y fue a chocar con la rueda de un coche.

Al mirar hacia lo alto vio aparecer por la ventana la mano de un policía, empuñando una pistola. Ignorando el dolor que sentía en el muslo, se puso en pie, agarró a Akilina y la llevó al otro lado del coche.

Dos tiros restallaron en la noche.

Una bala rebotó en el capó. La otra hizo añicos el parabrisas.

—Vámonos. Agachada —dijo.

Aferrando las bolsas, echaron a correr por el callejón, protegiéndose tras los coches. Una ráfaga de balas les iba detrás, pero desde una ventana del cuarto piso no era muy bueno el ángulo de tiro. A su paso, las balas hacían saltar los cristales y se estrellaban contra el metal de los coches. El callejón estaba a punto de acabar, y Lord se temió que hubiera más policías aguardándolos.

Salieron del callejón.

Lord volvió la cabeza en ambas direcciones. Los escaparates de ambas aceras estaban apagados. No había alumbrado público. Se echó la bolsa a la espalda, agarró de la mano a Akilina y corrió con ella hacia el otro lado de la calle.

Apareció un coche por la esquina derecha. Los faros los cegaron. El vehículo se dirigía directamente a ellos.

Se quedaron parados en mitad de la calle.

Chirriaron los frenos y los neumáticos se agarraron al suelo húmedo.

El coche patinó por un momento y se detuvo.

Lord se dio cuenta de que no era un vehículo oficial. No llevaba luces, ni marcas de identificación. La cara que se veía detrás del parabrisas era, en cambio, reconocible.

Iosif Maks.

El ruso sacó la cabeza por la ventanilla y les dijo:

—Suban.

Subieron, y Maks aplastó el acelerador contra el suelo del coche.

—Muy oportuno —le dijo Lord, mirando por la ventanilla trasera.

El fornido ruso no apartó los ojos del camino, pero dijo:

—Kolya Maks está muerto. No obstante, su hijo los recibirá mañana.

25

Hayes desayunaba en el comedor principal del Voljov. El hotel ofrecía un exquisito buffet mañanero. Le gustaban especialmente los *blinys* dulces del chef, presentados con azúcar espolvoreada y fruta fresca por encima. El camarero le trajo el *Izvestia* y él se acomodó en su asiento para leerlo.

En un artículo de primera página se pasaba revista a las actividades de la Comisión del Zar durante la semana anterior. Tras la sesión de apertura, el miércoles, el nombre que surgió en primer lugar fue el de Stefan Baklanov: su candidatura era la que prefería el alcalde de Moscú, hombre de gran popularidad. La Cancillería Secreta consideró que utilizar a una persona respetada por el pueblo otorgaría más credibilidad a Baklanov, y la táctica, al parecer, había funcionado, porque el editorial del *Izvestia* hablaba de un creciente apoyo a la elección de Baklanov.

Dos clanes de Romanov sobrevivientes se apresuraron a nombrar a sus respectivos miembros de más edad, afirmando que su parentesco con Nicolás II, por matrimonio y por sangre, era más cercano. Se propusieron otros tres nombres, pero el redactor no les concedía la menor posibilidad, porque estaban demasiado alejados de los Romanov. En un recuadro de la derecha de la página se comentaba que de hecho bien podía haber muchísima gente con sangre de los Romanov en Rusia. Había laboratorios en San Petersburgo, Novosibirsk y Moscú que ofrecían por cincuenta rublos la posibilidad de analizar la sangre de los clientes y comparar sus indicadores genéticos con los de la familia imperial. Al parecer, muchas personas habían pagado el precio estipulado y se habían hecho el análisis.

El debate inicial entre los comisionados de los diferentes candidatos había sido intenso, pero a Hayes le constaba que fue sólo por dar espectáculo, porque, según sus últimas noticias, catorce de los diecisiete miembros estaban comprados. Más valía dejar que manifestasen sus desavenencias en público y que fueran poco a poco cambiando de opinión, en vez de tomar una decisión demasiado rápida.

El *Izvestia* finalizaba la información diciendo que el proceso de designación de candidatos se cerraría al día siguiente: para el martes estaba prevista una votación inicial que reduciría a tres su número, y luego, tras otros dos días de debate, la votación definitiva tendría lugar el jueves.

Todo quedaría resuelto el próximo viernes.

Stefan Baklanov se convertiría en Stefan I, Zar de Todas las Rusias. Los clientes de Hayes estarían felices, la Cancillería Secreta estaría satisfecha y él sería unos cuantos millones de dólares más rico.

Terminó el artículo, no sin asombrarse, una vez más, ante la inclinación de los rusos a los espectáculos públicos. Hasta tenían palabra para designarlos: *pokazukha*. El mejor, que él recordase, fue el de la visita de Gerald Ford en 1970, cuando añadieron pintoresquismo a la carretera del aeropuerto a base de abetos recién cortados de un bosque cercano y clavados directamente en la nieve.

El camarero le trajo los *blinys* humeantes y el café. Hojeó los demás periódicos, deteniéndose momentáneamente en alguna noticia suelta. Una le llamó la atención especialmente: ANASTASIA ESTÁ VIVA Y RESIDE CON SU HERMANO EL ZAR. Un escalofrío le recorrió la espina dorsal, hasta que se dio cuenta de que era la reseña de una obra recién estrenada en Moscú:

> Inspirándose en una conspiración de tres al cuarto que encontró en una librería de segunda mano, la comediógrafa inglesa Lor-

na Gant llegó a interesarse en los relatos existentes en torno a la supuesta ejecución incompleta de la familia real. «Me fascinó aquella historia de Anastasia y Anna Anderson», nos dice Gant, refiriéndose a la más famosa de las supuestas Anastasias.

La obra da a entender que Anastasia y su hermano Alexis lograron eludir la muerte en Ekaterimburgo, en 1918. Sus cadáveres nunca se han encontrado, y durante décadas se ha estado especulando sobre lo que realmente pudo ocurrir. Algo muy útil para nutrir la imaginación de un autor teatral.

«La cosa hace pensar en lo de "Elvis no ha muerto y se ha ido a vivir a Alaska con Marilyn Monroe"», nos dice Gant. «Hay humor negro e ironía en el mensaje.»

Siguió leyendo y pudo comprobar que la obra era más bien una farsa, no una elaboración seria sobre la posibilidad de que hubiera Romanov supervivientes; para el crítico, aquello era una especie de cruce entre «Chéjov y Carol Burnett». El crítico, al final, no se la recomendaba a nadie.

El ruido de una silla que alguien apartaba de la mesa le hizo interrumpir la lectura.

Levantó la vista del periódico mientras Feliks Orleg tomaba asiento.

—Qué buena pinta tiene su desayuno —dijo el ruso.

—Con mucho gusto pediría lo mismo para usted, pero éste es un sitio demasiado público para que nos vean juntos.

No hacía el menor intento de ocultar su desdén.

Orleg se acercó un plato y agarró un tenedor. Hayes decidió dejarlo hacer, al muy cabrón. Orleg cubrió de sirope las finas tortitas y se las comió con buen apetito.

Hayes cerró el periódico y lo dejó encima de la mesa.

—¿Café? —dijo, dejando muy claro su sarcasmo.

—Con un zumo me vale —masculló el ruso, con la boca llena.

Hayes dudó un momento, pero acabó llamando al camarero para pedirle un vaso de zumo de naranja. Orleg se terminó los *blinys* y se limpió la boca con una servilleta.

—Sabía que en este hotel sirven un desayuno estupendo, pero es que yo no puedo pagarme ni un triste aperitivo.

—Con suerte, pronto nadará usted en la abundancia.

Una sonrisa se instaló en los agrietados labios del inspector.

—De lo que puede usted estar seguro es de que no hago todo esto por disfrutar de su compañía.

—Y ¿a qué viene esta encantadora visita dominguera?

—El boletín policial sobre Lord que pusimos en circulación ha tenido éxito. Lo tenemos localizado.

A Hayes se le avivó el interés.

—Está en Starodub. Unas cinco horas al sur de aquí.

Hayes recordó inmediatamente de qué población se trataba, porque se hablaba de ella en los documentos que Lord había encontrado. Lenin la mencionaba junto con un nombre de persona: Kolya Maks. ¿Qué era lo que decía el líder soviético? *La localidad de Starodub también ha sido traída a colación por otros Guardias Rusos igualmente persuadidos. Algo está ocurriendo, de eso estoy seguro...*

Ahora, también él estaba seguro. Demasiadas coincidencias.

Lord, evidentemente, se había metido en algo.

En algún momento de la noche del viernes había quedado vacía la habitación de Lord en el Voljov, por misteriosas razones. Los miembros de la Cancillería Secreta estaban preocupados al respecto, sin duda alguna, y si ellos estaban preocupados, Hayes tenía buenas razones para preocuparse también. Les dijo que se haría cargo de la situación, y eso era lo que tenía intención de hacer.

—¿Qué pasó? —preguntó.

—Lord y una mujer fueron localizados en un hotel.

Esperó más. Orleg daba la impresión de estar disfrutando del momento.

—La *militsya* local compensa su ignorancia a fuerza de estupidez. Registraron el hotel, pero se olvidaron de cubrir la retaguardia. Lord y la mujer huyeron por una ventana. Trataron de detenerlos a tiros, pero los perdieron.

—¿La policía llegó a enterarse de por qué estaban allí esos dos?

—Preguntaron por un tal Kolya Maks en una fonda del pueblo. Confirmado.

—¿Qué órdenes ha dado usted a la policía local?

—Les he dicho que no hagan nada hasta que yo se lo diga.

—Hay que salir inmediatamente.

—Eso mismo pensé yo. Por eso estoy aquí. Y ya, de paso, he podido desayunar.

El camarero trajo el zumo de naranja.

Hayes se puso en pie.

—Bébaselo. Tengo que hacer una llamada antes de marcharnos.

26

Akilina permaneció atenta mientras Lord reducía la velocidad del coche. Una fría lluvia golpeaba el parabrisas. La noche anterior, Iosif Maks los había escondido en una casa de la zona oeste de Starodub, propiedad de otro miembro de la familia Maks, que les suministró un par de camastros para que durmieran junto a la chimenea.

Dos horas antes había venido Maks a explicarles que la policía había estado en su casa preguntando por un hombre negro y una mujer rusa vistos en su fonda hacía unas horas. Maks les dijo exactamente lo que había sucedido, casi todo ello ante los ojos del oficial de la *militsya*, además. Dieron la impresión de creer lo que les decía, y no habían vuelto. Afortunadamente, nadie había sido testigo de la fuga del Okatyabrsky.

Maks también les dejó un vehículo, un Mercedes cupé de color crema, lleno de golpes y recubierto de barro negro, con los asientos de cuero resquebrajados por la exposición a la intemperie. Y les indicó dónde podían encontrar al hijo de Kolya Maks.

La casa de labranza era de un solo piso, con el techo cubierto de trozos de corteza, y se alzaba sobre dobles planchas que una espesa capa de estopa aislaba del suelo. La chimenea de piedra expulsaba una espesa columna de humo gris al aire frío. En la distancia se extendía el campo abierto, y en un cobertizo se veían arados y rastrillos.

Todo aquello le recordaba a Akilina la casa que en otro tiempo ocupó su abuela, con los mismos abedules alzándose a un lado. Siempre le había parecido tristísimo el otoño. Era una estación que llegaba sin avisar, para trocarse luego, de la noche a la mañana, en invierno. Su presencia anunciaba el final de los bosques verdes y de los prados cubiertos de hierba, que también le recordaban su niñez, el pueblo de cerca de los Urales donde se había criado y la escuela donde todas iban vestidas a juego, con mandiles y cintas rojas. Entre lección y lección les hablaban de la opresión a que estuvo sometida la clase obrera durante el zarismo, de cómo Lenin lo había cambiado todo, de por qué el capitalismo era malo, y de qué esperaba la colectividad de todos y cada uno de sus miembros. El retrato de Lenin colgaba en todas las aulas, en todas las casas. Era muy malo incurrir en cualquier tipo de enfrentamiento con él. La tranquilidad consistía en saber que todo el mundo compartía las mismas ideas.

El individuo no existía.

Pero su padre fue un individualista.

Su única pretensión fue irse a vivir a Rumania con su nueva esposa y su hija. Pero el *kollektiv* no se lo toleró. Todo buen padre tenía que ser miembro del Partido. Obligatoriamente. Quienes no poseyeran «ideas revolucionarias» tenían que ser denunciados. Era famosa la historia de un hijo que denunciaba a su padre por vender documentos a los agricultores rebeldes. Sobre él se escribieron luego canciones y poemas, y a todos los niños se les enseñó a idealizar tal ejemplo de dedicación a la Madre Patria.

Pero ¿por qué?

¿Qué había de admirable en traicionar a la propia familia?

—Sólo había estado dos veces en la Rusia rural —dijo Lord, interrumpiendo el curso de sus pensamientos—. Ambas en circunstancias controladas. Pero esto es muy distinto. Es otro mundo.

—En tiempos del Zar, el pueblo se llamaba *mir*. Paz. Una buena descripción, porque eran pocos los que llegaban a salir del pueblo alguna vez. Era su mundo. El sitio donde estaba la paz.

Fuera, el humo de la fábrica de Starodub se había desvanecido; en su lugar había árboles verdes, montañas verdes, campos de heno que Akilina imaginó, en verano, con la alegría de las alondras.

Lord aparcó el coche delante de la casa.

El hombre que salió a abrir era bajo y corpulento, con el pelo rojizo y la cara redonda, sofocada como una remolacha. Akilina le echó unos setenta años, pero se movía con una agilidad sorprendente. Los escrutó a ambos con unos ojos que a ella le parecieron dignos de un aduanero, pero en seguida los invitó a entrar.

Era una vivienda espaciosa, de un solo dormitorio, cocina y zona de estar muy confortable. Los muebles eran una mezcolanza de azar y necesidad. El suelo era de madera pulida y casi había perdido por completo el barniz. No había alumbrado eléctrico. En todas las habitaciones lucían lámparas de petróleo, y tenía chimenea.

—Soy Vassily Maks. Hijo de Kolya.

Habían tomado asiento en torno a una mesa de cocina. En la cocina de leña se calentaba una cacerola de *lapsha* —fideos caseros que a Akilina siempre le habían encantado. También había un fuerte olor a carne asada, cordero, si su olfato no la engañaba, atemperado por el rancio olor del tabaco barato. Un rincón de la habitación estaba consagrado a un icono, con sus velas alrededor. La abuela de Akilina mantuvo un rincón santo hasta el día mismo en que desapareció.

—He preparado algo de comer —dijo Maks—. Espero que tengan hambre.

—Le quedaremos muy agradecidos —dijo Lord—. Huele muy bien.

—Cocinar es uno de los pocos placeres de que aún puedo disfrutar.

Maks se puso en pie y se acercó al fogón. Revolvió la cacerola de fideos, dándoles la espalda a Akilina y Lord.

—Mi sobrino me dijo que tenían ustedes algo que contar.

Lord pareció entender:

—Quien resista hasta el fin se salvará.

El anciano dejó la cuchara en la mesa y volvió a tomar asiento.

—Nunca pensé que llegaría a oír esas palabras. Creí que eran parte de la imaginación de mi padre. ¡Y en boca de un hombre de raza negra!

Maks se dirigió a Akilina:

—Tu nombre significa águila, muchacha.

—Eso me dicen.

—Eres una criatura encantadora.

Ella sonrió.

—Espero que esta búsqueda no ponga en peligro semejante belleza.

—¿A qué peligro se refiere? —preguntó ella.

El anciano se frotó la protuberante nariz.

—Mi padre, cuando me habló de mis futuras obligaciones, también me dijo que podían costarme la vida. Nunca me lo tomé demasiado en serio... hasta el momento.

—¿Qué es lo que sabe usted? —le preguntó Lord.

El anciano exhaló un suspiro.

—A veces pienso en lo ocurrido. Mi padre me dijo que así sería, pero no lo creí. Los estoy viendo ahora, cuando los despertaron en mitad de la noche y se los llevaron escaleras abajo. Creyeron que el Ejército Blanco estaba a punto de ocupar la ciudad y que iban a liberarlos. Yurovsky, el judío loco, les cuenta que tienen que evacuarlos, pero que primero hay que hacerles una foto para enviarla a Moscú y que se convenzan de que siguen vivos y en buena salud. Les dice a todos dónde tienen que ponerse. Pero no hay foto. Unos cuantos hombres armados invaden la habitación y alguien le dice al Zar que él y su familia van a ser ejecutados. A continuación, Yurovsky apunta con su arma.

El anciano hizo una pausa y negó con la cabeza.

—Más vale que prepare la comida. Luego les contaré a ustedes lo que ocurrió en Ekaterimburgo aquella noche de julio.

Yurovsky accionó su revólver Colt y la cabeza de Nicolás II, Zar de Todas las Rusias, se trocó en un estallido de sangre. El Zar cayó de espaldas, hacia su hijo. Alejandra empezaba a persignarse cuando los demás ejecutores abrieron fuego. Varios proyectiles hicieron impacto en la Zarina, derribándola de su asiento. Yurovsky había asignado una víctima para cada verdugo, ordenando a éstos que apuntaran al corazón, para reducir al mínimo el derramamiento de sangre. Pero una furiosa sucesión de impactos hizo saltar el cuerpo de Nicolás, cuando los otros once ejecutores decidieron tomar por blanco a quien una vez había sido su gobernante por la gracia de Dios.

Los integrantes del pelotón fueron dispuestos en filas de tres. Los de segunda y tercera fila disparaban por encima del hombro de los de primera, tan cerca, que muchos de los situados delante sufrieron quemaduras por el calor de los cañones. Kolya Maks estaba en primera fila, y le quemaron el cuello por dos veces. Le habían ordenado que disparase contra Olga, la hija mayor, pero no pudo obligarse a hacerlo. Lo habían enviado a Ekaterimburgo a organizar la fuga de la familia imperial y llevaba allí tres días, pero los acontecimientos se habían precipitado de un modo incontrolable.

Los guardias fueron convocados al despacho de Yurovsky a primera hora de la mañana. El jefe les dijo:

—Hoy vamos a ejecutar a toda la familia real, junto con el médico y los criados que tienen a su servicio. Adviertan al destacamento, no sea que se alarmen cuando oigan tiros.

Eligieron a once hombres, Maks entre ellos. Fue un golpe de suerte que lo eligieran, pero venía fuertemente recomendado por el Soviet del Ural, como persona en quien se podía confiar plenamente a la hora de ejecutar una orden, y Yurovsky, al parecer, andaba necesitado de lealtad.

A renglón seguido, dos letones dijeron con rotundidad que ellos no abrirían fuego contra mujeres. A Maks le sorprendió que unos individuos tan brutales pudieran tener algún tipo de conciencia. Yurovsky no les puso ninguna objeción y los sustituyó por dos voluntarios que dieron un paso al frente y que, lejos de poner pegas, parecían encantados. Al final, integraban el pelotón seis lituanos y cinco rusos, más Yurovsky. Hombres muy endurecidos, con nombres como Nikulin, Ermakov, Medvedev (dos) y Pavel. Nombres que Kolya Maks nunca olvidaría.

Aparcaron un camión en el exterior y pusieron el motor al máximo, para que el ruido no dejase oír los disparos, que en seguida se convirtieron en una verdadera descarga de fusilería. El humo de las pistolas envolvía la escena en una niebla espesa, sobrecogedora. Cada vez resultaba más difícil ver algo, saber quién disparaba a quién. Maks pensó que todo el mundo había estado horas bebiendo a destajo y que allí el único que no estaba borracho era él, y quizá Yurovsky. En general, sólo recordarían haber disparado a diestro y siniestro. Él había tenido mucho cuidado con el alcohol, porque sabía que iba a necesitar la cabeza.

Maks vio que el cuerpo de Olga se encogía tras recibir otro balazo en la cabeza. Los ejecutores apuntaban al corazón de sus víctimas, pero algo raro ocurría. Los proyectiles rebotaban en el pecho de las mujeres y recorrían la habitación como exhalaciones. Uno de los lituanos masculló que Dios las protegía. Otro preguntó en voz alta si todo aquello no sería una insensatez.

Maks vio que las grandes duquesas Tatiana y María trataban de hacerse pequeñas en un rincón y ponían las manos por delante, en un intento de protegerse. Las balas impactaban en sus jóvenes cuerpos, unas rebotaban, otras penetraban. Dos hombres rompieron la formación y se aproximaron a ellas, para a continuación asestarle un tiro en la cabeza a cada una.

El ayuda de cámara, el cocinero y el médico fueron ejecutados en el sitio. Sus cuerpos cayeron como blancos en un puesto de feria. La doncella era la loca. Echó a correr como una fiera enjaulada por toda la habitación, aullando, tratando de escudarse tras una almohada. Varios de los ejecutores ajustaron el tiro y dispararon directamente contra la almohada. Las balas se acumularon en ella. Era algo espantoso. ¿Qué protección tenía aquella pobre gente? La cabeza de la doncella cedió al fin ante una bala y cesaron sus gritos.

—¡Alto el fuego! —vociferó Yurovsky.

La habitación quedó en silencio.

—Los tiros se oirán desde la calle. Rematadlos a la bayoneta.

Los ejecutores enfundaron los revólveres y echaron mano de sus Winchester norteamericanos, avanzando todos a la vez hacia el centro de la habitación.

La doncella, sabe Dios cómo, había sobrevivido al tiro en la cabeza. Se puso en pie y echó a andar sobre los cuerpos ensangrentados, gimiendo débilmente. Se le acercaron dos de los lituanos y hundieron sus armas en la almohada que la chica seguía aferrando. Las hojas no tenían punta y no se clavaron. Ella agarró una de las bayonetas y se puso a chillar. Ambos hombres se le acercaron. Uno de ellos le dio un culatazo en la cabeza. El lastimero grito que siguió hizo pensar a Maks en un animal herido. Hubo a continuación más culatazos y los gritos cesaron. Maks perdió la cuenta de las veces que aquellos hombres le hincaron las bayonetas en el cuerpo, como tratando de expulsarse los demonios de dentro.

Maks se aproximó al Zar. La sangre le fluía, espesa, por los faldones de la camisa y por el pantalón. Los demás concentraban sus bayonetas en la doncella y en una de las grandes duquesas. Un humo acre llenaba la estancia y le dificultaba la respiración. Yurovsky examinaba a la Zarina.

Maks se agachó y dio la vuelta al cuerpo del Zar. Debajo estaba el zarevich, con el mismo uniforme militar de su padre, camisa, pantalón, botas y gorra que muchas veces les había visto puestos. Sabía que a ambos les gustaba vestirse igual.

El chico abrió los ojos. La mirada era de terror. Maks le tapó inmediatamente la boca con una mano. Luego se llevó un dedo a los labios.

—Quieto. Haceos el muerto.

Los ojos del chico se cerraron.

Maks se incorporó y luego hizo fuego con su pistola, apuntando a escasos centímetros de la cabeza del zarevich. La bala se incrustó en el suelo y el cuerpo de Alexis sufrió una sacudida. Maks volvió a disparar, esta vez al otro lado, esperando que nadie observara el sobresalto del chico, pero todos parecían absorbidos en sus respectivas carnicerías. Once víctimas, doce verdugos, muy poco espacio, muy poco tiempo.

—¿Seguía vivo el zarevich? —le preguntó Yurovsky, entre el humo.

—Ya no —respondió Maks.

La respuesta pareció satisfacer al jefe.

Maks volvió a situar el ensangrentado cuerpo de Nicolás II encima de su hijo. Pudo ver que uno de los lituanos se aproximaba a la hija más joven, Anastasia, que había caído en la tanda inicial y estaba postrada en el suelo, en un charco de sangre que iba adensándose. La muchacha gemía y Maks se preguntó si alguna de las balas habría dado en el blanco. El lituano estaba levantando su fusil para rematarla, cuando Maks lo detuvo.

—Déjame a mí —dijo—. No he tenido el placer.

El hombre, sonriendo, se apartó. Maks miró a la chica. El pecho se le hinchaba en el penoso esfuerzo de respirar y de su ropa manaba sangre, pero resultaba difícil saber si era de ella o del cuerpo de su hermana, que estaba al lado.

Que Dios lo perdonara.

Acercó la culata del fusil a la cabeza de la muchacha y la situó en un ángulo que bastase para hacerla perder el sentido, sin quitarle la vida.

—Yo la remato —dijo Maks, dando vuelta al fusil para utilizar la bayoneta.

Afortunadamente, el lituano pasó a ocuparse de otro cuerpo, sin discutir nada.

—¡Alto! —vociferó Yurovsky.

La habitación quedó en una extraña quietud. Cesó el destrozo de carne humana. Cesaron los disparos. Cesaron los ayes. Quedaron doce siluetas de hombre en el humo denso, y la lámpara eléctrica que colgaba del techo parecía el sol en una tempestad.

—Abrid las ventanas para que se disperse el humo —dijo Yurovsky—. No se ve ni puñetas. Luego tenéis que comprobarles el pulso a todos e informarme.

Maks se dirigió directamente a Anastasia. Tenía pulso, ligero y débil.

—¡Gran duquesa Anastasia! —gritó—. ¡Muerta!

Otros guardias informaron de otras muertes. Maks se acercó al zarevich y apartó a Nicolás. Le encontró el pulso al muchacho. Latía con fuerza. Puso en duda que le hubiera acertado algún disparo.

—¡Zarevich! ¡Muerto!

—¡Hasta nunca, hijoputa! —dijo uno de los lituanos.

—Tenemos que deshacernos rápidamente de los cadáveres —dijo Yurovsky—. La habitación tiene que estar limpia antes de que amanezca.

El jefe se plantó ante uno de los rusos.

—Ve al piso de arriba y tráete unas sábanas —le dijo; y, tras darle la espalda, prosiguió—: Empezad a sacar los cuerpos.

Maks vio que un lituano agarraba a una de las grandes duquesas. No supo bien cuál de ellas.

—Mirad —dijo aquel hombre.

La atención de todos se concentró en el cuerpo ensangrentado de la muchacha. Maks se acercó, como hicieron los demás. Acudió Yurovsky. Un diamante resplandecía por entre los jirones del corsé. El jefe se inclinó y llevó los dedos a la joya. Luego, agarró una bayoneta e hizo una incisión en el corsé, para luego apartar la prenda del torso. Cayeron más joyas, que quedaron varadas en la sangre del suelo.

—Las joyas las protegían de las balas —dijo Yurovsky—. Estas hijas de puta se las habían cosido a la ropa.

Varios de los hombres, percatándose de que una verdadera fortuna yacía a sus pies, hicieron amago de acercarse a las mujeres.

—¡No! —gritó Yurovsky—. Luego. Pero tenéis que hacerme entrega de todo lo que se encuentre. Es propiedad del Estado. Al que se quede con un solo botón le pego un tiro. ¿Está claro?

Nadie dijo una palabra.

Llegó el ruso con las sábanas. Maks sabía que Yurovsky tenía prisa en extraer los cadáveres de la casa. Acababa de dejarlo muy claro. Sólo faltaban unas horas para que amaneciese, y el Ejército Blanco estaba en las afueras de la ciudad, acercándose a toda prisa.

El primer cadáver que envolvieron fue el del Zar. Lo llevaron al camión que aguardaba fuera.

Una de las grandes duquesas fue arrojada a una camilla. De pronto, la chica se incorporó y se puso a gritar. El horror se apoderó de todos. Se habría dicho que el cielo se les enfrentaba. Ahora estaban abiertas las puertas y las ventanas de la casa, de modo que no cabía utilizar las armas de fuego. Yurovsky cogió uno de los rifles, se apoyó la culata en la palma de la mano y hundió la bayoneta en el cuerpo de la chica. La hoja apenas penetró. Yurovsky le dio la vuelta al fusil y lo utilizó por la culata. Maks oyó el ruido del cráneo al quebrarse. A continuación, el jefe hundió la bayoneta en el cuello de la chica y hurgó en la herida. Hubo un gorgoteo y por el desgarrón manó la sangre. Luego cesó todo movimiento.

—Sacad a estas brujas de aquí —masculló Yurovsky—. Están poseídas.

Maks se acercó a Anastasia y la envolvió en una de las sábanas. Un estrépito llegó del zaguán. Había vuelto a la vida otra de las grandes duquesas, y Maks vio con el rabillo del ojo que varios hombres se ensañaban con ella, a culatazos y cuchilladas. Aprovechó la distracción para trasladar al zarevich, que aún yacía sobre la sangre de sus padres.

Se agachó para acercarle los labios:

—Pequeño.

El chico abrió los ojos.

—No hagáis ruido alguno. Tengo que llevaros al camión. ¿Comprendido?

Una leve seña de asentimiento.

—No hagáis ningún ruido, no os mováis, si no queréis que os hagan pedazos.

Envolvió al chico en la sábana y los sacó a ambos, Anastasia y él, a la calle, llevando a cada uno en un hombro. Tenía la esperanza de que la gran duquesa no despertara de su desmayo. También de que nadie le tomara el pulso. Una vez fuera, pudo comprobar que a los guardas les interesaba mucho más lo que iban encontrando en los cadáveres. Relojes, anillos, brazaletes, pitilleras y joyas.

—Repito —dijo Yurovsky—. O lo devolvéis todo, u os pego un tiro. Abajo había un reloj que ha desaparecido. Voy a buscar el último cuerpo. Cuando vuelva, el reloj tiene que haber aparecido.

Nadie puso en duda lo que ocurriría, en caso contrario, y uno de los lituanos se sacó el reloj del bolsillo y lo arrojó a la pila que formaba el resto del botín.

Yurovsky volvió con el último cadáver. Lo arrojaron a la trasera del camión. El jefe traía una gorra militar en la mano.

—Es la del Zar —dijo, encasquetándosela a uno de los ejecutores—. Te queda estupendamente.

Los demás se echaron a reír.

—Les costó trabajo morirse —dijo uno de los lituanos.

—No es fácil matar a la gente —contestó Yurovsky, con la mirada puesta en el camión.

Tendieron una lona sobre la trasera del camión, ocultando los cuerpos, tras haberles colocado debajo unas cuantas sábanas que empaparan la sangre. Yurovsky designó a cuatro de sus hombres para que fueran con el camión; luego se acercó él a la cabina y se subió. Los restantes miembros del pelotón de ejecución se fueron dispersando, cada uno a su puesto asignado. Maks no estuvo entre los elegidos para subir a la trasera del camión, de manera que se acercó a la ventanilla del lado del pasajero.

—Camarada Yurovsky, ¿puedo ir también? Me gustaría contribuir a que todo esto terminara.

Yurovsky giró el corto cuello. De noche parecía aún más oscuro. Barba negra. Pelo negro. Chaqueta negra de cuero. Lo único que Maks alcanzaba a verle era el blanco de los ojos, tras una mirada escalofriante.

—¿Por qué no? Sube con los otros.

El camión salió de casa de Ipatiev por la puerta del patio delantero. Uno de los otros hombres cantó la hora: las tres de la madrugada. Tendrían que darse prisa. Alguien sacó dos botellas de vodka y las puso en circulación entre los hombres que iban en la trasera del camión, con los cadáveres. Maks sólo tomó unos pequeños tragos.

Lo habían enviado a Ekaterimburgo a organizar la fuga. Entre los generales del Estado Mayor del Zar los había que se tomaban en serio su juramento de fidelidad a la Corona. Llevaban meses circulando rumores de que la suerte de la familia imperial estaba echada. Pero hasta el último día no había comprendido Maks la frase en todo su alcance.

Puso la mirada en el montón de cadáveres que había bajo la lona. Había colocado al chico y a su hermana casi en lo alto del todo, debajo de su madre. Se preguntó si el zarevich lo habría reconocido. Quizá fuera por eso por lo que se había quedado quieto.

El camión pasó junto al hipódromo de las afueras de la ciudad. Dejó atrás ciénagas, pozos, minas abandonadas. Más allá de la fábrica del Alto Isetsk, una vez cruzada la vía del tren, la carretera se adentraba en un espeso bosque. Tres kilómetros más tarde volvió a verse la vía del tren. Las únicas construcciones a la vista eran las casetas atendidas por los ferroviarios, que a aquella hora dormían todos.

Maks se dio cuenta de que la carretera se convertía en barro. El camión patinó un poco cuando las ruedas entraron en contacto con la tierra resbaladiza. Las ruedas traseras se atascaron en un hoyo, girando libremente, y el conductor intentó, en vano, seguir adelante. Nubes de vapor empezaron a salir del capó. El conductor apagó el motor, antes de que se recalentara, y Yurovsky se bajó de la cabina, señaló la caseta ferroviaria que acabábamos de dejar atrás y le dijo al conductor:

—Ve a despertar al encargado y que nos traiga agua.

Se dirigió a la trasera del camión.

—Buscad madera para sacar las ruedas de esta mierda. Yo seguiré andando, para encontrarme con Ermakov y su gente.

Dos de los soldados estaban ya fuera de juego, por la borrachera. Otros dos saltaron de la trasera del camión y desaparecieron en la oscuridad. Maks se hizo el borracho y se quedó quieto donde estaba.

Vio que el conductor deshacía lo andado hasta llegar a la caseta, cuya puerta aporreó. Se vio parpadear una luz y la puerta se abrió. Maks oyó que el conductor le explicaba al ferroviario que necesitaban agua. Hubo discusión, y Maks oyó a los dos guardas gritar que habían encontrado madera.

Tenía que ser en ese mismo momento.

Se arrastró hasta la lona y la fue levantando lentamente. El olor le revolvió el estómago. Apartó el cuerpo de la Zarina y agarró el bulto en cuyo interior estaba el zarevich.

—Soy yo, Pequeño. Estaos callado y quieto.

El chico dijo algo que Maks no logró entender.

Bajó el cuerpo de la trasera del camión y lo depositó en el bosque, a unos metros del camino.

—No os mováis —repitió.

Regresó a toda prisa y cogió en brazos el bulto que contenía a Anastasia. La puso en el suelo del camión para volver a colocar la lona en su sitio. Luego la llevó al bosque y la depositó junto a su hermano. Tras haber aflojado las sábanas que los amortajaban, les tomó el pulso a ambos. Débil, pero ahí estaba.

Alexis lo miró.

—Sé que es horrible, pero tenéis que permanecer aquí. Cuidad de vuestra hermana. No os mováis. Yo volveré, pero no sé cuándo. ¿Comprendéis?

El chico dijo que sí con la cabeza.

—¿Os acordáis de mí, verdad?

El chico volvió a asentir.

—Pues tened confianza en mí, Pequeño.

El joven se aferró a él en un abrazo desesperado, que le desgarró el corazón.

—Dormid ahora. Volveré cuanto antes.

Maks volvió al camión y subió a la trasera. En seguida volvió a situarse como estaba antes, boca abajo junto a los dos guardas borrachos. Oyó pisadas acercándose en la oscuridad. Lanzando un quejido, empezó a incorporarse.

—Levántate, Kolya. Tienes que ayudarnos —dijo uno de los hombres, al acercarse—. Hemos encontrado leña en la caseta.

Se bajó del camión y ayudó a los otros dos a transportar los troncos por el embarrado camino. El conductor regresó con un cubo de agua para el motor.

Yurovsky apareció unos minutos más tarde.

—Ermakov y su gente están ahí cerca.

El motor volvió a ponerse en marcha, no sin esfuerzo, y las cuñas de madera hicieron posible que las ruedas saliesen del agujero de lodo. A bastante menos de un kilómetro más adelante se encontraron con un grupo que los aguardaba, con antorchas en la mano. A juzgar por sus gritos, era evidente que casi todos estaban borrachos. A la luz de los faros, Maks reconoció a Piotr Ermakov. Yurovsky sólo había recibido orden de cumplir la sentencia. Deshacerse de los cadáveres era responsabilidad del camarada Ermakov. Era un obrero de la planta del Alto Isetsk a quien le gustaba tanto matar que lo llamaban camarada Máuser.

—¿Por qué no nos los trajisteis vivos? —gritó alguien.

Maks sabía lo que seguramente les habría prometido Ermakov a sus hombres. Sed buenos soviéticos y haced lo que se os diga y os dejaremos hacer lo que queráis con las mujeres, con el papá Zar mirando. La probabilidad de ejercer la lujuria con cuatro vírgenes tenía que haber sido suficiente incentivo para que hiciesen los preparativos necesarios.

Un numeroso grupo se congregó junto a la trasera del camión, mirando la lona, con las antorchas crepitando en la oscuridad. Uno de ellos apartó la cubierta.

—Mierda. Qué peste —exclamó alguno.

—El hedor de la monarquía —añadió otro.

—Trasladad los cadáveres a las carretas —ordenó Yurovsky.

Uno de ellos, en tono de protesta, dijo que se negaba a tocar semejantes porquerías, y Ermakov se subió a la trasera del camión.

—Sacad esos jodidos cadáveres del camión. Sólo queda un par de horas para que amanezca, y hay mucho que hacer.

Maks comprendió que Ermakov no era hombre a quien fuese prudente desafiar. Los hombres empezaron a trasladar los ensangrentados bultos de los cadáveres, dejándolos en droshkis. Sólo había cuatro carretas de madera, y Maks esperaba que nadie contase los cuerpos. El único que conocía su número exacto era Yurovsky, pero el jefe fue a situarse, junto a Ermakov, delante del camión. Los demás hombres que habían participado en la matanza de casa de Ipatiev estaban demasiado borrachos o demasiado cansados para ocuparse de si había nueve o había once cadáveres.

Fueron quitándoles las sábanas según arrojaban los cuerpos a una droshki. Maks vio que varios hombres se ponían a registrar los bolsillos de la ensangrentada ropa. Uno de los componentes del pelotón de ejecución les habló a los demás de lo que antes habían descubierto.

Hizo aparición Yurovsky y se pudo oír un tiro.

—Nada de eso. Los desnudaremos en donde vayamos a enterrarlos. Tendréis que entregar todo lo que aparezca, si no queréis que os deje secos en el sitio.

Nadie le plantó cara.

Como sólo había cuatro carretas, se tomó la decisión de que el camión seguiría adelante todo lo que fuera posible, con los demás cuerpos, y que los carros lo seguirían. Maks se encaramó al borde de la trasera y observó el lento desplazamiento de los carros siguiendo al camión. Le constaba que en un momento determinado tendrían que parar, salir de la carretera y circular por el bosque. Poco antes había oído que el lugar de enterramiento elegido eran los pozos de una mina abandonada. Alguien dijo que el sitio se llamaba Los Cuatro Hermanos.

Veinte minutos habían pasado cuando el camión se inclinó hacia delante. Luego resbalaron las ruedas hasta detenerse, y Yurovsky saltó de la cabina. Caminó hacia donde se hallaba Ermakov, delante de uno de los carros. El jefe agarró a Ermakov y le puso una pistola en el cuello.

—¡Esto es una puta mierda! —dijo Yurovsky—. El tipo del camión me dice que no localiza el camino de la mina. Todos estuvisteis aquí ayer. ¿De veras que no te acuerdas? ¿Acaso esperas que me canse y os deje aquí con todos los cuerpos, para saquearlos? Pues no va a ser así. O encuentras el camino, o te mato. Y te aseguro que el Comité del Ural apoyará mi decisión.

Dos de los miembros del pelotón de ejecución se pusieron en pie de un salto y se les oyó amartillar los fusiles. Maks los imitó.

—De acuerdo, camarada —dijo Ermakov, muy tranquilo—. No hace falta ponerse así. Yo mismo os guiaré.

27

Lord vio lágrimas en los ojos de Vassily Maks. Le habría gustado saber cuántas veces se había desarrollado aquel relato en la memoria del anciano.

—Mi padre sirvió en la guardia personal de Nicolás. Estaba destinado en Tsarskoe Selo, el Palacio Alejandro, donde vivía la familia imperial entera. Los niños conocían su cara. Especialmente Alexis.

—¿Cómo fue que estuviera en Ekaterimburgo? —preguntó Akilina.

—Se lo propuso Félix Yusúpov. Hacía falta gente que pudiera infiltrarse en Ekaterimburgo. Los guardas de palacio eran los preferidos de los bolcheviques. Eran buena propaganda para legitimar la revolución: los hombres en quienes más confiaba Nicolás II se volvían contra él. Muchos lo hicieron, personas de carácter débil, que temían por su propio pellejo; pero se pudo reclutar a unos cuantos para hacer de espías, como mi padre. Él conocía a muchos de los líderes revolucionarios, y a éstos les encantaba que formara parte del movimiento. Fue mera suerte que llegara a Ekaterimburgo a tiempo. Y más suerte aún que Yurovsky lo designara para formar parte del pelotón de ejecución.

Estaban en torno a la mesa de la cocina, con el almuerzo ya terminado.

—Da la impresión de que tu padre era un hombre muy valiente —dijo Lord.

—Valentísimo. Hizo un juramento que lo ligaba al Zar, y lo cumplió hasta el final.

Lord quería saber más de Alexis y Anastasia.

—¿Se salvaron? —preguntó—. ¿Qué ocurrió?

Una fina sonrisa se formó en los labios del anciano.

—Algo maravilloso. Pero, antes, algo espantoso.

La caravana se adentró en el bosque. El camino no era más que una rodera trazada en el barro, la marcha era muy lenta. Cuando el camión se quedó atascado entre dos árboles, Yurovsky decidió abandonarlo y seguir hasta la mina con los droshkis. Los cuerpos que quedaban en la trasera del camión fueron cargados en parihuelas hechas con la lona. La mina de los Cuatro Hermanos sólo estaba ya a unos cien pasos, y Maks ayudó a transportar la parihuela en que iba el cuerpo del Zar.

—Dejadlos en el suelo —ordenó Yurovsky cuando llegaron al claro del bosque.

—Creí que era yo el encargado —dijo Ermakov.

—En efecto: eras —le aclaró el jefe.

Prendieron una hoguera. Desnudaron todos los cuerpos y quemaron la ropa. Con unos treinta hombres borrachos, la escena era caótica. Pero Maks dio gracias a Dios por la confusión, porque así no se notó la falta de dos de las víctimas.

—¡Diamantes! —gritó uno de los hombres.

La palabra atrajo a los demás.

—Kolya. Ven conmigo —dijo Yurovsky, abriéndose paso a codazos entre los congregados.

Había dos hombres agachados sobre un cadáver de mujer. Uno de los hombres de Ermakov había descubierto otro corsé lleno de joyas. Yurovsky, sin soltar el Colt, le arrancó de la mano el diamante.

—No habrá saqueo. Al primero que se atreva le pego un tiro. Si me matáis a mí, el comité se ocupará de vosotros. Ahora haced lo que os digo y desnudad los cuerpos. Dadme a mí todo lo que encontréis.

—¿Para que te lo quedes tú? —preguntó una voz.

—Estas cosas no nos pertenecen, ni a vosotros ni a mí, sino al Estado. Se hará entrega de todas ellas al Comité del Ural. Ésa es la orden que tengo.

—Que te den por el culo, judío de mierda —dijo una voz.

A la luz vacilante de la hoguera, Maks vio cólera en los ojos de Yurovsky. Conocía lo suficiente a aquel hosco individuo como para saber que no le gustaba nada que le recordasen el origen. Su padre era vidriero, su madre costurera, y tuvieron dos hijos. Yurovsky se crió en la pobreza, con todas las dificultades, y pasó a ser un fiel miembro del Partido tras el fallido intento de revolución de 1905. Fue desterrado a Ekaterimburgo por sus actividades revolucionarias, pero, tras la revuelta de febrero del año anterior, lo eligieron para el Comité del Ural, y desde entonces no había dejado pasar un solo día sin dar muestras de su entrega al Partido. Había dejado de ser judío. Ahora era un leal comunista. Un hombre que obedecía órdenes y en quien se podía confiar para que las ejecutara.

El amanecer iba extendiéndose sobre los álamos del entorno.

—Largaos todos —dijo Yurovsky en voz muy alta—, menos los que vinieron conmigo.

—No puedes hacer eso —vociferó Ermakov.

—Si no os marcháis, haré que os maten a tiros.

A un lado se oyó el ruido seco de los fusiles, cuando los cuatro hombres de Yurovsky se los echaron a la cara, obedeciendo una vez más a su jefe. Los demás hombres parecieron comprender que habría sido una estupidez resistirse. No era imposible que lograran imponerse a esos pocos leales a Yurovsky, pero el Comité del Ural no permitiría que semejante transgresión quedara impune. Maks no se sorprendió al ver que todos ellos desaparecían por el camino abajo.

Cuando se hubieron marchado, Yurovsky se encajó el revólver en el cinturón.

—Terminad de desnudar los cadáveres.

Maks y dos hombres dieron conclusión a la tarea, mientras otros dos se mantenían alerta. Resultaba ya muy difícil saber quién era quién, excepción hecha de la Zarina, que, por su tamaño y por su edad, se distinguía hasta en la muerte. Maks sintió náuseas por aquellas personas a quienes una vez había servido.

Aparecieron otros dos corsés llenos de joyas. El descubrimiento más curioso vino de la Zarina: todo un cinturón de perlas cosido a su ropa interior.

—No hay más que nueve cuerpos —dijo de pronto Yurovsky—. Falta el zarevich y una de las mujeres.

Nadie dijo una palabra.

—Hijos de la gran puta —dijo el jefe—. Deben de haber escondido sus cadáveres por el camino, a ver si luego les encuentran algo de valor. Seguro que los están registrando en este momento.

Maks lanzó un silencioso suspiro de alivio.

—¿Qué hacemos? —preguntó uno de los guardias.

Yurovsky no dudó:

—Nada. Diremos que la mina se hundió y que a dos de ellos los quemamos. Trataremos de encontrarlos a la vuelta. ¿Lo habéis entendido bien todos?

Maks comprendió que ninguno de los allí presentes, y, menos que nadie, Yurovsky, querían poner en conocimiento de sus superiores que faltaban dos cadáveres. No habría explicación que les pudiera evitar la cólera del comité. Un silencio colectivo vino a confirmar que todos habían entendido muy bien.

Siguieron arrojando ropa ensangrentada al fuego. Luego, los nueve cuerpos desnudos fueron colocados boca abajo junto a un negro pozo. Maks observó que los corsés habían dejado una hilera de marcas en la carne muerta. Las grandes duquesas también llevaban amuletos al cuello, con el retrato de Rasputín y, cosida a él, una oración. Arrancaron todo de los cuerpos y lo añadieron a la pila de pertenencias. Maks recordó la belleza que cada una de aquellas mujeres había irradiado en vida y le entristeció que ninguna de ellas la conservara tras la muerte.

Uno de los hombres se inclinó a toquetear los pechos de Alejandra.

Un par de ellos más imitaron su comportamiento.

—Ahora que le he tocado las tetas a la emperatriz, puedo descansar en paz —proclamó uno de ellos, y los demás le hicieron un coro de carcajadas.

Maks se dio media vuelta y miró el crepitar de las llamas, mientras ardían los últimos restos de ropa.

—Tirad los cuerpos al pozo —dijo Yurovsky.

Cada hombre arrastró uno de los cuerpos hasta el borde y lo dejó caer. Pasaron varios segundos de silencio hasta que se oyó el ruido del agua, a mucha profundidad.

En menos de un minuto los habían despachado a todos.

Vassily Maks hizo una pausa, tomó aliento repetidas veces y bebió un sorbo de vodka.

—Yurovsky, luego, se sentó en el tocón de un árbol y desayunó huevos cocidos. Los habían traído el día anterior las monjitas del monasterio, para el zarevich, y Yurovsky les había dado instrucciones de que los envolvieran bien. Sabía exactamente lo que iba a suceder. Tras llenar el estómago, arrojó unas granadas al pozo, para que la mina se derrumbara.

—Dijo usted que también sucedió algo maravilloso.

El anciano saboreó otro trago de vodka.

—Sí que lo dije.

Maks abandonó el lugar de enterramiento, con los demás hombres, a eso de las diez de la mañana. Quedó un guarda a cargo de la vigilancia y Yurovsky se fue a presentar su informe sobre las actividades de la noche previa ante el Comité del Ural. Afortunadamente, el jefe no dio orden de que se buscaran los otros dos cuerpos, tras haberles dicho a sus hombres lo que había que decir: que los habían quemado por separado.

Las órdenes eran volver andando a la población y no llamar la atención de nadie. A Maks le pareció extraña semejante orden, con la cantidad de personas que habían tomado parte en los hechos. No cabía pensar que el lugar de enterramiento permaneciese en secreto, sobre todo teniendo en cuenta los rencores existentes y, también, la posibilidad de encontrar objetos de valor. Yurovsky había dicho, concretamente, que no hablasen con nadie de lo ocurrido y que se presentaran por la tarde en la casa de Ipatiev, para ponerse a las órdenes de sus jefes.

Maks dejó que los otros cuatro fueran por delante, diciéndoles que pensaba volver al pueblo por otro camino, para aclararse la cabeza en soledad. Se oían cañones en la distancia. Sus compañeros le advirtieron que el Ejército Blanco estaba a pocos kilómetros de Ekaterimburgo, pero respondió que más les valía a los Blancos no tropezarse con él.

Apartándose de sus compañeros, anduvo dando vueltas durante media hora antes de tomar por el camino que había seguido el camión la noche anterior. Ahora, a la luz del día, observó que el bosque era muy espeso y que había mucha maleza. Encontró la caseta de ferrocarril, pero no se acercó a ella. Lo que hizo fue orientarse bien y localizar el sitio en que se quedó atascado el camión en el barro.

Miró en derredor. Nadie a la vista.

Se adentró en el bosque.

—Pequeño, ¿estáis ahí?

Hablaba en susurros.

—Soy yo, Pequeño. Soy Kolya. Ya he vuelto.

Nada.

Prosiguió en su avance, apartando la espesa maleza.

—He vuelto, Alexis. No te escondas. No tenemos mucho tiempo.

Sólo los pájaros le contestaron.

Se detuvo en un claro. Los pinos de alrededor eran muy viejos, con unos troncos que evidenciaban decenios de vida. Uno de ellos había sucumbido a la edad y yacía en el suelo, con las raíces al aire, trayéndole a las mientes aquellos miembros descoyuntados que jamás lograría olvidar. Qué desgracia tan grande. ¿Esos demonios pretendían representar al pueblo? ¿Acaso lo que proponían para Rusia era mejor que el supuesto mal contra el que se rebelaban? Era imposible que así fuese, viendo cómo habían empezado.

Los bolcheviques solían matar a sus prisioneros de un tiro en la nuca. ¿Por qué habían alcanzado tal grado de barbarie en este caso? Bien podía ser que esa matanza indiscriminada de inocentes fuera un anticipo de lo que estaba por llegar. Y ¿a qué venía tanto secreto? Si Nicolás II era un enemigo del Estado, ¿por qué no hacer pública su ejecución? Era fácil responder a eso: nadie estaría de acuerdo con esa matanza de niños y mujeres.

Era espantoso.

Oyó un crujido a su espalda.

Su mano requirió la pistola que llevaba al cinto. Con ella empuñada, se dio media vuelta.

Más allá del punto de mira vio el rostro casi angelical de Alexis Romanov.

Su madre lo llamaba Pequeñín y Rayito de Sol. Era el foco de toda la atención familiar. Un chico despierto y cariñoso, con un ramalazo de cabezonería. En el palacio se hablaba de su falta de aplicación, su desdén de los estudios, lo mucho que le gustaba vestir al modo de los campesinos rusos. Era un chico mimado y caprichoso. En cierta ocasión ordenó a una banda de música que se adentrara en el mar marcando el paso, y su padre decía muchas veces, de broma, que no sabía si Rusia lograría sobrevivir a Alexis el Terrible.

Pero ahora era el Zar. Alexis II. El ungido, el divino sucesor a quien Maks había jurado proteger.

Junto a Alexis estaba su hermana, tan parecida a él en muchos aspectos. También era legendaria por su cabezonería, y su arrogancia iba más allá de lo tolerable. Tenía sangre en la frente y la ropa hecha jirones. Una rasgadura dejaba ver el corsé. Los dos chicos iban cubiertos de sangre, con la cara sucia, y olían a muerto.

Pero estaban vivos.

Lord no podía creer lo que estaba oyendo, pero el anciano se expresaba con tanta convicción, que no cabía ponerlo en duda. Dos Romanov sobrevivieron a la masacre de Ekaterimburgo, y todo gracias al coraje de un solo hombre. Mucho se ha especulado con esta posibilidad, basándose en pruebas insuficientes y simples conjeturas.

Pero ahí estaba la verdad.

—Mi padre los sacó de Ekaterimburgo en cuanto cayó la noche. En los alrededores había otras personas, a la espera de poder ayudar, y todos juntos se llevaron a los muchachos hacia el este. Cuanto más lejos de Moscú, mejor.

—¿Por qué no acudieron al Ejército Blanco? —preguntó Lord.

—¿Para qué? Los Blancos no eran zaristas. Odiaban a los Romanov tanto como los Rojos. Nicolás estaba convencido de que su salvación dependía de ellos, pero lo más probable es que hubiesen matado a toda la familia. Nadie tenía en especial aprecio a los Romanov, en 1918, quitados unos cuantos, de valor inestimable.

—¿Las personas para quienes trabajaba su padre?

Maks asintió con la cabeza.

—¿Quiénes eran?

—No tengo idea. Esa información nunca se me proporcionó.

—¿Qué fue de los chicos? —quiso saber Akilina.

—Mi padre los sacó de una guerra civil que se prolongó otros dos años. Más allá de los Urales, al corazón de Siberia. Fue fácil lograr que pasaran inadvertidos. Dejando aparte a los cortesanos de San Petersburgo, que en su mayor parte estaban muertos, nadie conocía sus rostros. Mal vestidos y con la cara sucia, era como si fuesen disfrazados. —Maks hizo una nueva pausa para beber un trago de vodka—. Vivieron en Siberia, con gente que estaba al corriente del proyecto, y finalmente llegaron a Vladivostok, ya en la costa del Pacífico. De allí también los sacaron de contrabando. ¿Adónde? Ni idea. Ésa es otra rama de la investigación que tienen ustedes en marcha, y yo no estoy al corriente.

—¿En qué condición estaban cuando su padre los encontró? —preguntó Lord.

—Alexis no había recibido ningún disparo. Lo había protegido el cuerpo del Zar. Anastasia estaba herida, pero curó. Ambos llevaban corsés rellenos de joyas. La familia había cosido las piedras al tejido, para salvaguardarlas de los ladrones. Eran valores que podrían resultarles útiles con posterioridad, pensaban. Gracias a esa medida salvaron la piel ambos muchachos.

—Y gracias también a lo que hizo su padre.

Maks asintió.

—Era un buen hombre —dijo.

—¿Qué fue de él? —preguntó Akilina.

—Se volvió a esta tierra y murió de vejez. Las purgas no le afectaron. Hace ya treinta años que falleció.

Lord pensó en Yakov Yurovsky. El destino no había sido tan benevolente con el cabecilla de los verdugos. Recordó que a Yurovsky lo mató una úlcera sangrante, veinte años después de Ekaterimburgo, también en julio. Pero no antes de que Stalin enviara a su hija a un campo de trabajo. El viejo guerrero del Partido trató de salvarla, pero no pudo. A nadie le importaba un pimiento que fuera él quien había matado al Zar. En su lecho de muerte, Yurovsky se lamentó de lo mal que se había portado el destino con él. Pero a Lord le parecía muy clara la razón. De nuevo la Biblia. Romanos 12:19. *Mía es la venganza, yo pagaré.*

—¿Qué hacemos ahora? —preguntó Lord.

Maks se encogió de hombros.

—La respuesta tendrá que venir de mi padre.

—¿Cómo será eso posible?

—Está en una caja metálica, con sello. A mí nunca me permitieron ver siquiera lo que había dentro. Tan sólo se me indicó que transmitiera este mensaje a quien acudiese a mí con las palabras.

Lord no acababa de comprender.

—¿Dónde está esa caja?

—El día de su muerte, le puse el uniforme imperial y enterré la caja con él. Lleva treinta años sobre su pecho.

No le gustó a Lord lo que tales palabras implicaban.

—Sí, Cuervo. Mi padre te espera en su tumba.

28

Hayes permaneció atento mientras el fornido Orleg violentaba la puerta de madera, llenando el aire de vapor con su respiración. Más arriba, el rótulo adosado a los ladrillos decía: KAFE SNEZHINKI — PROPIETARIO: IOSIF MAKS.

El cerco se astilló al desprenderse la puerta y caer hacia adentro. Orleg desapareció en el interior de la fonda.

La calle estaba vacía, y cerradas todas las tiendas de los alrededores. Stalin entró en pos de Hayes. Habían viajado durante cinco horas en la oscuridad, de Moscú a Starodub. La Cancillería Secreta consideró importante que Stalin también fuese, dado que la *mafiya* podía considerarse el mejor y más eficaz recurso para resolver el problema planteado. Su representante gozaba ahora de autorización para tomar libremente las medidas que creyera oportunas.

Fueron en primer lugar a casa de Iosif Maks, en las afueras de la ciudad. La policía local llevaba vigilando discretamente la situación desde por la mañana, y pensaba que Iosif estaba en casa, pero la mujer de Maks les dijo que ya hacía un rato que se había ido a trabajar. Se les avivó la esperanza al ver luz en la trastienda de la fonda de Maks, y Stalin se puso en acción.

Párpado Gacho y Cromañón fueron dirigidos a la trasera del edificio. Hayes recordó los nombres que les había puesto Lord, cuando lo atacaron por primera vez, y le parecieron atinados. Le habían contado cómo sacaron a Párpado Gacho del Circo de Moscú, a punta de pistola, y cómo halló la muerte su secuestrador, un hombre aún no identificado y sin relación alguna con ninguna Santa Agrupación dirigida o no dirigida por Semyon Pashenko. Todo aquello resultaba cada vez más raro, pero la seriedad con que los rusos lo veían todo estaba empezando a preocupar a Hayes. No era frecuente que unos tipos así se enfadaran tanto.

Orleg apareció por un callejón que conducía a la parte trasera del edificio y rodeó una columna de cajas. Llevaba a rastras a un hombre de enmarañado pelo rojo y bigote poblado. Tras él venían Párpado Gacho y Cromañón.

—Estaba escapándose por la puerta trasera —dijo Orleg.

Stalin señaló una silla de roble.

—Siéntalo ahí.

Hayes advirtió que Stalin le hacía una discreta seña a Párpado Gacho y Cromañón, y que éstos parecieron comprender de inmediato lo que les indicaba. Habían vuelto a colocar en su sitio la puerta y tomaron posiciones junto a la vidriera, con las pistolas desenfundadas. La policía local había sido advertida una hora antes por Orleg, y una orden procedente de un inspector de Moscú no era cosa que la *militsya* local tendiese a ignorar. Ya antes, Khrushchev había utilizado sus contactos en el gobierno para poner en conocimiento de las autoridades locales que habría una operación policial en su zona, algo relacionado con la matanza de la Plaza Roja, y que nadie debía interferir.

—Señor Maks —dijo Stalin—, el asunto es serio. Quiero que lo comprenda.

Hayes miró a Maks mientras éste asimilaba lo que acababan de decirle. No había miedo en su rostro.

Stalin se acercó a la silla.

—Ayer estuvieron aquí un hombre y una mujer. ¿Se acuerda usted?

—Aquí viene mucha gente.

Su voz estaba impregnada de desprecio.

—Seguro que sí. Pero supongo que no serán muchos los *chornyes* que vienen a comer aquí.

El corpulento ruso echó la barbilla hacia delante.

—Anda y que te den por el culo.

Había confianza en su tono, pero Stalin no reaccionó ante el desafío. Se limitó a acercarse, mientras Párpado Gacho y Cromañón lo hacían al mismo tiempo para agarrar a Maks y ponerlo con la cara contra el suelo de madera.

—Más vale que se te ocurra algo para entretenernos.

Párpado Gacho desapareció en la trastienda, mientras Cromañón mantenía sujeto a Maks. Orleg estaba de vigilancia en la puerta trasera. El inspector consideraba importante no tomar parte activa en lo que sucediera. Hayes también pensó que eso era lo más prudente. Podían necesitar algo de la *militsya* en las semanas siguientes, y Orleg era el mejor contacto que tenían en la policía de Moscú.

Párpado Gacho regresó con un rollo de cinta aislante que utilizó para trabarle fuertemente las muñecas a Maks. Cromañón lo levantó del suelo y lo tiró contra la desvencijada silla de roble, para en seguida atarle el pecho y las piernas con cinta aislante. Al final le pegó un trozo a la boca.

Stalin dijo:

—Ahora, señor Maks, voy a decirle lo que nosotros sabemos. Un norteamericano llamado Miles Lord y una rusa llamada Akilina Petrovna se presentaron aquí ayer. Venían preguntando por Kolya Maks, persona a quien afirmó usted no conocer de nada. Quiero saber quién es Kolya Maks y por qué lo están buscando Lord y la mujer. Usted conoce bien la respuesta a la primera pregunta, y estoy seguro de que también puede contestar a la segunda.

Maks negó con la cabeza.

—Una decisión muy estúpida, señor Maks.

Párpado Gacho arrancó un trozo de la cinta y se lo tendió a Stalin. Ambos parecían haber hecho aquello antes. Stalin se apartó el pelo de la tostada frente y se inclinó. Colocó el trozo de cinta en la nariz de Maks, sin hacer presión.

—Cuando apriete la cinta, señor Maks, le quedará sellada la nariz. Algo de aire le resta a usted en los pulmones, pero sólo para un rato. Se asfixiará usted en cuestión de segundos. ¿Quiere que se lo demuestre?

Stalin apretó la cinta hasta cerrar la nariz de Maks.

Hayes vio cómo se le hinchaba el pecho. Sabía que ese tipo de cinta se utilizaba en los conductos de ventilación, precisamente por su condición hermética. Al ruso empezaron a salírsele los ojos de las órbitas, mientras sus glóbulos buscaban oxígeno y su piel pasaba por toda una variedad de colores, hasta llegar al blanco ceniciento. El hombre, en su desamparo, se agitaba en la silla, pero Cromañón lo sujetaba fuertemente por detrás.

Stalin, como sin querer, alargó la mano y le arrancó la cinta de la boca. Grandes bocanadas de aire le entraron inmediatamente en el pecho.

El color volvió a su rostro.

—Conteste a mis dos preguntas, por favor —dijo Stalin.

Maks se limitó a seguir respirando.

—Sin duda que es usted muy valiente, señor Maks. Lo que no sé es para qué. Pero su coraje es digno de admiración.

Stalin hizo una pausa, seguramente para dar lugar a que Maks se recuperara.

—Ha de saber que cuando estuvimos en su casa su encantadora esposa nos invitó a entrar. Qué mujer tan estupenda. Ella nos dijo dónde estaba usted.

Una mirada salvaje ocupó los ojos de Maks. Por fin. Miedo.

—No se preocupe —dijo Stalin—. Está bien. Cree que trabajamos para el gobierno y que estamos aquí en misión oficial. Nada más. Pero le aseguro a usted que este procedimiento funciona igual de bien con las mujeres.

—Maldita *mafiya*.

—Esto no tiene nada que ver con la *mafiya*. Es mucho más grande que todo eso, y creo que usted lo sabe muy bien.

—Me va a matar igual, diga lo que diga.

—Pero le doy mi palabra de que su mujer no se verá afectada, si me dice usted lo que quiero saber, sin más.

El ruso de pelo rojo dio la impresión de estar sopesando la oferta.

—¿Cree usted lo que le estoy diciendo? —le preguntó Stalin, con toda calma.

Maks no dijo nada.

—Si sigue usted callado, no le quepa la menor duda de que enviaré a estos dos hombres a buscar a su mujer. La ataré a una silla, cerca de usted, y podrá ver cómo se asfixia. Luego, seguramente lo dejaré vivo a usted, para que pueda recordar con todo detalle lo sucedido.

Stalin se expresaba con tranquila reserva, como negociando un acuerdo comercial. Hayes estaba impresionado ante la facilidad con que este hombre tan apuesto, con sus vaqueros de Armani y su jersey de cachemira, provocaba el sufrimiento de otra persona.

—Kolya Maks está muerto —dijo al fin Maks—. Su hijo, Vassily, vive a unos diez kilómetros al sur de esta localidad, yendo por la carretera principal. En cuanto a por qué lo busca Lord, no lo sé. Vassily es tío abuelo mío. Desde hace mucho tiempo ha habido miembros de mi familia con establecimiento abierto en este pueblo. Es lo que nos dijo Vassily que hiciéramos, y lo hicimos.

—Está usted mintiendo, señor Maks. ¿Es usted miembro de la Santa Agrupación?

Maks no dijo nada. Aparentemente, su ánimo de cooperar tenía límites.

—No. Nunca admitiría usted semejante cosa, ¿verdad? Es parte de su juramento al Zar.

Maks lo miró con dureza.

—Pregúntele a Vassily.

—Eso haré —dijo Lenin, apartándose ya.

Párpado Gacho volvió a colocar un trozo de cinta aislante en la boca a Maks.

El ruso se agitó en la silla, tratando de respirar. El intento lo hizo caer al suelo, con silla y todo.

Su lucha cesó al cabo de un minuto.

—Un buen hombre, deseoso de proteger a su mujer —dijo Stalin, mirando el cadáver—. Digno de admiración.

—¿Cumplirá usted su palabra? —le preguntó Hayes.

Stalin lo miró con expresión de sincera ofensa.

—Por supuesto. ¿Qué clase de persona cree usted que soy?

29

18:40

Lord aparcó en el bosque, al borde de un camino embarrado. La heladora puesta de sol acababa de trocarse en una noche sin luna. No lo volvía loco de alegría la idea de exhumar un ataúd que llevaba treinta años bajo tierra, pero no podía decirse que tuviera muchas opciones. Ahora ya estaba convencido de que dos de los Romanov habían escapado de Ekaterimburgo. Otra cosa era que hubieran logrado llegar a lugar seguro y que vivieran luego lo suficiente como para tener descendencia; pero sólo parecía haber un modo de averiguarlo.

Vassily Maks les había proporcionado dos palas y una linterna con las pilas muy gastadas. Les advirtió que el cementerio se hallaba en lo más profundo del bosque, a unos treinta kilómetros de Starodub, y que en los alrededores no había más que álamos y una vieja iglesuca de piedra, que se utilizaba a veces en los entierros.

—El cementerio debería estar allá abajo, siguiendo el camino —dijo, mientras se bajaban del coche.

Seguían utilizando el vehículo que Iosif Maks les había proporcionado aquella misma mañana. Maks había dicho que les traería el coche al caer el sol. Pero, en vista de que no llegaba, y ya eran las seis de la tarde, Vassily les había dicho que se fueran, que él se lo explicaría a Iosif y que ambos estarían esperándolos a su regreso. El anciano parecía tan anhelante como ellos de descubrir el secreto que su padre había guardado. También señaló que tenía otro dato que transmitirles, pero sólo cuando supieran lo que su padre había sabido. Era otra cláusula de seguridad, que Vassily tenía intención de pasar a su sobrino Iosif, el hombre a quien estaba educando para que heredase las tareas inherentes a la custodia, cuando él muriera.

Lord llevaba una chaqueta y un par de guantes de cuero traídos de Atlanta, junto con unos buenos calcetines de lana espesa. Los vaqueros eran la única vestimenta informal que había metido en la maleta antes de salir con destino a Rusia. El jersey lo había comprado en Moscú hacía un par de semanas. Él pertenecía a un mundo de chaqueta y corbata, en el que la ropa informal sólo se utilizaba los domingos por la tarde; pero los acontecimientos habían experimentado un giro inesperado durante los últimos días.

Maks también les había proporcionado un poco de protección: un fusil de cerrojo que fácilmente habría podido incluirse en un catálogo de antigüedades. Pero el arma parecía bien cuidada, y Maks le había enseñado cómo cargarla y hacer fuego con ella. Les advirtió que por la noche merodeaban los osos, especialmente ahora que se preparaban para la hibernación. Lord sabía muy poco de fusiles, porque sólo había llegado a utilizar un arma en Afganistán, un par de veces. No lo entusiasmaba la idea de ir armado, pero menos aún le gustaba la perspectiva de toparse con un oso hambriento. Akilina, por su parte, lo había sorprendido. Se había echado el fusil al hombro, sin tardanza alguna, y le había acertado tres veces a un árbol situado a cincuenta metros. Otra lección de su abuela, explicó. Y Lord se alegró mucho. Uno de ellos, al menos, sabía lo que estaba haciendo.

Cogió las palas y la linterna del asiento trasero. Allí estaban también las bolsas de viaje de ambos. Pensaban marcharse en cuanto terminaran, haciéndole antes una breve visita a Vassily Maks. No sabían aún adónde irían, pero Lord ya había decidido que si este viaje no conducía a ninguna parte, pondría rumbo a Kiev y se subiría al primer avión que saliese con rumbo a Estados Unidos. Ya llamaría a Taylor Hayes por teléfono, desde el seguro refugio de su apartamento de Atlanta.

—Vamos allá —dijo—. Cuanto antes empecemos, antes acabamos.

A su alrededor se alzaban negras columnas de árboles, cuyas

ramas agitaba un viento helado, capaz de agrietarle la piel a cualquiera. Lord utilizaba la linterna con moderación, ahorrando pilas para cuando llegara el momento de cavar.

Una débil visión de lápidas surgió en un claro del bosque que tenían delante. Eran verticales, al estilo europeo, y la oscuridad no impedía advertir que los sepulcros estaban bastante descuidados. Una capa de escarcha lo helaba todo. En lo alto, la negrura del cielo presagiaba nuevas lluvias. No había ninguna clase de valla que marcase los límites, ni puerta que indicase la entrada: el camino, sencillamente, desaparecía al alcanzar las primeras lápidas. Lord imaginó un cortejo fúnebre en pos de un sacerdote solemnemente vestido de negro, avanzando por el camino, llevando un sencillo ataúd de madera, mientras una fosa abierta en la tierra negra los aguardaba.

Una pasada de la linterna puso de manifiesto que todas las tumbas estaban prácticamente cubiertas de matorrales. Había de trecho en trecho algún mojón de piedras apiladas, y de casi todos los túmulos brotaban malas hierbas y plantas espinosas. Alumbró las lápidas con la linterna. Había fechas que se remontaban a más de dos siglos antes.

—Maks dijo que la tumba era la más alejada a la izquierda, mirando desde el camino —dijo, adentrándose en el cementerio; Akilina le seguía los pasos.

El suelo estaba esponjoso, por la lluvia que no había cesado hasta primeras horas de la tarde. Lord pensó que así resultaría más fácil el trabajo de exhumación.

Encontraron la tumba.

Lord leyó las palabras cinceladas bajo el nombre KOLYA MAKS. QUIEN RESISTA HASTA EL FIN SE SALVARÁ.

Akilina se descolgó el fusil del hombro.

—Parece que estamos en el buen camino —dijo.

Lord le tendió una de las palas:

—Vamos a comprobarlo.

La tierra se aterronaba, blanda, y de ella se desprendía un fuerte olor a turba. Vassily les había advertido que el ataúd no estaría muy profundo. Los rusos tendían a enterrar así a sus muertos, de modo que a Lord sólo le cabía esperar que el anciano no se hubiese equivocado.

Akilina trabajaba junto a la lápida, mientras él cavaba a los pies de la tumba. Decidió cavar directamente hacia abajo, para comprobar cuánto tendrían que profundizar. Había ahondado un metro cuando su pala tropezó con algo duro. Apartó la tierra húmeda, dejando al descubierto madera podrida y astillada.

—El estado en que se encuentra el ataúd no nos va a permitir sacarlo —dijo.

—Pues a ver cómo está el cuerpo.

Siguieron cavando. Tras veinte minutos de apartar capas de barro, quedó trazado un rectángulo negro.

Lord lo alumbró con la linterna.

La tapa del ataúd, rota, permitía ver el cuerpo. Lord, con la pala, limpió lo que quedaba de madera y Kolya Maks quedó al descubierto.

Llevaba uniforme de guardia palaciego. El recorrido de la linterna levantaba esporádicos toques de color. Rojos apagados, azules oscuros y lo que alguna vez debió de ser blanco y ahora era del color del carbón, como la tierra. Habían sobrevivido unos cuantos botones de latón, y también la hebilla del cinturón, pero de la guerrera y los pantalones apenas quedaba nada, salvo unos cuantos harapos y las correas de cuero.

El tiempo no había sido clemente con el cadáver, tampoco. La carne había desaparecido de la cara y las manos. No quedaba ningún rasgo, aparte de las órbitas y la fosa nasal; los dientes y la mandíbula, apretados, trazaban un gesto mortal. Tal como su hijo les había dicho, en lo que quedaba del pecho de Kolya Maks había depositada una caja de metal, entre las costillas que sobresalían en extraños ángulos y los restos de los brazos cruzados.

Lord había dado por supuesto que del cadáver se desprendería alguna pestilencia, pero sólo le llegó un olor a liquen y moho. Utilizó la pala para apartar lo que quedaba de los brazos. Un pequeño fragmento de manga se vino abajo. Un par de gusanos recorrieron la tapa de la caja. Akilina la sacó y la puso en el suelo con toda delicadeza. Estaba sucia, pero intacta. Lord pensó que sería de bronce, seguramente, para preservar el contenido de la humedad. Observó que en la parte anterior había un candado.

—Pesa mucho —dijo Akilina.

Lord se arrodilló para sopesar la caja. Akilina tenía razón. La sacudió un par de veces. Algo denso se deslizó en su interior. Lord volvió a depositar la caja en el suelo y asió la pala.

—Apártate.

Golpeó el cierre con la punta de la pala. Tuvo que hacerlo tres veces para que saltara el candado. Estaba a punto de agacharse y levantar la tapa cuando una serie de destellos recorrió los troncos de los árboles. Lord volvió la cabeza y vio cuatro puntos de luz en la distancia: los faros de dos coches que se acercaban por el camino abajo. Las luces se apagaron cerca del sitio donde Akilina y él habían aparcado.

—Apaga la linterna —dijo—. Y vámonos.

Dejó la pala para recoger la caja. Akilina se colocó el fusil en posición de disparo.

Se adentró en los árboles y, esquivando matorrales, se alejó suficientemente de la tumba como para no correr riesgos. La humedad de la vegetación no tardó en mojarle la ropa, y puso especial cuidado en que no se le cayera la caja al suelo, porque no sabía hasta qué punto podía ser frágil el contenido. Empezó a desplazarse lentamente en dirección al coche, siguiendo una trayectoria sinuosa a través del cementerio, para regresar al sitio en que habían dejado el vehículo. El viento se hizo más frío, adaptándose ahora al sonoro ritmo de las ramas.

Dos linternas se encendieron en la distancia.

Agachado, Lord se fue desplazando hacia el claro del bosque y se detuvo de pronto, antes de salir de los árboles. Cuatro siluetas oscuras aparecieron al final del camino y se adentraron en el cementerio. Tres de ellas eran de buena estatura y caminaban con decisión. La cuarta iba inclinada hacia delante y se movía más despacio. A la luz de una de las linternas reconoció la jeta de Párpado Gacho. La otra alumbró los abultados rasgos del inspector Feliks Orleg. Cuando se acercaron un poco más, Lord pudo darse cuenta de que el otro hombre era Cromañón. La silueta que venía detrás era la de Vassily Maks.

—Señor Lord —gritó Orleg en ruso—, sabemos que está usted aquí. Vamos a hacer las cosas fáciles, por favor.

—¿Quién es? —le susurró Akilina al oído.

—Un problema —le contestó él.

—Uno de ellos venía en el tren —volvió a susurrar ella.

—Los dos de las linternas venían en el tren. —Lord puso los ojos en el fusil que ella llevaba—. Menos mal que vamos armados.

Miró por entre las hojas del matorral que tenía delante y las cortezas veteadas de los árboles: las cuatro siluetas se aproximaban a la tumba abierta, con la luz de las linternas por delante.

—¿Es aquí donde está enterrado su padre? —oyó preguntar a Orleg.

Vassily Maks se acercó a la lápida que alumbraba una de las linternas. El viento sofocó momentáneamente las voces y Lord no pudo oír lo que decía el anciano. Pero sí que oyó a Orleg vociferar en ruso:

—¡Lord! ¡O sale usted, o mato a este hombre! ¡Lo dejo a su elección!

Le vinieron ganas de quitarle el fusil a Akilina y lanzarse al ataque, pero los otros tres hombres debían de ir armados, y no cabía esperar que no supieran manejar sus armas. Y él estaba muerto de miedo, allí, jugándose la vida por la profecía de un charlatán muerto hacía un siglo. Pero antes de que pudiera tomar ninguna decisión, Vassily Maks la tomó por él.

—No se preocupe por mí, Cuervo. Estoy preparado.

Maks, apartándose de la tumba de su padre, echó a correr en dirección a los coches. Los otros tres permanecieron inmóviles, pero Lord pudo ver que Párpado Gacho levantaba el brazo y que en su mano se perfilaba una pistola.

—¡Por si me oyes, Cuervo! —gritó Maks—. ¡La Montaña de los Rusos!

Un disparo restalló en la noche, y el anciano se desplomó.

Lord se quedó sin respiración y notó que Akilina se ponía rígida. Vieron a Cromañón acercarse tranquilamente y arrastrar el cuerpo del anciano hasta la tumba, para luego arrojarlo a la fosa.

—Hay que irse de aquí —susurró Lord al oído de Akilina. Ella no le llevó la contraria.

Atravesaron el bosque arrastrándose de árbol en árbol, hasta llegar al espacio abierto en que estaban aparcados los tres coches.

Un ruido de pasos a la carrera se iba acercando desde el cementerio.

Sólo de una persona.

Akilina y Lord se agazaparon detrás de un matorral, justo al borde del embarrado camino.

Llegó Párpado Gacho con una linterna en la mano. Sonaron las llaves en la oscuridad y se abrió el maletero de uno de los dos coches. Lord salió de su escondite a toda velocidad. Párpado Gacho debió de oír sus pasos, porque sacó la cabeza del maletero. Lord bajó éste con todas sus fuerzas, aplicándole un tremendo golpe en el cráneo.

Párpado Gacho se derrumbó.

Lord miró al suelo, contento de que el hombre hubiera perdido el conocimiento. Luego puso la mirada en el interior del maletero. La débil luz iluminó los ojos sin vida de Iosif Maks.

¿Qué era lo que había dicho Rasputín? *Doce deben morir para que la resurrección sea completa.* Madre de Dios. Acababan de caer otros dos.

Akilina acudió corriendo y vio el cuerpo.

—¡Oh, no! —murmuró—. ¿Los dos?

—No tenemos tiempo para esto. Sube al coche.

Lord le dio las llaves.

—Pero no hagas ruido al cerrar la puerta. No pongas en marcha el motor hasta que yo te lo diga.

Le pasó la caja y se hizo cargo del fusil.

El cementerio estaba a sus buenos cincuenta metros de la carretera, por un camino blando y lleno de barro. Un recorrido nada fácil de hacer, sobre todo en la oscuridad. Cromañón y Orleg estarían, seguramente, buscando por el bosque, tras haber enviado a Párpado Gacho a recoger el otro cadáver y arrojarlo al sitio ideal a tal efecto, es decir la fosa. Incluso disponían de las dos palas que Lord había dejado allí. Pero no pasaría mucho tiempo antes de que echaran en falta a su compinche.

Cargó el fusil y apuntó a la rueda trasera derecha de uno de los coches. Volvió a cargar y reventó la rueda delantera izquierda del otro. Luego corrió hacia su coche y se subió.

—Ya. Vámonos.

Akilina hizo girar la llave y metió primera de un golpe. Las

ruedas derraparon cuando viró violentamente a la derecha para tomar el angosto camino.

Pisó a fondo el acelerador y salieron disparados en la oscuridad.

Al llegar a la carretera principal siguieron hacia el sur. Transcurrió
una hora sin que ninguno de los dos dijera nada: la excitación del
momento se les había pasado al darse cuenta de que habían muerto dos hombres.

Empezó a llover. El propio cielo parecía compartir su dolor.

—No puedo creer que esté pasando esto —dijo Lord, más para
sus adentros que para Akilina.

—Debe de ser cierto lo que dijo el profesor Pashenko.

No era exactamente lo que Lord quería oír.

—Para. Ahí.

Alrededor sólo tenían campos oscuros y bosques densos. Lord
llevaba kilómetros sin ver una casa. Tampoco había hecho aparición ningún coche que les fuera en pos, y sólo tres habían pasado
en la dirección contraria.

Akilina giró el volante a la izquierda.

—¿Qué estamos haciendo?

Lord recogió la caja metálica del asiento trasero.

—Comprobar que todo esto ha valido la pena.

Se colocó la caja en el regazo. El cierre estaba roto, por efecto
de la pala, y en el fondo se veía la marca del golpe aplicado a Párpado Gacho. Lord acabó de soltar el candado, levantó lentamente
la tapa y alumbró el interior con la linterna.

Lo primero que vio fue el resplandor del oro.

Sacó el lingote, del tamaño de una barra de chocolate Hershey.
Los treinta años bajo tierra no le habían mermado el brillo. En la
cara anterior llevaba estampado un número, así como las letras NR,
con el águila bicéfala de los Romanov en medio. El sello de Nicolás II. Lord lo había visto muchas veces en fotografía. El lingote pesaba bastante, quizá dos kilos y medio. Unos treinta mil dólares, en
números redondos, si no recordaba mal la cotización.

—Es del tesoro real —dijo.

—¿Cómo lo sabes?

—Lo sé.

Debajo había una bolsa de paño, deteriorada por el paso del tiempo. Lord la rozó con el dedo y llegó a la conclusión de que en origen había sido de terciopelo. A la débil luz de la linterna le pareció azul oscuro, o quizá púrpura. Dentro había un objeto duro, y otro más pequeño. Le pasó la linterna a Akilina y utilizó ambas manos para rasgar la bolsa podrida.

Apareció una hoja de oro con un texto grabado en ella, y también una llave de latón. Ésta llevaba la inscripción C.M.B. 716. El texto de la hoja iba en caracteres cirílicos. Lo leyó en voz alta:

```
El oro es para vuestro uso. Pueden hacer
falta fondos, y vuestro Zar comprendió cuál era
su deber. Esta hoja también debe fundirse, para
convertirla en dinero. Utilizad la llave para
acceder a la próxima puerta. Su localización ya
debería estar clara. Si no, vuestro camino
termina aquí, necesariamente. Sólo la Campana del
Infierno puede mostrar la vía a seguir. Si sois
Cuervo y Águila, mucha suerte, y que Dios os
acompañe. Si sois intrusos, sea el demonio
vuestro compañero eterno.
```

—Pero no sabemos cuál es la próxima puerta —dijo Akilina.

—Puede que sí.

Ella lo miró.

Resonaban aún en los oídos de Lord las palabras que Vassily Maks había gritado antes de morir.

La Montaña de los Rusos.

Su mente pasó rápida revista a todo lo leído en los últimos años. Durante la guerra civil rusa que asoló el país entre 1918 y 1920, las fuerzas del Ejército Blanco estuvieron financiadas en gran parte por intereses norteamericanos, británicos y japoneses. Los bolcheviques rojos eran considerados un grave peligro, de modo que grandes cantidades de oro, municiones y otros bastimentos llegaron al continente ruso por la frontera de Vladivostok, a orillas del Pacífico. Maks les había dicho antes que los dos jóvenes Romanov fueron conducidos al este, lejos del Ejército Rojo. El punto más oriental de Rusia es Vladivostok. Miles de refugiados rusos habían seguido el mismo camino, unos huyendo de los soviéticos, otros con la esperanza de empezar de nuevo, otros en pura y simple huida. La Costa Oeste de Estados Unidos se convirtió en un imán no sólo para los refugiados, sino también para los fondos destinados al Ejército Blanco, que pasaba por momentos muy difíciles y que al final fue derrotado por Lenin y los Rojos.

Lord oyó de nuevo el grito de Vassily Maks.

North Beach quedaba al este. Nob Hill, al sur. Viejas mansiones, muy bellas, cafés y tiendas nada convencionales cubrían su cima y sus laderas. Era la zona de moda de una ciudad de moda. Pero a principios del siglo XIX fue allí donde recibió sepultura un grupo de rusos comerciantes de pieles. Por aquel entonces, los únicos pobladores de aquella costa rocosa y aquel territorio abrupto eran los indios Miwok y los Ohlone. Tuvieron que pasar decenios para que el hombre blanco impusiera su dominio. La leyenda de los rusos sepultados allí dio nombre al territorio.

La Montaña de los Rusos.

San Francisco, California.

Estados Unidos.

Allí era adonde habían llevado a los dos Romanov.

Le comunicó a Akilina sus conclusiones.

—Todo encaja. Estados Unidos es muy grande. Allí es fácil que dos adolescentes lleguen a escamotearse, sin que nadie tenga idea de quiénes pueden ser. Los norteamericanos no sabían gran cosa de la familia imperial. Ni les importaba un pimiento. Si Yusúpov era tan listo como está pareciéndome, la jugada era ésa.

Se acercó la llave y observó las iniciales que llevaba grabadas: C.M.B. 716.

—¿Sabes lo que pienso? Que esta llave es de una caja privada de un banco de San Francisco. Tendremos que descubrir qué banco, y esperar que siga existiendo.

—¿Podría ser?

Lord se encogió de hombros.

—San Francisco tiene antigüedad en el campo de las finanzas. Hay posibilidades. Puede, incluso, que el banco haya desaparecido, pero que las cajas estén aún depositadas en otra institución. Es práctica común —hizo una pausa—. Vassily nos dijo que pensaba comunicarnos otra cosa cuando regresáramos del cementerio. Apuesto lo que sea a que San Francisco es la próxima rama del viaje.

—Dijo que no sabían adónde habían llevado a los chicos.

—No podemos dar por supuesto que eso sea verdad. Podía ser un engaño más, para distraernos hasta que encontráramos la caja. Nuestra labor, ahora, consiste en encontrar la Campana del Infierno, sea lo que sea.

Sopesó el lingote de oro.

—Desgraciadamente, esto no nos sirve de nada. Nunca conseguiríamos pasarlo por las aduanas. No habrá mucha gente hoy en día que tenga oro imperial en su posesión. Creo que tienes razón, Akilina. Debe de ser verdad lo que nos dijo Pashenko. Un campesino ruso nunca habría tenido un lingote de oro en su poder sin fundirlo en seguida, a no ser que lo tuviera en tanto aprecio como para mantenerlo en su forma original. Parece que Kolya Maks se lo tomó muy en serio. Igual que Vassily, luego, y el propio Iosif. Ambos dieron la vida por ello.

Quedó con la vista perdida en la oscuridad del parabrisas. Le recorrió el cuerpo entero una oleada de decisión.

—¿Tienes idea de dónde estamos?

Ella asintió.

—Cerca de la frontera con Ucrania, casi fuera de Rusia. Esa carretera lleva a Kiev.

—¿A qué distancia está?

—Unos cuatrocientos kilómetros. Quizá menos.

Lord recordó haber leído, antes de su partida con destino a Moscú, unos informes del Departamento de Estado en que se señalaba la total ausencia de controles fronterizos entre Rusia y Ucrania. Resultaba demasiado caro mantenerlos, y, dada la gran cantidad de rusos que vivían en Ucrania, tampoco parecía muy necesario tomarse la molestia.

Miró por la ventanilla trasera. Por detrás, a una hora de distancia estaban Párpado Gacho, Cromañón y Feliks Orleg. Por delante no había nada.

—Vámonos. Podemos coger un avión en Kiev.

30

Hayes pasó revista a los cinco rostros reunidos en la sala con las paredes revestidas de madera. Era la misma que habían utilizado cinco semanas antes. Allí estaban Lenin, Stalin, Brezhnev y Khrushchev, además del pope que el Patriarca Adriano había nombrado representante personal suyo. Era un individuo de baja estatura, con una barba rizada que parecía lana de acero y con unos ojos verdes legañosos. El representante había tenido la sensatez suficiente como para vestirse de chaqueta y corbata, sin ningún signo exterior que pudiera asociarlo con la Iglesia. Sin andarse con ceremonias, los demás lo habían bautizado Rasputín, un nombre que no le gustaba nada en absoluto.

A todos los habían sacado del más profundo de los sueños para conminarlos a que se presentaran dentro de una hora. Demasiadas cosas en juego como para esperar a la mañana siguiente. Hayes se llevó una alegría al ver que habían preparado cosas de comer y de beber. Había fuentes de pescado y de salami en lonchas, caviar rojo y negro sobre huevos duros, coñac, vodka y café.

Llevaba varios minutos explicando lo ocurrido el día antes en Starodub. Dos Maks muertos, pero ninguna información. Ambos se habían negado tenazmente a decir nada. Iosif Maks se había limitado a ponerlos en la pista de Vassily, y el anciano los había conducido hasta la sepultura. Pero nada dijo, salvo un grito dirigido a *Cuervo*.

—La tumba pertenecía a Kolya Maks. Vassily Maks era su hijo —dijo Stalin—. Kolya perteneció a la guardia real en tiempos de Nicolás. Cambió de chaqueta al llegar la revolución y estaba en Ekaterimburgo coincidiendo con la ejecución imperial. No figura en la lista de quienes integraron el pelotón de fusilamiento, pero esto último no significa nada, habida cuenta del escaso detalle con que se levantaba acta de los hechos en aquella época. Nunca se le tomó declaración. Lo enterraron con un uniforme que no era soviético. Supongo que sería imperial.

Brezhnev se volvió en dirección a Hayes.

—Es evidente que su señor Lord necesitaba algo de esa tumba. Algo que a estas alturas ya está en sus manos.

Hayes y Stalin habían estado en la tumba a última hora de la noche, aquel mismo día, cuando sus hombres regresaron con noticias de lo ocurrido. No encontraron nada, y los dos Maks quedaron allí mismo, haciendo compañía a su antepasado.

—Vassily Maks nos llevó a la tumba para poder pasarle ese mensaje a Lord —dijo Hayes—. Ésa es la única razón de que aceptara ir.

—¿Por qué dice usted eso? —le preguntó Lenin.

—El hombre, al parecer, se tomaba muy en serio el cumplimiento de su deber. No habría revelado el emplazamiento de la tumba si no hubiera considerado imprescindible que Lord supiera algún dato más. Le constaba que iba a morir. Lo único que le quedaba era cumplir con su deber antes de que ello ocurriera.

A Hayes se le estaba agotando la paciencia con sus asociados rusos.

—¿Harían el favor de decirme de una vez qué está pasando? Me tienen ustedes por todo el país, matando gente, y no tengo ni idea de por qué. ¿Qué es lo que Lord y esa mujer andan buscando? ¿Se trata de los Romanov que sobrevivieron a la matanza de Ekaterimburgo?

—Estoy de acuerdo —dijo Rasputín—. Yo también quiero saber lo que pasa. Se me dijo que la situación estaba totalmente bajo control. Que no había problemas. Y ahora vienen ustedes con estas urgencias.

Brezhnev depositó violentamente su vaso de vodka en la mesita que tenía al lado.

—El rumor de que algún miembro de la familia imperial no murió en Ekaterimburgo lleva muchísimos años circulando. Por todas partes han aparecido grandes duquesas y zareviches. Al terminar nuestra guerra civil, en 1920, Lenin estaba convencido de que había un sobreviviente de los Romanov. Le llegó noticia de que Félix Yusúpov había escamoteado por lo menos a uno de ellos. Pero nunca pudo confirmarlo, y le falló la salud sin haber podido profundizar en la investigación.

Hayes seguía escéptico.

—Yusúpov mató a Rasputín. Nicolás y Alejandra lo odiaban por ello. ¿Por qué iba a jugarse nada por la familia imperial?

Le contestó Khrushchev:

—Yusúpov era un tipo único. Padecía la enfermedad de las ideas repentinas. Mató al *starets* en un impulso, pensando que así liberaba a la familia imperial de las garras del demonio. Es interesante anotar que su único castigo fue que lo desterraron a sus posesiones de Rusia central. Ese traslado le salvó la vida, porque no estuvo a tiro cuando se produjeron las revoluciones de febrero y octubre. Muchos nobles y muchos Romanov murieron en aquellos momentos.

Hayes había estudiado algo de historia de Rusia, y el destino de la familia imperial le había servido de lectura apasionante durante largos trayectos en avión. Le vino a la memoria el gran duque Miguel, el hermano pequeño de Nicolás, a quien mataron a tiros seis días *antes* de Ekaterimburgo. La hermana de Alejandra, un primo de Nicolás —Sergio— y otros cuatro grandes duques fueron ejecutados el día *después*, y los arrojaron a un pozo minero de los Urales. Hacia 1919, la familia Romanov estaba casi aniquilada. Sólo unos cuantos privilegiados lograron huir a Occidente.

—Rasputín profetizó que si lo mataban los boyardos —dijo Khrushchev— las manos de éstos quedarían manchadas de sangre. También dijo que si era un miembro de la familia imperial quien lo mataba, nadie de la familia viviría más de dos años, y que sería el propio pueblo ruso quien les daría muerte. A Rasputín lo mataron en diciembre de 1916, y lo hizo el marido de una sobrina del

Zar. La familia imperial fue borrada de la faz de la tierra en agosto de 1918.

Hayes no se dejó impresionar.

—No hay prueba alguna de que verdaderamente hiciera tales predicciones.

Brezhnev lo miró con fijeza.

—Ahora sí la hay. El escrito que encontró su señor Lord, de puño y letra de la propia Alejandra, confirma que Rasputín hizo esta predicción a la Zarina en octubre de 1916, dos meses antes de morir. El gran fundador de este país —era claro el sarcasmo de Brezhnev—, nuestro amado Lenin, se tomó la cosa muy en serio, evidentemente. Y Stalin se quedó lo suficientemente aterrorizado como para poner todo bajo sello y matar a todo el que podía saber algo.

Hasta ese momento no se había hecho idea Hayes de lo importante que era el hallazgo de Lord.

Lenin dijo:

—El gobierno provisional ofreció el trono a Yusúpov en marzo de 1917, tras la abdicación de Nicolás y de su hermano Miguel. La familia Romanov estaba terminada, de modo que el gobierno provisional consideró que los Yusúpov podían sustituirla. Félix gozaba del general respeto por haber matado a Rasputín. El pueblo lo tenía por un salvador. Pero él rechazó la oferta. Cuando los soviéticos se hicieron por completo con el control, Yusúpov huyó del país.

—Yusúpov era, por encima de cualquier otra consideración, un patriota —dijo Khrushchev—. Hitler le ofreció el gobierno de Rusia, cuando la hubiera conquistado Alemania, y él se negó en redondo. Los comunistas le ofrecieron el puesto de conservador de varios museos, y él dijo que no. Amaba con todo su corazón a la Madre Rusia y, al parecer, nunca llegó a comprender, o lo comprendió demasiado tarde, que matar a Rasputín había sido un error. Nunca se le pasó por la cabeza que la familia imperial llegara a perecer. Parece ser que se sentía enormemente culpable de la muerte del Zar. De modo que formuló un plan.

—¿Cómo sabe usted todo eso? —le preguntó Hayes.

Stalin sonrió.

—Tras la caída del comunismo, los archivos han revelado sus

secretos. Es como una *matryoshky:* cada estrato que descubrimos lleva dentro otro. Nadie quería que sucediera esto, pero todos creíamos que había llegado el momento de la revelación.

—¿Siempre han sospechado ustedes que había un sobreviviente de los Romanov?

—No sospechábamos nada —dijo Brezhnev—. Temíamos que lo previsto hace decenios diera sus frutos con la reemergencia del gobierno imperial. Teníamos razón, al parecer. No cabía esperar que su señor Lord se entrometiera en el asunto, pero quizá sea una suerte que la situación haya evolucionado así.

Stalin dijo:

—Nuestros archivos estatales se hallan repletos de informes de personas que participaron en las ejecuciones de Ekaterimburgo. Pero Yusúpov era listo: comprometió en su plan a la menor cantidad de gente posible. La policía secreta de Lenin y Stalin sólo logró averiguar detalles de poca importancia. Nada llegó a confirmarse nunca.

Hayes bebió un sorbo de su café. Luego preguntó:

—Si la memoria no me engaña, Yusúpov vivió muy modestamente tras su huida de Rusia.

—Siguiendo el ejemplo del Zar, repatrió la mayor parte de las inversiones que tenía en el extranjero cuando estalló la primera guerra mundial —dijo Brezhnev—. Lo que quiere decir que su dinero y sus acciones estaban aquí. Los rusos incautaron todas sus propiedades en Rusia, incluidas las obras de arte y las joyas que la familia Yusúpov había amasado. Pero Yusúpov era más listo de lo que parecía. Había invertido en Europa, sobre todo en Suiza y Francia. Daba la impresión de vivir modestamente, pero siempre tuvo dinero. La documentación de que se dispone indica que negoció con acciones de los ferrocarriles norteamericanos en los años veinte y que convirtió sus inversiones en oro antes de la Gran Depresión. Los soviéticos buscaron una cámara acorazada en que pudiera estar el oro, pero no encontraron nada.

Lenin se acomodó en su asiento.

—También cabe la posibilidad de que manejara inversiones zaristas que no cayeran en manos de los bolcheviques. No faltaban quienes creían que Nicolás II tenía millones de rublos en bancos del extranjero, y Yusúpov hizo muchos viajes a Estados Unidos hasta que le sobrevino la muerte, a finales de los años sesenta.

Hayes estaba cansado, pero la adrenalina fluía ya por sus venas.

—¿Qué hacemos ahora, pues? —preguntó.

—Tenemos que encontrar a Lord y a esa mujer —dijo Khrushchev—. He puesto sobre aviso todas las estaciones fronterizas, pero me temo que ya es demasiado tarde. Ya no tenemos controles en la frontera con Ucrania, y ésa era la salida más próxima de que disponían. Señor Hayes, en todo momento puede usted desplazarse a donde haga falta. Tiene que estar disponible. Lo más probable es que Lord se ponga en contacto con usted. No tiene motivo alguno para desconfiar de usted. Cuando lo llame, actúe con rapidez. Creo que ya comprende usted la gravedad de la situación.

—Desde luego que sí —dijo Hayes—. Lo veo todo muy claramente.

31

Akilina permaneció a la espera mientras Lord abría la puerta de su apartamento. Luego entró con él.

Habían pasado la noche del sábado en el aeropuerto de Kiev y luego, el domingo por la mañana, cogieron un vuelo de Aeroflot con destino a Frankfurt, Alemania. Todos los vuelos de la tarde y de primera hora de la noche estaban completos, de modo que tuvieron que esperar en la terminal un vuelo de la compañía Delta que salía de madrugada y que iba directamente a Atlanta. Dos asientos en clase *coach* por los que Lord tuvo que pagar la mitad del dinero que Semyon Pashenko le había entregado.

Antes guardaron el lingote de oro en la consigna del aeropuerto de Kiev, a pesar de que no las tenían todas consigo en cuanto a la confianza que podía ponerse en el sistema. Akilina fue de la misma opinión que Lord: no había modo de llevar encima aquel lingote.

Ambos durmieron en el avión, pero la diferencia horaria no dejó de afectarles, y aún no habían terminado de desplazarse en la dirección del sol. Una vez en Atlanta, Lord reservó dos plazas en un vuelo a San Francisco que salía a las doce. Necesitaban una buena ducha y un cambio de ropa, de manera que tomaron un taxi y éste, en veinte minutos, los llevó a donde vivía Lord.

Akilina quedó impresionada con el apartamento. Dijo que era

mucho mejor que el de Pashenko, pero que seguramente no tendría nada de particular para un norteamericano. Las alfombras eran suaves y estaban limpias; los muebles, a sus ojos, eran elegantes y caros. Hacía un poco de frío, al menos hasta que Lord ajustó el termostato de la pared y la calefacción central calentó las habitaciones. Nada que ver con los radiadores del apartamento de Akilina en Moscú, que funcionaban a todo o nada. La chica tomó nota de lo limpio que estaba todo y se dijo que no había de qué sorprenderse. Miles Lord le había parecido, desde el principio, una persona con un buen control de sí mismo.

—Hay toallas en el cuarto de baño de la entrada. Coge lo que quieras —le dijo Lord, en ruso—. Puedes usar ese cuarto de baño para darte una ducha.

Akilina no hablaba mal el inglés, pero tampoco podía afirmarse que lo dominara. Durante el viaje, tuvo dificultades para entender a la gente del aeropuerto, y sobre todo para contestar las preguntas del aduanero. Afortunadamente, su visado de artista le permitía el acceso al país sin problemas.

—Yo utilizaré mi cuarto de baño. Te veo en seguida.

Lord le indicó dónde estaba la ducha y ella se tomó su tiempo, dejando que el agua caliente le acariciara los fatigados músculos. Para su cuerpo era plena noche. Sobre la cama del dormitorio encontró un albornoz esperándola, y se envolvió en él. Lord le había dicho que disponían de una hora antes de salir con destino al aeropuerto, para tomar su vuelo hacia el oeste. Se secó el pelo con una toalla y dejó que los ensortijados rizos le cubrieran los hombros. El ruido del agua corriendo en el cuarto de baño de detrás era clara indicación de que Lord seguía bajo la ducha.

Se metió en el cuarto de estar y se detuvo un momento a admirar las fotografías enmarcadas que había en la pared y en dos mesas esquineras. Era evidente que Lord procedía de una familia numerosa. Había varias instantáneas en que se le veía con varios chicos y chicas de diversas edades. Él era, al parecer, el mayor. En una foto de toda la familia se le veía a los dieciocho o diecinueve años, con cuatro hermanos y hermanas no mucho más pequeños.

En dos fotografías estaba vestido de deportista, con el rostro medio tapado por el casco y el protector facial, y con una camisola con número y con los hombros almohadillados. Había también un retrato de su padre, solo, apartado de las demás fotografías. Era un hombre de unos cuarenta años, con los ojos castaños, muy serios y profundos, y el pelo corto, oscuro y pegado al cráneo, muy a juego con su piel. Le brillaba la frente por el sudor y se le veía delante de un púlpito, con la boca abierta, con los dientes de marfil destellantes, con el dedo índice señalando hacia lo alto. Llevaba un traje que parecía sentarle bien, y Akilina captó un barrunto de oro en el gemelo del brazo que tenía levantado. En el ángulo inferior izquierdo había algo escrito con rotulador. Cogió el retrato e intentó leer lo que ponía, pero no se las apañaba demasiado bien con el alfabeto occidental.

—Lo que dice es: «Hijo, únete a mí» —dijo Lord en ruso.

Ella se dio la vuelta.

Lord estaba en el umbral de la habitación. Una bata marrón le ocultaba el cuerpo, dejando al descubierto los tobillos y los pies desnudos. En la V del escote Akilina observó que una ligera capa de vello entre castaño y negro le cubría el musculoso pecho.

—Ese retrato era para convencerme de que me dedicara a lo mismo que él.

—¿Por qué no lo hiciste?

Lord se acercó a Akilina. Olía a jabón y a champú. Akilina observó que acababa de afeitarse, que ya no le cubría las mejillas y el cuello una barba de dos días. En su piel morena, de chocolate, no se percibían los estragos del tiempo y de los sinsabores, tan comunes en los habitantes de Rusia.

—Mi padre engañó a mi madre y nos dejó sin un centavo. No me apetecía absolutamente nada seguir su camino.

A Akilina se le vino a la memoria la amargura que había expresado Lord en casa de Semyon Pashenko, el viernes pasado.

—¿Y tu madre?

—Estaba enamorada de él. Y sigue estándolo. No tolera que se hable mal de él en su presencia. Lo mismo les pasaba a sus seguidores. Todos lo consideraban un santo.

—¿Nadie sabía nada?

—Nadie se lo creía. Y él se habría puesto a gritar desde el púlpito, diciendo que era un caso claro de discriminación y que ningún negro podía tener éxito sin que le hicieran la vida imposible.

—En el colegio nos hablaron de los prejuicios que hay en este país. Que los negros no tienen ninguna posibilidad en una sociedad blanca. ¿Es cierto?

—Lo era, y hay quien dice que sigue siéndolo. Pero yo no lo creo. No digo que este país sea perfecto. Ni con mucho. Pero es la tierra de las oportunidades, si sabes aprovecharlas.

—¿Supiste tú aprovecharlas, señor Lord?

Él sonrió.

—¿Por qué haces eso?

Una curiosa expresión se mostró en el rostro de Akilina.

—No me llames señor Lord —explicó él.

—Es una costumbre. No lo hago con mala intención.

—Llámame Miles. Y, por contestar a tu pregunta, me gustaría creer que sí, que he aprovechado bien mis oportunidades. Estudié mucho, no me regalaron nada.

—¿Y ese interés tuyo por mi país? ¿Te empezó ya de joven?

Lord señaló una biblioteca que había al otro lado de la soleada habitación.

—Siempre me fascinó Rusia. Tenéis una historia estupenda de leer. Es un país de extremos, tanto por sus dimensiones como por su política, o incluso el clima. Las actitudes.

Akilina no apartaba la vista de él mientras hablaba, calibrando la emoción que había en su voz, mirándole los ojos.

—Lo ocurrido en 1917 fue tristísimo. El país estaba al borde del renacimiento social. Había una tremenda floración de poetas, escritores, pintores, dramaturgos. La prensa era libre. Y todo ello desapareció, de la noche a la mañana.

—Y tú quieres participar en nuestra resurrección, ¿verdad?

Él sonrió.

—¿Quién habría pensado nunca que un chico de Carolina del Norte podría verse en semejante posición?

—¿Estás muy unido a tus hermanos?

Lord se encogió de hombros.

—Estamos diseminados por todo el país. Demasiado ocupados para hacernos visitas.

—Y ¿cómo les va?

—Uno de ellos es médico, dos se dedican a la enseñanza, otro es contable.

—No parece que tu padre lo haya hecho tan mal.

—No hizo absolutamente nada. Fue mi madre quien nos impulsó a todos.

Akilina no sabía gran cosa de Grover Lord, pero creyó comprender.

—Puede que la vida de tu padre fuera el ejemplo que todos necesitabais.

—Un ejemplo del que habríamos podido pasarnos la mar de bien —dijo él, en tono de burla.

—¿Es ésa la razón de que no te hayas casado nunca?

Lord se acercó a una de las ventanas y miró la soleada mañana.

—Pues no, no es ésa la razón. La razón es que nunca he tenido tiempo para ocuparme del asunto.

Se oía el rumor del tráfico en la distancia.

—Yo tampoco me he casado —dijo ella—. Quería seguir trabajando en el circo. El matrimonio, en Rusia, puede resultar muy difícil. Nosotros no somos el país de las oportunidades.

—¿No ha habido nadie importante en tu vida?

Por un momento, Akilina pensó contarle algo de Tusya, pero se abstuvo.

—Nadie verdaderamente importante —dijo.

—¿Estás convencida de que la restauración del Zar será la solución de todos vuestros problemas?

Akilina se alegró de que no insistiera en la pregunta anterior. Quizá hubiera percibido su vacilación.

—Los rusos siempre han sido conducidos por alguien. Si no un Zar, un secretario general. ¿Qué más da quién nos lleve, si nos lleva bien?

—Da toda la impresión de que alguien quiere impedir que hagamos lo que estamos haciendo, sea ello lo que sea. Puede que tras la restauración de la monarquía haya un intento de hacerse con las riendas del poder.

—Ahora están a miles de kilómetros.

—Gracias a Dios.

—No se me quitan de la cabeza los Maks —dijo ella—. El anciano y su sobrino murieron por sus creencias. ¿Tan importantes son?

Lord tomó un libro de la biblioteca. Akilina observó que en la cubierta iba una foto de Rasputín, la imagen amenazadora de un rostro barbado y unos ojos penetrantes.

—La clave de vuestro futuro como nación puede tenerla este oportunista. Siempre pensé que era un embaucador, que tuvo la suerte de encontrarse en el sitio adecuado, en el momento adecuado. Esta estantería está llena de libros que tratan de él. Llevo años leyendo cosas sobre Rasputín, sin creer en ningún momento que fuera una persona de más talla que mi padre.

—¿Y ahora qué piensas?

Lord suspiró profundamente.

—No sé qué pensar. Todo esto es increíble. Félix Yusúpov se las compuso de algún modo para traerse dos hijos de los Romanov a Estados Unidos.

Se situó junto a otra estantería.

—Tengo varias biografías de Yusúpov. La imagen que trazan de él no es la de un tipo manipulador y listo. Más bien de un entrometido, que no era capaz ni de matar a un enemigo como es debido.

Ella se acercó y le quitó el libro de las manos, para mirar luego fijamente los ojos de Rasputín en la portada.

—Siguen siendo impresionantes, aun ahora.

—Mi padre decía que los designios de Dios son inescrutables. Siempre pensé que con ello sólo pretendía ganarse la lealtad de sus seguidores, que no pudieran apartarse de él si querían seguir escuchando la palabra de Dios. Ahora, lo que espero es que estuviera equivocado.

Los ojos de ella tropezaron con los de él.

—No es bueno odiar al padre.

—Nunca he dicho que lo odiara.

—No hace falta que lo digas.

—Le guardo rencor por lo que nos hizo. El lío en que nos dejó. Su hipocresía.

—Pero podría ser que le pasara igual que a Rasputín, que su herencia sea más importante de lo que tú crees. Puede que tú seas esa herencia. El Cuervo.

—Te crees de veras toda esa historia, ¿no?

En la tranquilidad del cálido apartamento, Akilina empezaba a relajarse.

—Lo único que sé es que desde el momento en que entraste en mi compartimento del tren me vengo sintiendo distinta. Es difícil de explicar. Soy una mujer de familia humilde. Mataron a mi abuela, destruyeron la vida de mis padres. Llevo toda la vida viendo sufrir a la gente y preguntándome si podía hacer algo al respecto. Ahora quizá pueda cambiarlo todo.

Lord se metió la mano en el bolsillo y sacó la llave de latón procedente de la caja metálica. Las iniciales C.M.B. y el número 716 se leían con toda claridad.

—Antes tendremos que localizar la Campana del Infierno y averiguar qué es lo que abre esta llave.

—Confío en que lo haremos entre los dos.

—Menos mal que uno de los dos confía —dijo, meneando la cabeza.

32

Hayes estudiaba a Stefan Baklanov. El Presumible Heredero se alzaba frente a los diecisiete miembros de la Comisión del Zar, encaramado a una mesa cubierta con un paño de seda. El Gran Salón del Palacio de las Facetas estaba lleno de espectadores y periodistas, y el ambiente era una especie de neblina azulada, procedente de los comisionados, que parecían disfrutar continuamente del tabaco en cualquiera de sus manifestaciones.

Baklanov llevaba un traje oscuro y no daba la impresión de inmutarse ante las preguntas de los comisionados, por largas o complicadas que fueran. Ésta era su última aparición en público antes de la votación de la mañana siguiente en que se elegiría entre los tres candidatos finales. En principio fueron nueve. Tres de ellos quedaron descartados de entrada. Otros dos eran cuestionables. Cuatro eran fuertes aspirantes, por su parentesco de sangre y por su cumplimiento de los requisitos establecidos en la Ley de Sucesión de 1797. La ronda inicial de los debates se centró en los matrimonios posteriores a 1918 y la disolución de linajes que en algún momento fueron muy dignos de tenerse en cuenta. Cada uno de los nueve candidatos pudo defender su caso ante la comisión y contestar a las preguntas que se le hicieran. Hayes había tomado las medidas necesarias para que Baklanov fuera en último lugar.

—Pienso muy a menudo en mi antecesor —dijo Baklanov ante el micrófono, en tono bajo, pero muy potente—. En este mismo salón del Palacio de las Facetas se reunieron los boyardos en enero de 1613 para elegir nuevo Zar. El país se hallaba en estado de gran agitación, porque el trono llevaba doce años vacío. Este grupo estableció unos requisitos muy concretos, como ustedes han hecho ahora. Tras largos debates y tras haber rechazado a diversos pretendientes, los boyardos escogieron por unanimidad a un muchacho de dieciséis años: Miguel Romanov. Es importante señalar que lo encontraron en el monasterio de Ipatiev. Allí empezó la dinastía de los Romanov, y en otra casa de los Ipatiev, la de Usos Especiales, trescientos años más tarde, vio su final.

Tras una pausa, añadió:

—Al menos, por el momento.

—Pero ¿no es verdad que Miguel fue elegido porque se comprometió a no tomar ninguna decisión sin consultarla antes con los boyardos, convirtiendo así la Duma en una asamblea nacional de facto? ¿Piensa usted hacer algo parecido? —preguntó uno de los comisionados.

Baklanov se removió en su asiento, pero su rostro conservó la expresión de afabilidad y franqueza.

—Ésa no fue la única razón de que eligieran a mi antecesor. Antes de proceder a la votación, la asamblea hizo una especie de encuesta y confirmó que Miguel Romanov gozaba de amplio apoyo popular. Lo mismo es cierto ahora, Comisionado. Todas las encuestas de ámbito nacional indican que la gente apoya mi restauración. Pero, respondiendo directamente a su pregunta, le recordaré que los tiempos de Miguel Romanov eran muy distintos a los nuestros.

»Rusia ha intentado antes la democracia, y ya ven ustedes los resultados. Somos un país acostumbrado a no confiar en el gobierno. La democracia implica un constante desafío, y nuestra historia no nos ha preparado para ello. Aquí, la gente espera que el gobierno se involucre en sus vidas. Las sociedades occidentales preconizan lo contrario.

»No ha habido grandeza alguna en nuestro país desde 1917. Nuestro imperio fue una vez el mayor de la Tierra y ahora, por el contrario, nuestra existencia depende de la generosidad de las naciones extranjeras. Es algo que me pone enfermo. Nos hemos pasado casi ochenta años fabricando bombas y equipando ejércitos, mientras la nación se venía abajo. Ha llegado la hora de invertir el proceso.

Hayes era consciente de que Baklanov actuaba para las cámaras. Las sesiones estaban retransmitiéndose en directo para Rusia y el mundo entero: la CNN, la CNBC, la BBC y la Fox se ocupaban de la cobertura occidental. Su respuesta podía considerarse casi perfecta. Baklanov había eludido la verdadera pregunta, pero había aprovechado la ocasión para dejar sentado un principio global de actuación. Quizá no fuera capaz de gobernar, pero, desde luego, sabía cómo halagar los oídos del público.

Otro comisionado preguntó:

—El padre de Miguel, Filaret, si recuerdo bien la Historia, fue quien de hecho llevó el país durante gran parte del reinado de su hijo. Miguel era un mero títere. ¿Es ésa una preocupación que el país debe sentir en su caso? ¿Serán otros quienes controlen sus decisiones?

Baklanov negó con la cabeza.

—Tenga usted por seguro, Comisionado, que no me hará falta nadie para tomar mis decisiones. Pero con ello no quiero decir que no acudiré a mi Consejo de Estado en requerimiento de opinión y sabio asesoramiento. Soy plenamente consciente de que todo autócrata debe contar con el apoyo de su gobierno y de su pueblo para salir adelante.

Otra excelente respuesta, pensó Hayes.

—¿Qué nos dice de sus hijos? ¿Están preparados para asumir la responsabilidad? —preguntó el mismo comisionado.

El hombre estaba acuciándolo. Era uno de los otros tres candidatos, el que no estaba aún completamente comprado, porque no se había llegado a un acuerdo con él en lo tocante al precio. Pero a Hayes le habían garantizado unas horas antes que mañana por la mañana habría unanimidad.

—Mis hijos están dispuestos. El mayor ha comprendido su responsabilidad y está preparado para ser zarevich. Lo llevo educando desde que nació.

—¿Tan seguro estaba usted de que se produciría la restauración?

—Mi corazón siempre me dijo que llegaría el día en que el pueblo ruso desearía el regreso de su Zar. La separación entre el Zar y el pueblo se produjo por medio de la violencia. Al Zar le arrebataron el trono a punta de fusil. Y ningún honor puede derivarse de una mala acción. Esta nación anda en busca de su pasado, y nos cabe esperar que la acción conjunta de la esperanza y las plegarias nos muestre el camino de la prosperidad. No nos debemos sólo a nosotros mismos. Ello es especialmente cierto de quienes nacen bendecidos por la sangre imperial. El trono de esta nación es el trono de los Romanov, y yo soy, entre los vivos, el varón Romanov de más cercano parentesco con Nicolás II. Cuanto mayor es el honor, mayor es la carga. Estoy preparado para llevarla sobre los hombros, por el bien de mi pueblo.

Baklanov bebió un sorbo de agua del vaso que tenía delante. Ningún comisionado interrumpió aquel momento. Volvió a dejar el vaso sobre la mesa y dijo:

—Miguel Romanov aceptó el trono a regañadientes, en 1613. Yo no voy a poner ninguna clase de pretexto para justificar mi deseo de ser el Zar. Rusia es mi Patria. Estoy convencido de que las naciones tienen sexo, y el nuestro es claramente femenino. Es esta acusada feminidad lo que explica nuestra fertilidad. Un biógrafo de Fabergé, a pesar de ser inglés, lo explica mejor: *Dadle el punto de partida, la semilla, y ella, a su modo, tan peculiar, obtendrá los resultados más sorprendentes.* Mi destino consiste en proveer a que estos resultados alcancen la madurez. Toda semilla sabe cuando ha llegado su momento. Yo sé cuando llega el mío. Al pueblo puede imponérsele el miedo, pero no el amor. Lo comprendo perfectamente. No quiero que Rusia me tema. No anhelo ninguna conquista imperial, ni la dominación del mundo. Nuestra grandeza, en los años venideros, consistirá en proveer a nuestro pueblo de un modo de vida que le garantice la salud y la prosperidad. Lo que cuenta no es que podamos aniquilar mil veces el mundo. Lo que cuenta es que podamos dar de comer a nuestro pueblo, curar sus enfermedades, proporcionarle acomodo y garantizar su prosperidad durante generaciones.

Pronunció estas palabras con una emoción fácilmente reproducible en audio y vídeo. Hayes quedó aún más impresionado.

—No voy a decir que Nicolás II fuera irreprochable. Fue un autócrata muy terco, que perdió de vista su objetivo. Ahora sabemos que su mujer le nublaba el entendimiento y que la tragedia de su hijo los hizo a ambos vulnerables. Alejandra era, desde muchos puntos de vista, un alma bendita, pero también era una insensata. Se dejó influir por Rasputín, un hombre a quien casi todo el mundo despreciaba por oportunista. La Historia es buena maestra. Yo no incurriré en estos mismos errores. Esta nación no puede permitirse gobernantes débiles. Tiene que haber seguridad en nuestras calles, nuestras instituciones legales y gubernamentales han de hallar sólida base en la verdad y la confianza. Sólo así podrá salir adelante este país.

—Cualquiera diría —exclamó uno de los comisionados— que ya se ha nombrado usted Zar por propia decisión.

Volvía a intervenir el comisionado a medio comprar.

—Mi cuna eligió por mí, Comisionado. Yo no tengo ni voz ni voto en este asunto. El trono de Rusia es el trono de los Romanov. Eso es un hecho indiscutible.

—¿No renunció Nicolás al trono, en su propio nombre y en el de su hijo Alexis? —preguntó otro miembro del grupo.

—Lo hizo en su nombre. Dudo que haya un solo jurisconsulto que le reconozca el derecho a renunciar también por Alexis. En el momento mismo en que abdicó Nicolás II, en marzo de 1917, Alexis se convirtió en Alexis II. Nicolás no tenía derecho a quitarle el trono a Alexis. El trono es de los Romanov, del linaje de Nicolás II, y yo soy el varón vivo más cercano a él por parentesco.

A Hayes le gustó mucho la actuación. Baklanov sabía exactamente lo que tenía que decir. Y había hecho sus declaraciones con la entonación adecuada para transmitir el mensaje sin ofender a nadie.

Stefan I sería un Zar excelente.

Con tal que se aviniera a acatar las órdenes en tanta medida como pretendía darlas.

33

13:10

Lord miró a Akilina. Iban en el costado de babor del vuelo de United Airlines L1011, a doce mil metros por encima del desierto de Arizona. Habían despegado de Atlanta a las doce y cinco del mediodía y, por la diferencia horaria, tras cinco horas de vuelo llegarían a San Francisco un poco antes de las dos de la tarde. Habían dado tres cuartos de vuelta al mundo en las últimas veinticuatro horas, pero Lord se alegraba de hallarse de nuevo en suelo —o aire— norteamericano, y no sabía muy bien qué era lo que iban a hacer en California.

—¿Siempre estás igual de inquieto? —le preguntó Akilina en ruso, sin levantar la voz.

—No siempre. Pero esto no es lo de siempre.

—Quiero decirte una cosa.

Lord percibió la entonación especial de su voz.

—No te dije toda la verdad, antes, en el apartamento.

Él se quedó perplejo.

—Me preguntaste si había habido alguien de especial importancia en mi vida, y yo te dije que no. La verdad es que sí lo hubo.

La zozobra le nubló el rostro, y Lord se consideró obligado a decir:

—No tienes por qué darme ninguna explicación.

—Quiero dártela.

Él se echó hacia atrás en el asiento.

—Se llamaba Tusya. Lo conocí en la escuela de artistas a que me enviaron al terminar la segunda enseñanza. Nunca entró en los planes de nadie que yo fuera a la universidad. Mi padre era artista y, por consiguiente, yo también tenía que serlo. Tusya era acróbata. Era bueno, pero no lo suficiente. No pasó de la escuela. Así y todo, quería que nos casáramos.

—¿Qué ocurrió?

—La familia de Tusya vivía en el norte, cerca de las llanuras heladas. Como no era de Moscú, no nos habría quedado más remedio que vivir con mis padres hasta que a él le dieran permiso para tener apartamento propio. Lo cual implicaba el permiso para casarse y para que Tusya viviera en Moscú. Mi madre se negó.

Lord manifestó sorpresa:

—¿Por qué?

—En aquella época era una mujer amargada. Mi padre seguía en el campo de trabajo. Ella le guardaba rencor, por eso y por su deseo de abandonar el país. Vio la felicidad en mis ojos, y procuró apagarla por todos los medios, para dar satisfacción a su propio dolor.

—¿Por qué no os fuisteis a vivir a algún otro sitio?

—Tusya no consintió. Quería ser moscovita. Todo el que no lo era quería serlo. Sin hablarlo antes conmigo, se alistó en el ejército. Era eso o verse relegado a una fábrica, cualquiera sabe dónde. Me dijo que volvería en cuanto obtuviese el derecho a vivir donde quisiera.

—¿Qué fue de él?

Ella dudó antes de decir:

—Murió en Chechenia. Para nada, porque, al final, todo quedó como estaba antes. Nunca perdoné a mi madre lo que había hecho.

Lord captó la amargura:

—¿Lo querías mucho?

—Todo lo que se puede querer siendo tan joven. Pero ¿qué es el amor? Para mí, era un alivio temporal de la realidad. Antes me preguntaste si, en mi opinión, todo iría mejor con el Zar. Pero ¿cómo podría ir peor?

Lord no le discutió nada.

—Tú y yo somos distintos —dijo ella.

Lord no comprendió.

—En muchos aspectos, mi padre y yo éramos iguales. A ambos se nos negó el amor, por la dureza de nuestra Patria. Tú, por tu lado, odias a tu padre, pero supiste aprovechar las oportunidades que te brindaba tu país. No deja de ser interesante el modo en que la vida provoca tales extremos.

Él pensó que sí, que no dejaba de ser interesante.

El Aeropuerto Internacional de San Francisco estaba abarrotado de gente. Lord y Akilina llevaban muy poco equipaje: sólo las mochilas que les había proporcionado Semyon Pashenko. Si no averiguaban nada en un par de días, Lord tenía intención de regresar a Atlanta y ponerse en contacto con Taylor Hayes, y que les dieran por saco a Pashenko y a Rasputín. Estuvo a punto de llamar a la oficina antes de salir de Georgia, pero lo pensó mejor. Quería respetar los deseos de Pashenko todo el tiempo que fuera posible, dando crédito, al menos en parte, a una profecía que hasta entonces se le había antojado una chifladura total.

Dejaron atrás la recogida de equipajes y salieron al exterior con una verdadera multitud de pasajeros. Tras un muro de cristal, el atardecer de la Costa Oeste resplandecía al sol.

—¿Y ahora qué? —le preguntó Akilina en ruso.

Lord no le contestó, porque tenía la atención puesta en algo que había captado en el otro extremo de la terminal.

—Vamos —dijo, agarrando de la mano a Akilina y llevándola por entre la falange de gente.

A lo lejos, en la pared, más allá de la recogida de equipajes de American Airlines, había un letrero luminoso, uno más entre los cientos de ellos que abigarraban las paredes de la terminal, con toda clase de anuncios, desde pisos en propiedad hasta planes especiales para las llamadas de larga distancia. Lord se quedó mirando las palabras superpuestas a un edificio que parecía un templo:

CREDIT & MERCANTILE BANK OF SAN FRANCISCO
TRADICIÓN LOCAL DESDE 1884

—¿Qué dice? —le preguntó Akilina en ruso.

Él se lo dijo, luego buscó la llave que tenía en el bolsillo, para mirar de nuevo las iniciales grabadas:

C.M.B.

—Creo que esta llave es de una caja del Credit & Mercantile Bank. Ya existía en tiempos de Nicolás II.

—¿Cómo puedes estar seguro de que éste es el sitio?

—No lo estoy.

—Y ¿cómo lo averiguamos?

—Buena pregunta. Habrá que contarles una buena historia para que nos permitan el acceso. No creo que el banco nos deje entrar tan tranquilos y abrir una caja con una llave que tiene decenas de años encima. Nos harán preguntas.

Su mente de abogado se puso en marcha.

—Pero creo que conozco el modo de solucionarlo.

El taxi tardó media hora en llevarlos al centro. Lord había elegido un hotel de la cadena Marriott situado en las cercanías del barrio financiero. El edificio acristalado, gigantesco, parecía una especie de *jukebox*. Su elección no se debía sólo a la proximidad con el barrio financiero, sino también a que era un centro de negocios bien equipado.

Tras haber dejado las mochilas en la habitación, bajaron al vestíbulo. En uno de los procesadores de texto Lord escribió el epígrafe OFICINA DE AUTENTICACIÓN DEL CONDADO DE FULTON. Habiendo trabajado en la sección de autenticaciones de un bufete durante su último año de facultad, conocía bien la legislación testamentaria: un tribunal podía legitimar de oficio la actuación de un albacea en representación de un fallecido que lo hubiera nombrado por testamento epistolar. Él mismo había escrito unos cuantos oficios así, pero prefirió asegurarse, y entró en internet. La Red estaba repleta de bufetes ofreciendo de todo, desde la última jurisprudencia en materia de sucesiones, hasta plantillas válidas para los más intrincados documentos. Había un sitio, en el servidor de la Emory University de Atlanta, que Lord solía utilizar por costumbre. Allí encontró el modo adecuado de redactar un falso testamento epistolar.

Cuando la impresora terminó de imprimir, le enseñó el documento a Akilina.

—Eres hija de una tal Zaneta Ludmilla. Tu madre acaba de morir y te ha dejado la llave de su caja de seguridad. La Oficina de Autenticación del Condado de Fulton, Georgia, ha confirmado que tú eres la albacea testamentaria. Y yo soy tu abogado. Como no hablas bien inglés, estoy aquí para facilitarte las cosas. Como albacea, tienes la obligación de levantar inventario de todos los bienes de tu madre, incluido lo que sea que haya en esa caja.

Akilina sonrió.

—Igual que en Rusia: papeles falsificados. El único modo de conseguir las cosas.

En contra de lo que hacía suponer su publicidad, el Credit & Mercantile Bank no tenía su sede en un edificio neoclásico de granito, sino en una de las más modernas estructuras metálicas del barrio financiero. Lord conocía el nombre de las elevadas construcciones que había alrededor. El Embarcadero Center, el edificio Russ y la fácilmente identificable Torre de Transamérica. Conocía bien la historia del barrio. Predominaban los bancos y las compañías de seguros, haciendo honor a la denominación de la Wall Street del Oeste. Pero también abundaban las petroleras, los gigantes de la comunicación, las compañías de ingeniería y los conglomerados del sector de la confección. El barrio tuvo origen en el oro de California, pero ahora mantenía su puesto en el mundo financiero norteamericano gracias a la plata de Nevada.

El interior del Credit & Mercantile Bank era una moderna combinación de madera contrachapada, terrazo y cristal. Las cajas personales de seguridad estaban en la tercera planta, y allí, detrás del mostrador, les aguardaba una mujer con el pelo dorado. Lord le mostró la llave, los documentos oficiales falsos y su tarjeta de identificación del colegio de abogados de Georgia. Lo hizo a fuerza de sonrisas y simpatía, esperando que no hubiera demasiadas preguntas. Pero la expresión de curiosidad que pudo percibir en el rostro de la mujer no era precisamente alentadora.

—No tenemos ninguna caja con ese número —puso en conocimiento de Akilina y Lord, con toda frialdad, sosteniendo la llave en una mano.

Lord hizo un gesto para que se fijara en las letras grabadas:

—C.M.B. Es su banco, ¿no?

—Son nuestras iniciales —concedió ella, como haciendo un esfuerzo.

Lord decidió probar con un tono más firme.

—Mire usted, señora: la señorita Ludmilla, aquí presente, está deseando organizar la herencia de su madre, cuya muerte le ha resultado especialmente dolorosa. Tenemos razones para creer que esta caja tiene que ser muy antigua. ¿No mantiene el banco las cajas durante un largo período de tiempo? Según consta en su publicidad, esta institución bancaria lleva en funcionamiento desde 1884.

—Quizá si se lo digo más despacio me entenderá usted mejor, señor Lord.

El tono era cada vez más preocupante.

—En este banco no hay ninguna caja con el número 716. No coincide con nuestro sistema de numeración. Siempre hemos utilizado una combinación de letras y números.

Lord, dirigiéndose a Akilina, le dijo en ruso:

—No va a decirnos nada. Asegura que el banco no tiene el número 716.

—¿Qué está usted diciendo? —le preguntó la mujer.

Lord volvió a dirigirse a ella.

—Le estoy diciendo que tendrá que sobrellevar su dolor durante algo más de tiempo, porque aquí no podremos aclarar nada.

Lord miró de nuevo a Akilina:

—Pon cara de mucha tristeza. A ver si puedes llorar un poco.

—Soy acróbata, no actriz.

Él la asió de las manos y la miró con aire muy comprensivo. Luego le dijo, en ruso:

—Inténtalo, que puede servirnos.

Akilina miró a la mujer y, por un momento, logró expresar una gran preocupación.

—Mire —dijo la mujer, devolviéndole la llave a Lord—, ¿por qué no lo intentan en el Commerce & Merchants Bank? Está en esta misma calle, a tres manzanas de aquí.

—¿Ha funcionado? —preguntó Akilina.

—¿Qué dice? —quiso saber la mujer.

—Que le traduzca lo que usted acaba de decir.

Dirigiéndose a Akilina, le dijo, en ruso:

—Puede que esta hija de perra tenga su corazoncito, después de todo.

Pasó al inglés para decirle a la mujer:

—¿Sabe usted desde cuándo lleva en funcionamiento ese otro banco?

—Igual que nosotros. Desde el principio de los tiempos. Mil ochocientos noventa y tantos, creo.

El Commerce & Merchants Bank era un monolito ancho con la base de granito, el exterior de mármol y la fachada de columnas corintias. Contrastaba fuertemente con el Credit & Mercantile Bank y con los demás rascacielos que lo rodeaban, cuyos acristalamientos plateados y cuadrículas de metal evidenciaban un origen más reciente.

Lord quedó impresionado nada más entrar. El vestíbulo tenía todas las características de los viejos tiempos bancarios, con columnas de falso mármol, suelo de mármol y ventanillas de caja —reliquias de una época en que las rejas de hierro decorativas desempeñaban la función que ahora corresponde a las medidas de seguridad de alta tecnología.

Los dirigieron al despacho en que se llevaba el control del acceso a la cámara de cajas de seguridad, situada, según les dijo un vigilante de uniforme, un piso más abajo, en el sótano.

Los recibió un hombre negro de cabello canoso. Llevaba chaqueta y corbata, con un reloj de oro cuya cadena le cruzaba el pecho, justo por encima de la incipiente barriga. Dijo llamarse Randall Maddox James y parecía muy orgulloso de que su nombre tuviera tres componentes.

Lord le mostró los documentos de autenticación y la llave. No hubo comentarios negativos ni más allá de unas cuantas preguntas superficiales. James no tardó en conducirlos al intrincado sótano, pasando antes por el vestíbulo. Las cajas de seguridad se repartían en varias salas, todas ellas con las paredes cubiertas de puertecillas de acero inoxidable. Al final llegaron a una fila de cajas antiguas, con el exterior de un color verde sin lustre y las cerraduras negras.

—Éstas son las más antiguas que conservamos —dijo James—. Ya estaban aquí cuando el terremoto de 1906. Quedan muy pocos dinosaurios como éstos. Muchas veces nos preguntamos si alguna vez reclamará alguien su contenido.

—¿No lo comprueban ustedes, transcurrido un tiempo? —preguntó Lord.

—No lo permite la ley. Mientras sigan pagando el alquiler de la caja...

Mantuvo la llave en alto.

—¿Me está usted diciendo que el alquiler de esta caja viene pagándose desde los años veinte?

—Exactamente. De no ser así, la habríamos declarado inactiva y habríamos perforado la cerradura. Es evidente que su difunta tomó las medidas necesarias para que no fuera ése el caso.

Lord se corrigió de inmediato.

—Por supuesto, claro que sí.

James señaló la caja 716. Estaba a media altura de la pared y la puerta de acceso tenía unos treinta centímetros en diagonal y veinticinco de alto.

—Si necesitan ustedes algo, señor Lord, estoy en mi despacho.

Lord esperó a que James los dejara solos, cerrando la reja al salir. Luego introdujo la llave en la cerradura y abrió.

Dentro había otra caja de metal. Le llamó la atención, al extraerla, lo mucho que pesaba. Depositó el receptáculo en una mesa de madera de nogal que había al lado.

Contenía tres bolsas de terciopelo, en mucho mejor estado de conservación que la custodiada por Kolya Maks hasta la muerte. También había un periódico de Berna, doblado por la mitad. Era del 25 de septiembre de 1920. El papel se había vuelto quebradizo, pero seguía entero. Lord sacó con mucho cuidado la bolsa de encima y notó, al palparla, que dentro había varios objetos. La abrió rápidamente y vio que contenía dos barras de oro, idénticas a la que habían dejado en el aeropuerto de Kiev. Ambas llevaban estampadas en la cara anterior las letras NR y el águila bicéfala. A continuación alcanzó la otra bolsa, que era mucho más gruesa, casi redonda. Aflojó las cintas de cuero.

Lo que había dentro lo dejó muy sorprendido.

Era un huevo esmaltado de color rosa translúcido sobre campo de *guillochis*, sujeto sobre unas patas verdes con torcedura que, vistas de cerca, eran de hecho una serie de hojas imbricadas y con adornos que parecían diamantes de color rosa. En lo alto lucía una diminuta corona imperial con dos lazos y adornada también de diamantes de color rosa. El conjunto del óvalo presentaba cuatro partes, señaladas por cuatro hileras de diamantes y lirios blancos, más lo que parecía ser un exquisito rubí, también con hojas de esmalte translúcido, verdes sobre oro. El huevo tenía unos quince centímetros de altura, contando desde la base.

Y Lord lo había visto antes.

—Es un Fabergé —dijo—. Es un huevo de pascua imperial.

—Lo sé —dijo Akilina—. Los he visto en la Armería del Kremlin.

—Éste se llamaba Lirios del Valle. Se lo regalaron a la Emperatriz Viuda, María Feodorovna, madre de Nicolás II, en 1898. Pero hay un problema. Este huevo pertenecía a una colección privada, la del millonario norteamericano Malcolm Forbes, que adquirió doce de los cincuenta y cuatro huevos cuya existencia se conocía. Su colección era más amplia que la de la Armería del Kremlin. Este huevo, exactamente, lo he visto yo expuesto en Nueva York...

Se oyó el ruido de la reja metálica al otro extremo de la sala. Lord miró en esa dirección y vio a James acercarse entre cajas plateadas. Rápidamente volvió a meter el huevo en la bolsa y tiró de las cintas de cuero para cerrarla. Las barras de oro seguían dentro de su bolsa.

—¿Va todo bien? —preguntó el hombre mientras se aproximaba.

—Muy bien —dijo Lord—. ¿Tendría usted por casualidad una caja de cartón o una bolsa de papel en que podamos llevarnos estos objetos?

El hombre echó un vistazo a la mesa.

—Por supuesto, señor Lord. El banco está a su disposición.

Lord deseaba examinar el resto del contenido de la caja, pero pensó que sería más prudente salir antes del banco. Randall Maddox James era un poquitín demasiado curioso, al menos para su nivel actual de paranoia. Una paranoia perfectamente comprensible, teniendo en cuenta las pruebas por las que acababa de pasar en los últimos días.

Metieron sus nuevas posesiones en una bolsa de papel del Commerce & Merchants Bank, con asas de cordel y salieron a la calle. Una vez allí, tomaron un taxi que los llevara a la Biblioteca Pública. Lord recordaba el edificio, de una visita anterior: un majestuoso edificio de tres pisos, que había sobrevivido a los dos terremotos, el de 1906 y el de 1989. A un lado se alzaba el nuevo edificio, y allí los encaminó la señorita de información. Antes de volver a pensar en los objetos que contenía la bolsa, Lord localizó varios libros sobre Fabergé y, entre ellos, un catálogo de todos los huevos imperiales de pascua conocidos.

En un salón de lectura, con la llave echada, Lord distribuyó el contenido de la caja de seguridad encima de la mesa. Abrió entonces uno de los libros y leyó que en 1885 Carl Fabergé fabricó cincuenta y seis huevos por encargo del Zar Alejandro III. Un regalo de Pascua para su mujer. Tan santo día era la fiesta más importante de la Iglesia Ortodoxa Rusa. Tradicionalmente se celebraba con un intercambio de huevos y tres besos. Las alhajas fueron tan bien recibidas, que el Zar continuó encargando una todos los años, por Pascua. Nicolás II, el hijo de Alejandro que heredó el trono en 1894, siguió la tradición, pero modificándola en el sentido de encargar dos, para su madre y para su mujer, en vez de un solo huevo.

Todas estas joyas únicas eran de oro esmaltado y piedras preciosas, y llevaban en su interior una sorpresa: un diminuto carruaje de coronación, una réplica del yate real, un tren, animalitos de cuerda, o alguna otra intrincada miniatura mecánica. Se conocían cuarenta y siete de los cincuenta y seis huevos originales, y en los pies de las fotos se especificaba la situación de cada uno de ellos. Los otros nueve no se habían vuelto a localizar desde la revolución bolchevique.

Encontró una foto a toda página del huevo llamado Lirios del Valle. El texto de acompañamiento decía:

El maestro Michael Perchin, del taller de Fabergé, creó esta maravilla. Su sorpresa consistía en tres pequeños marcos ovalados con los retratos del Zar, las grandes duquesas Olga y Tatiana, las dos hijas mayores de la casa imperial. Ahora pertenece a una colección privada. Nueva York.

El libro mostraba una foto a color, tamaño natural, o casi, de la pieza. En la parte de arriba se desplegaba un trébol de miniaturas, rematadas por la corona real de diamante, con el rubí. Los óvalos tenían el respaldo de oro y el marco de diamantes rosa. En la foto del centro se veía a Nicolás II de uniforme, con barba y con las hombreras y la parte superior del pecho claramente visibles. A su izquierda estaba Olga, la primogénita, con su angelical carita de tres años nimbada de rizos rubios. A la derecha, la infanta Tatiana, que aún no había cumplido un año en aquella fecha. Todos los retratos llevaban al dorso la inscripción 5 de abril de 1898.

Lord colocó el huevo de la caja al lado de la foto.

—Son idénticos —dijo.

—Pero el nuestro no lleva fotos —dijo Akilina.

Lord volvió a mirar el libro y leyó que un mecanismo de resortes permitía desplegar los retratos. Haciendo girar una perla montada en oro que había a un lado de la pieza se activaba el resorte.

Miró con atención el huevo de la caja de seguridad y vio una perla montada en oro. Colocó la pieza sobre las patas, encima de la mesa, e hizo girar la perla. Poco a poco, la corona tachonada de diamantes rosa se fue alzando. Debajo surgió el retrato de Nicolás II, idéntico al del Lirios del Valle. Y luego otros dos retratos más pequeños, el de un varón joven a la izquierda, el de una chica a la derecha.

Lord llegó al tope del mecanismo y dejó de hacer girar la perla.

Miró los retratos e identificó ambos rostros. Uno era el de Alexis, el otro el de Anastasia. Se acercó uno de los libros y estuvo buscando entre sus páginas hasta localizar una foto de los hijos del Zar tomada en 1916, antes del cautiverio. No se había equivocado en la identificación, pero las fotos del Fabergé eran, sin duda alguna, más recientes. Ambos llevaban ropa occidental. El zarevich, lo que parecía ser un traje de franela. Anastasia, una blusa de color ligero. Al dorso de ambos marcos ovalados de oro y diamantes había una inscripción: 5 de abril de 1920.

—Aquí están con más años —dijo Lord—. Sí que sobrevivieron.

Cogió el periódico amarillento y lo desplegó. Leía razonablemente bien el alemán de Suiza, de modo que no tardó en localizar una noticia de la parte inferior de la página y que, seguramente, era el motivo de que aquel ejemplar del diario estuviese en la caja de seguridad. El titular era HA FALLECIDO EL JOYERO FABERGÉ. En el texto se daba noticia de la muerte de Carl Fabergé, el día anterior, en el hotel Bellevue de Lausana. Acababa de llegar de Alemania, donde había buscado refugio tras la revolución bolchevique de 1917. Luego se contaba que la Casa Fabergé, que Carl Fabergé presidió durante cuarenta y siete años, vio su fin tras la caída de los Romanov. Los soviéticos se habían apoderado de todo para en seguida cerrar el negocio, tras un vano intento de mantener la empresa en funcionamiento bajo el nombre, más políticamente correcto, de «Comité de Empleados de la Compañía Fabergé». El redactor señalaba que la falta de patrocinio de la Casa Imperial no había sido la única causa del fracaso. La primera guerra mundial había vaciado los recursos de la rica clientela a que Fabergé servía. El artículo terminaba diciendo que los privilegios de un sector de la sociedad rusa parecían erradicados para siempre. La foto que acompañaba el artículo era de Fabergé en sus tiempos de ruina.

—Han metido el periódico en la caja como prueba de autenticidad —dijo Lord.

Dio la vuelta al huevo y encontró la marca del artesano que lo hizo: HW. Hojeó uno de los libros hasta encontrar la sección en que se enumeraban los diferentes artesanos que trabajaron para Fabergé. Le constaba que de las manos del propio Fabergé no había salido ninguno de los huevos. Él no era sino el genial presidente de un conglomerado empresarial que, en su apogeo, fabricó algunas de las joyas más hermosas jamás creadas, pero quienes de hecho concebían y creaban las piezas eran sus artesanos. El libro decía que Michael Perchin, el artesano jefe que creó el Lirios del Valle, murió en 1903. Su sucesor fue Henrik Wigström, que llevó las riendas de la casa hasta que se produjo la bancarrota. Wigström murió en 1923, un año antes que Fabergé. El libro traía también una reproducción fotográfica de la marca de Wigström —HW—, y Lord la comparó con la del huevo.

Eran idénticas.

Vio que Akilina tenía en las manos el contenido de la tercera bolsa de terciopelo: otra hoja de oro con un texto en caracteres cirílicos. Se acercó a leerlo. Le costó trabajo, pero lo consiguió:

> Al Cuervo y el Águila. Este país resultó ser el remanso de paz que dice ser. La sangre del cuerpo imperial está a salvo, esperando vuestra llegada. El Zar reina, pero no gobierna. Tenéis que poner remedio a tal situación. Los herederos legítimos permanecerán en silencio para siempre, hasta que vosotros reaviféis su espíritu. Lo que les deseo a los déspotas que destruyeron nuestra nación quedó mejor expresado en las palabras que Radishchev pronunció hace ya más de cien años: «No, no seréis perdonados. Malditos seáis por todos los tiempos. La sangre inunde vuestras cunas, entre himnos y gritos de batalla. Que os desploméis en vuestras tumbas empapados de sangre.» Poned los medios.
>
> F. Y.

—¿Eso es todo? —dijo Lord—. Pues estamos como al principio. ¿Qué pasa con la Campana del Infierno? El último grabado de la tumba de Maks sólo decía que la Campana del Infierno puede indicarnos el camino hacia la próxima puerta. Aquí no dice nada de la Campana del Infierno.

Asió el huevo y lo sacudió. Macizo. No se oyó nada en el interior. Escudriñó cuidadosamente el exterior, sin hallar líneas de separación ni aperturas de ninguna clase.

—Evidentemente, en este momento tendríamos que saber más de lo que sabemos. Pashenko dijo que parte del secreto se había perdido con el paso del tiempo. Quizá nos hayamos saltado algún paso, el que nos podría haber indicado la localización de la Campana del Infierno.

Se acercó más el huevo y examinó las tres pequeñas fotos que se desplegaban en la parte superior.

—Alexis y Anastasia se salvaron. Estuvieron aquí, en este país.

Ambos hace mucho que murieron, aunque tal vez haya aún descendientes suyos. Estamos muy cerca de encontrarlos, pero lo único que en realidad tenemos es un poco de oro y un Fabergé que vale una fortuna.

Hizo un gesto de negación con la cabeza.

—Yusúpov se esforzó considerablemente. Incluso metió a Fabergé en el asunto, a él o al último de sus artesanos, para que fabricara esta pieza.

—¿Qué sabemos? —preguntó Akilina.

Lord volvió a sentarse y ponderó la pregunta. Quería ofrecer alguna esperanza, o una respuesta, pero acabó diciendo la verdad:

—No tengo la menor idea.

34

Hayes acudió corriendo al teléfono que sonaba en su mesilla de noche. Acababa de ducharse y afeitarse, en preparación para una nueva sesión diaria de la comisión. Un día de crucial importancia, porque iba a decidirse la terna de candidatos que participarían en la votación final. No cabía la menor duda de que uno de los tres sería Baklanov: la Cancillería Secreta había confirmado la noche antes que los diecisiete miembros de la comisión estaban comprados. Incluido el hijoputa que le había estado dando la lata a Baklanov durante su última comparecencia. Ya habían acordado un precio.

Contestó el teléfono al cuarto timbrazo y reconoció inmediatamente la voz de Khrushchev.

—Hace un cuarto de hora que han llamado del consulado ruso en San Francisco. Su señor Lord y la señorita Petrovna están allí.

Hayes se sorprendió muchísimo.

—¿Qué están haciendo allí?

—Se presentaron en un banco con la llave de una caja de seguridad. Parece ser que eso es lo que recogieron de la tumba de Kolya Maks. El Commerce & Merchants Bank es una de las varias instituciones del mundo entero que los soviéticos se pasaron años controlando. El KGB estaba obsesionado con la idea de localizar la fortuna zarista. Estaban convencidos de que había un montón de lingotes de oro en algún sótano bancario, escondido desde antes de la revolución. Algo de cierto había en ello, porque a partir de 1917 se localizaron varios millones en diversas cuentas.

—¿Me está usted diciendo que siguen controlando bancos con la esperanza de localizar un dinero que lleva ahí más de cien años? No me extraña que su gobierno esté en la bancarrota. Tienen ustedes que pasar página y seguir adelante.

—¿Usted cree? Mire lo que está pasando. Puede que no seamos tan tontos como usted cree. Pero tiene usted razón, en parte. Tras la caída del comunismo, los objetivos de este tipo se consideraron imposibles de cumplir. Pero yo tuve la previsión de volver a cultivar antiguos contactos cuando se constituyó nuestra asociación secreta. Nuestro consulado de San Francisco viene manteniendo discretas relaciones con ambos bancos desde hace decenios. Ambos funcionaron como depositarios de los bienes manejados por los agentes del Zar antes ya de la revolución. Afortunadamente, uno de nuestros informadores nos ha comunicado que alguien ha accedido a una caja de seguridad de cuya relación con los Zares sospechábamos hacía tiempo.

—¿Qué pasó?

—Lord y la señorita Petrovna presentaron documentos por los que estaban autorizados a actuar en nombre de una difunta. El empleado del banco no le dio importancia al asunto hasta que le enseñaron la llave de una de las cajas más antiguas que mantiene el banco. Una de las que veníamos vigilando. Lord salió del banco con tres bolsas de terciopelo. Contenido desconocido.

—¿Sabemos dónde están ahora?

—Lord dejó la dirección de un hotel en la solicitud de acceso a las cajas de seguridad. Ya hemos confirmado que la señorita Petrovna y él están, en efecto, alojados allí. Da la impresión de que el hombre se siente seguro, una vez en Estados Unidos.

El cerebro de Hayes se puso en marcha. Miró el reloj. Las siete de la mañana de un martes, en Moscú, quería decir que en California seguían estando a las ocho de la tarde del lunes.

Doce horas antes de que Lord comenzara un nuevo día.

—Tengo una idea —le dijo a Khrushchev.

—Eso pensé, que se le ocurriría a usted algo.

Lord y Akilina salieron del ascensor al vestíbulo del hotel Marriott. Habían dejado sus recientes hallazgos en la caja fuerte de la habitación. La Biblioteca Pública de San Francisco abría a las nueve de la mañana, y Lord quería estar allí cuanto antes, para seguir investigando y así averiguar qué era lo que les faltaba, o al menos abrir una vía por la que obtener alguna respuesta a sus preguntas.

La búsqueda, que al principio sólo se le antojaba un buen motivo para salir de Moscú, estaba resultando interesante. En sus planes iniciales sólo entraba comprobar qué era lo que había en Starodub y en coger luego el primer avión de regreso a Georgia. Pero tras lo ocurrido a los Maks y lo que había encontrado en Starodub y en el banco, no había tenido más remedio que llegar a la conclusión de que había en este asunto mucho más de lo que él había previsto. Ahora estaba dispuesto a llegar hasta el final, estuviera éste donde estuviera, que por el momento no había modo de saberlo. Pero la búsqueda resultaba aún más interesante gracias a lo que estaba ocurriendo entre Akilina y él.

Había alquilado una sola habitación en el Marriott. Hasta entonces había dormido cada uno por su lado, pero la conversación de la noche anterior había sido exponente de una intimidad entre ellos que Lord llevaba mucho tiempo sin sentir con nadie. Vieron una película, una comedia de amor, y Lord le fue traduciendo los diálogos. Así, Akilina pudo disfrutar de la película, y él de compartirla con ella.

Sólo había vivido un gran amor en su vida, una compañera de la Facultad de Derecho de la Universidad de Virginia, que, al final, resultó mucho más interesada en llevar adelante su carrera profesional que en establecer relaciones sentimentales. Lo dejó sin previo aviso, cuando ambos obtuvieron la licenciatura, para aceptar una oferta de un bufete de Washington. Allí imaginaba Lord que seguiría, trabajándose palmo a palmo los ascensos, hasta que la hicieran socia. Él, por su parte, se trasladó a Georgia, donde lo contrató Pridgen & Woodworth. Desde entonces había salido con algunas chicas, pero ninguna tan interesante como Akilina Petrovna. Nunca había sido de los que creen en el destino —concepto que siempre le pareció más apropiado para los fieles que adoraban a su padre—, pero lo que estaba sucediendo no podía negarse: la búsqueda aceptada por ambos y la atracción que sentían el uno por el otro.

—Señor Lord.

Fue una sorpresa oír que alguien pronunciaba su nombre, al otro lado del amplio vestíbulo del hotel. Nadie en San Francisco debía saber quién era.

Akilina y él detuvieron la marcha y se volvieron a mirar.

Un gnomo vivaracho, con el pelo negro y bigote a juego, caminaba en dirección a ellos. Llevaba un traje cruzado, de solapas anchas, al estilo europeo. Andaba con paso firme, apoyándose en un bastón, y no aceleró la marcha al acercárseles.

—Soy Filip Vitenko, del consulado ruso —dijo, en inglés.

Lord se puso tenso.

—¿Cómo me ha encontrado usted?

—¿Podemos sentarnos en algún sitio? Tengo cosas que discutir con usted.

Lord no tenía la menor intención de ir a ningún otro sitio con ese individuo, de modo que le indicó un tresillo cercano.

Mientras tomaban asiento, Vitenko dijo:

—He sido informado de lo ocurrido en la Plaza Roja el viernes pasado...

—Hable usted en ruso, por favor. Quiero que la señorita Petrovna comprenda lo que decimos. Su inglés no es tan bueno como el de usted.

—Por descontado —dijo Vitenko, dedicando una sonrisa a Akilina—. Como acabo de decirles, estoy al corriente de lo ocurrido en la Plaza Roja el viernes pasado. Murió un policía. La policía de Moscú ha puesto en circulación una petición de arresto a su nombre. Lo que se pretende es someterlo a usted a interrogatorio.

Lord empezó a preocuparse en serio.

—También estoy al corriente de sus contactos con el inspector Feliks Orleg. Comprendo muy bien, señor Lord, que no hay participación suya en el asunto de la Plaza Roja. Es más bien el inspector Orleg quien se halla bajo sospecha. He recibido instrucciones de que me ponga en contacto con usted y obtenga su colaboración.

Lord no quedó convencido.

—Aún no me ha dicho cómo nos ha encontrado.

—Nuestro consulado lleva cierto número de años controlando dos instituciones financieras de esta ciudad. Ambas existían ya en tiempos del Zar y fueron utilizadas como depósito por los agentes imperialistas. En su momento, se dijo que Nicolás II había sacado oro del país antes de la revolución. Cuando se presentaron ustedes ayer en ambas instituciones, pidiendo acceso a una caja de depósito de cuya relación con el Zar nosotros veníamos sospechando desde hace tiempo, recibimos el correspondiente aviso.

—Eso va contra la ley —dijo Lord—. No estamos en Rusia. Aquí está garantizada la confidencialidad bancaria.

El enviado no dio la impresión de inmutarse.

—Conozco sus leyes. Puede que en ellas también se diga algo de la utilización de documentos falsos para acceder a una caja de seguridad perteneciente a otra persona.

Lord dio por recibido el mensaje.

—¿Qué quiere usted?

—El inspector Orleg lleva algún tiempo siendo investigado. Está en contacto con una organización cuyo propósito es influir en el resultado de la Comisión del Zar. Artemy Bely, el joven abogado a quien mataron a tiros, murió porque estaba haciendo demasiadas preguntas sobre Orleg y sus asociados. Usted tuvo la mala suerte de hallarse allí en ese momento. Los individuos que mataron a Bely consideraron posible que le hubiese contado a usted algo, de ahí que se interesaran también en usted. Estoy al corriente de las persecuciones de que ha sido usted objeto en Moscú y en la Plaza Roja...

—¿Y también en el tren de San Petersburgo?

—Eso no lo sabía.

—¿Qué clase de organización está intentando influir en el resultado de la Comisión del Zar?

—Eso esperamos que nos lo diga usted. Lo único que sabe mi gobierno es que hay personas trabajando en ello y que se están gastando considerables sumas de dinero. Orleg tiene algo que ver en el asunto. El objetivo parece ser que Stefan Baklanov salga elegido Zar.

Lo que decía aquel hombre empezaba a tener sentido, pero Lord quiso saber más:

—¿Cabe sospechar que haya hombres de negocios norteamericanos involucrados en el asunto? Mi bufete representa a gran número de ellos.

—Creemos que sí. De hecho, ahí parece estar la fuente de ingresos. Tenemos la esperanza de que también en este punto pueda usted sernos de ayuda.

—¿Han hablado ustedes con mi jefe, Taylor Hayes?

Vitenko negó con la cabeza.

—Mi gobierno desea mantener en secreto la investigación, para que no llegue a oídos de los sospechosos, y, por consiguiente, por ahora ha limitado su alcance. Pronto habrá detenciones, pero a mí lo que me han pedido es que obtenga su ayuda, señor Lord, para aclarar algunos extremos. Además, hay un delegado de Moscú a quien le gustaría hablar con usted, si fuera posible.

Lord estaba ahora extremadamente preocupado. No le gustaba nada la idea de que alguien de Moscú conociese su paradero.

Su recelo debió de resultar evidente, porque Vitenko dijo:

—No tiene usted nada que temer, señor Lord. La conversación será por teléfono. Le aseguro que mi gobierno está interesado en todo lo ocurrido estos días. Necesitamos su ayuda. La votación final de la comisión está prevista para dentro de cuarenta y ocho horas. Si hay corrupción del proceso, tenemos que saberlo.

Lord no dijo nada.

—No podemos levantar una nueva Rusia sobre los vestigios de la anterior. Si los miembros de la comisión han sido comprados, puede que el propio Stefan Baklanov tenga que ver en el asunto. Y algo así no puede tolerarse.

Lord puso los ojos en Akilina, que manifestó su inquietud reteniéndole la mirada. Ya que el enviado parecía dispuesto a hablar, más valía sacarle toda la información posible.

—¿Por qué sigue su gobierno tan interesado en los bienes del Zar? Resulta ridículo. Ha pasado ya demasiado tiempo.

Vitenko se acomodó en su asiento.

—Antes de 1917, Nicolás II tenía millones en oro imperial. Los soviéticos se impusieron el deber de localizar hasta la última brizna de ese tesoro. San Francisco se convirtió en el núcleo central de toda la ayuda al Ejército Blanco. Aquí se depositó gran cantidad de oro zarista, que luego fue a parar a los bancos de Londres y Nueva York que financiaban la compra de armas y municiones. Los emigrados rusos acudieron a San Francisco en pos del oro. Muchos eran puros y simples emigrantes, pero otros vinieron aquí con un propósito determinado. —El enviado se irguió en su sillón, que tenía el respaldo muy recto, a juego con la acartonada personalidad de su ocupante—. El cónsul general de aquella época se declaró abiertamente en contra de los bolcheviques y contribuyó muy activamente a que los norteamericanos intervinieran en la guerra civil rusa. El buen señor sacó su buen beneficio de los trueques de oro por armas que se operaban por medio de los bancos locales. Los soviéticos quedaron totalmente convencidos de que buena parte de aquel oro, que *ellos* consideraban suyo, se encontraba aquí. Luego está el asunto del coronel Nicolás F. Romanov.

El tono de voz de Vitenko indicaba que el asunto era de importancia. El hombre echó mano al bolsillo interior de la chaqueta y de él extrajo fotocopia de una noticia aparecida en el *San Francisco Examiner* del 16 de octubre de 1919. En ella se daba cuenta de la llegada de un coronel ruso del mismo apellido que la depuesta familia imperial. Se suponía que iba camino de Washington, en requerimiento de ayuda norteamericana para el Ejército Blanco.

—Su llegada causó bastante agitación. El consulado siguió de cerca sus idas y venidas. Los datos siguen en nuestros archivos, por cierto. Nadie sabe a ciencia cierta si aquel hombre era o no era un Romanov. Lo más probable es que no lo fuera, que hubiera escogido ese nombre para llamar la atención. Se las apañó para burlar la vigilancia, y la verdad es que no tenemos ni idea de lo que hizo, ni de dónde fue a parar. Lo que sí nos consta es que en aquel momento se abrieron varias cuentas, una de ellas en el Commerce & Merchants Bank, junto con cuatro cajas de seguridad, una de las cuales lleva el número 716 y es la que ustedes abrieron ayer.

Lord empezó a comprender el interés de aquel hombre. Demasiadas coincidencias como para que pudieran deberse al azar.

—¿Puede usted decirme lo que había en la caja, señor Lord?

No confiaba suficientemente en el enviado como para darle más información.

—No en este momento.

—¿Quizá prefiera comunicárselo al representante de Moscú?

Tampoco estaba muy seguro de lo último, de modo que no dijo nada. Vitenko volvió a dar la impresión de percibir sus dudas.

—Le he hablado con toda sinceridad, señor Lord. No hay razón para dudar de mis intenciones. Supongo que comprenderá usted el interés de mi gobierno por todo lo que ha ido ocurriendo.

—Y yo supongo que usted comprenderá la razón de mi cautela. Me he pasado los últimos días corriendo para que no me maten. Y, por cierto, aún estoy esperando que me explique usted cómo nos ha localizado.

—Ha firmado usted en el libro de registro del hotel, y también en la hoja de entradas del banco.

Buena respuesta, pensó Lord.

Vitenko se sacó del bolsillo una tarjeta de visita.

—Comprendo su renuencia, señor Lord. Aquí puede usted localizarme. Cualquier taxista lo llevará al consulado ruso. El representante de Moscú llamará por teléfono a las dos y media de la tarde, hora de San Francisco. Si quiere usted hablar con él, pásese por mi despacho. Si no quiere, no volverá a tener noticias nuestras.

Lord aceptó la tarjeta y miró fijamente el rostro del enviado, no muy seguro de qué era lo que al final haría.

Akilina miraba a Lord, y Lord se paseaba de arriba abajo por la habitación del hotel. Habían pasado la mañana en la Biblioteca Pública, revisando periódicos antiguos. Así habían localizado un par de notas sobre la estancia del coronel Nicolás F. Romanov en San Francisco durante el otoño de 1919. No gran cosa: cotilleos y notas de sociedad, sobre todo; y Akilina veía que Lord cada vez estaba más frustrado. También había comprobado que el Lirios del Valle seguía formando parte de una colección privada, lo cual contribuía en poco a explicar que ellos tuvieran en sus manos una copia, exacta en todo menos en las fotos.

Habían regresado al hotel, tras haber comido algo en la terraza de un café. Lord aún no había dicho una palabra sobre la aparición de Vitenko ni sobre la posibilidad de acudir al consulado ruso. Akilina había puesto mucha atención en el enviado mientras ambos hombres hablaban, tratando de medir su grado de sinceridad, pero le resultaba difícil llegar a ninguna conclusión.

Miró a Lord. Era un hombre guapo. El hecho de que fuera «de color», como le habían enseñado a pensar, carecía de importancia para ella. Parecía un hombre muy auténtico y muy franco, metido en una situación extraordinaria. Habían pasado ya cinco noches juntas y en ningún momento había hecho o siquiera insinuado nada que la hiciera sentirse incómoda. Lo cual era insólito para ella, porque sus compañeros del circo y los pocos hombres de otro ambiente con quien tenía contacto parecían todos unos obsesos sexuales.

—Akilina.

Miró a Lord.

—¿Dónde estabas? —le preguntó él.

No quiso contarle lo que de veras estaba pensando, de modo que le dijo:

—Filip Vitenko parecía estar diciendo la verdad.

—Sí. Pero eso no significa gran cosa.

Lord estaba sentado en el borde de la cama, con el Fabergé en las manos.

—Tiene que estársenos escapando algo. Parte del secreto se ha perdido. Estamos claramente en un callejón sin salida.

Akilina comprendió lo que de veras quería decir.

—¿Piensas ir al consulado?

Él la miró.

—Me parece que no tengo elección. Si alguien está intentando manipular la comisión, tengo que contribuir a impedirlo.

—No puedes dar nada por seguro.

—Tengo curiosidad por averiguar qué puede contarme el representante de Moscú. La información puede serle útil a la persona para quien trabajo. No olvides que mi objetivo primordial consistía en poner todos los medios para que saliera elegido Baklanov. Tengo que hacer mi trabajo.

—Bueno, pues vamos los dos.

—No. Bien está que me arriesgue yo, pero no hagamos tonterías. Quiero que cojas todo esto y te metas en otro hotel. Sal por el aparcamiento, no por la parte delantera, ni por el vestíbulo. Podría haber alguien vigilando. Por si te siguen, da un rodeo antes de entrar en el nuevo hotel. Ve en autobús, en metro, quizá en taxi. Pasa un par de horas dando vueltas por ahí. Yo iré al consulado a las dos y media. Llámame a las tres y media. Utiliza un teléfono público. Si no contesto, o te dicen que no puedo ponerme, o que ya me he ido, quítate de en medio.

—No me gusta nada la cosa.

Lord se puso en pie y se acercó a la mesa de pared sobre la cual habían puesto la bolsa de terciopelo. Metió el huevo en su interior.

—A mí tampoco, Akilina. Pero no tengo elección. Si hay un heredero directo de los Romanov que aún esté con vida, el gobierno ruso tiene que saberlo. No podemos ajustar nuestras vidas a lo que fuera que dijese Rasputín hace un montón de años.

—Pero es que no sabemos ni por dónde empezar.

—La publicidad del caso puede hacer que salgan al descubierto todos los posibles herederos de Anastasia y Alexis que haya por ahí. Y las pruebas de ADN pueden eliminar cualquier intento de fraude.

—Nos dijeron que hiciésemos esto solos.

—Pero nosotros somos el Águila y el Cuervo, ¿verdad? Podemos establecer nuestras propias reglas.

—No lo creo. Creo que tenemos que encontrar a los herederos del Zar respetando las instrucciones del *starets*.

Lord se apoyó contra la mesa.

—El pueblo ruso necesita la verdad. ¿Por qué será que las nociones de limpieza y honradez no acaban de metérseos en la cabeza? Creo que debemos dejar esto en manos del gobierno ruso y del Departamento de Estado. Voy a contarle todo al representante de Moscú.

Akilina no se sentía nada tranquila con la vía de acción que pensaba emprender Lord. Ella prefería el anonimato, la protección que podía proporcionarles una ciudad de cientos de miles de habitantes. Pero quizá tuviera razón él. Quizá se pudiera alertar a las autoridades competentes para que hicieran algo antes de que la Comisión del Zar eligiera a Stefan Baklanov, o a cualquier otro, como próximo Zar de Todas las Rusias.

—Mi tarea consistía en asegurarme de que nada pudiera poner en duda la candidatura de Baklanov. Y esto puede incluirse en ese apartado, sin duda alguna. Mi jefe tiene que saber lo que yo sé. Es mucho lo que está en juego, Akilina.

—¿Incluida tu carrera profesional?

Lord guardó un segundo de silencio.

—Quizá.

Akilina quería seguir preguntando, pero optó por no hacerlo. Era evidente que él ya había tomado una decisión, y no parecía de los que cambian fácilmente. Tendría que resignarse a esperar que supiera lo que estaba haciendo.

—¿Cómo nos encontramos cuando salgas del consulado? —le preguntó.

Lord cogió uno de los folletos que había sobre la mesa. En la portada, muy colorida, había un tigre y una cebra.

—El zoo está abierto hasta las siete de la tarde. En la zona de los leones. Allí podemos encontrarnos. Hablas el inglés suficiente como para averiguar cómo ir. Si no estoy allí a las seis, ve a la policía y cuéntalo todo. Exige que convoquen a un representante del Departamento de Estado. Mi jefe es Taylor Hayes. Está en Moscú con la comisión. Que algún representante oficial norteamericano se ponga en contacto con él. Explícalo todo. A las tres y media de la tarde, cuando llames, no creas ni una sola palabra de lo que te cuenten, a no ser que me ponga yo al teléfono. Imagina lo peor y haz lo que acabo de decirte. ¿De acuerdo?

A Akilina no le gustaron nada esas palabras, y se lo dijo a Lord.

—Lo comprendo —dijo éste—, sí, Vitenko parecía un tipo decente. Y estamos en San Francisco, no en Moscú. Pero tenemos que ser realistas. Si en todo esto hay algo más de lo que nos han comunicado, no creo que volvamos a vernos nunca.

35

14:30

El consulado ruso se hallaba en una calle muy moderna, al oeste del barrio financiero, no lejos de Chinatown y de la opulencia de Nob Hill. Era un edificio de arenisca, de dos plantas y de color rojo oscuro, con una torre. Estaba en un cruce de calles bastante transitadas. El piso de arriba tenía unos balcones de balaustradas metálicas, muy ornamentales. El techo llevaba un remate de hierro colado.

El taxi lo dejó a la entrada. Una neblina fría, procedente del cercano mar, hizo que un escalofrío le recorriera la espalda. Pagó el taxi y echó a andar por un camino de ladrillo que llevaba a una fachada de granito, custodiada por dos leones de mármol. Una placa de bronce incrustada en la piedra anunciaba: CONSULADO DE LA CONFEDERACIÓN RUSA.

Entró en un recibidor forrado de madera, con diversas estatuas y suelo de mosaico. Un ujier uniformado le indicó que se dirigiera al piso de arriba, donde lo esperaba Filip Vitenko.

Vitenko le dio la mano y le pidió que tomara asiento en uno de los dos sillones tapizados.

—Me alegra mucho que haya tomado usted la decisión de colaborar con nosotros, señor Lord. Mi gobierno estará encantado.

—Debo decirle, señor Vitenko, que el mero hecho de estar aquí me hace sentirme a disgusto. Pero he decidido hacer lo que esté en mi mano.

—Le mencioné su renuncia a mis superiores de Moscú, pero

me garantizaron que no se le haría objeto de presión alguna. Se hacen cargo de lo que usted ha tenido que pasar y lamentan mucho que le hayan ocurrido tantos infortunios en suelo ruso.

Vitenko echó mano de un paquete de cigarrillos, origen, seguramente, del agrio olor que impregnaba la habitación. Se lo tendió a Lord, pero éste declinó el ofrecimiento.

—Mucho me gustaría que este hábito mío de fumar no estuviese tan arraigado.

Vitenko encajó la parte del filtro en una larga boquilla de plata y encendió el cigarrillo. Se elevó una pequeña columna de humo.

—¿Con quién voy a hablar? —le preguntó Lord.

—Con un representante autorizado del Ministerio de Justicia, que conoció a Artemy Bely. Están en preparación las correspondientes órdenes de arresto contra Feliks Orleg y otros varios. Él no es más que la punta de lanza. Pero vendrían bien otras pruebas que contribuyesen a informar la acusación en este caso.

—¿Ha sido advertida la Comisión del Zar?

—El presidente sabe lo que está ocurriendo, pero nada se hará público, como usted no dejará de comprender. No serviría más que para poner en peligro la investigación. Nuestra coyuntura política es extremadamente frágil, y las deliberaciones de la comisión se hallan en un momento crítico.

Lord empezaba a tranquilizarse. La situación no parecía amenazadora, y no observaba nada en las palabras ni en los gestos de Vitenko que pudiera dar lugar a la alarma.

El teléfono de encima de la mesa cobró vida con un timbrazo agudo. Vitenko contestó en ruso y pidió que pasaran la llamada. Volvió a poner el auricular en su sitio y apretó un botón de la consola. Una voz se dejó oír por el altavoz.

—Señor Lord, soy Maxim Zubarev. Trabajo en el Ministerio de Justicia de Moscú. Espero que esté usted pasando un buen día.

Lord se extrañó de que su interlocutor estuviera al corriente de que él hablaba ruso, pero dio por supuesto que Vitenko le había pasado el dato.

—Hasta ahora, sí, señor Zubarev. Es muy tarde para usted.

Se oyó una risa en el altavoz.

—Es plena noche aquí en Moscú. Pero este asunto reviste la

máxima importancia. Cuando apareció usted en San Francisco, exhalamos un suspiro de alivio. Nos temíamos que pudieran haber tenido éxito quienes iban en su persecución.

—Según tengo entendido, a quien perseguían era a Artemy.

—Artemy trabajaba a mis órdenes, llevando a cabo una discreta investigación. Me siento responsable de lo sucedido, al menos en parte. Pero él quería ayudar. No medí bien hasta dónde podían llegar las personas involucradas en este acto de traición, y lamento muchísimo este fallo mío.

Lord tomó la decisión de enterarse de todo lo que pudiera.

—¿Hay alguna implicación por parte de la comisión?

—No lo sabemos con certeza. Pero sospechamos que sí. Tenemos la esperanza de que la corrupción no haya calado demasiado hondo y que la hayamos cogido a tiempo. En principio, creímos que el requisito de unanimidad bastaría para evitar estas cosas, pero me temo que sólo ha servido para ampliar el alcance de la corrupción.

—Yo trabajo para Taylor Hayes. Es un abogado norteamericano muy relacionado con las inversiones financieras en Rusia...

—Sé bien quién es el señor Hayes.

—¿Podría usted ponerse en contacto con él y decirle dónde estoy?

—Por supuesto. Pero también usted podría contarme qué hace en San Francisco y por qué accedió a la caja de seguridad del Commerce & Merchants Bank.

Lord se recostó en el sillón.

—No me creería usted si se lo contase.

—No valore usted de antemano nuestra credulidad.

—Estoy buscando a Alexis y Anastasia Romanov.

Hubo una larga pausa al otro lado del hilo. Vitenko lo miró con sorpresa.

—¿Podría usted explicarse, señor Lord? —dijo el hombre del altavoz.

—Resulta que dos de los jóvenes Romanov se salvaron de la matanza de Ekaterimburgo y que Félix Yusúpov se los trajo a este país. Con ello daba cumplimiento a una profecía que hizo Rasputín en 1916. He encontrado confirmación escrita de todo ello en los archivos de Moscú.

—¿Qué pruebas puede usted aportar?

Antes de que Lord tuviera tiempo de contestar, se coló en la habitación el estrépito de una sirena, mientras un vehículo de urgencias pasaba por la calle. No era un detalle en que soliera fijarse, pero el caso era que el ruido de la sirena también se oía por el altavoz del teléfono.

Inmediatamente se percató de lo que ello quería decir.

Se puso en pie y salió disparado hacia la puerta del despacho. Vitenko gritó su nombre.

Al abrir la puerta se encontró de frente con el rostro ya familiar de Párpado Gacho, sonriente. Detrás de él estaba Feliks Orleg. Párpado Gacho le aplastó un puño en plena cara. Lord se tambaleó hacia atrás, hacia la mesa de Vitenko. Le manaba sangre de la nariz. La habitación le pestañeó en el cerebro.

Orleg se lanzó hacia delante y le aplicó otro golpe.

Se derrumbó sobre el parqué. Alguien dijo algo, pero Lord ya no pudo percibir sus palabras.

Intentó sobreponerse, pero la oscuridad lo envolvió.

36

Lord volvió en sí. Estaba atado al mismo sillón que ocupaba durante su conversación con Vitenko, pero ahora tenía las manos y las piernas atadas con cinta aislante, que también le tapaba la boca. Le dolía la nariz y tenía manchas de sangre en el jersey y en los vaqueros. Aún veía algo, pero se le había hinchado el ojo derecho y le resultaba borrosa la imagen de los tres hombres plantados ante él.

—Despierte, señor Lord.

Hizo todo lo posible por enfocar la visión en el hombre que le hablaba. Orleg. En ruso.

—Estoy seguro de que me comprende. Le sugiero que me indique si me oye o no.

Hizo un leve movimiento afirmativo con la cabeza.

—Muy bien. El caso es que volvemos a vernos, aquí en Estados Unidos, la tierra de las oportunidades. Qué sitio tan maravilloso, ¿verdad?

Párpado Gacho se acercó a Lord y le incrustó el puño cerrado entre las piernas. El dolor le electrificó la espina dorsal e hizo que se le saltaran las lágrimas. La cinta adhesiva que le tapaba la boca ahogó su grito. Cada vez que intentaba respirar le dolían los orificios nasales.

—Hijoputa de *chornye* —dijo Párpado Gacho, echándose hacia atrás como para golpear de nuevo. Orleg le agarró el puño.

—Ya basta. Si sigues así, vas a conseguir que no nos sirva de nada.

Orleg se llevó a Párpado Gacho hasta la mesa de despacho y luego se acercó otra vez a Lord.

—Señor Lord, no le cae usted nada bien a este caballero. En el tren le roció usted los ojos con aerosol. Luego, en el bosque, le pegó usted en la cabeza. Le encantaría matarlo con sus propias manos y a mí, la verdad, me da lo mismo. Lo que pasa es que mis jefes quieren obtener de usted determinada información. Tengo su autorización para comunicarle que lo dejaremos con vida si se aviene a colaborar.

Lord no lo creyó ni por un segundo. Y esta incredulidad, al parecer, se le reflejó en la mirada.

—¿No me cree? Excelente. Es mentira. Va usted a morir. De eso estamos seguros. Lo que sí le digo es que su comportamiento puede influir en su modo de morir.

Dada la corta distancia a que se hallaba Orleg, Lord captó el olor del alcohol barato, por encima del aroma de su propia sangre.

—Tiene usted dos posibilidades. Un tiro en la cabeza, rápido e indoloro, o esto.

Le enseñó un trozo de cinta aislante que llevaba pegado al dedo índice y que a continuación adhirió a la fracturada nariz de Lord.

El dolor volvió a ponerle lágrimas en los ojos, pero fue la súbita pérdida de aire lo que más requirió su atención. Con la boca y la nariz clausuradas, sus pulmones se quedaron rápidamente sin oxígeno. No era sólo que no pudiera respirar; tampoco podía exhalar el aire, de modo que le subió rapidísimamente el nivel de dióxido de carbono, provocándole pérdidas intermitentes de conciencia. Un instante antes de que cayera en la inconsciencia, Orleg le arrancó la cinta de la nariz.

Respiró aire a bocanadas.

La sangre se le atragantaba en la garganta cada vez que inhalaba aire. Como no podía escupirla, se la tragó. Siguió respirando por la nariz, saboreando una sensación que antes siempre le había parecido corriente y moliente, sin interés.

—La segunda opción no es muy agradable, ¿verdad? —le dijo Orleg.

Si hubiera podido, habría matado a Orleg con sus propias manos. Sin dudarlo un instante, sin sentirse culpable de nada. Sus ojos volvieron a revelar sus pensamientos.

—Cuánto odio. Le encantaría matarme, ¿verdad? Lástima que

nunca vaya a tener usted la oportunidad de hacerlo. Ya le he dicho que va a morir. Lo único que nos falta aclarar es si va a ser rápido o lento. Y si Akilina Petrovna va a acompañarlo.

Al oír aquel nombre, Lord fijó la mirada en Orleg.

—Se me ocurrió que esa posibilidad le llamaría la atención.

Filip Vitenko estaba a la espalda de Orleg.

—¿No está usted yendo demasiado lejos? —dijo—. No me dijeron nada de matar a nadie, cuando informé a Moscú.

Orleg volvió la cara hacia el enviado.

—Siéntese y cierre el pico.

—¿Con quién se cree que está usted hablando? —ladró Vitenko—. Soy el cónsul general de esta localidad. No acepto órdenes de ningún *militsya* de Moscú.

—De mí las va usted a aceptar, desde luego.

Orleg se dirigió a Párpado Gacho:

—Aparta a este señor de mi camino.

Vitenko recibió un empujón. El enviado se quitó de encima las manos de Párpado Gacho, con un rápido gesto, y fue alejándose de los otros dos, diciendo:

—Voy a llamar a Moscú. No me parece que esto sea necesario. Hay algo aquí que no encaja.

Se abrió la puerta del despacho y entró un señor mayor con el rostro curtido a golpes y los ojos color cobre pulido. Llevaba un traje oscuro de ejecutivo.

—Cónsul Vitenko, no va usted a hacer ninguna llamada a Moscú. ¿Me he expresado con suficiente claridad?

Vitenko dudó un instante, como sopesando lo que acababa de oír. También Lord reconoció la voz. Era el hombre del teléfono. Vitenko se guareció en un rincón del despacho.

El recién llegado dio un paso adelante.

—Soy Maxim Zubarev. Hemos hablado hace un rato. Parece ser que nuestro pequeño truco no ha funcionado.

Orleg se apartó. Aquel anciano era evidentemente quien estaba al mando.

—El inspector estaba en lo cierto al decirle que va usted a morir. Es una lástima, pero no tengo elección. Lo que sí puedo prometerle es que no tocaremos a Akilina Petrovna. No tenemos motivo alguno para meterla en esto, porque suponemos que no sabe nada importante ni posee ninguna información. Ni que decir tiene que nunca averiguaremos lo que usted sabe. Voy a pedirle al inspector Orleg que le quite la cinta de la boca.

El anciano se acercó a Párpado Gacho, que inmediatamente cerró la puerta del despacho.

—Pero no tiene sentido que desaproveche usted gritando el poco aire que le queda. La habitación está insonorizada. No hay que eliminar la posibilidad de que usted y yo tengamos una conversación inteligente. Si me convence usted de que me está diciendo la verdad, dejaremos en paz a la señorita Petrovna.

Zubarev dio un paso atrás y Orleg arrancó la cinta de la boca de Lord. Éste abrió y cerró la mandíbula para aliviar su rigidez.

—¿Está mejor así, señor Lord? —le preguntó Zubarev.

Lord no dijo nada.

Zubarev se acercó una silla y se sentó frente a Lord, cara a cara.

—Cuénteme ahora lo que no quiso contarme por teléfono. ¿Qué prueba tiene usted de que Alexis y Anastasia Romanov escaparan vivos de manos de los bolcheviques?

—Tienen ustedes controlado a Baklanov, ¿verdad?

El anciano suspiró largamente.

—No veo qué importancia puede tener eso, pero, en la esperanza de que colabore usted, voy a satisfacer su curiosidad. Sí. Lo único que puede evitar su ascensión es la reemergencia de alguien que descienda directamente de Nicolás II.

—¿Cuál es el propósito de todo esto?

El viejo se echó a reír.

—El propósito, señor Lord, es la estabilidad. La restauración monárquica puede afectar grandemente no sólo nuestros intereses, sino también los de otras personas. ¿No era ése el motivo de su estancia en Moscú?

—No tenía ni idea de que Baklanov fuese un títere.

—Lo es con mucho gusto por su parte. Y nosotros somos muy buenos titiriteros. Rusia conocerá una gran prosperidad bajo su mando, y nosotros prosperaremos en igual medida.

Zubarev se miró las uñas de la mano derecha y luego puso los ojos en Lord.

—Sabemos que la señorita Petrovna está en San Francisco. Ya no se encuentra en el hotel, sin embargo. Tengo gente buscándola. Si la localizan antes de que usted me haya dicho lo que quiero saber, no habrá piedad. Dejaré que mis hombres disfruten de ella y que hagan luego lo que les dé la gana.

—Esto no es Rusia —dijo Lord.

—Cierto. Pero en Rusia estará ella cuando suceda lo que acabo de contarle. En el aeropuerto hay un avión esperando para llevarla a casa. La buscan para someterla a interrogatorio, y ya lo tenemos todo arreglado con las autoridades aduaneras estadounidenses. Su FBI incluso nos ha ofrecido ayuda para localizarlos a ustedes. La cooperación internacional es algo maravilloso, ¿verdad?

Lord sabía lo que tenía que hacer. La única esperanza que le quedaba era que al no encontrarlo en el zoo Akilina saliera de la ciudad. Lo entristecía la idea de no volver a verla.

—No voy a contarle a usted absolutamente nada.

Zubarev se puso en pie.

—Como usted quiera.

Nada más salir el anciano de la habitación, Orleg volvió a pegar un trozo de cinta sobre la boca de Lord.

Párpado Gacho se le acercó, sonriente.

Lord deseó que terminaran pronto, sabiendo que no sería así.

Hayes apartó la mirada del altavoz cuando Zubarev entró en la habitación. Había seguido toda su conversación con Lord desde el fondo del vestíbulo, por mediación de un micrófono colocado en el despacho de Vitenko.

Khrushchev, Párpado Gacho, Orleg y él habían salido de Moscú la noche antes, a las pocas horas de haberse producido la llamada en que los informaron del paradero de Lord. Las once horas de diferencia les habían permitido viajar catorce mil quinientos kilómetros y llegar a San Francisco mientras Lord almorzaba. Los contactos que Khrushchev tenía con el gobierno hicieron posible que a Orleg y Párpado Gacho les concedieran inmediatamente los necesarios visados. Lo que Khrushchev acababa de decirle a Lord era verdad: una llamada había bastado para obtener la colaboración del FBI y de la aduana de San Francisco para localizar a Lord y Akilina, si necesario fuera, pero Hayes no había aceptado la ayuda de sus compatriotas, para que la situación no se le fuera de las manos. Con el Departamento de Estado habían acordado que nadie pondría dificultades para que Lord y Akilina salieran de Estados Unidos con destino a Rusia, sin que el Departamento de Inmigración del aeropuerto de San Francisco se entrometiera: la orden de búsqueda por asesinato había bastado para granjearles la ayuda incondicional de las autoridades norteamericanas. La idea era evitar la publicidad e impedir que Lord siguiera adelante con su búsqueda. El problema estaba en que no sabían verdaderamente lo que buscaba, dejando aparte aquella increíble afirmación de que en algún lugar de Estados Unidos podía haber un descendiente de Nicolás II.

—Su señor Lord es un tipo muy desafiante —dijo Khrushchev, mientras cerraba la puerta.

—Pero ¿por qué?

Khrushchev tomó asiento.

—Ésa es la pregunta del día. Al salir yo, Orleg estaba pelando dos cables de una lámpara. Un poco de tensión eléctrica corriéndole por el cuerpo podría aflojarle la lengua antes de que lo matemos.

Hayes oyó, por el altavoz, que Párpado Gacho le pedía a Orleg que volviera a enchufar la lámpara. Un aullido amplificado, que vino a durar quince segundos, llenó la habitación.

—Quizá prefiera usted pensárselo de nuevo y contarnos lo que queremos saber —dijo la voz de Orleg.

No hubo respuesta.

Otro aullido. Más largo, esta vez.

Khrushchev alargó la mano para coger una bolita de chocolate de una bandeja. Retiró el dorado envoltorio y se metió la golosina en la boca.

—Irán aumentando el tiempo que lo someten al choque eléctrico, hasta que le falle el corazón. Será una muerte muy dolorosa.

El tono era frío, pero Hayes no sintió demasiada compasión por Lord. El muy estúpido lo había colocado en una situación difícil, poniendo en peligro, mediante sus irracionales actos, muchísimos preparativos y muchísimos millones de dólares. Tenía tantas ganas de saberlo todo como los rusos.

Otro aullido sacudió el altavoz.

Sonó el teléfono de encima de la mesa y Hayes levantó el auricular. Una voz puso en su conocimiento que tenían en centralita una llamada para Miles Lord. La telefonista lo había considerado importante y llamaba para preguntar si el señor Lord podía ponerse.

—No —dijo Hayes—. El señor Lord está reunido. Páseme la llamada.

Tapó el receptor con la mano.

—Desconecte usted ese altavoz.

Tras un clic, una voz femenina preguntó:

—¿Miles? ¿Estás bien?

Lo dijo en ruso.

—El señor Lord no puede ponerse en este momento. Me ha pedido que hable yo con usted —dijo Hayes.

—¿Dónde está Miles? ¿Quién es usted?

—Usted debe de ser Akilina Petrovna.

—¿Cómo lo sabe?

—Señorita Petrovna, es importante que hablemos.

—No tengo nada que decir.

Hayes alargó la mano y volvió a conectar el altavoz. Inmediatamente se oyó un desgarrador gemido.

—¿Lo ha oído usted, señorita Petrovna? Es Miles Lord. En este momento está siendo interrogado por cierto *militsya* de Moscú. Puede usted poner fin a su sufrimiento sólo con decirnos dónde está y esperarnos allí.

Silencio al otro lado del hilo.

—Lo están sometiendo a descargas eléctricas. No creo que el corazón le aguante mucho más.

La línea estaba muerta.

Hayes se quedó mirando el auricular.

Cesaron los aullidos.

—La muy hija de puta me ha colgado.

Miró a Khrushchev.

—Qué gente tan testaruda, ¿verdad?

—Mucho. Tenemos que averiguar lo que saben. La idea de engañar a Lord era bastante buena, pero falló.

—Me parece a mí que estos dos están más coordinados de lo que pensamos. Lord estuvo listo al no venir con ella. Pero han tenido que acordar algún modo de volver a encontrarse, por si acaso esto era una trampa.

Zubarev lanzó un suspiro.

—Me temo que no va a haber modo de encontrarla.

Hayes sonrió.

—Yo no diría tanto.

37

16:30

Akilina contenía las lágrimas. Se hallaba en una cabina telefónica, en una acera muy transitada por personas que iban de compras y meros viandantes. Seguía resonándole en los oídos el grito de Lord. ¿Qué iba a hacer? Lord le había prohibido expresamente que llamase a la policía. También le había dejado muy claro que no debía acudir al consulado ruso. Lo que tenía que hacer era encontrar otro hotel, registrarse e ir al parque zoológico a las seis de la tarde. Sólo cuando estuviera segura de que él no se presentaría, podría ponerse en contacto con las autoridades norteamericanas, preferiblemente con alguien del Departamento de Estado.

Le dolía el corazón. ¿Qué había dicho aquel hombre del teléfono? *Lo están sometiendo a descargas eléctricas. No creo que el corazón le aguante mucho más.* Había pronunciado esas palabras como si la muerte no significara nada para él. Hablaba bien el ruso, pero Akilina le había notado un deje norteamericano, lo cual le llamaba la atención. ¿También las autoridades norteamericanas estaban involucradas? ¿Trabajaban de acuerdo con los mismos rusos que tanto empeño ponían en averiguar lo que Lord y ella estaban haciendo?

Seguía con el teléfono agarrado, con la vista perdida en la acera, y no se fijó en nadie hasta que una mano le tocó el hombro derecho. Se dio la vuelta y una anciana le dijo algo. Sólo le entendió las palabras «usted» y «acabar». Ahora ya le fluían las lágrimas de los ojos. La mujer vio que estaba llorando y su expresión se suavi-

307

zó. Akilina se controló y luego se secó rápidamente la humedad de los ojos. Dijo *spasibo*, en la esperanza de que aquella mujer comprendiera que le estaba dando las gracias en ruso.

Salió de la cabina y se incorporó a la multitud que invadía la acera. Ya había alquilado habitación en otro hotel, utilizando el dinero que le había facilitado Lord. Pero no había guardado el Fabergé, los lingotes y el periódico en la caja fuerte de la habitación, como le había indicado Lord. Llevaba todo en una de las bolsas que Lord había utilizado antes para sus objetos de aseo y la ropa interior. Akilina no deseaba que la seguridad de ambos dependiera de nada ni de nadie.

Deambuló por las calles durante dos horas, entrando y saliendo de algún café y alguna tienda, tratando de convencerse de que nadie la seguía. Pero ¿dónde estaba? Con toda seguridad, al oeste del Commerce & Merchants Bank, más allá del barrio financiero. Abundaban los anticuarios, las galerías de arte, las joyerías, las tiendas de regalos, las librerías y restaurantes. Su deambular no la llevó en ninguna dirección concreta. Lo único importante era encontrar el camino de regreso al nuevo hotel, pero siempre podía coger un taxi y enseñarle al conductor uno de los folletos que llevaba consigo.

Al sitio en que en aquel momento se encontraba la había atraído una torre que vio desde lejos. La arquitectura era rusa, con cruces doradas y la característica cúpula. El aspecto recordaba bastante a las iglesias de su tierra, pero había claras influencias extranjeras en la fachada, los muros de piedra sin pulir y una balaustrada que nunca había visto en una iglesia ortodoxa. La inscripción del pórtico estaba en inglés, pero también en caracteres cirílicos, de modo que Akilina pudo leer CATEDRAL DE LA SANTA TRINIDAD, lo cual la llevó a la conclusión de que se hallaba ante una iglesia ortodoxa rusa. El edificio inspiraba una sensación de seguridad, de manera que cruzó la calle y entró.

El interior era tradicional, pero con planta de cruz y el altar orientado al este. Se le fueron los ojos a la cúpula y el enorme candelabro de latón que de su centro pendía. Reconoció en el olor a cera de los velones cuya llama titilaba en los candeleros una ligera reminiscencia de incienso. Por todas partes había iconos que le devolvían la mirada: en las paredes, en las vidrieras, en el iconostasio que separaba el presbiterio de los fieles. En la iglesia de su adolescencia, la barrera estaba algo más abierta y permitía ver bien a los sacerdotes. Ésta era una pared maciza, repleta de imágenes carmesíes y doradas de Jesucristo y de la Virgen: sólo se podía atisbar algo por la puerta abierta. No había ni bancos ni reclinatorios. Al parecer, aquí, igual que en Rusia, la gente permanecía de pie durante las celebraciones.

Se acercó a un altar lateral, en la esperanza de que quizá Dios la ayudara a resolver su dilema. Se echó a llorar. Nunca había sido una persona que derramase lágrimas con facilidad, pero imaginar la tortura de Miles Lord, quizá hasta la muerte, era más de lo que podía soportar. Necesitaba acudir a la policía, pero algo le decía que podía no ser la mejor opción. El gobierno no era necesariamente un elemento de salvación. Eso era algo que su abuela le había metido a golpes en la cabeza.

Se santiguó y se puso a rezar, musitando las frases que de niña le habían enseñado.

—¿Te encuentras bien, muchacha? —le preguntó una voz de hombre, en ruso.

Se volvió. Era un sacerdote de mediana edad, con un hábito negro al modo ortodoxo. No llevaba el tocado habitual de los popes rusos, pero de su cuello colgaba una cruz de plata que a Akilina le recordaba vívidamente la niñez. Se enjugó rápidamente las lágrimas y trató de recuperar la compostura.

—Habla usted ruso —dijo.

—Nací en Rusia. He oído tu oración. Aquí es raro oír a alguien hablando tan bien el ruso. ¿Estás de visita?

Ella asintió con la cabeza.

—¿Qué problema tienes, que te entristece tanto?

La tranquila voz de aquel hombre la calmaba.

—Es un amigo que está en peligro.

—¿Puedes serle de ayuda?

—No sé cómo.

—Has venido al lugar adecuado para obtener consejo.

El sacerdote se acercó a la pared cubierta de iconos.

—No hay mejor consejero que Nuestro Señor.

Su abuela, devota ortodoxa, intentó transmitirle la confianza en el Cielo. Pero nunca, hasta ese momento, había experimentado Akilina la *necesidad* de Dios. Dándose cuenta de que el sacerdote jamás comprendería lo que estaba ocurriendo, no quiso decirle mucho más, de modo que se limitó a preguntarle:

—¿Está usted al corriente de la actualidad rusa, padre?

—La sigo con gran interés. Yo habría votado que sí a la restauración. Es lo mejor para Rusia.

—¿Por qué lo dice?

—Durante largos años, en nuestro país estuvo produciéndose una gran destrucción de almas. La Iglesia estuvo a punto de ver su fin. Quizá, ahora, logren los rusos volver al redil. Los soviéticos padecían de terror a Dios.

Era una extraña observación, pero a Akilina le pareció correcta. Cualquier cosa que pudiera animar la oposición se consideraba una amenaza. La Santa Madre Iglesia. Pura poesía. Una vieja señora.

El sacerdote dijo:

—Llevo viviendo aquí muchos años. Este país no es el espanto que quisieron hacernos ver. Los norteamericanos eligen presidente cada cuatro años, a bombo y platillo. Pero, al mismo tiempo, no le permiten olvidar su condición humana, no le permiten olvidar que puede equivocarse en sus decisiones. He comprendido que cuanto menos se deifique un gobierno, más respeto merece. Nuestro nuevo Zar debería aprender esa lección.

Akilina asintió. ¿Constituían esas palabras un mensaje?

—¿Te importa mucho ese amigo que está en apuros? —quiso saber el sacerdote.

La pregunta la hizo concentrarse, antes de contestar con la verdad:

—Es una buena persona.

—¿Lo amas?

—Hace poco que nos conocemos.

El sacerdote señaló la bolsa que colgaba del hombro de Akilina.

—¿Vas a alguna parte? ¿Huyes de algo?

Era consciente de que el buen sacerdote no comprendería nada y recordaba perfectamente las instrucciones de Lord en el sentido de no hablar con nadie mientras no se hubieran encontrado ambos, a las seis de la tarde. Y estaba totalmente decidida a respetar sus deseos.

—No hay adónde huir, padre. Mi problema está aquí.

—Me temo que no me hago cargo de tu situación. Y, como dice el evangelio, si el ciego conduce al ciego, ambos caerán en la zanja.

Akilina sonrió.

—Tampoco yo la comprendo bien, mi situación. Pero tengo una obligación que cumplir, y esa obligación está atormentándome en este momento.

—¿Tiene algo que ver con ello ese hombre del que tal vez estés enamorada, tal vez no?

Ella asintió.

—¿Quieres que recemos por él?

No era algo que pudiera perjudicar a nadie.

—A lo mejor sirve de algo, padre. Luego, ¿podría usted indicarme el mejor camino para llegar al parque zoológico?

38

Lord abrió los ojos, con miedo a que le aplicasen una nueva descarga eléctrica, o le volvieran a tapar la nariz con cinta aislante. No sabía cuál de las dos cosas era peor. Pero se dio cuenta de que no seguía atado al asiento. Estaba tendido sobre el suelo de madera, boca abajo, con los pies y las piernas abiertos. Habían cortado sus ataduras y éstas colgaban de las patas y los brazos del sillón. No estaba a la vista ninguno de sus torturadores. Sólo tres lámparas iluminaban el despacho, además de la luz crepuscular que filtraban las opacas cortinas de los ventanales.

El dolor que le produjeron las descargas eléctricas al recorrerle el cuerpo había sido tremendo. Orleg se había deleitado en ir cambiando el punto de contacto. Empezó por la frente, luego pasó al pecho, finalmente al escroto, que ahora le dolía tanto por el golpe de Párpado Gacho como por acción de los cables eléctricos. Era una sensación como la del agua fría al entrar en contacto con un diente muy dañado: lo suficientemente fuerte como para hacerle perder el sentido. Pero Lord hizo todo lo posible por aguantar, por no dejarse ir, por mantenerse alerta. No podía desmayarse y dejárselo todo a Akilina. Una cosa era que hubiese por ahí algún mítico heredero de los Romanov, y otra, muy distinta, era Akilina.

Intentó incorporarse, pero tenía entumecida la pierna derecha y no lograba mantenerse en pie. Los números de su reloj tanto le parecían enfocados como desenfocados. Cuando por fin logró verlos, comprobó que eran las cinco y cuarto de la tarde. Faltaban cuarenta y cinco minutos para la cita con Akilina.

Abrigaba la esperanza de que no la hubiesen localizado. El hecho de que él aún estuviera vivo quizá fuera confirmación del fracaso de sus enemigos. Lo más probable era que Akilina hubiera seguido sus instrucciones, tras haber llamado por teléfono a las tres y media, sin conseguir hablar con él.

Había sido una imbecilidad por su parte confiar en Filip Vitenko, creyendo además que los miles de kilómetros que separaban San Francisco de Moscú serían protección suficiente. Al parecer, quienquiera que fuese el interesado en averiguar lo que estaba haciendo Lord poseía los contactos suficientes como para saltarse las fronteras. Lo cual implicaba una relación gubernamental a alto nivel. Decidió que no volvería a cometer ese error. De ahora en adelante sólo confiaría en Akilina y en Taylor Hayes. Su jefe tenía buenos contactos. Quizá bastaran para poner arreglo a lo que sucedía.

Pero había que empezar por el principio. Lo primero que tenía que hacer era salir del consulado.

Lo más probable era que Orleg y Párpado Gacho anduvieran cerca, quizá en el exterior. Trató de recordar lo ocurrido antes de que perdiera el sentido. Lo único que le venía a las mientes era la electricidad recorriéndole el cuerpo, en cantidad suficiente como para acelerar al máximo los latidos de su corazón. Mirándole a los ojos, había captado en ellos todo lo que Orleg estaba disfrutando. Lo último que recordaba, antes de perder el conocimiento, era a Párpado Gacho apartando al inspector y diciendo que ahora le tocaba a él.

Intentó de nuevo incorporarse. Una ola de vértigo le recorrió el cerebro.

Se abrió de golpe la puerta. Entraron Párpado Gacho y Orleg.

—Muy bien, señor Lord. Ya está usted despierto —dijo Orleg, en ruso.

Lo levantaron del suelo de un tirón. De inmediato, la habitación empezó a darle vueltas y las náuseas invadieron su estómago. Los ojos se le pusieron en blanco, y pensó que iba a desmayarse, pero en ese momento le hizo impacto en la cara un golpe de agua fría. Al principio, la sensación era igual que la producida por las descargas eléctricas; pero el voltaje servía para quemar, y el agua le supuso un alivio. Pronto empezó a salir de su aturdimiento.

Enfocó la vista en los dos hombres.

Párpado Gacho lo sostenía en pie. Delante de él se hallaba Orleg, con una jarra vacía en la mano.

—¿Sigue usted con sed? —le preguntó el inspector, con sarcasmo.

—Que te den por el culo —logró decir Lord.

Orleg le golpeó violentamente el húmedo rostro con el dorso de la mano. El dolor del golpe le avivó los sentidos. Notó el sabor de la sangre en sus labios, y sólo pensó en liberarse y matar al hijo de puta aquel.

—Desgraciadamente —dijo Orleg—, el cónsul general no es partidario de que se mate a nadie en sus oficinas. Así que hemos tenido que prepararle a usted un viajecito. Me dicen que por aquí cerca hay un desierto. El lugar ideal para enterrar un cuerpo. A mí, como vivo en el frío, me vendrá bien un poco de aire seco y caliente.

Orleg se acercó a Lord.

—Tenemos un coche esperando en la parte trasera. No se le ocurra armar lío. No hay nadie que pueda oír sus gritos de socorro, y si hace un solo ruido le rajo la garganta. Si fuera por mi gusto, lo mataría aquí mismo. Ahora mismo. Pero las órdenes están para ser obedecidas, ¿no le parece a usted?

Como si le hubiera brotado de la mano, sacó a relucir un cuchillo largo y curvo, evidentemente recién afilado. El policía se lo pasó a Párpado Gacho, que se lo puso en la garganta a Lord, por el lado opuesto al filo.

—Le sugiero que ande despacito y en línea recta.

La advertencia no impresionó a Lord. Seguía medio grogui por efecto de la tortura y apenas se tenía en pie. Pero estaba tratando de reunir la energía suficiente para estar dispuesto en cuanto se le presentara una ocasión.

Llevado casi en volandas por Párpado Gacho, llegaron a una zona de secretariado en que no había nadie. Tras bajar por una escalera, se dirigieron a la parte de detrás de la planta baja, pasado un rectángulo de despachos, todos ellos vacíos y a oscuras. Lord pudo ver, por las ventanas, que el día estaba ya sometiéndose a la noche.

Era Orleg quien abría la marcha. Se detuvo ante una puerta de madera que tenía un cerco muy trabajado. Orleg descorrió el pestillo y abrió. Fuera se oía el ruido de un motor en marcha, y Lord pudo ver la puerta trasera de una berlina negra, abierta; el humo del escape desplazaba la neblina, elevándola hasta rebasar el techo del edificio. El inspector hizo seña a Párpado Gacho de que procediera a trasladar su carga.

—*Stoi* —dijo una voz, desde detrás. Alto.

Filip Vitenko se abrió paso hasta Orleg.

—Le he dicho, inspector, que este hombre no volvería a ser objeto de violencia.

—Y yo le he dicho a usted, señor diplomático, que no se meta en lo que no le importa.

—Su señor Zubarev se ha marchado. Aquí, la máxima autoridad soy yo. Acabo de hablar con Moscú y me han dicho que obre según mi parecer.

Orleg empuñó al enviado por las solapas de la chaqueta y lo estampó contra la pared.

—¡Xaver! —gritó Vitenko.

Lord oyó que alguien corría por el pasillo adelante. Luego, un individuo más fuerte que un roble se lanzó contra Orleg. Aprovechando el segundo de conmoción, Lord pudo meterle el codo en el estómago a Párpado Gacho. El hombre poseía una musculatura lisa y fuerte, pero Lord le localizó el hueco de las costillas y empujó con todas sus fuerzas hacia arriba.

Párpado Gacho perdió todo el aire en un *fuoh*.

Lord agarró la mano que empuñaba la navaja. El hombretón que debatía con Orleg percibió el ataque y puso su atención en Párpado Gacho, abalanzándose sobre él.

Lord se lanzó hacia la puerta de salida. Vitenko se interpuso entre él y Orleg por un segundo, y ello le permitió situarse de un salto junto al automóvil. Vio que éste estaba vacío y se apresuró a ocupar el asiento del conductor. Metió la marcha y aplastó el acelerador contra el suelo del coche. Los neumáticos se agarraron al pavimento y el coche salió proyectado hacia delante, mientras las puertas traseras se cerraban solas, por la inercia.

Enfrente había una cancela de hierro, abierta.

La atravesó a toda velocidad.

Una vez en la calle, giró a la derecha y pisó a fondo.

—Ya vale —dijo Hayes.

Párpado Gacho, Orleg, Vitenko y el ayudante dejaron de pelearse.

En el pasillo estaban Zubarev y Hayes.

—Muy bueno el número, señores.

—Ahora —dijo Hayes—, vamos a ver si no le perdemos la pista al hijo de puta ese y nos enteramos por fin de qué va todo esto.

39

Lord tomó una curva más, a toda pastilla, y luego aminoró la marcha. No vio en el retrovisor ningún coche que lo siguiera, y lo que menos le apetecía en el mundo era llamar la atención de la policía. El reloj del salpicadero señalaba las cinco y media. Aún disponía de media hora para acudir a su cita. Estaba tratando de recordar la topografía local. El zoo estaba al sur del centro, junto al océano, cerca de la Universidad Estatal de San Francisco. El lago Merced estaba también por los alrededores. Allí estuvo, pescando truchas, en un viaje anterior.

Le pareció que de ello hacía una eternidad. En los tiempos en que sólo era un asociado más, entre muchos, de un bufete enorme, cuando los únicos que se interesaban en sus idas y venidas eran la secretaria y su supervisor. Resultaba difícil creer que todo aquello había empezado con una simple comida en un restaurante de Moscú. Artemy Bely se empeñó en pagar él, diciendo que la próxima vez le tocaría a Lord. Éste aceptó la cortesía, aun sabiendo que el abogado ruso ganaba menos en un año que él en tres meses. Le había caído bien Bely, que le pareció un joven muy preparado y muy fácil de tratar. Y, sin embargo, lo único que ahora recordaba era el cadáver de Bely, acribillado a balazos, tendido en la acera. Y Orleg diciéndole que había demasiados muertos como para preocuparse de uno en concreto.

Hijo de puta.

Tomó por la bocacalle siguiente, en dirección sur, alejándose del Golden Gate Bridge, hacia el lado oceánico de la península. Le fue útil que no tardaran en aparecer carteles indicadores del zoo, que fue siguiendo entre el tráfico vespertino. Pronto dejó atrás la congestión de la comercialidad para adentrarse en las tranquilas colinas y los árboles del St. Francis Wood, con sus casas alejadas de la carretera, casi todas con cancela de hierro y fuentes.

Le sorprendía ser capaz de conducir, pero el aluvión de adrenalina que acababa de recorrerle el cuerpo le había cambiado los sentidos. Aún le dolían los músculos, por las descargas eléctricas, y respiraba con dificultad como consecuencia de los repetidos estrangulamientos, pero estaba empezando a sentirse vivo otra vez.

—Lo que hace falta es que Akilina esté ahí esperándome.

Llegó al zoológico y se metió en el aparcamiento alumbrado. Dejó las llaves puestas y se acercó a la taquilla, compró un tique y entró. El empleado le advirtió que faltaba algo menos de una hora para el cierre.

Tenía la pechera del jersey empapada de agua, por los remojones de Orleg: era como ir cubierto con una toalla húmeda, en el frescor de la tarde. Le dolía la cara, por los golpes, y pensó que, seguramente, la tendría desfigurada. Daría gusto verlo.

Siguió al trote por el camino de cemento con alumbrado de luces ambarinas. Aún había unos cuantos visitantes paseando, pero casi todos ellos iban en dirección opuesta, buscando la salida. Pasó junto a una zona de primates y un sector de elefantes; siguiendo las señales, continuó su camino hacia la Casa de los Leones.

Su reloj señalaba las seis de la tarde.

La oscuridad había ya iniciado su conquista del cielo. Los ruidos de los animales, amortiguados por los espesos muros, eran lo único que alteraba el tranquilo paraje. El aire olía a pellejo y a comida. Entró en la Casa de los Leones por una doble puerta de cristal.

Akilina estaba delante de un tigre que iba de un lado a otro. Lord sintió simpatía por aquel animal enjaulado, cuyo padecimiento era el mismo que él acababa de experimentar durante una tarde entera.

El rostro de Akilina expresó alivio y alegría. La chica corrió hacia Lord y ambos se abrazaron, ella con desesperada fuerza. Lord la retuvo en sus brazos mientras temblaba.

—Estaba a punto de marcharme —dijo Akilina, tocándole levemente con la mano la mandíbula hinchada y el ojo dañado—. ¿Qué ha pasado?

—Resultó que me estaba esperando Orleg con uno de los que vienen persiguiéndome desde hace tiempo. Están aquí.

—Te oí gritar por el teléfono.

Akilina le contó a Lord su conversación telefónica con el hombre que se había puesto al teléfono cuando llamó.

—El ruso que estaba al mando dijo llamarse Zubarev. En el consulado tiene que haber otros que los ayudan, aparte de Vitenko. Pero no creo que entre ellos se encuentre el propio Vitenko. Si no hubiera sido por él, no estaría aquí ahora —contó lo ocurrido unos minutos antes—. Estuve vigilando durante todo el camino, y no me ha seguido nadie.

Se fijó en la bolsa que ella llevaba en bandolera.

—¿Qué es eso?

—No quise dejar todo esto en el hotel. Me pareció mejor llevarlo encima.

Lord decidió no decirle que había cometido un error tonto.

—Nos largamos de aquí. En cuanto estemos a salvo llamaré a Taylor Hayes para que nos ayude. La situación está completamente fuera de control.

—Qué alegría que estés bien.

Lord, de pronto, se dio cuenta de que seguían abrazados y se apartó un poco para poder mirarla.

—Está bien —dijo ella.

—¿Qué quieres decir?

—Puedes besarme.

—¿Cómo sabes que quiero besarte?

—Lo sé.

Lord le rozó los labios con los labios, y en seguida se separó.

—Esto es muy raro.

Uno de los leones que había en el recinto de exposición al público lanzó un rugido.

—¿Será que les parece bien? —dijo Lord, con una sonrisa esbozándosele en la cara.

—¿Y a ti?

—A mí me parece estupendamente. Pero hay que irse de aquí.

He utilizado uno de sus automóviles para cruzar la ciudad. No creo que sea buena idea seguir utilizándolo. Lo mismo denuncian el robo y meten a la policía local en el asunto. Vamos a coger un taxi. Al entrar vi que había una parada delante. Volvemos al hotel que has encontrado tú y mañana por la mañana alquilamos un coche. No creo que sea buena idea presentarnos en el aeropuerto, ni en una estación de autobuses.

Lord recogió la bolsa del hombro de Akilina y se la colgó él. Notó el peso de las dos barras de oro. Asió de la mano a la chica y ambos salieron de la Casa de los Leones, pasando junto a un grupo de adolescentes que se dirigían a echar una última mirada a los félidos.

A unos cien metros, bajo una de las luces que alumbraba el camino, vio que Orleg y Párpado Gacho se acercaban a toda marcha.

Madre de Dios. ¿Cómo habían podido localizarlos?

Agarró a Akilina, y echaron a correr en la dirección opuesta, más allá de la Casa de los Leones, hacia un edificio cuyo rótulo decía CENTRO DE OBSERVACIÓN DE PRIMATES. Monos arrancados de su hábitat natural. Se adentraron en el complejo siguiendo un camino pavimentado, luego torcieron en ángulo recto hacia la izquierda. Ante ellos se desplegaba una ambientación natural, con luz artificial, rocas y árboles, además de una fosa de cemento armado que aislaba el conjunto. Había en aquel símil de bosque varios gorilas: una pareja de adultos y tres crías.

Sin dejar de correr, Lord tomó instantánea nota de que el camino se bifurcaba, lo que quería decir, dado el aislamiento del islote, que circundaba éste en su totalidad, hasta volver al punto de partida. A la izquierda había una valla alta, y más lejos, a la derecha, una zona abierta cuyo nombre era BUEY ALMIZCLERO. Había unas diez personas en atenta contemplación de los gorilas, que, mientras, daban buena cuenta de un gigantesco montón de fruta, en el centro de su área.

—No tenemos dónde ir —dijo Lord, con desesperación en la voz.

Tenía que hacer algo.

Luego observó que en una lejana roca del recinto de los gorilas había una puerta. Miró a ver qué hacían los animales. Quizá fuera donde se refugiaban para pasar la noche. Cabía la posibilidad de que Akilina y él lograsen llegar a aquella puerta sin llamar la atención de los gorilas.

Cualquier posibilidad era mejor que la de quedarse allí esperando a Orleg y Párpado Gacho, que corrían hacia ellos. Sabía muy bien de qué eran capaces aquellos dos sádicos, y prefirió correr el riesgo con los monos. Tras la entrada abierta en la roca se veía otra puerta, con luces. Había movimiento en el interior. Algún empleado, tal vez.

Y tal vez una salida al exterior.

Lanzó la bolsa de viaje al recinto de los gorilas. Fue a caer, pesadamente, junto a un montón de fruta. Los animales reaccionaron a la intrusión emitiendo un sonido, y a continuación se pusieron en movimiento, para investigar.

—Vamos allá.

Se plantó de un salto en el muro de circunvalación. Los demás visitantes lo miraron, extrañados. Akilina lo siguió. El foso tenía algo más de tres metros de anchura, y la pared no llegaba a cincuenta centímetros de espesor. Lord tomó carrerilla y saltó, proyectando su fornido cuerpo por el aire y rezando por que la caída fuese en terreno firme, al otro lado.

Al hacer impacto en el suelo sintió los dolores de la tortura en las piernas y en los muslos. Rodó una vez hacia delante y echó la vista atrás en el preciso momento en que Akilina aterrizaba a su lado, de pie.

Párpado Gacho y Orleg aparecieron tras el muro de separación.

Lord había dado por sentado que no los seguirían ni utilizarían sus armas, habiendo gente alrededor. Uno de los espectadores lanzó un grito, y otro empezó a dar voces llamando a la policía.

Párpado Gacho se encaramó al muro. Iba a saltar cuando uno de los gorilas adultos dio una carrera y se situó al borde de la fosa. El animal se levantó sobre las patas y lanzó un bramido. Párpado Gacho se echó atrás.

Lord recuperó la vertical y le hizo seña a Akilina de dirigirse hacia la puerta. El macho avanzaba pesadamente hacia ellos. El imponente animal iba a cuatro patas, apoyándose en el duro suelo con las plantas de los pies y los nudillos de las manos. Por su aspecto y comportamiento, Lord llegó a la conclusión de que se trataba de un macho. Tenía la pelambre entre marrón y gris, satinada, y esos tonos contrastaban fuertemente con la negrura del pecho, de las palmas y del rostro; un abultamiento plateado le coronaba la espalda. El animal se puso en pie, con las ventanas de la nariz muy ensanchadas, agitando los abultados brazos. Cuando lanzó un rugido, Lord permaneció completamente inmóvil.

El gorila más pequeño, que era de color marrón rojizo (una hembra, seguramente) se había aproximado a Akilina y estaba ahora plantada ante ella, desafiándola. A Lord le habría encantado ayudar, pero también él tenía sus problemas. Esperó que fuera cierto todo lo que había aprendido sobre los gorilas en el Discovery Channel. Se suponía que eran más ladradores que mordedores y que sus alardes físicos eran más bien para provocar una reacción en sus oponentes, quizá hasta el punto de meterles el miedo en el cuerpo y provocar su huida o, por lo menos, que se distrajeran.

Por el rabillo del ojo vio que Orleg y Párpado Gacho se mantenían a la expectativa. Luego vio que daban media vuelta y se marchaban por donde habían venido. Quizá estuvieran ya hartos del espectáculo.

Lord en modo alguno quería un nuevo encuentro con sus perseguidores rusos, pero el caso es que tampoco le apetecía mucho dar explicaciones a la policía. Y lo más probable era que ya estuviese avisada.

Tenían que acercarse a la puerta. Pero el macho, plantado ante él, se puso a golpearse el pecho.

La hembra que se ocupaba de Akilina empezó a retroceder, y Akilina aprovechó el momento para acercarse un poco a Lord. Pero la hembra volvió a moverse hacia delante, y Akilina se subió de un brinco a la rama abajera de uno de los álamos salpicados por el recinto. En seguida ganó altura y cambió de rama, dando cumplida muestra de su acrobática agilidad. La gorila pareció asombrarse muchísimo ante semejante acción, y se puso a trepar ella también. Lord observó que la expresión de la hembra se había ablandado, como si de pronto hubiera llegado a la conclusión de que todo era un juego. Los árboles del recinto estaban muy entrelazados, con la probable intención de conferir más naturalidad al hábitat de los gorilas. De lo cual se benefició Akilina para evadirse de su perseguidora.

El macho situado frente a Lord cesó en su tamboreo y se puso sobre las cuatro extremidades.

Lord oyó una voz femenina que le susurraba al oído, desde detrás:

—Óigame usted. Soy la cuidadora. Le sugiero firmemente que permanezca totalmente inmóvil.

—Tenga usted por seguro que no pienso mover un dedo —contestó Lord, también en voz muy baja.

El mono lo miraba de hito en hito, con la cabeza ladeada en un gesto de curiosidad.

—Estoy en el interior del muro de roca. Pasada la puerta —dijo la incorpórea voz—. Aquí es donde pasan la noche. Pero no vendrán hasta que no hayan despachado toda la comida… Le presento a *Rey Arturo*. No es muy dado a hacer amigos. Voy a distraerlo para que pueda usted meterse aquí.

—Mi amiga también está en apuros.

—Ya lo he visto. Pero vayamos por partes.

Rey Arturo emprendió una lenta retirada, dirigiéndose a la bolsa de viaje. Lord, que en modo alguno podía marcharse sin la bolsa, trató de alcanzarla. El mono se lanzó hacia delante, con un tremendo grito, como ordenando a Lord que se quedara quieto.

Y él obedeció.

—No lo desafíe —dijo la voz.

El gorila enseñó los colmillos. Lord no se vio con ganas de ponerlos a prueba. Se puso a observar la competencia que mantenían Akilina y la hembra, de rama en rama. No daba la impresión de que Akilina estuviera en peligro: manteniéndose fuera del alcance del animal, más arriba o más abajo, acabó utilizando una rama gruesa para dar una voltereta y aterrizar en el suelo. La gorila trató de imitarla, pero su gran tamaño la hizo estamparse contra la tierra, tras haber trazado un arco en el aire con su caída. Akilina aprovechó la ocasión para meterse a toda prisa en el portal.

Ahora le tocaba a él.

Rey Arturo agarró la bolsa de viaje y se puso a manosearla, tratando de averiguar su contenido. Lord se acercó a quitársela, esperando hacerlo con la rapidez suficiente para echársela al hombro y salir corriendo hacia la abertura de la roca. Pero *Rey Arturo* tampoco era manco, en cuanto a rapidez: alargó el brazo y cogió un buen puñado del jersey de Lord. Éste trató de apartarse, pero el gorila lo tenía bien agarrado. El jersey, poco a poco, fue rompiéndose. *Rey Arturo* quedó con la bolsa en una mano y un buen trozo de jersey en la otra.

Lord no se movió.

El gorila arrojó el jersey al suelo y prosiguió en su empeño de registrar la bolsa.

—Tiene usted que meterse aquí —dijo la voz femenina.

—No sin la bolsa.

El mono manoseaba la bolsa, tratando de abrirla por las costuras, llegando en un par de ocasiones a hincarle los colmillos. La bolsa era de tela muy gruesa y aguantó. El gorila, evidentemente frustrado, la estampó contra la pared de roca.

Y volvió a estamparla inmediatamente, como con prisa.

Lord arrugó el ceño.

El huevo Fabergé no podría soportar esos malos tratos. Sin pensárselo por un segundo, Lord se lanzó hacia delante cuando la bolsa cayó al suelo, tras el tercer golpe. *Rey Arturo* se le acercó, pero Lord levantó la bolsa del suelo y se la echó inmediatamente al hombro. En ese momento se acercó la hembra y se interpuso entre Lord y el macho, tratando de hacerse ella con la bolsa. No obstante, *Rey Arturo* agarró fuertemente por el cuello a la hembra, que era más pequeña que él, haciéndola eructar y gruñir. Mientras el macho la alejaba de su lado, Lord aprovechó para buscar el refugio del portal abierto.

Pero *Rey Arturo* le cerró el camino cuando le faltaban unos pasos para ponerse a salvo.

El primate se hallaba frente a él, a poco más de un metro de distancia, apestándolo con su nauseabundo olor. Tras una intensa mirada vino un gruñido en tono bajo. El gorila tenía el labio superior hinchado y abría la boca para mostrar unos colmillos tan largos como los dedos de Lord. Extendió el brazo lentamente hasta tocar la bolsa, como en una caricia.

Lord se quedó muy quieto.

El gorila le tocó el pecho con el dedo. No llegó a hacerle daño, pero hizo contacto con la piel de Lord. Era un gesto casi humano. Por un momento, Lord perdió un poco el miedo. Clavó la mirada en los brillantes ojos del animal y comprendió que ya no estaba en peligro.

Rey Arturo retiró el dedo y se alejó un poco.

También la hembra se había quitado de en medio, tras la reprimenda que acababa de ganarse.

El gran primate siguió apartándose, hasta dejar libre el camino que llevaba al portal. Lord se metió a rastras y la puerta metálica se cerró tras él.

—Nunca había visto reaccionar así a *Rey Arturo* —dijo la cuidadora, mientras echaba el cierre—. Es muy agresivo.

Lord, por entre los barrotes de la puerta, observó al gorila, que había vuelto a apoderarse del jersey. Al final, acabó perdiendo el interés y se alejó camino de un montón de fruta.

—Ahora, ¿harán ustedes el favor de explicarme qué hacen aquí?

—¿Hay salida?

—No tan de prisa. Hay que esperar a que llegue la policía.

Lord pensó que eso no iba a ser posible. No había modo de saber hasta dónde alcanzaba la influencia de sus perseguidores. Vio que había una puerta de salida, cerrada, y más allá un vestíbulo visible a través de un cristal reforzado con alambre. Asió del brazo a Akilina y ambos echaron a andar en esa dirección.

—He dicho que vamos a esperar a la policía.

La mujer de uniforme les cortó el paso.

—Mire, estamos pasándolas muy mal. Unos cuantos hombres intentan matarnos y hace un rato he tenido que mirarle a los ojos a un gorila de ciento cincuenta kilos. Comprenderá que no me apetezca nada discutir.

La cuidadora, aún dubitativa, se apartó.

—Buena elección. Ahora, ¿dónde está la llave de esa puerta?

La empleada se buscó en el bolsillo y le entregó a Lord una arandela con una sola llave colgando. Akilina y Lord salieron de aquella habitación. Lord echó la llave a la puerta.

No tardaron en encontrar una salida que daba más allá de la

zona de visita, hacia dos grandes cobertizos llenos de herramientas. Más adelante había un aparcamiento vacío. Según un cartel, todo aquello era zona reservada al personal del zoo. Sabiendo que no podían volver a la entrada principal, Lord se dirigió hacia el océano y la avenida que corría paralela a la costa. Quería salir de aquellos parajes cuanto antes, y se llevó una alegría al ver que se acercaba un taxi. Pararon el vehículo y se subieron. El conductor los dejó en el Golden Gate Park al cabo de diez minutos.

Entraron en el parque.

Frente a ellos se veía un campo de fútbol sin iluminar, con un pequeño estanque a la derecha. El parque se extendía varios kilómetros en todas direcciones. Los árboles y las praderas estaban en la sombra y no se percibían sus detalles. Se sentaron en un banco. Lord tenía los nervios destrozados. No sabía cuánto más podría soportar. Akilina le pasó el brazo por detrás y apoyó la cabeza en su hombro.

—Qué sorprendente, lo que hiciste con el gorila. Eres una trepadora nata.

—No creo que hubiera llegado a hacerme daño.

—Comprendo lo que quieres decir. También el macho podría haber pasado al ataque, pero no lo hizo. Llegó incluso a evitar que la hembra se lanzase.

Lord recordó los golpes de la bolsa contra la pared de piedra. La recogió del suelo húmedo. La farola que había sobre sus cabezas proporcionaba un resplandor naranja. No había nadie a la vista. Soplaba un aire frío, y Lord echó de menos su jersey.

Abrió la cremallera de la bolsa.

—Cuando *Rey Arturo* se puso a estamparla contra la pared, sólo pensé en el Fabergé.

Sacó el huevo de la bolsa de terciopelo. Se le habían roto tres de sus patas y había muchos diamantes sueltos. Akilina hizo cuenco con las manos y recogió todos aquellos restos preciosos. El huevo estaba rajado por el centro, abierto como una toronja.

—Está hecho polvo —dijo—. Era un objeto de valor incalculable. Por no decir que la rotura puede traer como resultado el fin de nuestra búsqueda.

Se quedó mirando la hendidura abierta en semejante obra de

arte. Se le estaba revolviendo el estómago. Dejó la bolsa de terciopelo y, suavemente, acarició el Fabergé con el dedo, en la esperanza de averiguar lo que había dentro. Algo blanco y fibroso, como una especie de material de embalaje. Extrajo una pizca y descubrió que era algodón, tan compactado que resultaba difícil arrancar algo como muestra. Siguió tanteando, con la esperanza de acabar localizando el mecanismo de alzada de los tres diminutos retratos.

Ahondó con la punta del dedo.

Algo duro, sin duda.

Y suave.

Se situó mejor con respecto a la luz de la farola y siguió buscando con el dedo.

Captó un destello de oro con algo grabado en la superficie.

Letras.

Agarró el huevo con ambas manos y partió la corteza de oro, como si hubiera sido una granada.

TERCERA PARTE

40

Hayes vio que Orleg y Párpado Gacho salían del zoo por la puerta principal. Khrushchev y él habían esperado pacientemente en el aparcamiento durante diez minutos. El rastreador que le habían colocado a Lord en el coche —un artilugio diminuto, del tamaño de un botón— había funcionado perfectamente. El consulado poseía una buena cantidad de estos aparatos, reminiscencia de la guerra fría, durante la cual San Francisco fue un punto neurálgico de recogida de información dentro de la región de California, tan importante en lo referente a la informática y la defensa.

Había dejado escapar a Lord como medio para localizar a Akilina Petrovna, en cuyas manos, pensaba Hayes, se debía de hallar lo que fuera que hubiese encontrado Lord tanto en la tumba de Kolya Maks como en la caja de seguridad. La capacidad de seguimiento de su presa les había permitido mantenerse a una distancia prudencial, mientras Lord se iba abriendo paso por el tráfico vespertino. A Hayes le pareció extraño el lugar de la cita, pero se dijo que Lord habría preferido un sitio público. Llamar la atención era precisamente lo que menos necesitaba Hayes.

—No me gusta nada la cara que traen —dijo Khrushchev.

Tampoco a Hayes, pero se lo calló. Estaba más o menos tranquilo, porque la pantalla LCD que tenía delante seguía emitiendo pitidos, lo que quería decir que no habían perdido a Lord. Apretó un botón y la ventanilla trasera del Lincoln bajó con un zumbido. Orleg y Párpado Gacho se detuvieron al lado.

—Saltó al foso de los gorilas —dijo Orleg—. Tratamos de seguirle, pero una de esas puñeteras bestias nos cerró el camino. Además, tampoco era cosa de montar el espectáculo. Lo que tenemos que hacer es seguirlo otra vez.

—Muy prudente por vuestra parte —dijo Hayes—. La señal sigue siendo fuerte.

Se volvió hacia Zubarev.

—¿Procedemos?

Abrió la puerta y los ocupantes se bajaron del coche, en la oscuridad de la noche. Orleg se hizo con la pantalla LCD y todos se le acercaron. En la distancia se oían unas sirenas, cada vez más cerca.

—Alguien ha llamado a la policía. Tenemos que poner fin a todo esto cuanto antes —dijo Hayes—. No estamos en Moscú. Aquí, la policía hace un montón de preguntas.

La entrada principal del zoo estaba sin vigilar, de modo que pudieron entrar en seguida. Había un montón de gente en torno al recinto de los gorilas. El rastreador que llevaba Orleg seguía indicando la presencia de Lord en las cercanías.

—Métete eso debajo de la chaqueta —le dijo Hayes a Orleg, con idea de no despertar la curiosidad de la gente.

Al acercarse al recinto de los gorilas, Hayes preguntó qué estaba ocurriendo. Una mujer le explicó que un hombre negro y una chica blanca habían saltado al foso y que los gorilas salieron en su persecución. Al final lograron refugiarse en un portal abierto en la roca y desaparecieron. Hayes se dirigió a Orleg para confirmar que la señal seguía activa. Pero cuando miró con atención el hábitat iluminado, inmediatamente se dio cuenta de lo que el gran gorila de lomo plateado llevaba bien sujeto en una mano.

Un jersey de color verde oscuro.

El mismo jersey al que habían cosido el rastreador. Movió la cabeza y recordó de pronto lo que Rasputín le predijo a Alejandra: *La inocencia de las bestias servirá de guarda y guía del camino, para ser el árbitro final del éxito.*

—El mono ese tiene el jersey en la mano —le dijo a Zubarev, que se acercó al muro de contención y lo vio con sus propios ojos.

La cara que puso el ruso dio a entender que él también estaba acordándose de la predicción del *starets*.

—Pues ahí está: una bestia ha servido de guarda. Lo que no sé es si también habrá servido de guía.

—Buena pregunta —dijo Hayes.

Lord iba pelando el oro del huevo. Saltaban los diamantes como gotitas de zumo de una naranja recién abierta. Una pequeña pieza de oro cayó en la hierba húmeda. Akilina se inclinó a recogerla.

Una campanita.

El exterior resplandecía a la luz de la lámpara que los iluminaba desde lo alto. Era seguramente la primera vez en muchísimos años que este objeto entraba en contacto con el aire. Akilina lo acercó más a la luz y Lord vio que en la campanita había grabadas unas cuantas palabras.

—Son caracteres cirílicos —dijo ella, acercándosela a los ojos.

—¿Puedes leerlo?

—«Donde crece el árbol de la Princesa y el Génesis, la Espina* espera. Usad las palabras que hasta aquí os trajeron. El éxito vendrá cuando sean pronunciados vuestros nombres y la campana se complete.»

Lord estaba empezando a cansarse de adivinanzas.

—¿Qué quiere decir?

Cogió la campana y procedió a estudiar sus detalles. No tenía más allá de ocho centímetros de alto por cinco de ancho. Sin badajo. De su peso cabía deducir que estaba hecha de oro macizo. Aparte de las palabras grabadas en el círculo exterior, no había ninguna otra clase de símbolo. Aparentemente, ése era el último mensaje de Yusúpov.

Lord volvió al banco y se sentó.

Lo mismo hizo Akilina.

Lord prosiguió su inspección ocular del Fabergé destrozado. Al parecer, los descendientes de Nicolás II habían logrado sobrevivir durante buena parte del siglo XX y, ya, el principio del siglo XXI.

---

*   «Espina» es «Thorn» en inglés.

Mientras los primeros ministros comunistas sojuzgaban al pueblo ruso, los herederos del trono de los Romanov seguían vivos, en la oscuridad, *donde crece el árbol de la Princesa,* vaya usted a saber dónde. Quería localizar a esos descendientes. Es más: tenía necesidad de localizarlos. Stefan Baklanov no era el justo heredero del trono ruso, y quizá la aparición de un Romanov por la línea directa alcanzara a galvanizar al pueblo ruso en una medida que de ningún otro modo podría alcanzarse. Pero por el momento estaba demasiado cansado para hacer nada más. En principio, había pensado dejar la ciudad aquella misma noche, pero ahora tomó la decisión contraria:

—Volvamos al hotel que encontraste tú y durmamos un poco. Puede que mañana por la mañana veamos todo esto con más claridad.

—Por el camino podríamos comprar algo de comer. Llevo desde el desayuno sin probar bocado.

Lord la miró; luego, alargó el brazo y le acarició levemente la mejilla.

—Hoy lo has hecho todo muy bien —le dijo, en ruso.

—No estaba segura de volver a verte alguna vez.

—Tampoco yo estaba muy seguro, la verdad.

Akilina acercó su mano a la de Lord.

—No me hacía ninguna gracia pensarlo.

A él tampoco.

La besó en los labios, suavemente, y luego la tomó en sus brazos. Permanecieron unos minutos en el banco, paladeando la soledad. Al final, Lord metió en su bolsa de terciopelo lo que quedaba del Fabergé, junto con la campanita. Se echó al hombro la bolsa de viaje y salieron del parque al bulevar contiguo.

Diez minutos más tarde encontraron un taxi, y Lord le dijo al conductor que los llevara al hotel elegido por Akilina. Fueron recorriendo la ciudad. Lord le daba vueltas a la inscripción de la campanita.

Donde crece el árbol de la Princesa y el Génesis, la Espina espera. Usad las palabras que hasta aquí os trajeron. El éxito vendrá cuando sean pronunciados vuestros nombres y la campana se complete.

Otra instrucción críptica. Bastante, quizá, para indicarles el camino, si hubieran sabido qué buscar; pero insuficiente en realidad, porque desde su ignorancia no podían sacarle partido. El problema era que no sabían lo que estaban buscando, pensó de nuevo. Esas palabras se inscribieron en algún momento posterior a 1918, año en que fue asesinada la familia imperial, y anterior a 1924, año en que murió Fabergé. Podía ser que en aquella época su significado estuviese más claro, que el tiempo hubiera oscurecido lo que en principio era un mensaje desprovisto de ambigüedad. A través de las ventanas churretosas del taxi fue contemplando el desfile de cafés y restaurantes que se deslizaban a su lado. Recordó que Akilina había hablado de comer algo, y el caso era que también él tenía hambre, aunque no le pareciera buena idea pasar demasiado tiempo al descubierto.

Se le ocurrió una cosa.

Le dijo al taxista lo que quería, y el hombre asintió con la cabeza. Sólo tardó unos minutos en encontrar el sitio requerido.

Entró con Akilina en una edificación que llevaba el rótulo de CYBERHOUSE, uno de los muchos lugares en que se combinaba el acceso a internet con la posibilidad de comer y beber algo. En aquel preciso momento, ambas cosas le hacían falta: comida e información.

El interior estaba medio lleno. Resplandecían las paredes de acero inoxidable y había una buena cantidad de paneles de cristal ahumado con imágenes estampadas. Una de las esquinas estaba dominada por un gran televisor, frente al cual se apiñaba cierta cantidad de gente. A primera vista, la especialidad parecía ser la cerveza de grifo servida en grandes dosis y cierto tipo de sándwich.

Lord se metió en seguida en el cuarto de baño, se lavó la cara con agua fría y trató de suavizar el aspecto intimidatorio de sus moretones.

Ambos ocuparon luego una cabina con terminal y pidieron algo. La camarera les explicó el funcionamiento del teclado y les proporcionó la contraseña. Mientras esperaban que les sirvieran, Lord encontró un motor de búsqueda y tecleó ÁRBOL PRINCESA. Aparecieron unos tres mil resultados. Muchos eran de una línea de joyería que estaba en lanzamiento y que respondía al nombre de Colección Árbol de la Princesa. Otros eran sobre el bosque pluvial, la silvicultura, la horticultura y las hierbas medicinales. Hubo uno, sin embargo, cuyo sumario le llamó inmediatamente la atención:

<u>Paulownia tomentosa</u>—Árbol de la princesa, Árbol Karri—hojas de color violeta, aromáticas. Agosto/ septiembre.

Hizo clic con el ratón y en la pantalla apareció un texto en que se explicaba que el árbol de la princesa era originario del Extremo Oriente, pero que se importó en Estados Unidos en los años treinta del siglo XIX. La especie se había extendido por el este del país, por efecto de las semillas utilizadas como relleno en embalajes procedentes de China. Su madera era ligera y muy resistente al agua, y los japoneses la utilizaban para fabricar cuencos de arroz, utensilios y ataúdes. Su crecimiento era rápido —entre cinco y siete años para alcanzar la madurez— y su floración era espectacular, porque daba unas flores alargadas, del color de la lavanda, suavemente aromáticas. Se mencionaba la utilización de la especie en la industria maderera y de pasta de papel, merced a su rápido crecimiento y su bajo costo. Abundaba sobre todo en las montañas de Carolina del Norte, donde se habían llevado a cabo repetidos intentos de cultivo, a lo largo de los años. Pero fue la explicación del nombre lo que más le llamó la atención. Según se decía, el árbol había sido bautizado así por la princesa Anna Paulownia, hija del Zar Pablo I, que reinó en Rusia entre 1797 y 1801. Pablo I era tatarabuelo de Nicolás II.

Le comunicó a Akilina lo que acababa de leer.

Ella quedó sorprendida:

—Cómo se puede uno enterar de tantas cosas tan de prisa.

Lord recordó que el acceso a internet estaba empezando en el país de Akilina. Varios clientes de Pridgen & Woodworth trabajaban febrilmente en mejorar la conexión entre Rusia y la Red. El problema era que un solo ordenador costaba dos veces el salario medio anual de Rusia.

Bajó por la pantalla y encontró otro par de sitios. No había información de valor en ninguno de los dos. Llegó la camarera con la comida y dos Pepsi-Colas. Por unos minutos, mientras comían, Lord olvidó la espantosa situación en que se hallaban. Estaba capturando la última de sus patatas fritas cuando otra idea lo asaltó. Volvió a abrir el motor de búsqueda. Luego tecleó CAROLINA NORTE y encontró un sitio donde venía un mapa detallado del estado. Seleccionó la región montañosa y amplió.

—¿Qué es eso? —le preguntó Akilina.

—Una corazonada que estoy siguiendo.

En el centro de la pantalla estaba Asheville, en una intersección de líneas de color rojo oscuro procedentes de los cuatro puntos cardinales, es decir las carreteras interestatales 40 y 26. Al norte había localidades como Boone, Green Mountain y Bald Creek. Al sur estaban Hendersonville y la frontera con Carolina del Sur y Georgia. Maggie Valley y Tennessee quedaban al oeste, y Charlotte surgía al este. Estudió la ruta Parkway, que serpenteaba hacia el noreste, de Asheville a la raya de Virginia. Los pueblos tenían nombres interesantes: Sioux, Bay Book, Chimney Rock, Cedar Mountain. Luego, justo al norte de Asheville, al sur de Boone, cerca de Grandfather Mountain, lo vio.

Genesis. En la Carretera Nacional 81.

Donde crece el árbol de la Princesa y el Génesis, la Espina espera.

Miró sonriente a Akilina.

41

Akilina y Lord se levantaron pronto y dejaron el hotel. La semana anterior había dormido con una mujer por primera vez en muchos años. No había habido sexo, porque ambos estaban demasiado exhaustos y asustados, pero estuvieron muy juntos, abrazados, con Lord despertándose de vez en cuando ante el temor de que Párpado Gacho se presentara en el momento menos pensado.

Se despertaron un poco antes del amanecer y fueron a una agencia de Avis situada en el barrio financiero, a alquilar un coche. A continuación recorrieron ciento cincuenta kilómetros, dirección noreste, hasta llegar al aeropuerto de Sacramento, en la idea de que allí habría menos posibilidades de que alguien los localizara. Tras devolver el coche, cogieron un vuelo directo a Dallas de la American Airlines. Ya a bordo, Lord echó un vistazo al diario *USA Today*. En primera página venía la noticia de que la Comisión del Zar estaba a punto de dar por concluidos sus trabajos. Contra todo pronóstico, la comisión, tras cerrar la tanda de entrevistas, había estrechado el campo hasta dejar sólo tres finalistas, uno de los cuales era Stefan Baklanov. La votación final, que en principio estuvo prevista para el día siguiente, se había aplazado al viernes, debido a la muerte de un familiar de un miembro de la comisión. Dado que la votación final tenía que resolverse por unanimidad, no habían tenido más remedio que establecer un retraso de un día. Los entendidos ya predecían la elección de Baklanov, anunciando que a continuación sería proclamado como la mejor solución para Rusia. El *USA Today* citaba las palabras de un conocido historiador: «Es lo más cercano a Nicolás II que tenemos. El más Romanov de los Romanov.»

Lord miraba el teléfono empotrado en el respaldo del asiento delantero. ¿Debía ponerse en contacto con el Departamento de Estado, o con Taylor Hayes, para contarles todo lo que sabía? La información de que disponían Akilina y él podía, sin duda alguna, modificar el resultado de la votación. Como mínimo, haría que se aplazase la resolución final mientras se comprobaba la validez de los nuevos datos. Pero, según la profecía, Akilina y él tenían que completar la tarea por sí solos. Tres días atrás él mismo habría restado toda credibilidad a este asunto, considerándolo una mera manifestación de los delirios de poder de un campesino borracho sin más mérito que el de haberse granjeado el favor de la familia imperial. Pero estaba el gorila. *La bestia.* Era el gorila quien había aplastado el huevo Fabergé. Era el gorila quien había impedido que Párpado Gacho saltara al foso.

La inocencia de las bestias servirá de guarda y guía del camino, para ser el árbitro final del éxito.

¿Cómo podía Rasputín haber sabido que algo así sucedería? ¿Era una coincidencia? Si lo era, el caso llevaba los límites de la probabilidad mucho más allá de lo concebible. ¿Estaba el heredero del trono ruso tranquilamente instalado en Estados Unidos? Genesis. Carolina del Norte, 6.356 habitantes, según el atlas que acababa de comprar en el aeropuerto. Cabeza del condado de Dillsboro. Una población diminuta en un condado diminuto, enclavado en los montes Apalaches. Si el heredero, o heredera, se encontraba allí, ese mero hecho podía modificar el curso de la Historia. Se preguntó qué pensaría el pueblo ruso al enterarse de que dos de los herederos habían sobrevivido a la matanza de Ekaterimburgo y estaban escondidos en Estados Unidos, en un país del que la nación rusa había aprendido a desconfiar, tras decenios de propaganda oficial. También se preguntó cómo sería el heredero, hijo o nieto de Alexis o de Anastasia, quizá de ambos, educado a la norteamericana. ¿Qué relación mantendrían con la Madre Rusia que ahora les haría seña de que regresaran, para ponerse al frente de un país en plena conmoción?

Era increíble. Y él, Lord, era parte del asunto. Una parte esencial. El Cuervo del Águila que representaba Akilina. Su cometido estaba muy claro: poner término a la búsqueda y encontrar una Espina. Pero había alguien más buscando. Personas que trataban de influir en el resultado de la comisión. Hombres que habían invertido un montón de dinero y de poder en controlar un proceso supuestamente neutral. ¿O también eso era mentira, una más de las ideadas por Filip Vitenko para convencerlo de acudir al consulado ruso? No lo creía así. Maxim Zubarev había dado pruebas de una crueldad que acreditaba sus palabras. Stefan Baklanov estaba totalmente bajo control. No era más que *un títere consentidor*. Y, como había dicho Zubarev, ellos eran muy *buenos titiriteros*. ¿Qué más había dicho Zubarev? *Lo único que puede evitar su ascensión es la reemergencia de alguien que descienda directamente de Nicolás II.* Pero ¿quiénes eran «ellos»? ¿Era cierto que habían logrado amañar la comisión? Si así era, ¿qué más le daba a él? Lord había viajado a Moscú con el fin concreto de promocionar la candidatura de Baklanov hasta obtener su victoria. Ése era el desenlace que sus clientes querían. Eso era lo que Taylor Hayes quería que ocurriese. Y sería lo mejor para todos.

¿O no?

Al parecer, las mismas facciones, la política y la criminal, que antes habían puesto de rodillas a Rusia, controlaban ahora a su futuro monarca absoluto. Y no se trataba de ningún gobernante de esos del siglo XVIII, con sus fusiles y sus cañones. Éste tendría acceso a las armas nucleares, en algunos casos lo suficientemente pequeñas como para llevarlas en un maletín. Ningún individuo debería poseer nunca tamaña autoridad, pero los rusos no se conformarían con menos. Para ellos, el Zar era sagrado, era el vínculo entre Dios y el pasado glorioso que llevaba un siglo negándoseles. Querían retroceder a aquellos tiempos, y un retroceso era lo que iban a conseguir. Pero ¿saldrían ganando? ¿O no harían sino pasar de un conjunto de problemas a otro conjunto de problemas? Recordó otra de las frases de Rasputín:

Doce deben morir para que la resurrección sea completa.

Repasó el número de muertos. Cuatro el primer día, incluyendo a Artemy Bely. El guarda de la Plaza Roja. El compañero de Pashenko. Iosif y Vassily Maks. Hasta ahora, todo lo dicho por el *starets* se había cumplido.

¿Qué tres faltaban por morir?

Hayes miraba a Khrushchev retorcerse en su asiento. El antiguo comunista, ministro del gobierno durante muchos años, muy bien situado y mejor relacionado, estaba nervioso. Hayes sabía bien que los rusos llevaban siempre sus emociones a flor de piel. Si se sentían felices, lo manifestaban con una exuberancia que a veces resultaba aterradora. Si estaban tristes, su desesperación alcanzaba las mayores profundidades. Iban, por naturaleza, de un extremo al otro, sin detenerse casi nunca en el punto medio; y Hayes había ya aprendido, tras casi veinte años de trato con ellos, que la franqueza y la lealtad eran muy importantes atributos. Lo malo era que podían pasar años antes de que un ruso empezara a confiar en otro ruso, y muchos más en un extranjero.

En aquel momento, Khrushchev estaba comportándose de un modo especialmente ruso. Veinticuatro horas antes era todo confianza y seguridad y estaba totalmente convencido de que Lord no tardaría en caer en sus manos. Ahora estaba serio y taciturno y llevaba sin decir prácticamente nada desde la noche antes, en el zoo, cuando se percataron de que no había modo de seguir a su presa, y él comprendió que tendría que explicarles todo aquello a los miembros de la Cancillería Secreta, a quienes, además, no les había parecido buena idea, en principio, que dejaran escapar a Lord para luego seguirlo.

Se hallaban en la segunda planta del consulado, solos en el despacho de Vitenko, con la llave echada. Al otro lado del hilo estaban los miembros de la Cancillería, reunidos en el estudio de su local moscovita. Nadie estaba contento con la situación actual, pero nadie criticaba abiertamente las medidas tomadas.

—Qué le vamos a hacer —decía Lenin, por teléfono—. ¿Quién iba a predecir la intervención de un gorila?

—Rasputín —dijo Hayes.

—Ah, señor Lincoln, está usted empezando a hacerse cargo de nuestra preocupación —dijo Brezhnev.

—Estoy empezando a pensar que sí, que definitivamente Lord anda detrás de un descendiente de Alexis o de Anastasia. Un heredero del trono de los Romanov.

—Parece ser —dijo Stalin— que nuestros peores miedos se han hecho realidad.

—¿Alguien tiene idea de dónde pueden haber ido? —preguntó Lenin.

Hayes llevaba horas haciéndose esa pregunta.

—He contratado a una compañía de investigación de Atlanta para que tenga vigilado su apartamento. Si pasa por allí, lo tendremos localizado. Y esta vez no lo dejaremos escapar.

—Eso está muy bien —dijo Brezhnev—. Pero ¿y si se encamina directamente al sitio en que lo esté esperando el supuesto heredero?

Ésa era otra posibilidad que Hayes había estado sopesando. Tenía contactos en los cuerpos encargados de imponer el cumplimiento de la ley. El FBI. El servicio de aduanas. La DEA. Podían servirle para seguir de modo encubierto los pasos de Lord, sobre todo si utilizaba tarjetas bancarias o de crédito en su viaje. Sus contactos tendrían acceso a datos que él nunca podría conseguir. Pero meterlos en la función lo obligaría a enredarse con personas a quienes prefería mantener a una distancia de respeto. Sus millones estaban seguros bajo la protección de una verdadera montaña de cobertura suiza, y tenía intención de disfrutar de todos esos dólares —y unos cuantos millones más que pensaba conseguir— en los años venideros. Llegado el momento, dejaría el bufete, llevándose la cantidad de siete cifras que le garantizaba el contrato de recompra de acciones. Los demás socios querrían, seguramente, que mantuviera alguna relación con ellos, aunque sólo fuera para no quitar su nombre de la placa y del membrete de las cartas, garantizándose así la fidelidad de los clientes que él había ido consiguiendo a lo largo del tiempo. Y él aceptaría, desde luego, si le pagaban un razonable estipendio anual —lo suficiente, digamos, para vivir modestamente en un palacio de Europa—. Todo iba a ser perfecto. De modo que ni por asomo pensaba darle a nadie la oportunidad de fastidiárselo. Mintió, pues, en su respuesta a Brezhnev:

—Me quedan teclas que tocar. Aquí también hay gente disponible, como la tienen ustedes en Rusia.

En realidad, nunca había necesitado de esa *gente,* y no tenía idea de dónde podía encontrarla; pero sus compinches rusos no tenían por qué saberlo.

—No creo que sea problema.

Khrushchev lo miró a los ojos. El altavoz permanecía en silencio, mientras, al parecer, sus interlocutores rusos esperaban que se les dijera algo más.

—Estoy convencido de que Lord se pondrá en contacto conmigo —dijo Hayes.

—¿En qué se basa? —le preguntó Khrushchev.

—No tiene motivo para no confiar en mí. Sigo siendo su jefe, y yo tengo contactos en el gobierno ruso. No le queda más remedio que llamarme, sobre todo si, en efecto, localiza a alguien. Yo seré la primera persona a quien querrá contárselo. Él sabe muy bien lo que se juegan nuestros clientes, y lo que todas estas novedades significarían para ellos. Me llamará.

—Pues hasta ahora no lo ha hecho —dijo Lenin.

—Porque estaba en la línea de fuego y en movimiento. Y también porque hasta ahora no tiene nada que aportar que demuestre la utilidad de sus esfuerzos. Aún sigue buscando. Dejémoslo. Luego se pondrá en contacto conmigo. Estoy seguro.

—Sólo nos quedan dos días para contener esto —dijo Stalin—. Afortunadamente, una vez elegido Baklanov será difícil anular su nombramiento, sobre todo si manejamos con tiento las relaciones públicas. Si algo de esto llega a conocimiento del público, lo único que tenemos que hacer es presentarlo como un nuevo bulo lanzado por los conspiradores. Nadie se lo tomará en serio.

—No necesariamente —dijo Hayes—. Las pruebas de ADN pueden demostrar el nexo con Nicolás y Alejandra, porque el código genético de los Romanov está ya catalogado. También yo opino que la situación puede controlarse, pero necesitamos cadáveres por herederos, no seres humanos vivos, y quiero decir cadáveres que nunca aparezcan. Hay que quemarlos.

—¿Puede hacerse? —quiso saber Khrushchev.

Hayes no estaba muy seguro de que sí, pero sabía lo que estaba en juego, para él y para los demás, de manera que dio la respuesta correcta:

—Por supuesto.

42

Lord miraba el paisaje desde su puesto de conductor, admirando con renovado interés las densas acumulaciones de árboles que se alzaban a ambos lados de la empinada carretera. Eran de corteza gris claro, con manchas más oscuras, y las largas hojas mostraban un verde muy intenso. Había visitado la zona varias veces con anterioridad, en excursiones de fin de semana, y se había fijado en los sicómoros comunes, las hayas y los robles. Pero siempre había pensado que aquellos otros árboles tan tupidos eran una variedad del álamo. Ahora sabía lo que eran.

—Ahí tienes los árboles de la princesa —dijo, señalando—. Anoche leí que en esta época del año es cuando los grandes sueltan la semilla. Un solo árbol pone en circulación unos veinte millones de semillas. Se comprende que los vea uno por todas partes.

—¿Has estado aquí antes? —le preguntó Akilina.

—He estado en Asheville, que dejamos atrás hace un rato, y en Boone, que está algo más al norte. Esto es zona de esquí, en invierno, muy importante, y en verano se está de maravilla.

—Me recuerda Siberia. Cerca de donde vivía mi abuela. Había montes bajos y bosques como éste. El aire era limpio y fresco, igual que aquí. Me encantó.

Por todas partes prendía el otoño: los picos y los valles ardían en oros, en naranjas, y una neblina humeante ascendía, rizada, de los valles más profundos. Sólo los pinos y los árboles de la princesa conservaban su viva fachada estival.

Cambiaron de plan en Dallas y cogieron un vuelo a Nashville. Desde allí, un enlace rápido los dejó en Asheville. De esto último hacía una hora. Lord se quedó sin dinero en Nashville y se vio obligado a utilizar la tarjeta de crédito, hecho del que esperaba no tener que arrepentirse, sabiendo, como sabía, que las anotaciones de las tarjetas podían localizarse por terceros. Pero es que también la compra de billetes de avión era susceptible de control. Lo único que cabía esperar era que la afirmación de Maxim Zubarev en el sentido de que contaban con la colaboración del FBI y del servicio de aduanas fuese pura baladronada. No podía afirmarlo con total seguridad, pero Lord estaba convencido de que los rusos actuaban con independencia del gobierno de Estados Unidos. Quizá hubiera alguna colaboración periférica, de poca importancia y encubierta, pero nada parecido a un esfuerzo generalizado por localizar a un abogado norteamericano y una acróbata rusa. Algo así, pensaba Lord, habría requerido una explicación más profunda. Y el riesgo de que él les contara a los norteamericanos lo que estaba ocurriendo, antes de que los rusos pudieran controlar la situación, era demasiado elevado. No, los rusos trabajaban solos, al menos por el momento.

El trayecto en dirección norte, a partir de Asheville, había sido agradable: pasando por la carretera del parque Blue Ridge, llegaron a la estatal 81, que los conducía a través de onduladas colinas y montañas de poca elevación. Genesis era una ciudad de postal, con edificios de ladrillo, madera y piedra local, lleno de extrañas galerías de arte, tiendas de regalos y anticuarios. En la calle central había toda una hilera de bancos, uno detrás del otro, bajo la protección de los frondosos sicómoros. El cruce central estaba dominado por una heladería; los restantes, por dos instituciones bancarias y un *drugstore*. Establecimientos franquiciados, casas de pisos y alojamientos turísticos empezaban a abundar según se alejaba uno del centro. Cuando cruzaron la ciudad, el sol ya estaba en su ocaso y el cielo iba pasando del azul resplandeciente a un salmón pálido, mientras los árboles y los picos de las montañas viraban al violeta. Era un sitio donde anochecía temprano, al parecer.

—Ya estamos —le dijo Lord a Akilina—. Ahora tenemos que averiguar quién es la Espina. O qué.

Iba a meterse en un almacén de artículos sanitarios para consultar la guía de teléfonos local cuando algo le llamó la atención. Era una placa de hierro forjado que colgaba en un costado de un edificio de ladrillo, de dos plantas. Algo más allá estaban los juzgados, en una plaza muy poblada de árboles. El texto decía, en letras negras: MICHAEL THORN. ABOGADO. Llamó la atención de Akilina sobre la placa y se lo tradujo.

—Igual que en Starodub —dijo ella.

También él lo había pensado.

Aparcó junto a la acera, una bocacalle más allá. Rápidamente desanduvieron el camino y entraron en el bufete, donde una secretaria les dijo que el señor Thorn estaba en el juzgado, buscando unas escrituras, pero que no tardaría en volver. Lord expresó su deseo de hablar con Thorn inmediatamente, y la mujer le indicó dónde podía encontrarlo.

Se acercaron andando a los juzgados del condado de Dillsboro, un edificio de ladrillo y piedra, con el pórtico de columnas y la cúpula elevada que suelen adornar este tipo de instalaciones legales en el sur de Estados Unidos. Una placa de bronce, junto a la puerta principal, señalaba que el edificio se terminó de construir en 1898. Lord no conocía muchos juzgados, porque su práctica legal se limitaba a las salas de juntas y las instituciones financieras de las principales ciudades norteamericanas o de las capitales de Europa del Este. De hecho, nunca había actuado ante los tribunales. Pridgen & Woodworth tenía cientos de abogados que se ocupaban de ello. Él era un negociador de acuerdos. El hombre entre bastidores. Hasta la semana anterior, cuando se vio proyectado al centro del escenario.

Encontraron a Michael Thorn en el sótano donde se guardaban las escrituras, encorvado sobre un volumen de colosal tamaño. A la cruda luz de las lámparas fluorescentes, Lord vio que Thorn era un hombre de mediana edad y ya escaso pelo. Bajo y fornido, pero no grueso. Tenía muy acusado el caballete de la nariz, los pómulos altos, el rostro, sin duda, más juvenil de lo que a su edad correspondía.

—¿Michael Thorn? —le preguntó Lord.

El hombre levantó la cabeza y sonrió.

—Ése soy yo.

Lord le dijo quién era y luego le presentó a Akilina. No había nadie más en aquel recinto sin ventanas.

—Acabamos de llegar de Atlanta.

Lord le enseñó su tarjeta del colegio de abogados de Georgia y utilizó la misma frase que le había funcionado en el banco de San Francisco.

—Estoy aquí por un asunto sucesorio en que es parte un familiar de la señorita Petrovna.

—Cualquiera diría que la práctica legal no es lo único a que usted se dedica —dijo Thorn, señalando con un gesto las huellas de golpes que Lord aún tenía en la cara.

Reaccionó con rapidez:

—Me gusta practicar el boxeo de vez en cuando, como aficionado, los fines de semana. La última vez me dieron bastante más de lo que di.

Thorn sonrió.

—¿En qué puedo serle útil, señor Lord?

—¿Hace muchos años que tiene usted bufete aquí?

—Toda mi vida —dijo Thorn, con un toque de orgullo en la voz.

—Es una ciudad preciosa. No la conocía. Usted, por consiguiente, se ha criado aquí, ¿verdad?

El rostro de Thorn expresó cierta curiosidad.

—¿A qué vienen tantas preguntas, señor Lord? Creí entender que estaba usted aquí por una herencia. ¿Quién es el fallecido? Seguro que lo conozco.

Lord extrajo del bolsillo la Campana del Infierno. Se la tendió a Thorn y se quedó esperando a que éste reaccionara de algún modo.

Thorn observó la campana por fuera y por dentro, sin fijarse demasiado.

—Impresionante. ¿Es oro macizo?

—Creo que sí. ¿Puede usted leer la inscripción?

Thorn alcanzó sus gafas, que tenía en la repisa de lectura, y miró atentamente el exterior de la campana.

—Unas letras muy pequeñas, ¿no?

Lord no dijo nada. Se limitó a mirar a Akilina, que tenía los ojos clavados en Thorn.

—Lo siento, pero está en algún idioma extranjero. No sé cuál. El caso es que no puedo leerlo. Me temo que el inglés es mi único medio de comunicación, y aún hay quien dice que no se me da especialmente bien.

—Quien resista hasta el fin se salvará —dijo Akilina, en ruso.

Thorn se quedó mirándola un momento. Lord no llegó a ninguna conclusión en cuanto a su modo de reaccionar. Podía ser sorpresa, pero también que no hubiera comprendido ni una palabra. Lo miró a los ojos.

—¿Qué es lo que acaba de decir? —preguntó Thorn.

—Quien resista hasta el fin se salvará.

—Evangelio según san Mateo —dijo Thorn—. Pero ¿qué tiene eso que ver con lo que sea que estemos tratando aquí?

—¿Tienen esas palabras algún significado para usted? —le preguntó Lord.

Thorn le devolvió la campana.

—¿Qué es lo que quiere usted, señor Lord?

—Sé que le puede resultar extraño, pero tengo que hacerle unas pocas preguntas más. ¿Tendrá usted la amabilidad de permitírmelo?

Thorn se quitó las gafas.

—Proceda.

—¿Hay muchos Thorn aquí en Genesis?

—Tengo dos hermanas, pero no viven aquí. Hay otras familias Thorn, una de ellas muy grande, pero no nos tocamos nada.

—¿Sería fácil localizarlos?

—No tiene más que buscar en la guía de teléfonos. ¿Tiene algo que ver su cuestión sucesoria con algún Thorn?

—Digámoslo así.

Lord procuraba no mirar a Thorn con demasiado descaro, pero también le interesaba llegar a una conclusión en cuanto a su posible parecido físico con Nicolás II. Lo cual —él mismo se daba cuenta— venía a ser una auténtica chifladura por su parte. A los Romanov sólo los había visto en viejas películas y fotografías en blanco y negro, con demasiado grano. ¿Qué iba a saber él de parecidos familiares? Sólo podía asegurar, sin duda, que Thorn era de baja estatura, igual que Nicolás II, pero todo lo demás eran imaginaciones suyas. ¿Qué había esperado? ¿Que el supuesto heredero, al oír las palabras evangélicas, se metamorfoseace de pronto en el Zar de Todas las Rusias? No era un cuento de hadas lo que estaban viviendo. Era un asunto de vida o muerte. Y un supuesto heredero con algo de sentido común preferiría callarse la boca y buscar refugio en el oficio que durante tantos años le había servido de santuario.

Se echó la campana al bolsillo.

—Lamento haberle molestado, señor Thorn. Tenemos que haberle parecido muy raros, y la verdad es que lo comprendo.

Thorn perdió su expresión de dureza y una sonrisa empezó a instalársele en el rostro.

—En modo alguno, señor Lord. Es evidente que, por alguna razón, su trabajo consiste en obtener confidencias de los clientes. Lo comprendo. Está muy bien. Ahora, con su permiso, voy a seguir buscando el título que me hace falta, antes de que los ujieres me pongan de patitas en la calle.

Se estrecharon la mano.

—Ha sido un placer conocerlo —dijo Lord.

—Si necesitan ustedes ayuda para localizar a los otros Thorn, mi bufete está ahí al lado, en esta misma calle. Mañana estaré allí todo el día.

Lord sonrió.

—Gracias. Lo tendré en cuenta. De todas formas, le agradeceríamos que nos indicase un buen sitio donde pasar la noche.

—Puede no ser fácil. Es temporada alta y casi todo va a estar lleno. Pero, bueno, teniendo en cuenta que estamos a miércoles, quizá haya alguna habitación para un par de noches. El verdadero problema son los fines de semana. Déjeme hacer una llamada telefónica.

Thorn extrajo un móvil del bolsillo de su chaqueta y marcó un número. Tras hablar un momento, cortó la comunicación con un bip:

—Conozco al dueño de un hostal que esta mañana misma se me quejaba de andar algo bajo de ocupación en este momento. El sitio se llama Hostal de la Azalea. Voy a dibujarles a ustedes un mapa. No está lejos.

El Hostal de la Azalea estaba en un edificio encantador, estilo Reina Ana, en las afueras de la población. En su entorno predominaban las hayas, y una valla de estacas blancas circundaba la propiedad. En el porche delantero había una fila de mecedoras verdes. El interior estaba decorado a la vieja usanza, con paredes capitonadas, vigas con grietas y chimeneas de leña.

Lord pidió una sola habitación, dando lugar a que lo mirara con extrañeza la señora de cierta edad que atendía la recepción. Recordó entonces la reacción del empleado del hotel de Starodub que le negó habitación al darse cuenta de que era extranjero. Pero comprendió que la actitud de aquella señora respondía a otra razón. Un negro y una blanca. Costaba trabajo creer que el color siguiera teniendo tanta importancia, pero Lord no era tan ingenuo como para no darse cuenta de que así era.

—¿Qué pasaba en la recepción? —le preguntó Akilina, una vez en la habitación. Ésta, situada en la segunda plata, era espaciosa y tenía muy buena luz. Estaba adornada con flores y cubría la cama, tipo trineo, un mullido edredón. En el cuarto de baño había una bañera con patas y visillos blancos de encaje en la ventana.

—Aquí todavía hay quien piensa que las razas no deben mezclarse.

Arrojó sobre la cama las bolsas de viaje, las mismas que les había suministrado Semyon Pashenko, en lo que parecía ya el más remoto de los pasados. Habían dejado los lingotes de oro en la consigna del aeropuerto de Sacramento. Eran tres piezas de fundición imperial esperando su regreso.

—Las leyes pueden hacer que la gente modifique su comportamiento —dijo Lord—, pero hace falta algo más para conseguir un cambio de actitud. No te ofendas.

Ella se encogió de hombros.

—También tenemos prejuicios en Rusia. Contra los extranjeros, contra cualquiera que tenga la piel oscura, contra los mongoles. El trato que se les da no es bueno.

—Los rusos también tendrán que adaptarse a un Zar nacido y educado en Estados Unidos. No creo que a nadie se le haya pasado nunca por la cabeza semejante posibilidad.

Lord se sentó en el borde de la cama.

—El bueno del abogado parecía sincero. No sabía de qué le estábamos hablando —dijo Akilina.

Lord asintió.

—No le quité ojo mientras examinaba la campana, ni cuando tú le dijiste la frase.

—Dijo que había otros Thorn.

Lord se puso en pie y se acercó al teléfono, bajo el cual estaba la guía telefónica. Lo abrió por la T y encontró seis Thorn y dos Thorne.

—Mañana nos ocuparemos de esta gente. Los visitaremos a todos, uno por uno, si hace falta. Quizá podamos acercarnos al bufete de Thorn y recabar su ayuda. Siempre será mejor contar con alguien de la localidad.

Miró a Akilina.

—Mientras tanto, vamos a cenar algo y luego a descansar.

Comieron en un restaurante tranquilo, a dos calles del Azalea. Su rasgo más característico —único— era que a su lado había un campo de calabazas. Lord puso en contacto a Akilina con el pollo frito, el puré de patatas, las mazorcas de maíz y el té helado. Al principio le pareció muy sorprendente que la chica no conociera nada de aquello, pero luego pensó que tampoco él conocía los panqueques de alforfón, ni la sopa de remolachas, ni las albóndigas siberianas, antes de su primera visita a Rusia.

Hacía una noche perfecta. No había una sola nube en el cielo y la Vía Láctea se desplegaba en las alturas.

Genesis era, sin duda alguna, un sitio diurno: todos los establecimientos, menos unos pocos restaurantes, cerraban con la puesta del sol. Akilina y Lord, tras un corto paseo, volvieron al hostal y entraron en el vestíbulo.

Thorn los esperaba en un sofá, cerca de la escalera.

Iba vestido de modo informal, con un jersey color tabaco y

unos pantalones azules. Se puso en pie en cuanto Lord cerró la puerta principal.

—¿Sigue usted teniendo esa campana? —preguntó con mucha calma.

Lord la sacó del bolsillo y se la tendió a Thorn. Observó que éste introducía un badajo de oro en la campana y, con un leve giro de muñeca, trataba de obtener algún sonido. Sólo se oyó un golpecito apagado, en vez del tilín que habría cabido esperar.

—El oro es demasiado blando —dijo Thorn—. Pero supongo que necesitarán ustedes algo que les confirme quién soy.

Lord no dijo nada.

Thorn se le plantó delante.

—*Donde crece el árbol de la Princesa y el Génesis, la Espina espera. Usad las palabras que hasta aquí os trajeron. El éxito vendrá cuando sean pronunciados vuestros nombres y la campana se complete.*

Hizo una pausa.

—Ustedes son el Cuervo y el Águila. Y yo soy la persona a quien ustedes buscan.

Las palabras de Thorn no fueron más que un susurro, pero dicho en un ruso impecable.

43

Lord, incrédulo, se le quedó mirando.

—¿Podemos pasar a su habitación? —dijo Thorn.

Subieron en silencio. Una vez dentro, con el cierre echado, Thorn dijo en ruso:

—Nunca pensé que llegaría a ver esa campana, ni a oír esas palabras. Llevo años guardando el badajo en lugar seguro, sabiendo lo que tenía que hacer si se presentaba la ocasión. Mi padre me avisó de que llegaría el día. Él se pasó sesenta años esperando en vano. Antes de morir, me dijo que ocurriría durante mi vida. No lo creí.

Lord no salía de su asombro, pero logró decir, señalando la campana:

—¿Por qué se llama Campana del Infierno?

Thorn se acercó a la ventana y echó un vistazo al exterior.

—Es de Radishchev.

Lord reconoció el nombre.

—También había una cita suya en la hoja de oro del banco de San Francisco.

—Yusúpov lo admiraba mucho. Era un gran amante de la poesía rusa. En uno de los poemas de Radishchev puede leerse: *Los ángeles de Dios proclamarán el triunfo de los Cielos con tres repiques de la Campana del Infierno. Uno por el Padre, otro por el Hijo, el tercero por la Santa Virgen.* Muy bien traído todo, me atrevo a decir.

Lord, que iba recuperando la compostura, le preguntó tras una breve pausa:

—¿Está usted al corriente de lo que sucede en Rusia? ¿Por qué no se ha manifestado?

Thorn se acercó de nuevo.

—Mi padre y yo lo discutimos muchas veces. Él era un imperialista vehemente, muy de la vieja escuela. Conoció personalmente a Félix Yusúpov. Habló con él muchas veces. Yo siempre he pensado que el momento de la monarquía ya pasó, hace mucho. No hay lugar en una sociedad moderna para semejante idea. Pero él estaba convencido de que la sangre de los Romanov llegaría a resucitar. Y ahora está ocurriendo. De todas formas, yo no debía manifestarme en tanto no aparecieran el Águila y el Cuervo y se pronunciaran las palabras. Cualquier otra cosa podría ser una trampa de nuestros enemigos.

—El pueblo ruso desea su regreso —dijo Akilina.

—Stefan Baklanov se va a llevar una buena desilusión —dijo Thorn.

Lord creyó captar un toque de humor en la observación. Le contó a Thorn la razón de su interés por la Comisión del Zar y todo lo ocurrido durante la semana anterior.

—Por eso precisamente nos mantuvo ocultos Yusúpov. Lenin pretendía terminar con todos y cada uno de los Romanov. No quería que hubiese ninguna posibilidad de restauración. Pero más tarde, cuando comprendió que Stalin iba a ser peor que todos los Zares juntos, se dio cuenta del error cometido al asesinar a la familia imperial.

—Señor Thorn —empezó Lord.

—Háblame de tú, por favor.

—¿No sería más adecuado Majestad Imperial?

Thorn frunció el entrecejo.

—Ése es un título al que me costaría muchísimo trabajo adaptarme.

—Su vida está en verdadero peligro. Tendrá usted familia, supongo.

—Mujer y dos hijos, ambos en la universidad. Aún no he hablado de esto con ninguno de ellos. Fue una de las condiciones que nos puso Yusúpov. Completo anonimato.

—Pues hay que contárselo, y también a las dos hermanas que antes mencionó.

—Tengo intención de decírselo. Pero no sé muy bien cómo va a reaccionar mi mujer ante un posible ascenso a la condición de Zarina. También mi hijo mayor tendrá que hacer un esfuerzo. Ahora es él el zarevich, y su hermano es gran duque.

A Lord le quedaban muchas preguntas por hacer, pero había una cosa que deseaba saber, por encima de todas las demás:

—¿Puede decirnos cómo llegaron Alexis y Anastasia a Carolina del Norte?

Thorn se pasó los minutos siguientes hablando, y Lord escuchó sus palabras en un continuo estremecimiento.

Todo comenzó la noche del 16 de diciembre de 1916 en que Félix Yusúpov le dio vino y pasteles rellenos de cianuro a Gregorii Rasputín. Tras comprobar que el veneno no surtía el efecto previsto, Yusúpov le pegó un tiro en la espalda al starets. *Luego, en vista de que tampoco bastaba con la bala, otras personas persiguieron al santo varón en su huida por el patio nevado, disparando repetidas veces contra él. Al final arrojaron el cadáver al helado río Neva, con la sensación del deber cumplido.*

Tras aquel homicidio, se vio a Yusúpov resplandecer literalmente de orgullo. Según él lo veía, el futuro político podía traer, incluso, un cambio en la dinastía gobernante en Rusia, de los Romanov a los Yusúpov. Cada vez se hablaba más de revolución en todo el país. La caída de Nicolás II parecía sólo cuestión de tiempo. Yusúpov ya era el hombre más rico de Rusia. Su fortuna era vastísima y le acarreaba una considerable influencia política. Pero un hombre llamado Lenin estaba provocando toda una oleada de resentimiento contra el poder tradicional, y no habría noble —fuera cual fuera su apellido— que lograra salvarse.

El efecto de la muerte de Rasputín en la familia imperial fue profundo. Nicolás y Alejandra se retrajeron aún más que antes, y la emperatriz fue adquiriendo cada vez más influencia en su marido. El Zar encabezaba un enorme clan familiar en el que a nadie le importaba un bledo lo que pensara la gente. Hablaban francés mejor que ruso. Pasaban más tiempo fuera que dentro de casa. Eran muy mirados en todo lo tocante a los apellidos y el rango, pero no se ocupaban de sus deberes públicos. Los divorcios y los matrimonios fallidos transmitían una mala imagen a las masas.

Todos los Romanov odiaban a Rasputín. Ninguno de ellos lamentó su muerte, y alguno llevó su osadía hasta el extremo de comunicarle sus sentimientos al Zar. Aquella muerte introdujo una cuña en la casa imperial. Varios grandes duques y duquesas empezaron a hablar abiertamente de cambio. En última instancia, fueron los bolcheviques quienes aprovecharon el cisma imperial, cuando abrogaron el gobierno provisional que sucedió a Nicolás II y ocuparon el poder por la fuerza, matando a todos los Romanov que se les pusieron a tiro.

Yusúpov, sin embargo, siguió afirmando en público que la muerte de Rasputín había sido un acierto. El Zar lo desterró a sus posesiones del centro de Rusia, como castigo por el homicidio, lo cual hizo que estuviera a tranquilizadora distancia durante las revoluciones de febrero y octubre de 1917. Al principio había apoyado el cambio, al menos en parte, llegando incluso a ofrecer su colaboración, pero, cuando los soviéticos confiscaron todos los bienes de su familia y amenazaron con meterlo en la cárcel, comprendió el error que había cometido. La muerte de Rasputín había llegado demasiado tarde para modificar la sucesión de los acontecimientos. En su equivocado intento de salvar el reino, lo que hizo Yusúpov fue asestar un golpe mortal a la monarquía rusa.

Fue poco después de la Revolución de Octubre y de la toma del poder por parte de Lenin cuando Yusúpov decidió lo que debía hacerse. Como era uno de los pocos nobles que aún disponían de recursos económicos, logró reunir un grupo de ex guardias imperiales. Su tarea consistía en procurar la liberación de la familia imperial y la restauración de la monarquía. Yusúpov esperaba que ese giro suyo, aunque llegaba tarde, fuese bien valorado por Nicolás II, y que éste le perdonase la muerte de Rasputín. Yusúpov vio en este empeño un modo de redimir su pecado —que no consistía en haber liberado al mundo de Rasputín, sino en el consiguiente encarcelamiento del Zar.

Cuando trasladaron a la familia imperial de Tsarskoe Selo a Siberia, a principios de 1918, Yusúpov comprendió que había llegado el momento de hacer algo. Hubo tres intentos de rescate, pero ninguno pasó del planteamiento inicial. Los bolcheviques tenían bien vigilados a sus imperiales prisioneros. Hubo un contacto con el rey de Inglaterra, Jorge V, primo de Nicolás II, para que ofreciera asilo a los

Romanov; en principio, el monarca inglés estuvo de acuerdo, pero luego cedió a las presiones y negó el permiso de inmigración.

Fue entonces cuando Yusúpov comprendió lo que el destino había decidido.

Recordó la profecía de Rasputín en el sentido de que, si él moría a manos de un noble, Nicolás II y su familia no sobrevivirían más de dos años. Yusúpov era ahora el de mayor rango entre los nobles no pertenecientes a la familia Romanov, y su mujer era sobrina del emperador. Daba la impresión de que el *starets* había acertado.

Pero Yusúpov estaba dispuesto a llevarle la contraria al destino.

Envió a Kolya Maks y otros a Ekaterimburgo con órdenes de llevar a cabo el rescate a cualquier precio. Lo embargó la emoción cuando Maks consiguió infiltrarse hasta muy cerca de los hombres que vigilaban a la familia imperial. Pero fue prácticamente un milagro que Maks estuviera presente en la ejecución y que consiguiera salvar tanto a Alexis como a Anastasia, sacándolos del camión de transporte y volviendo a recogerlos donde los había dejado con vida, en un bosque. Sorprendentemente, las balas y las bayonetas habían respetado a Alexis. A Anastasia, un golpe en la cabeza, aplicado por el propio Maks, le había fracturado el cráneo, pero, por lo demás, el daño infligido no fue demasiado grande, porque el corpiño de diamantes y joyas la protegió de las balas. Tenía heridas de proyectil en una pierna, pero acabó recuperándose, con el tratamiento adecuado. Le quedó solamente una leve cojera, que la acompañó durante el resto de su vida.

Maks llevó a los dos chicos a una cabaña situada al oeste de Ekaterimburgo. Allí los aguardaban otros tres enviados de Yusúpov. Las órdenes de éste estaban claras: llevar a la familia al este. Pero no había familia: sólo dos adolescentes, muertos de miedo.

En los días posteriores al asesinato, Alexis no dijo una sola palabra. Permaneció sentado en un rincón de la cabaña. Comía y bebía de vez en cuando, pero el resto del tiempo se lo pasaba encerrado en sí mismo. Luego contó que la visión de los padres muertos a tiros, de la madre ahogándose en su propia sangre, de las bayonetas hincándose en el cuerpo de las hermanas, le había hecho perder la cabeza, y que lo único que podía hacer era repetirse mentalmente unas palabras que Rasputín le había dicho.

Tú eres el futuro de Rusia y tienes que sobrevivir.

A Maks lo había reconocido inmediatamente, de sus tiempos en la Corte Imperial. El fornido ruso tenía por misión transportar al zarevich en sus brazos, cuando a éste le fallaban las piernas por culpa de la hemofilia. No había olvidado el cariño con que Maks lo había tratado, y por eso cumplió sus indicaciones cuando le dijo que se estuviera quieto en el suelo.

Casi dos meses costó que los sobrevivientes completaran el trayecto hasta Vladivostok. Las semillas de la revolución iban más de prisa que ellos, pero no había casi nadie que tuviera la menor idea de cuál podía ser el aspecto físico de los jóvenes Romanov. Afortunadamente, el zarevich pasó por una temporada sin ataques de hemofilia, quitado un pequeño acceso cuando ya habían llegado.

Yusúpov ya tenía hombres esperando en la costa oriental rusa. En principio, había pensado mantener a la familia real en Vladivostok, hasta que fuera el momento adecuado, pero la dañina guerra civil iba inclinándose decididamente del lado de los Rojos. Los comunistas no tardarían en ocupar todos los resortes del poder. Y Yusúpov sabía qué era lo que había que hacer.

En la Costa Oeste norteamericana desembarcaban barcos y más barcos de emigrantes rusos. San Francisco era el principal puerto de entrada. Alexis y su hermana, junto con un matrimonio ruso contratado a tal efecto, subieron a bordo de uno de esos barcos en diciembre de 1918.

Yusúpov, por su parte, salió de Rusia en abril del año siguiente, con su mujer y una hija de cuatro años. Se pasó los cuarenta y ocho años siguientes viajando por Europa y América. Escribió un libro y defendió su reputación periódicamente, a fuerza de querellas por difamación e injurias, cada vez que, a su entender, alguna película o alguna publicación lo retrataban de modo inexacto. Cara al público, siguió siendo un rebelde, desafiante y orgulloso de sí mismo, sosteniendo que la muerte de Rasputín había sido una medida correcta, dadas las circunstancias. No aceptó responsabilidad alguna por los hechos posteriores, ni por nada de lo ocurrido en Rusia. En privado, no le ocurría lo mismo. Le daban arrebatos de cólera cada vez que hablaba de Lenin y, luego, de Stalin. Lo que él había pretendido, al matar a Rasputín, era liberar a Nicolás II del yugo germano que representaba su Alejandra, pero también garantizar la supervivencia de la Rusia imperial. Y lo que ocurrió, tal como Rasputín había predicho, fue que las aguas del Neva se enrojecieron con la sangre de los nobles. Los Romanov murieron indiscriminadamente.

Rusia se acabó.

Nació la Unión de Repúblicas Socialistas Soviéticas.

—¿Qué ocurrió tras la llegada de Alexis y Anastasia a Estados Unidos? —preguntó Lord.

Thorn ocupaba el sofá situado frente a las ventanas. Akilina se había encaramado a la cama. Había escuchado con creciente asombro el relato de Thorn, que iba llenando los huecos en lo que ya ellos sabían. También Lord estaba asombrado.

—Ya había aquí otras dos personas. Yusúpov los había enviado por delante, para que buscasen un refugio seguro. Una de estas personas había visitado el este de Estados Unidos y los Apalaches. Conocía los árboles de la princesa y pensó que su nombre estaba lleno de significado. De modo que los dos chicos fueron trasladados primero a Asheville y luego más al norte, a Genesis. Los instalaron con la misma pareja rusa que había hecho con ellos el viaje en barco. Se eligió el apellido *Thorn* porque era bastante corriente en la zona. Se convirtieron en Paul y Anna Thorn, hijos de Karel e Ilka Thorn, pareja eslava procedente de Lituania. En aquella época hubo millones de personas que entraron como inmigrantes en Estados Unidos. Nadie se fijó demasiado en aquellos cuatro. Hay una gran comunidad eslava en Boone. Y por aquel entonces no había nadie en este país que supiera nada de la familia imperial.

—¿Fueron felices? —preguntó Akilina.

—Muy felices. Yusúpov había invertido muchísimo en la bolsa norteamericana, y los dividendos sirvieron para sufragar la adaptación al nuevo modo de vida. Se tomaron todas las medidas para ocultar la riqueza. Los Thorn vivían con sencillez, sin contactar con Yusúpov más que por intermediarios. Tuvieron que pasar décadas para que Yusúpov llegase a hablar con mi padre.

—¿Cuántos años vivieron?

—Anastasia murió en 1922, de neumonía. Lo peor fue que le faltaban unas semanas para casarse. Yusúpov había por fin encontrado un buen candidato, desde el punto de vista de la monarquía, salvo por el detalle de que su árbol genealógico era más bien un arbusto. Alexis se había casado el año anterior. Tenía dieciocho años, y la preocupación era que su enfermedad acabase por superarlo. En aquella época no había nada que pudiera aliviar la hemofilia. Se concertó su boda con la hija de uno de los colaboradores de Yusúpov. La joven, mi abuela, sólo tenía dieciséis años, pero cumplía con todos los requisitos para ser Zarina. Una vez arreglados los papeles de inmigración, los casó un sacerdote ortodoxo en una cabaña, no lejos de aquí. El sitio sigue siendo de mi propiedad.

—¿Cuántos años más vivió Alexis? —preguntó Lord.

—Sólo tres. Pero tuvo tiempo de engendrar a mi padre, que nació con buena salud. La hemofilia sólo la transmiten las mujeres a los varones. Más adelante, Yusúpov diría que también en ello había intervenido el destino. Si Anastasia hubiera vivido más que Alexis, y si hubiera tenido un hijo, la maldición podría haberse prolongado. Pero concluyó con su muerte, y mi abuela tuvo un hijo varón.

Lord sintió una extraña punzada de tristeza. El recuerdo de cuando le dijeron que su padre había muerto. Una curiosa mezcla de dolor y alivio, combinada con algo de añoranza. Apartó de sí tal sentimiento y preguntó:

—¿Dónde están enterrados?

—En un sitio muy bonito, poblado de árboles de la princesa. Mañana os lo enseñaré.

—¿Por qué nos mintió usted antes? —preguntó Akilina.

Thorn permaneció un momento en silencio.

—Porque estoy muerto de miedo. Voy al Rotary Club los martes y a pescar los sábados. Aquí, la gente me confía sus adopciones, sus compras inmobiliarias, sus divorcios, y yo ayudo a todo el mundo. Pero ahora lo que me piden es que gobierne una nación.

Lord comprendió muy bien lo que le decía aquel hombre desde el otro lado de la habitación. No le envidió la tarea.

—Pero es que usted puede ser el catalizador que dé solidez a esa nación. Ahora, la gente recuerda al Zar con cariño.

—Eso es lo que me preocupa. Mi bisabuelo era un hombre difícil. Lo he estudiado con mucho detalle, y los historiadores no lo tratan demasiado bien. Y menos a mi bisabuela. Me preocupa la lección que se desprende de su fracaso. ¿Está Rusia verdaderamente dispuesta a regresar a la autocracia?

—No me parece a mí que nunca haya salido de ella —dijo Akilina.

Thorn tenía la mirada perdida en la distancia.

—Quizá tengas razón.

Lord captó la solemnidad que había en el tono del abogado. Thorn parecía estar sopesando cada palabra, cada sílaba, expresándose con gran cuidado.

—Estaba pensando en los hombres que os persiguen —dijo—. Por mi mujer. Tengo que asegurarme de que no le pasará nada. Ella no tiene nada que ver con todo esto.

—¿Fue un matrimonio de conveniencia? —le preguntó Lord.

Thorn asintió.

—Sí, fueron Yusúpov y mi padre quienes me la encontraron. Procede de una devota familia ortodoxa, con vestigio de sangre real. Lo bastante, dadas las circunstancias, para superar cualquier objeción. Su familia llegó aquí en los años cincuenta, procedente de Alemania. Huyeron de Rusia tras la revolución. La quiero mucho. Hemos tenido una buena vida juntos.

Había algo más que Lord deseaba saber:

—¿Contó alguna vez Yusúpov lo que se hizo con los cadáveres? Iosif Maks nos relató lo sucedido hasta el momento que su padre recogió a Alexis y Anastasia en el bosque, a la mañana siguiente de la ejecución. Pero Kolya salió aquel día...

—Eso no es verdad.

—Fue lo que nos contó su hijo.

—Salió, pero no tras recoger a Alexis y Anastasia. Volvió a la Casa para Usos Especiales. No salió con los dos muchachos hasta pasados tres días.

—¿Tuvo algo que ver con el modo en que se deshicieron de los cuerpos?

Thorn asintió.

—He leído un montón de especulaciones y de relatos espurios. ¿Llegó a contar Yusúpov lo que verdaderamente ocurrió?

Thorn asintió.

—Sí, sí. Claro que lo contó.

44

Kolya Maks regresó a Ekaterimburgo a eso de las doce del mediodía. Antes había dejado a salvo a Alexis y Anastasia, en una casa de los alrededores, y había conseguido regresar sin que nadie se hubiera percatado de sus idas y venidas. Le dijeron que Yurovsky también había vuelto a Ekaterimburgo, y que había comunicado al Soviet Regional del Ural el cumplimiento de las ejecuciones. El comité recibió con agrado la noticia y la cursó a Moscú, con detalle del éxito.

Pero los hombres a quienes Yurovsky había ahuyentado de la mina de los Cuatro Hermanos, la noche antes, los hombres mandados por Peter Ermakov le estaban contando a todo el mundo dónde se hallaban los cadáveres de la familia real. Se hablaba de los corpiños de joyas y se decía que muchos hombres estaban dispuestos a aventurarse de nuevo en los bosques. Nada de ello era sorprendente: en la ocultación de los cuerpos había participado demasiada gente como para que hubiera la menor posibilidad de secreto.

Maks se presentó a Yurovsky a media tarde. Él y otros tres hombres habían recibido instrucciones de acudir al pueblo y ponerse a las órdenes del comandante.

—Van a volver allí —les dijo Yurovsky—. Ermakov está dispuesto a salirse con la suya.

Se oía en la distancia el cañoneo de la artillería.

—Los Blancos están a unos días de aquí. Puede que sea cuestión de horas, incluso. Tenemos que sacar esos cuerpos de la mina —a Yurovsky se le estrecharon los ojos—. Sobre todo, teniendo en cuenta el problema numérico que tenemos.

Maks y los otros tres comprendieron lo que quería decir. Nueve cadáveres, en lugar de los once previstos.

Yurovsky encargó a dos de los hombres que requisaran queroseno y ácido sulfúrico del primer vendedor que los tuviera disponibles. Maks recibió orden de subirse al coche y Yurovsky y él salieron de la localidad por la carretera de Moscú. La tarde había refrescado y estaba algo lúgubre, oculto el sol, que lució por la mañana, tras una densa nube del mismo color gris de las pistolas.

—Tengo entendido que al oeste de aquí hay minas inundadas de agua —dijo Yurovsky, durante el viaje—. A ellas arrojaremos los cadáveres, con piedras atadas a los pies, para que se hundan. Pero antes los quemaremos y los desfiguraremos con ácido. Aunque los encuentren, nadie podrá identificarlos. En estos parajes, no hay agujero donde no se tropiece uno con un par de cadáveres.

A Maks no le encantaba la idea de extraer nueve cadáveres ensangrentados del fondo de la mina de los Cuatro Hermanos. Recordó que Yurovsky había lanzado granadas de mano por el pozo abajo, y un escalofrío le recorrió la espina dorsal, ante la perspectiva de lo que podían encontrarse allí.

A veintitantos kilómetros al oeste de Ekaterimburgo se les averió el coche. Yurovsky, tras soltar unas cuantas imprecaciones contra el motor, echó a andar el primero. A siete u ocho kilómetros encontraron tres pozos profundos, los tres llenos de agua. Eran las ocho de la tarde cuando regresaron al pueblo, habiendo hecho una parte del viaje a pie y otra a lomos de cabalgaduras proporcionadas por un campesino. A la mina de los Cuatro Hermanos no volvieron hasta poco después de las doce de la noche del 18 de julio, transcurridas veinticuatro horas de la debacle de la noche anterior.

Les llevó varias horas iluminar el profundo pozo y prepararse. Maks permaneció a la escucha mientras cada uno de los tres hombres que habían venido con Yurovsky expresaba su deseo de que no fuera a él a quien le tocara bajar. Cuando todo estuvo en orden, Yurovsky dijo:

—Kolya, baja tú a buscarlos.

A Maks se le pasó por la cabeza objetar algo, pero con ello no haría sino manifestar debilidad, y eso era lo último que debía hacer en presencia de aquellos hombres. Se había ganado su confianza. Y, lo que era aún más importante: se había ganado la confianza de Yurovsky, y eso era algo que le iba a hacer falta en los días venideros. Sin decir palabra, se ató un cabo a la cintura y dos hombres lo fueron bajando por el pozo. La arcilla negra era aceitosa al tacto. El aire estaba impregnado de un olor bituminoso, con mezcla de moho y liquen. Pero también había otro olor, más penetrante y más asqueroso. Una pestilencia que ya antes había percibido. El olor de la carne pudriéndose.

A unos cinco metros de profundidad, el haz de su linterna alumbró una charca. En la temblorosa luz vio un brazo, una pierna, la parte trasera de una cabeza. Pidió a los de arriba que dejasen de bajarlo. Ya estaba muy cerca del fondo.

—Un poco más. ¡Basta! —gritó.

Su bota derecha hizo contacto, luego se sumergió. El agua estaba helada. Le recorrió el cuerpo un escalofrío, cuando se le fueron hundiendo las piernas. Afortunadamente, el agua sólo le llegaba a la cintura. Permaneció de pie, entre escalofrío y escalofrío, y volvió a pedir a sus compañeros que dejaran de bajarlo.

De pronto cayó otra cuerda desde arriba. En seguida comprendió para qué era. Alargó el brazo y la agarró por el extremo. Las granadas de Yurovsky, al parecer, no habían hecho demasiados estragos. Asió el trozo que tenía más cercano y se encontró tirando de carne humana. Era Nicolás. Maks se quedó mirando al mutilado Zar, cuyo rostro apenas resultaba reconocible. Recordó a aquel hombre como era. Esbelto de cuerpo, con la mandíbula cuadrada, con una barba impresionante, con los ojos muy expresivos.

Ató el cuerpo con la cuerda e hizo señal de que lo izaran. Pero la tierra no parecía dispuesta a soltar su presa. Salió agua a borbotones de aquel cascarón vacío. Cedieron los músculos y la carne. Y Nicolás II volvió a caer en la charca.

El agua helada empapaba el rostro y el cabello de Maks.

La otra soga volvió a bajar. Maks acercó el cadáver y esta vez apretó más firmemente la atadura, contra la carne del torso que se desgarraba.

Sólo al tercer intento lograron sacar al Zar del pozo.

Luchando contra las náuseas, Maks repitió la operación otras ocho veces. Les llevó horas terminar, con el frío, la oscuridad y la podredumbre haciéndolo todo más difícil. Hubo de volver tres veces a la superficie, para calentarse un poco junto al fuego, porque estaba helado hasta los huesos. Cuando lo izaron, la última vez, el sol ya estaba alto en el horizonte y había nueve cuerpos mutilados sobre la hierba húmeda.

Un compañero le pasó una manta a Maks. Olía a buey, pero le vino muy bien.

—Vamos a enterrarlos aquí mismo —dijo uno de los soldados.

Yurovsky negó con la cabeza.

—No en este barro. Se descubriría con mucha facilidad el lugar de enterramiento. Tenemos que llevarlos a otro sitio. A estos malditos demonios hay que taparlos para siempre. Estoy harto de verles la puñetera cara. Acercad los carros. Vamos a llevarlos a otro sitio.

Trajeron las endebles carretas de madera desde donde las habían dejado. Las ruedas rebotaban en el suelo de barro endurecido. Maks permaneció envuelto en la manta, junto a Yurovsky, esperando que se acercaran los demás con las carretas.

Yurovsky no movía un músculo, ni apartaba la vista de los hinchados cuerpos.

—¿Dónde podrán estar los dos que faltan?

—Aquí, desde luego, no —dijo Maks.

La mirada del judío se posó en él con la velocidad y la puntería de un proyectil:

—Esperemos que esto no acabe creándonos algún problema.

Maks sopesó la posibilidad de que aquel hombre de cuello corto, embutido en una chaqueta de cuero negro, pudiera saber más de lo debido. En seguida lo descartó. Esos dos cadáveres desaparecidos bien podían costarle la vida a Yurovsky. No era cosa que pudiera pasar por alto.

—No veo por qué —dijo Maks—. Están muertos, ¿no? Eso es lo que cuenta. Los cadáveres no harían más que confirmarlo.

El comandante se acercó a una de las mujeres muertas.

—Me temo que esto no es lo último que vamos a saber de los Romanov.

Maks no dijo nada. El comentario no requería respuesta.

Los nueve cuerpos fueron arrojados a las carretas. Luego los cubrieron con una manta, que ataron por debajo. Luego, todos descansaron unas horas y comieron pan negro con jamón de ajo. Era ya media tarde cuando salieron con rumbo al nuevo sitio. El camino era una masa de barro informe, con las rodadas desmoronadas. El día antes había corrido la voz de que el Ejército Blanco se escondía en los bosques. Había expedicionarios rojos registrando la zona, con instrucciones de matar a cualquier lugareño con que tropezasen en la zona restringida. La esperanza era que la gente, ante ese peligro, prefiriera quedarse en casa, dejándolos a ellos terminar su trabajo.

No habían recorrido tres kilómetros cuando se le rompió el eje a una de las carretas. Yurovsky, que iba detrás, en coche, dio orden de que se detuviera la procesión.

Las otras dos carretas no estaban en mejor estado.

—Quedaos aquí y vigilad —ordenó Yurovsky—. Voy a ir al pueblo a conseguir una camioneta.

La oscuridad los envolvía ya cuando regresó el comandante. Trasladaron los cadáveres a la camioneta y reanudaron el viaje. El vehículo tenía un faro averiado, y el otro apenas si llegaba a perforar la negrura total de la noche. Las ruedas no lograban evitar ni un solo bache del camino enlodado. En diversas ocasiones tuvieron que situar planchas de madera en el suelo, para poder seguir adelante, y ello hizo aún más lenta la marcha. Cuatro veces se atascaron en el barro, y cuatro veces tuvieron que sacar la camioneta a costa de penosísimos esfuerzos.

Hicieron un alto de una hora para descansar.

El 17 de julio se convirtió en 18 de julio.

Estaban a punto de dar las cinco de la mañana cuando las ruedas volvieron a atascarse en el barro, esta vez sin remedio. No hubo esfuerzo humano que lograra aflojar la presa de la tierra. Tampoco los ayudó mucho el extremado cansancio de que todos eran víctimas, por los esfuerzos de las cuarenta y ocho horas anteriores.

—Esta camioneta ya anduvo todo lo que tenía que andar —dijo al fin uno de los soldados.

Yurovsky miró al cielo. No faltaba mucho para que amaneciera.

—Llevo tres días conviviendo con los cadáveres de sus apestosas majestades. Ya está bien. Los enterraremos aquí mismo.

—¿En el camino? —preguntó uno de ellos.

—*Exactamente. Es el sitio ideal. Con todo este barro, nadie podrá percatarse de los hoyos que hagamos.*

Sacaron las palas y cavaron una fosa común de unos tres por tres metros, por dos de profundidad. A ella arrojaron los cuerpos, quemándoles antes las caras con ácido sulfúrico, para evitar toda posterior identificación. Rellenaron la fosa con ramas, cal y planchas de madera. Luego liberaron la camioneta de su atasco y la hicieron pasar varias veces sobre el lugar de enterramiento. Cuando por fin terminaron, había desaparecido toda huella de la fosa.

—*Estamos a unos veinte kilómetros al noroeste de Ekaterimburgo —dijo Yurovsky—. Desde el punto en que el ferrocarril cruza el camino, hay unos doscientos metros en dirección a la fábrica de Isetsk. Recordad este sitio. Aquí descansará para siempre nuestro glorioso Zar.*

Lord captó la emoción en el rostro de Thorn.

—Allí los dejaron. En el barro. Y allí siguieron hasta 1979. Entonces se contó que uno de los miembros de la partida de búsqueda, cuando empezaron a cavar y tropezaron con las planchas de madera, dijo: «Ojalá no encuentre nada aquí.» Pero sí que encontraron algo. Nueve esqueletos. Mi familia.

Thorn tenía los ojos puestos en la alfombra. Se oyó pasar un coche por la calle. Finalmente, el abogado dijo:

—He visto fotos de los huesos colocados en mesas de laboratorio. Me avergüenza que los hayan expuesto como curiosidades de museo.

—No lograron ni ponerse de acuerdo sobre dónde enterrarlos —dijo Akilina.

Lord recordó la polémica que durante años se mantuvo. Ekaterimburgo pretendía que la familia real recibiera sepultura en el mismo sitio donde había sido ejecutada. San Petersburgo aducía que era menester enterrar al Zar y su familia en la Catedral de Pedro y Pablo, con todos los demás Zares. Pero el debate no era sólo cuestión de protocolo. Las autoridades de Ekaterimburgo veían una posible fuente de ingresos en el hecho de que el último Zar estuviera enterrado en sus alrededores. Y lo mismo podía afirmarse de San Petersburgo. Y, como acababa de decir Thorn, la contienda se prolongó durante cerca de ocho años y, mientras, los restos de la familia imperial permanecieron en cajas de metal en un laboratorio siberiano. Fue San Petersburgo quien acabó imponiéndose, cuando una comisión nombrada por el gobierno decidió que los nueve esqueletos tenían que ser enterrados junto a los demás Romanov. Fue uno más de los grandes fracasos de Yeltsin, que tratando de no ofender a nadie, acabó irritando a todo el mundo.

La expresión de Thorn se había vuelto muy seria.

—Stalin vendió muchísimas propiedades de mi abuelo, para obtener fondos. Hace años, mi padre y yo fuimos al Museo de Bellas Artes de Virginia, a ver un icono de san Pantalemion que los monjes regalaron a Alexis, con motivo de una grave enfermedad, y que él guardaba en sus aposentos del Palacio Alejandro. Hace poco leí que subastaban en Nueva York un par de esquís suyos.

Movió la cabeza.

—Esos malditos soviéticos odiaban todo lo relativo a los Zares, pero no les importaba nada utilizarlo para financiar sus malas obras.

—¿Fue por lo que hizo por lo que Yusúpov confió a Kolya Maks la primera pieza del rompecabezas? —preguntó Lord.

—Era la mejor elección, y aparentemente se llevó el secreto a la tumba. Su hijo y su sobrino también se portaron muy bien. Dios los tenga en su seno.

—El mundo tiene que saber todo esto —dijo Lord.

Thorn exhaló un profundo suspiro.

—¿Aceptarán los rusos un Zar nacido en Estados Unidos?

—¿Eso qué importa? —replicó Akilina de inmediato—. Usted es un Romanov. De pura cepa.

—Rusia es un país muy complicado —dijo Thorn.

—El pueblo lo quiere a usted —insistió Akilina.

Thorn sonrió.

—Esperemos que tu confianza sea contagiosa.

—Ya lo verá —dijo ella—. El pueblo lo aceptará. El mundo entero lo aceptará a usted.

Lord fue al teléfono de la mesilla de noche.

—Voy a llamar a mi jefe. Tengo que ponerlo al corriente de todo esto. Hay que impedir que la comisión vote.

Nadie dijo una palabra mientras Lord marcaba el número de Pridgen & Woodworth en Atlanta. Eran casi las siete de la tarde, pero en el bufete siempre había alguien para atender al teléfono. Las secretarias, los pasantes y algunos abogados trabajaban durante toda la noche, para adaptarse a los horarios de sus clientes del mundo entero, con quienes se mantenían en conexión vía satélite.

La centralita desvió la llamada a la secretaria de noche de Hayes, a quien Lord conocía bien, por las muchas horas que habían pasado juntos en el bufete.

—Melinda, tengo que hablar con Taylor. Cuando llame de Rusia…

—Lo tengo en la otra línea, Miles. Me dijo que lo pusiera a la espera en cuanto hubiese una llamada tuya.

—Pásame.

—Ya estoy pulsando los botones.

Unos segundos después, Hayes estaba en línea.

—Miles, ¿por dónde andas?

Lord le explicó todo en unos minutos. Hayes escuchó en silencio.

—¿Me estás diciendo —preguntó, al final— que tienes al heredero del trono de los Zares ahí sentado a tu lado?

—Eso es exactamente lo que te estoy diciendo.

—¿Sin duda alguna?

—A mí no me cabe ninguna duda, desde luego. Pero el ADN lo pondrá todo en claro.

—Miles, escúchame con mucha atención. Quiero que te quedes donde estás. No salgas de ese sitio. Dame el nombre de la localidad en que te encuentras.

Lord se lo dio.

—No salgas del hostal. Estaré allí mañana por la tarde. Cogeré el primer vuelo Moscú-Nueva York. Hay que llevar este asunto con cuidado. Cuando llegue, meteré en el asunto al Departamento de Estado y a todo el que sea menester. Me pondré en contacto con las personas adecuadas durante el propio vuelo. A partir de este momento, me hago cargo de la situación. ¿Está claro?

—Está claro.

—Eso espero. Me cabrea mucho que no te hayas tomado la molestia de llamarme hasta ahora.

—Los teléfonos no son seguros. Ni siquiera éste, me temo.

—Éste está limpio, te lo garantizo.

—Lamento no haberte tenido al tanto, Taylor, pero no me quedaba elección. Te lo explicaré todo en cuanto llegues.

—Ardo en deseos de estar allí. Ahora, a ver si puedes echar una cabezada. Mañana nos vemos.

45

Lord seguía las indicaciones que Michael Thorn le había dado. El abogado iba en la parte trasera del jeep Cherokee que alquilaron el día antes en el aeropuerto de Asheville. Akilina ocupaba el asiento del pasajero.

Akilina y Lord habían pasado muy mala noche en el Hostal de la Azalea, tanto les había afectado lo que acababan de descubrir. No había en la mente de Lord ninguna duda de que aquel hombre de mediana edad, camino de la calvicie, con los ojos de un suave color gris, era el heredero legítimo del trono de los Romanov. ¿Qué otro habría conocido la respuesta exacta? ¿En qué otras manos podría haber estado el pequeño badajo de la campanita? Había cumplido con todos los requisitos establecidos por Yusúpov para confirmar su identidad. Ahora, a la ciencia correspondía aportar la confirmación indiscutible, mediante las pruebas de ADN, que la Comisión del Zar solicitaría.

—Métete por ahí, Miles —dijo Thorn.

Habían acabado tuteándose todos, tras las dos horas de charla y la llamada a Taylor Hayes. Durante el desayuno, Thorn les preguntó si querían ver las sepulturas. Lord recordó que Hayes le había ordenado que no saliera, pero pensó que un pequeño paseo en coche no supondría problema. De modo que hicieron el pequeño trayecto, unos cuantos kilómetros bajo una hermosísima cúpula de árboles dorados y cobrizos. Hacía un día espléndido, con mucho sol. Era como un anuncio del cielo, confirmando que todo iría bien a partir de ahora, pensó Lord.

¿De veras?

Aquí, en este pequeño rincón de Estados Unidos, famoso por el sentido común de los lugareños y por sus paisajes de lomas neblinosas, vivía el Zar de Todas las Rusias. Un abogado de provincias, formado en la Universidad de Carolina del Norte, cuya Facultad de Derecho estaba entonces en el cercano Duke. Todo ello pagado mediante un préstamo universitario y a fuerza de trabajos a tiempo parcial que contribuyeron al sostenimiento de su mujer y sus dos hijos.

Thorn se lo había contado todo. Akilina y Lord tenían derecho a saberlo. Regresó a Genesis tras licenciarse y allí había ejercido la carrera durante los últimos veinticuatro años, abriendo un bufete y colocando el correspondiente rótulo a la puerta, para que todo el mundo lo viera. Con ello cumplía una de las instrucciones de Yusúpov. Un modo de dar pistas. Claro está que aquel ruso tan raro y tan bajito nunca pudo imaginar que alguna vez habría ordenadores, comunicaciones vía satélite e internet, o la posibilidad de localizar a alguien sólo con pulsar un botón: un mundo tan pequeño que apenas si quedaba en él algún lugar donde esconderse. Y, sin embargo, Kolya Maks y el padre de Thorn, además del propio Thorn, habían dado cumplimiento a las instrucciones de Yusúpov, y esa decisión había dado sus frutos.

—Puedes aparcar ahí —dijo Thorn.

Lord situó el parachoques delantero todo lo cerca posible del tronco de un roble gigantesco. Una ligera brisa agitaba las ramas de los árboles, imprimiéndoles un movimiento danzarín.

A diferencia del cementerio helado de Starodub, éste se hallaba en perfecto estado. El césped de alrededor de las tumbas estaba muy bien cuidado, y en las lápidas se veía gran cantidad de coronas y de flores recién cortadas. Las inscripciones no presentaban señales de musgo ni de humedad, aunque en muchas de ellas sí que se percibía la acción del tiempo. Un sendero de grava dividía en dos el terreno, y de él partían ramales hacia los rincones más alejados del camposanto.

—La sociedad histórica de nuestra localidad se ocupa del

mantenimiento de las tumbas. Lo hacen muy bien. Esto lleva siendo un cementerio desde tiempos de la guerra civil.

Thorn los condujo a una de las zonas más exteriores de la pradera de hierba. A no más de veinte metros se alzaba una hilera de árboles de la princesa, cargados de muy coloridas bayas.

Lord miró las lápidas de piedra, todas ellas marcadas con el signo de la cruz.

ANNA THORN

NACIDA EL 18 DE JUNIO DE 1901

FALLECIDA EL 7 DE OCTUBRE DE 1922

PAUL THORN

NACIDO EL 12 DE AGOSTO DE 1904

FALLECIDO EL 26 DE MAYO DE 1925

—Es curioso que pusieran las verdaderas fechas de nacimiento —dijo—. ¿No les pareció un poco imprudente?

—No, la verdad. Nadie sabía quiénes eran.

En ambas tumbas se podía leer el mismo epitafio: QUIEN RESISTA HASTA EL FIN SE SALVARÁ.

Lord dijo, refiriéndose a aquella frase:

—¿Un último mensaje de Yusúpov?

—Siempre me pareció adecuado. A juzgar por lo que me contaron, ambos fueron personas excepcionales. Si hubieran seguido siendo el zarevich y la gran duquesa, quizá hubieran acabado por corromperse. Pero no eran más que Paul y Anna.

—¿Qué aspecto tenía ella? —preguntó Akilina.

Una sonrisa ocupó el rostro de Thorn.

—Maduró maravillosamente. De adolescente, Anastasia estaba algo gordita y era una arrogante. Pero aquí adelgazó y, según me dicen, era una belleza, como su madre a la misma edad. Cojeaba al caminar y tenía unas cuantas cicatrices, pero ninguna en la cara. Mi padre puso especial interés en contarme todo lo que Yusúpov le había dicho de ella.

Thorn se aproximó a un banco de piedra y tomó asiento. Se oía en la distancia el ronco graznido de los cuervos.

—Ella era nuestra esperanza, aunque siempre existía el riesgo de que transmitiera la hemofilia a algún hijo varón. Nadie creía en serio que Alexis fuera a vivir lo suficiente como para encontrar esposa y tener hijos. Ya fue un verdadero milagro que saliera de Ekaterimburgo sin sufrir ningún ataque. Aquí tuvo muchos. Pero un médico del pueblo obtuvo algún resultado positivo con sus tratamientos. Alexis aprendió a confiar en él, como en Rasputín. Y al final fue una vulgar gripe lo que le costó la vida, no su sangre defectuosa. También en eso acertó Rasputín. Fue él quien predijo que la hemofilia no sería la causa de la muerte del heredero.

Thorn puso los ojos en las lejanas montañas.

—Mi padre tenía un año cuando murió Alexis. Mi abuela vivió hasta los años setenta. Era una persona maravillosa.

—¿Sabía quién era Alexis?

Thorn asintió.

—Era rusa de nacimiento, y noble por sangre. Su familia escapó del país cuando Lenin consiguió el poder. Lo sabía todo. Los males físicos de Alexis eran imposibles de ocultar. Sólo vivieron tres años juntos, pero oyéndola hablar nadie habría pensado que fueron tan pocos. Amaba a Alexis Nicolaevich.

Akilina se aproximó a la tumba y se arrodilló en la hierba. Lord la miró mientras hacía la señal de la cruz y rezaba una oración. Le había contado su experiencia en la iglesia de San Francisco, y ahora se daba cuenta de que la joven rusa era mucho más religiosa de lo que él había percibido en principio. A él también lo emocionaba aquel tranquilo escenario, sólo alterado por el ruido que hacían las ardillas en los árboles de la princesa.

—Vengo aquí con frecuencia —dijo Thorn. Señaló otras tres sepulturas, que estaban de espaldas a ellos—: Mi padre y mi madre y mi abuela están enterrados aquí.

—¿Por qué no está aquí tu abuela, con su marido? —preguntó Akilina.

—Se negó. Dijo que hermano y hermana debían estar enterrados juntos. Ellos son divinos, de sangre real, y nadie debe alterar su descanso. Insistió mucho en ello.

No dijeron palabra durante el viaje de regreso a Genesis, y Lord se dirigió directamente al bufete de Thorn. Una vez en el interior, se fijó en las fotos de una mujer con dos hombres jóvenes que había encima de un aparador cubierto de polvo. La mujer era atractiva, con el pelo oscuro y una sonrisa que transmitía cordialidad. Los hijos de Thorn eran ambos guapos, también morenos de piel, con los rasgos muy marcados y con los pómulos altos característicos de los eslavos. Eran Romanov. En una cuarta parte. Descendientes directos de Nicolás II. Se preguntó cómo reaccionarían los hermanos cuando les comunicasen que formaban parte de la nobleza.

Lord se había traído de San Francisco la bolsa de viaje y la había colocado encima de una mesa de madera. Luego, con los nervios del momento, se le había olvidado enseñarle el Fabergé a Thorn. Ahora sacó con mucho cuidado el baqueteado tesoro y le mostró los dos minúsculos retratos de Alexis y Anastasia. Thorn los miró con mucha atención.

—Nunca vi qué aspecto tenían una vez instalados aquí. No se hicieron más fotos. Mi abuelo me habló de éstas. Las tomaron en la cabaña, no lejos de aquí.

La mirada de Lord volvió a posarse en las fotos de la familia Thorn que había encima del aparador.

—¿Y tu mujer?

—Anoche no le dije nada. Cuando llegue tu jefe y nos pongamos de acuerdo en cuál es el paso siguiente, hablaré con ella. Va a pasar el día fuera. En Asheville, haciéndole una visita a su hermana. Así tendré tiempo de pensar.

—¿De qué familia es?

—Lo que me estás preguntando es si cumple con los requisitos para ser Zarina.

—Es algo que hay que tener en cuenta. La Ley de Sucesión sigue vigente, la comisión tenía intención de aplicarla con todo el rigor posible.

—Margaret es ortodoxa de origen, con algo de sangre rusa, todo lo que podía encontrarse en Estados Unidos hace veinticinco años. De la búsqueda de candidatas se ocupó personalmente mi padre.

—Lo dices de un modo muy impersonal —dijo Akilina.

—No era ésa mi intención. Pero mi padre era muy consciente del alcance de nuestra responsabilidad. Se hizo todo lo posible por mantener la continuidad con el pasado.

—¿Es norteamericana? —preguntó Lord.

—De Virginia. Con lo cual ya son dos los norteamericanos que los rusos tendrán que aceptar.

Había otra cosa que Lord deseaba saber:

—El hombre que nos envió aquí nos dijo algo sobre una fortuna zarista que aún podría seguir en los bancos. ¿Estás al corriente de este dato?

Thorn colocó las fotos de sus antepasados junto a los pedazos de lo que una vez fuera un huevo Fabergé.

—Me dieron la llave de una caja de seguridad y me indicaron adónde acudir cuando llegara el momento. Y creo que ha llegado. Doy por supuesto que la información está en la caja. No debía intentar el acceso mientras no aparecierais vosotros. Nuestra primera parada tiene que ser Nueva York.

—¿Estás seguro de que la caja sigue existiendo?

—Todos los años pago el alquiler.

—¿Pagaste también el de San Francisco?

Thorn asintió.

—Ambos se pagan mediante giros automáticos contra unas cuentas corrientes abiertas hace muchos años, con nombres ficticios. No necesito decirte que tuvimos problemas cuando cambió la ley y se hizo necesario incluir el número de la Seguridad Social en todas las cuentas corrientes. Pero conseguí utilizar los nombres y números de un par de clientes fallecidos. Temí que investigaran, pero lo cierto es que nunca consideré peligrosa mi situación. Bueno, hasta anoche.

—Te aseguro, Michael, que la amenaza es cierta. Pero Taylor Hayes nos protegerá. No te pasará nada. Sólo él sabe dónde estamos. Eso puedo asegurártelo.

Hayes se bajó del coche y le dio las gracias al colaborador de Pridgen & Woodworth que había acudido a recibirlo al aeropuerto de Atlanta. Había llamado antes de salir, pidiéndole a su secretaria que enviara a alguien, y con tres docenas de abogados en su división, sin contar a otros tantos pasantes, no tenía que haber sido muy difícil encontrar algún voluntario.

Párpado Gacho y Orleg habían viajado con él desde California, y también ellos salían del coche ahora, en la nublada mañana. Ninguno de los dos rusos había dicho una sola palabra desde el aeropuerto.

La casa de Hayes era una monstruosidad de estilo tudor, edificada con piedra y ladrillo. Estaba en un terreno arbolado de algo más de una hectárea, al norte de Atlanta. Hayes no tenía mujer. Hacía cosa de diez años que se había divorciado. Por fortuna para la pareja, no tenían hijos. Y no habría más matrimonios. Hayes no sentía el menor deseo de compartir nada con nadie, y menos aún con alguna ambiciosa que luego intentaría quedarse con buena parte de sus propiedades, en compensación por el privilegio de haber compartido su vida con él.

Llamó desde el coche para pedirle a la gobernanta que tuviera dispuesto algo de comer. Quería lavarse un poco, comer y ponerse en marcha. Tenía cosas que hacer a pocas horas de distancia, en los montes de Carolina del Norte. Cosas de las que dependía su futuro. Personas de mucha consideración tenían puesta su confianza en él. Y eran personas a las que no podía fallarles. Khrushchev, en principio, tuvo intención de acompañarle, pero Hayes se opuso. Bastante estorbo representaban ya aquellos dos fortachones rusos, a quienes no habrían venido nada mal unas cuantas lecciones de urbanidad.

Párpado Gacho, Orleg y Hayes entraron por una cancela de hierro forjado. Las hojas corrían sobre el suelo de ladrillos, a lomos de la húmeda brisa matinal. Una vez dentro de la casa, Hayes pudo comprobar que la gobernanta había seguido sus instrucciones y preparado un almuerzo frío a base de fiambres, queso y pan.

Mientras sus dos compinches rusos se ponían ciegos en la cocina, Hayes entró en su cuarto de trofeos de caza y abrió uno de los varios estuches de escopeta alineados contra las paredes de madera. Eligió dos rifles de gran potencia y tres pistolas. Los dos rifles llevaban silenciadores —que se solían utilizar en las partidas de caza cuando había mucha nieve, para evitar el riesgo de avalanchas—. Descorrió los cerrojos y miró por el cañón de ambas armas. Comprobó el visor telescópico y el punto de mira. Todo parecía en orden. Las pistolas eran de diez tiros, todas ellas armas de competición, marca Glock 17L. Las había comprado durante una cacería en Austria, hacía unos años. Seguro que Párpado Gacho y Orleg nunca habían alcanzado la categoría suficiente como para empuñar semejantes armas.

Fue a un armario que había al otro lado de la sala, para proveerse de munición, y luego se trasladó a la cocina. Los dos rusos seguían comiendo. Hayes vio que habían abierto unas latas de cerveza.

—Salimos dentro de una hora. Ojo con el alcohol. Beber, aquí, tiene sus límites.

—¿A qué distancia estamos del sitio ese? —preguntó Orleg, con la boca llena de sándwich.

—A unas cuatro horas de coche. Llegaremos a media tarde. Quiero dejar muy clara una cosa. Esto no es Moscú. Todo se hará a mi modo. ¿Comprendido?

Los rusos no dijeron palabra.

—¿Tengo que llamar a Moscú? Puede que se os den otras órdenes por teléfono.

Orleg acabó de tragarse lo que tenía en la boca.

—Entendido, abogado. Tú llévanos para allá y dinos lo que quieres que hagamos.

46

Lord encontró impresionante el sitio en que vivía Michael Thorn. Era un barrio muy bonito, de casas antiguas, con zonas de bosque y praderas de hierba muy mullida. *Estilo ranchero*, era, según recordó Lord en aquel momento, el modo en que solía describirse este tipo de urbanización. Casi todas las casas eran de una sola planta, con la estructura de ladrillo y los techos a dos aguas, con chimenea.

Se habían acercado para que Thorn pudiera ocuparse de sus perros. En el jardín trasero del abogado, con árboles, había unas cuantas perreras, y Lord de inmediato identificó la raza. Los machos eran de mucho mayor tamaño y todos los animales, aproximadamente una docena, variaban en el color, que iba del rojo muy oscuro al tabaco y negro. Tenían la cabeza larga y estrecha, con la frente ligeramente abombada. Los hombros caídos, el pecho estrecho. Medían aproximadamente un metro de altura y pesaban unos cincuenta kilos. Tenían buenos músculos, y el rabo largo y sedoso.

Pertenecían a la familia de los galgos y su nombre en ruso, *borzoi*, significaba «veloz». A Lord le provocó una sonrisa que Thorn hubiera elegido esa raza de perros. Eran galgos rusos, que los nobles criaban para la caza del lobo en terreno abierto. Los Zares los empezaron a criar a partir de la sexta década del siglo XVII.

Y este Zar no era la excepción a la regla.

—Hace muchos años que me encantan estos perros —dijo Thorn mientras recorría las perreras, llenando los cuencos de agua con una manguera—. Leí algo sobre ellos hace tiempo, y acabé comprándome uno. Pero son como bombones: nadie se conforma con uno solo. Acabé criándolos yo mismo.

—Son preciosos —dijo Akilina. Estaba cerca de las perreras. Los *borzois* le devolvían la mirada con sus ojos oblicuos, marrones, con las pestañas negras—. Mi abuela tenía uno. Lo encontró en el bosque. Era un animal estupendo.

Thorn abrió la puerta de una de las perreras y llenó un cuenco de trocitos de comida seca. Los perros no se movieron, pero sí ladraron. Seguían con la vista los movimientos de Thorn, pero no hacían el menor intento de acercarse a la comida. A continuación, el abogado señaló con el dedo el cuenco donde se hallaba la comida.

Los perros se lanzaron hacia delante.

—Muy bien educados —dijo Akilina.

—Carece de sentido tener unos animales como éstos y que luego no te obedezcan. Esta raza es fácil de educar.

Lord observó que la escena se repetía en las demás perreras. No hubo un solo perro que desafiara a su dueño ni que desobedeciera una orden. Thorn se arrodilló frente a uno de los cubiles.

—¿Los vendes? —le preguntó Lord.

—Cuando llegue la primavera próxima esta camada ya no estará aquí, y volveré a tener crías. Siempre educo a los mejores de cada camada. Los únicos que están aquí siempre son estos dos de allí.

Según pudo ver Lord, había una pareja de perros en la perrera más cercana al porche trasero. Macho y hembra, ambos de color rojo oscuro y con el pelo como la seda. Su cubil era el más grande de todos, y en su interior había una caseta de madera.

—Lo mejor de la camada de hace seis años —dijo Thorn, notándosele el orgullo en la entonación—. *Alexis* y *Anastasia*.

Lord sonrió.

—Una interesante elección de nombres.

—Son mis pura raza de exposición. Y amigos míos.

Thorn se acercó a la jaula, quitó el pestillo a la puerta e hizo un gesto. Los dos animales inmediatamente se abalanzaron hacia él, haciéndole toda clase de zalemas.

Lord observaba a su anfitrión. Thorn parecía un hombre equilibrado, muy respetuoso de sus deberes tradicionales. Ni comparación con Stefan Baklanov. Hayes le había hablado de su arrogancia, mencionando la temible posibilidad de que estuviera más interesado en el título que en el ejercicio de su cargo. Michael Thorn parecía completamente distinto.

Entraron de nuevo en la casa y Lord examinó la biblioteca de Thorn. Las estanterías estaban repletas de obras sobre la historia de Rusia. Había biografías de varios Romanov, firmadas, en algún caso, por estudiosos del siglo XIX. Muchos de aquellos libros también los había leído él.

—Tienes una buena colección —dijo Lord.

—Te sorprendería comprobar lo que puede encontrarse en las librerías de segunda mano y en los excedentes de bibliotecas.

—¿A nadie le extrañó nunca ese interés tuyo tan concreto? Thorn negó con la cabeza.

—Soy miembro de nuestra sociedad de estudios históricos desde hace muchos años. Y todo el mundo conoce mi afición a la historia de Rusia.

Lord vio en un estante un libro que conocía bien. *Rasputín: su maligna influencia y su asesinato*, de Félix Yusúpov. Se publicó en 1927 y era un despiadado ataque a Rasputín, además de un intento de justificar su asesinato. Junto a este volumen estaban los dos tomos de memorias que Yusúpov publicó en los años cincuenta: *El esplendor perdido* y *En el exilio*. Vanos intentos de recaudar fondos, si no recordaba mal Lord lo que había leído en otras biografías. Se acercó al estante.

—Los libros de Yusúpov no trataban nada bien a la familia real, y menos aún a Rasputín. Si no recuerdo mal, con quien se ensañaba especialmente era con Alejandra.

—Todo era parte del engaño. Yusúpov sabía que Stalin no le quitaba ojo, de modo que evitó hacer nada que pudiera levantar sospechas. Fue un camuflaje que mantuvo hasta su muerte.

Lord vio varios libros sobre Anna Anderson, la mujer que murió afirmando ser Anastasia. Los señaló con un gesto y dijo:

—Seguro que con éstos te divertiste mucho.

Thorn sonrió.

—Su verdadero nombre era Franziska Schanzkowska. Nacida en Prusia. Estuvo entrando y saliendo del manicomio hasta que Yusúpov oyó hablar de su parecido con Anastasia. Él le enseñó todo lo que necesitaba saber, y ella fue una alumna muy aplicada. Me parece que murió convencida de ser la verdadera Anastasia.

—He leído algo sobre el asunto —dijo Lord—. Todo el mundo hablaba de ella con mucho cariño. Debió de ser una dama excepcional.

—Un buen doble de luces —dijo Thorn—. Nunca me llamó mucho la atención.

Un apagado ruido de puertas de coche al cerrarse les llegó por las ventanas delanteras. Thorn echó un vistazo por las ranuras de una persiana.

—Ha venido el ayudante del sheriff —dijo, en inglés—. Lo conozco.

Lord se puso en guardia y Thorn pareció comprenderlo. El abogado se encaminó hacia la doble puerta que los separaba del vestíbulo.

—Quedaos aquí. Voy a ver qué pasa.

—¿Qué ocurre? —preguntó Akilina en ruso.

—Problemas —dijo Lord.

—¿Cuándo está previsto que llegue tu jefe? —preguntó Thorn desde la puerta.

Lord miró el reloj.

—De un minuto a otro. Tenemos que volver al hostal.

Thorn abrió la doble puerta, pero Lord cruzó la estancia y volvió a cerrarla en seguida, mientras sonaba el timbre de la calle.

—Buenas tardes, señor Thorn —dijo el policía—. El sheriff me ha pedido que venga a hablar con usted. He pasado primero por su bufete, y su secretaria me ha dicho que estaba usted en casa.

—¿Qué ocurre, Roscoe?

—¿Ha recibido usted, ayer u hoy, la visita de un tal Miles Lord y de una ciudadana rusa?

—¿Quién es ese Miles Lord?

—¿Qué tal si contesta usted a mi pregunta?

—No, no he tenido ninguna visita. Y mucho menos de Rusia.

—Me extraña que me diga usted eso. Su secretaria me acaba de decir que un abogado de raza negra, llamado Lord, en compañía de una ciudadana rusa, estuvo en su bufete ayer por la tarde, y que ambos han pasado el día con usted.

—Si ya conoce usted la respuesta, Roscoe, ¿para qué me pregunta?

—Cumplo con mi deber. ¿Puede explicarme por qué me ha mentido?

—¿Por qué les da usted tanta importancia a esas dos personas?

—Tengo una orden de busca y captura por homicidio. Procede de Moscú. Se les busca por la muerte de un policía en la Plaza Roja.

—¿Cómo lo sabe usted?

—Me lo han dicho los dos señores que vienen conmigo en el coche. Traían la orden en mano.

Lord corrió de la puerta a la ventana del estudio. Llegó a tiempo de ver apearse a Párpado Gacho y Feliks Orleg del coche de policía.

—Mierda —dijo, en voz baja.

Akilina se colocó inmediatamente a su lado y vio lo mismo que él.

Los dos rusos emprendieron su marcha hacia la casa. Ambos sacaron a relucir sus pistolas, que llevaban ocultas bajo la chaqueta. Los tiros sonaron como petardos lejanos. Lord se lanzó hacia la doble puerta y la abrió en el mismo momento en que el cuerpo del ayudante del sheriff caía derrumbado en el interior del vestíbulo. Evidentemente, la primera salva había sido para él.

Lord dio un salto y agarró a Thorn, para en seguida llevárselo consigo y cerrar violentamente la puerta de madera. Puso el cerrojo mientras las balas se estrellaban contra el exterior de la casa.

—¡Al suelo! —gritó.

Se arrojaron de bruces sobre las baldosas del suelo y se arrastraron hacia el vestíbulo. Lord observó al ayudante del sheriff: había en su cuerpo tres grandes orificios de los que manaba sangre. No tenía sentido perder el tiempo con él.

—Venga —dijo, poniéndose en pie—. La puerta no los detendrá durante mucho tiempo.

Lord recorrió a toda velocidad el vestíbulo, en dirección a la luz del sol del extremo opuesto. Akilina y Thorn fueron tras él. Hubo ruido de golpes en la puerta y luego se oyeron tiros. Lord entró en la cocina y abrió la puerta del jardín trasero, indicando con un gesto a Akilina y Thorn que salieran al porche. Resonaron nuevos disparos. Mientras Lord salía también, oyó el ruido de la puerta principal al astillarse.

Vio que Thorn corría hacia el cubil más cercano, que era el de *Alexis* y *Anastasia*. Oyó a Thorn gritarle a Akilina que les abriera las puertas a los demás galgos. Luego señaló la puerta de la cocina y ordenó a los perros:

—Adelante. Ataque.

Akilina sólo había logrado abrir dos de los cubiles, pero los dos perros que había en cada uno de ellos, junto con *Alexis* y *Anastasia*, obedecieron la orden de Thorn y se lanzaron al galope contra la puerta trasera. En el momento mismo en que Orleg apareció en el umbral, uno de los *borzois* se abalanzó contra él y el ruso lanzó un aullido.

Otros tres perros entraron en la cocina.

Hubo una rápida sucesión de disparos.

—No podemos quedarnos a ver quién gana —dijo Lord.

Corrieron a toda velocidad hacia la puerta que daba acceso al garaje, donde habían dejado aparcado el jeep de alquiler. Subieron al vehículo.

Lord tenía la llave de arranque en la mano.

Se oyeron nuevos disparos procedentes del interior de la casa.

—Mis pobres perros —dijo Thorn.

Lord arrancó el motor y metió marcha atrás. El vehículo salió del garaje y dio media vuelta en la propia vereda, hasta quedar junto al coche de policía aparcado en la acera. Lord vio por el rabillo del ojo que uno de los galgos corría por la vereda, siguiéndolos desde el garaje.

—¡Espera! —gritó Thorn a pleno pulmón.

Lord dudó un momento antes de aplastar el acelerador con el pie. Thorn tuvo tiempo de abrir la puerta trasera. El perro se metió de un salto en el coche, jadeante.

—Vámonos —gritó Thorn.

Quedaron fragmentos de rueda en el asfalto cuando el jeep se proyectó hacia delante.

47

—¿Por qué diablos habéis tenido que matar al ayudante del sheriff? —Hayes trataba de no perder el control de su voz—. ¿Es que sois idiotas?

Se había quedado esperándolos en la oficina del sheriff, tras haber convencido a las autoridades locales de que las credenciales de Orleg eran válidas, así como la falsa orden de busca y captura enviada por fax desde Moscú. Khrushchev había amañado los documentos en San Francisco, utilizando un procedimiento similar al que le había servido para recabar la ayuda del FBI y de las autoridades aduaneras. Y no hubo muchas preguntas, porque Hayes explicó que su bufete solía representar al gobierno ruso en cuestiones localizadas en Estados Unidos.

Estaban delante del despacho del sheriff, al fresco de la noche incipiente, apartados de una puerta de la que entraban y salían numerosos policías. Había mucho movimiento, tras lo ocurrido hacía una hora. Hayes trataba de mantener la compostura y no llamar la atención de nadie, pero le resultaba bastante difícil.

—¿Dónde están las armas? —preguntó, en voz baja.

—Debajo de la chaqueta —dijo Orleg.

—¿Qué les habéis dicho que ha ocurrido?

—Que el ayudante del sheriff entró en la casa y en seguida oímos disparos. Acudimos corriendo y el pobre hombre estaba ya en el suelo. Salimos en persecución de Lord y su amiga, pero nos atacaron los perros. Lo último que vimos fue que Lord huía en un jeep, llevando encañonado a Thorn.

—¿Se lo han creído?

Párpado Gacho sonrió:

—Totalmente.

Pero Hayes se preguntó durante cuánto tiempo seguirían creyéndoselo.

—¿Les habéis dicho algo de los perros?

Orleg asintió:

—¿Que la emprendimos a tiros con ellos? No nos quedó otro remedio.

—¿Quién de los dos fue el genio que disparó contra el ayudante del sheriff?

—Fui yo —dijo Orleg. El muy estúpido lo decía con orgullo.

—¿Y a los perros?

Párpado Gacho reconoció que había sido él, porque estaban atacando a Orleg.

—Eran muy agresivos.

Hayes sabía que no le quedaba más remedio que sustituir la pistola de Orleg antes de que les confiscaran las armas como posibles pruebas. No podía tirarla, así, sin más, ni dejarla por ahí, porque los proyectiles encontrados en el cuerpo del policía constituirían un dato definitivo. Buscó bajo la chaqueta de Orleg y encontró la Glock.

—Dámela.

Intercambió su arma con la de Orleg.

—Esperemos que nadie note que el cargador está lleno. Si se dan cuenta, di que lo sacaste para poner uno nuevo y que, con los nervios, perdiste el primero.

El sheriff salió del edificio y se encaminó hacia donde ellos estaban. Hayes lo miró mientras se acercaba.

—Hemos dado aviso sobre el coche. Es un jeep Cherokee, y nos ha sido de mucha ayuda la descripción que nos han facilitado ustedes.

Orleg y Párpado Gacho aceptaron el agradecimiento del sheriff. Éste miró a Hayes:

—¿Por qué no nos dijo usted que Lord es peligroso?

—Le dije que lo buscaban por homicidio.

—Mi ayudante tenía mujer y cuatro hijos. Si se me hubiera pasado por la cabeza que ese abogado podía ser capaz de disparar a sangre fría contra un hombre, habría mandado para allá a todos los hombres de que dispongo.

—Soy consciente del estado de consternación en que se hallan ustedes...

—Es la primera vez que matan a un policía en este condado. Hayes pasó por alto el dato.

—¿Ha informado usted del caso a las autoridades estatales?

—Por supuesto que sí.

Hayes pensó que si jugaba bien sus cartas esa gente bien podía solucionarle el problema de una vez para siempre.

—Sheriff, la verdad es que no creo que al inspector Orleg le molestara mucho que Lord saliera de aquí en una bolsa para transportar cadáveres.

Llegó corriendo otro policía.

—Sheriff, está aquí la señora Thorn.

Hayes y sus dos colegas entraron con el sheriff. En una de las oficinas aguardaba una mujer de mediana edad, llorando. La atendía otra mujer, más joven, a quien también se veía muy alterada. Hayes prestó atención a lo que ambas decían y pronto llegó a la conclusión de que la mayor de las dos era la mujer de Thorn, y que la otra era su secretaria. La señora Thorn había pasado la mayor parte del día fuera del bufete, en Asheville, y al llegar a casa se había encontrado con un enjambre de coches de policía delante de su casa, y había visto a los forenses sacar un cadáver por la puerta. Distribuidos por el suelo de la cocina vio los cuerpos de varios de los galgos a quienes su marido tanto cariño tenía. Otro de los perros había desaparecido. Sólo cuatro habían escapado de la matanza. Sus jaulas estaban sin abrir. Los cadáveres de los animales habían desconcertado algo a la policía. *¿Quién y para qué los había soltado?* era la pregunta que se hacían una y otra vez.

—Evidentemente, para frenar al inspector Orleg —dijo Hayes—. Lord es un tipo listo. Sabe cómo manejarse. A fin de cuentas, llevan un tiempo persiguiéndolo por el mundo entero, con escaso éxito.

La explicación parecía tener sentido, y no hubo más preguntas. El sheriff volvió a poner toda su atención en la señora Thorn, para garantizarle que harían todo lo posible por encontrar cuanto antes a su marido.

—Tengo que llamar a nuestros hijos —dijo ella.

A Hayes no le gustó la idea. Si esa mujer era en realidad la Zarina de Todas las Rusias, en modo alguno sería buena idea complicar aún más las cosas metiendo al zarevich y a un gran duque en el asunto. No se podía permitir que la acción de Lord extendiera sus efectos más allá de Michael Thorn. De modo que dio un paso adelante y se presentó:

—Señora Thorn, creo que sería mejor que dejáramos pasar unas horas, a ver cómo se desarrolla este asunto. Lo más probable es que se resuelva por sí mismo, sin necesidad de preocupar a sus hijos.

—¿Quién es usted y qué hace aquí? —preguntó ella en tono categórico.

—Colaboro con el gobierno ruso en la localización de un fugitivo.

—Y ¿cómo ha podido meterse en mi casa un fugitivo ruso?

—No tengo la menor idea. Ha sido pura suerte que hayamos podido seguirlo hasta aquí.

—De hecho —dijo el sheriff—, no ha llegado usted a explicarnos cómo se las han apañado para localizar a Lord aquí.

No se percibía sospecha en su tono, pero antes de que Hayes pudiera contestar irrumpió en la habitación una agente de policía.

—Sheriff, tenemos situado el jeep. Los muy puñeteros pasaron junto a Larry por la Carretera 46, a unos cincuenta kilómetros al norte de la ciudad.

Lord pasó junto a un puesto ambulante donde vendían manzanas de la tierra y vio el coche patrulla. El automóvil de color marrón y blanco estaba aparcado en el arcén y de él se había apeado un policía, que hablaba con un hombre vestido con ropa de trabajo, ambos de pie junto a una camioneta. Pudo ver, por el retrovisor, que el policía se precipitaba hacia su coche y arrancaba a toda velocidad.

—Tenemos compañía —dijo Lord.

Akilina miró hacia atrás. También Thorn volvió la cabeza, y el perro, que iba en el asiento trasero, no sabía si mirar hacia delante o hacia atrás. Thorn emitió una orden y el animal se quitó de la vista, agazapándose en el suelo del coche.

Lord pisó el acelerador, pero el vehículo era sólo de seis cilindros, y el trazado ondulante de la carretera restaba poderío a sus caballos. Aun así, iban a más de ciento diez kilómetros por hora por una carretera estrecha, entre taludes arbolados. La parte trasera del coche que los precedía se les acercaba rápidamente. Lord dio un volantazo a la izquierda y se puso a adelantar al vehículo más lento en el preciso instante en que aparecía otro por el carril contrario, a la salida de una curva. Por un momento tuvo la esperanza de que el trazado no le permitiera al policía hacer lo mismo, pero en seguida vio aparecer en el retrovisor la luz azul del coche patrulla, que persistía en la persecución.

—Es un coche más potente que el nuestro —dijo—. Sólo tardará unos segundos en cogernos. Y además tiene radio.

—¿Por qué corremos? —preguntó Akilina.

Tenía razón. No había motivo alguno para escapar de la policía. Orleg y Párpado Gacho estaban a sesenta kilómetros al sur, allá en Genesis. Lo que tenían que hacer era detenerse y explicar la situación. La búsqueda había terminado. Ya no hacía falta guardar el secreto. La policía, seguramente, podría serles de ayuda.

Redujo la velocidad, frenó y se metió en el arcén. Un segundo más tarde hizo lo mismo el coche patrulla. Lord abrió la puerta. El policía ya se había bajado y utilizaba la puerta del coche a modo de escudo, mientras los apuntaba con la pistola.

—Al suelo. Ya —gritó el policía.

Otros coches pasaban junto a ellos, como trombas.

—He dicho que al suelo.

—Mire, tengo que hablar con usted.

—Si no se pone usted con el culo mirando al cielo en tres segundos, le pego un tiro.

Akilina se había bajado del coche.

—Al suelo, señora —gritó el policía.

—No entiende lo que usted le dice —gritó Lord—. Necesitamos su ayuda, agente.

—¿Dónde está Thorn?

Se abrió la puerta trasera y Thorn bajó del coche.

—Venga usted hacia mí, señor Thorn —vociferó el policía, superando el ruido del tráfico, y sin bajar la pistola.

—¿Qué está pasando? —preguntó Thorn en voz baja.

—No lo sé —dijo Lord—. ¿Conoce usted a ese policía?

—La cara no me resulta familiar.

—Señor Thorn, por favor, acérquese.

Fue Lord quien se acercó un paso. El policía estiró aún más el brazo con la pistola. Thorn se situó delante de Lord.

—¡Agáchese, señor Thorn, agáchese! Ese hijo de puta ha matado a un compañero mío.

Lord se preguntó si no lo estarían engañando sus oídos: *¿él había matado a un policía?*

Lord no se movió. La pistola seguía desplazándose, mientras su dueño buscaba un buen ángulo de tiro.

—¡Échense al suelo!

—*Alexis*. Sal del coche —dijo Thorn sin levantar la voz.

El galgo se puso inmediatamente en marcha y salió del Jeep. El policía había abandonado la protección de la puerta y se iba acercando, sin dejar de apuntarles con la pistola.

—Ve —le dijo Thorn al animal—. Adelante. Salta.

El animal asentó las patas y a continuación se lanzó con las manos por delante. Su musculoso cuerpo chocó contra el del policía, y ambos rodaron por el suelo de grava; al policía se le disparó dos veces la pistola. Lord se acercó corriendo y logró que el hombre soltara el arma.

El perro gruñía, tembloroso.

En la distancia se oían sirenas, aproximándose.

—Más vale que nos quitemos de en medio —dijo Thorn—. Aquí hay algo que no funciona. Este agente piensa que has matado a un policía.

Lord no hizo que se lo repitiera.

—De acuerdo. Vámonos.

Thorn condujo al perro hasta el coche. Pudieron subirse todos antes de que el policía lograra incorporarse.

—No le pasará nada —dijo Thorn—. No le ha mordido. No le dije que lo hiciera.

Lord, de un golpe, puso la transmisión en posición de marcha.

Hayes seguía esperando en el puesto de policía, con Orleg y Párpado Gacho. Había estado a punto de ir con el sheriff y sus hombres cuando salieron a toda prisa en dirección norte. La llamada por radio había llegado veinte minutos antes. Acababan de localizar un Jeep Cherokee de color gris que iba en dirección norte, por la Carretera 46, la cual, atravesando el condado adyacente, llegaba a Tennessee. Iba en su persecución un coche patrulla, y, según la última comunicación, el Jeep estaba frenando para detenerse. El agente había solicitado apoyo, pero dijo estar preparado para resolver el asunto por sí solo.

Para Hayes, lo mejor que podía suceder era que entre los perseguidores hubiera alguno de gatillo fácil. Él ya había dejado perfectamente claro que los rusos querían un cuerpo, no necesariamente vivo, y bien podía ser que algún agente pusiera fin a la pesadilla con un tiro bien dado. Pero aun en el supuesto de que murieran Lord y la mujer, o sólo Lord, seguía en pie el problema de Michael Thorn. La policía haría todo lo posible por salvarlo, y no sería Lord quien le hiciese daño alguno. Si de veras descendía en línea directa de Nicolás II, como Lord afirmaba con tanta rotundidad, las pruebas de ADN despejarían todas las dudas.

Y eso sí que sería un problema.

Estaba en un despacho, con todo un panel de comunicaciones delante de él. Una agente de policía se ocupaba de su manejo. Del altavoz colocado en lo alto emanaba un ruido de estática.

—Central. Dillsboro Uno. Estamos en el lugar de los hechos.

Era la voz del sheriff. Hayes esperó a que diese su informe. Mientras lo hacía, se acercó a Orleg, que ocupaba el rincón más cercano a la salida. Párpado Gacho se hallaba en el exterior, fumando. Hayes susurró, en ruso:

—Voy a tener que llamar a Moscú. Nuestros amigos no van a estar muy contentos.

Orleg no pareció preocuparse mucho.

—Hemos actuado según las órdenes que se nos dieron.

—¿Qué se supone que significa eso?

—Se me dijo que hiciera todo lo necesario para que Lord, la mujer y cualquier otra persona a quien Lord considerara importante no volviesen a Rusia.

Hayes se preguntó si esa definición no lo incluiría también a él.

—Te encantaría matarme. ¿No es verdad, Orleg?

—Sería un placer.

—Entonces, ¿por qué no lo has hecho?

El inspector no dijo nada.

—Es porque *ellos* me siguen necesitando.

Más silencio.

—No me asustáis —dijo, acercando mucho la cara a la cara de Orleg—. Procura no olvidar eso. Yo también lo sé todo. Que se enteren tus superiores. Hay dos hijos con genes de los Romanov. De ellos también habrá que ocuparse. Quien haya enviado a Lord y a la mujer no dejará de enviar a otras personas. Comunica a tus amigos que si yo muero el mundo conocerá la verdad antes de que hayáis tenido tiempo de plantearos siquiera el problema. Lamento privarte del placer de matarme, Orleg.

—No te creas más importante de lo que eres, abogado.

—No me creas tú menos fuerte de lo que soy.

Se apartó de Orleg antes de que éste pudiera replicar. Mientras lo hacía, el altavoz cobró vida con un chasquido eléctrico.

—Central. Dillsboro Uno. El sospechoso ha huido con el prisionero. El agente fue derribado, pero se encuentra bien. Atacado por un perro que el sospechoso tenía en su posesión. Hay coches en persecución. Pero el sospechoso les lleva delantera. Lo más probable es que siga en dirección norte por la Carretera 46. Alerten a todos los efectivos de la zona.

La agente que estaba a cargo de las comunicaciones dio por recibido el informe, y Hayes exhaló un silencioso suspiro de alivio. Antes, durante unos minutos, había tenido la esperanza de que atraparan a Lord, pero ahora se daba cuenta de que ello no habría hecho sino complicar las cosas. Tenía que ser él mismo quien lo encontrara, y daba la impresión de que Lord no confiaba en la policía local. Los tontos esos creían que Lord llevaba un rehén y que estaba huyendo. Hayes era el único que estaba al corriente: no era solamente Lord quien huía, sino también Thorn y la mujer.

Y tendrían que abandonar la carretera lo antes posible.

Lord, seguramente, daría por supuesto que Orleg y Párpado Gacho actuaban en colaboración con el sheriff, de modo que no volvería a ponerse en contacto con la policía local. Buscaría un sitio donde esconderse, con los otros dos, por lo menos hasta que tuviera tiempo de analizar a fondo la situación.

Pero ¿dónde podía esconderse?

Dio por supuesto que Lord no conocía la zona. Michael Thorn, en cambio, tenía que conocerla palmo a palmo. Quizá hubiera modo de averiguar algo.

Salió del despacho y fue a donde se encontraban la señora Thorn y la secretaria del bufete, pero, en vista de que la mujer de Thorn estaba ocupada con otra agente de policía, Hayes se dirigió a la secretaria:

—Perdóneme, señora.

La mujer levantó la cabeza.

—Si no he oído mal lo que dijo usted antes al sheriff, Lord y su acompañante estuvieron hoy en el bufete del señor Thorn.

—Cierto. Vinieron ayer. Y otra vez hoy. De hecho, pasaron el día los tres juntos.

—¿Sabe usted de qué hablaron?

Ella negó con la cabeza.

—Estuvieron con la puerta cerrada.

—Terrible. El inspector Orleg está molestísimo. Mataron a uno de sus hombres en Moscú. Y, ahora, lo del agente de policía de aquí...

—Lord se presentó como abogado. Y no tenía pinta de asesino.

—Nadie tiene pinta de asesino. Lord estaba en Moscú por motivos de trabajo. Nadie sabe por qué mató al policía. Algo raro pasó. E igual de raro es lo que está pasando aquí.

Exhaló un suspiro, se pasó la mano por el cabello, luego se pellizcó el caballete de la nariz.

—Qué bonita es esta zona —prosiguió—. Especialmente en esta época del año. Es una pena que una cosa así lo eche todo a perder.

Se acercó al expendedor de café y se sirvió un café, utilizando una jarra manchada. También le ofreció a la secretaria, pero ésta dijo que no con un gesto de la mano.

—Yo vivo en Atlanta, pero vengo con mucha frecuencia por aquí, de cacería. Suelo alquilar una casa en el bosque. Siempre quise comprarme una, pero no puedo permitirme el lujo. ¿Y el señor Thorn? Aquí da la impresión de que todo el mundo tiene su cabaña.

Se volvió a acercar a la mujer.

—Tiene una cabaña preciosa —dijo ella—. Pertenecía ya a sus padres y a sus abuelos.

—¿Está cerca? —le preguntó Hayes, fingiendo que preguntaba por preguntar.

—A una hora en dirección norte. Tiene más de ochenta hectáreas, con su montaña y todo. Siempre le tomo el pelo preguntándole qué piensa hacer con la montaña.

—Y ¿qué dice él?

—Pues sentarse a mirarla. Ver crecer los árboles.

A la secretaria se le humedecieron los ojos. Era evidente el cariño que sentía por su jefe. Hayes tomó un sorbo de café.

—¿Tiene nombre la montaña?

—Windsong Ridge. Me encanta.

Hayes se puso en pie con mucha calma.

—La dejo a usted tranquila. La veo inquieta.

Ella le dio las gracias, y Hayes salió del puesto de policía. Junto a la puerta estaban Orleg y Párpado Gacho, tirando de sus cigarrillos.

—Vamos —dijo Hayes.

—¿Adónde vamos? —quiso saber Orleg.

—A resolver este problema.

48

Tras dejar por tierra al agente de policía, Lord abandonó rápidamente la carretera principal y tomó hacia el este por un camino comarcal. Unos kilómetros más tarde volvió a girar, ahora hacia el norte, siguiendo las indicaciones de Thorn, que los llevaba a todos a la finca que su familia poseía en aquella zona desde hacía casi un siglo.

Siguieron un camino de kilómetro y medio, entre estribaciones montañosas y atravesando dos corrientes de agua encajonadas entre rocas. La cabaña era una construcción de una sola planta, hecha de troncos de pino unidos con argamasa, al estilo colonial. En el porche delantero había tres mecedoras y una hamaca de cuerda, suspendida de un extremo. Las placas de roble del techo inclinado parecían nuevas, y de ellas asomaba una chimenea de piedra.

Thorn explicó que allí tuvieron su primera residencia Alexis y Anastasia, nada más llegar a Carolina del Norte, a finales de 1919. Yusúpov hizo edificar la casa de campo en una finca de ochenta hectáreas cubiertas de bosque antiguo y con una montaña que un siglo antes había sido bautizada con el nombre de Windsong Ridge. La idea era proporcionar a los herederos un refugio solitario, lejos de cualquiera que pudiese asociarlos con la familia real rusa. Los montes Apalaches eran un paraje ideal, tanto por su localización como por su clima, no muy diferente del que los muchachos habían conocido en su tierra.

Ahora, en el interior de la cabaña, Lord casi percibía la presencia de Alexis y Anastasia. Ya se había puesto el sol y el aire se había enfriado. Thorn había encendido la chimenea, con leña de la que había amontonada contra las paredes exteriores de la casa. El interior tenía unos ciento cuarenta metros cuadrados, con espesos revestimientos, madera barnizada y olor a nogal y a pino. La cocina estaba bien provista de comida en lata, lo que les había permitido cenar un chile con judías, acompañado de Coca-Cola procedente del frigorífico.

Era Thorn quien había propuesto la cabaña. Si la policía pensaba que lo tenían retenido contra su voluntad, nunca irían a buscarlo en su propia finca. Lo más probable era que todos los caminos que llevaban a Tennessee estuvieran siendo vigilados y que hubiera orden de localizar el Jeep Cherokee, lo cual era una buena razón más para abandonar la carretera.

—No vive nadie en kilómetros a la redonda —dijo Thorn—. En los años veinte era un magnífico escondrijo.

Lord observó que nada en la decoración sugería el linaje de los dueños. Era, en cambio, sin duda alguna, la residencia de alguien que amaba la naturaleza: grabados de pájaros en el cielo y ciervos pastando decoraban las paredes. Ningún trofeo de caza, sin embargo.

—Yo no cazo —dijo Thorn—. Sólo con la cámara fotográfica.

Lord señaló un óleo enmarcado que dominaba una de las paredes y que representaba un oso negro.

—Lo pintó mi abuela —dijo Thorn—. Y los demás también. Le encantaba pintar. Vivió aquí hasta el fin de sus días. Alexis murió en ese dormitorio de allí. Mi padre nació en la misma cama.

Estaban congregados junto a la chimenea, a la luz de dos lámparas que iluminaban la amplia estancia. Akilina se había sentado en el suelo, envuelta en un edredón de lana. Thorn y Lord ocupaban sendos sillones de cuero. El perro se acurrucaba en un rincón, lejos del calor de la chimenea.

—Tengo un buen amigo en la Oficina del Fiscal de Carolina del Norte —dijo Thorn—. Lo llamaremos mañana. Seguro que puede echarnos una mano. Confío en él —permaneció un momento en silencio—. Mi mujer debe de estar hecha un manojo de nervios. Ojalá pudiese llamarla por teléfono.

—No te lo aconsejaría —dijo Lord.

—No podría aunque quisiera. Nunca llegamos a instalar un teléfono en esta casa. Tengo un móvil y me lo traigo siempre que venimos con intención de pasar la noche. La electricidad no nos la pusieron hasta la década pasada. La compañía me cobró un ojo de la cara por traer la línea hasta aquí. Decidí que el teléfono podía esperar.

—¿Venís con frecuencia, tu mujer y tú? —le preguntó Akilina.

—Sí, con mucha frecuencia. Aquí me siento en contacto con mi pasado. Margaret nunca ha acabado de comprenderlo, lo único que sabe es que este sitio me tranquiliza. Mi rincón de soledad, le suele llamar. Si supiera...

—Pronto lo sabrá —dijo Lord.

El *borzoi*, de pronto, se puso en alerta, y un gruñido ahogado sonó en su garganta.

Lord clavó los ojos en el perro.

Alguien llamó. Lord se levantó de un salto. Ninguno de los tres dijo una sola palabra.

Otra llamada.

—Miles. Soy Taylor. Abre la puerta.

Lord cruzó a toda prisa la habitación y echó un vistazo por la ventana. No se veía nada, por la oscuridad: sólo la silueta de un hombre de pie frente a la puerta. Lord se aproximó a la entrada, que tenía el pestillo echado.

—¿Taylor?

—No el mudito de Blancanieves, desde luego. Abre la puerta de una puñetera vez.

—¿Vienes solo?

—¿Quién va a estar conmigo?

Lord levantó el pestillo y lo corrió. Ante la puerta apareció Taylor Hayes, con unos pantalones de color caqui y una gruesa chaqueta.

—Cuánto me alegro de verte —dijo Lord.

—Ni la mitad que yo de verte a ti.

Hayes entró en la cabaña. Se estrecharon la mano.

—¿Cómo me has encontrado? —preguntó Lord, tras cerrar la puerta y echar de nuevo el pestillo.

—Cuando llegué al pueblo me contaron lo del tiroteo. Parece ser que hay por ahí dos rusos...

—Dos de los que llevan tiempo persiguiéndome.

—Sí, eso fue lo que creí entender.

Lord notó la mirada de extrañeza en los ojos de Akilina.

—Akilina no habla muy bien inglés, Taylor. Hablemos en ruso.

Hayes miró de hito en hito a Akilina.

—¿Cómo estás? —le preguntó, en ruso.

Akilina se presentó.

—Es un placer conocerte. Tengo entendido que mi socio te ha estado llevando a rastras por el mundo entero.

—Sí, ha sido todo un viaje —dijo ella.

Hayes miró a Thorn.

—Y usted debe de ser el objeto de tanto viaje.

—Aparentemente, sí.

Lord presentó a Hayes y Thorn. Luego dijo:

—Quizá podamos hacer algo, Taylor. La policía local piensa que he matado a uno de sus agentes.

—Sí, de eso están muy convencidos.

—¿Hablaste con el sheriff?

—Pensé que era mejor localizarte antes.

Se pasaron los tres cuartos de hora siguientes hablando. Lord le contó con todo detalle lo sucedido hasta ese momento. Incluso le enseñó a Hayes el baqueteado Fabergé y los dos mensajes escritos en hoja de oro, que fue a buscar al Jeep. Habló también de los lingotes, indicando dónde se encontraban. Y contó lo de Semyon Pashenko y la Santa Agrupación que había mantenido a salvo el secreto de Yusúpov.

—¿De modo que es usted un Romanov? —le preguntó Hayes a Thorn.

—Aún no nos ha explicado usted cómo nos ha encontrado —dijo Thorn.

Lord percibió la sospecha en la voz del abogado. Hayes no dio señales de alterarse ante lo abrupto de la pregunta.

—Su secretaria me dio la idea. Estaba con la señora Thorn en la oficina del sheriff. Yo sabía que Miles no podía haberlo secuestrado a usted, de modo que imaginé que necesitarían un lugar donde esconderse. Y ¿quién iba a buscarlos aquí? Ningún secuestrador utilizaría la casa de la persona a quien ha secuestrado. Así que decidí arriesgarme y me vine en coche hasta aquí.

—¿Cómo está mi mujer?

—Muy preocupada.

—¿Por qué no le dijo usted la verdad al sheriff? —insistió Thorn en sus preguntas.

—Esta situación es muy delicada. Es un asunto de alcance internacional. Está comprometido, literalmente, el futuro de Rusia. Si de veras es usted descendiente directo de Nicolás II, el trono de Rusia le pertenece. No hará falta decir que su salida a la luz pública causará una gran conmoción. No quiero poner todo eso en manos del sheriff del condado de Dillsboro, Carolina del Norte. Sin que ello implique ningún desprecio por mi parte.

—No se lo tomo por desprecio —dijo Thorn, en cuya voz seguían percibiéndose las reservas—. ¿Qué sugiere usted que hagamos?

Hayes se puso en pie y se aproximó a las ventanas delanteras de la casa.

—Muy buena pregunta.

Miró por entre las cortinas.

El *borzoi* volvió a alertarse.

Hayes abrió la puerta delantera.

Orleg y Párpado Gacho hicieron su entrada. Ambos llevaban rifles. El perro se puso sobre las cuatro patas y empezó a gruñir.

A Akilina se le escapó un grito.

—Tiene usted un perro precioso, señor Thorn —dijo Hayes—. Siempre he sentido debilidad por los *borzois*. Me llevaría un gran disgusto si tuviera que ordenar a estos caballeros que le pegaran un par de tiros. ¿Quiere usted indicarle al perro que salga por la puerta delantera, por favor?

—Ya había yo notado algo raro en usted —dijo Thorn.

—Me di cuenta.

Hayes se acercó al perro, que seguía gruñendo.

—¿Lo mato?

—*Alexis*. Fuera.

Thorn señaló la puerta y el perro desapareció rápidamente en la oscuridad.

Hayes cerró la puerta.

—*Alexis*. Qué nombre tan sugerente.

Lord estaba conmocionado por la sorpresa.

—¿Era cosa tuya desde el primer momento? —le preguntó a Hayes.

Hayes hizo seña a sus dos colaboradores, que se acercaron a través de la habitación, cada uno a un lado. Orleg se situó junto a la puerta de la cocina. Párpado Gacho, junto a la del dormitorio.

—Tengo socios en Moscú a quienes has proporcionado grandes quebraderos de cabeza, Miles. Diablos, te mandé a los archivos por si encontrabas algo que pudiera perjudicar a Baklanov, y me sales con un heredero del trono ruso. ¿Qué esperabas?

—Hijo de puta. Confiaba en ti.

Lord se abalanzó contra Hayes. Orleg detuvo su avance encañonándolo con el rifle.

—*Tener confianza* es algo tan relativo, Miles. Y más en Rusia. Eso sí, te reconozco el mérito. Eres un tipo difícil de matar. Y con una suerte tremenda.

Hayes sacó una pistola que llevaba bajo la chaqueta.

—Siéntate, Miles.

—Que te den por el culo, Taylor.

Hayes disparó. La bala atravesó el hombro derecho de Lord. Akilina profirió un grito y se precipitó hacia Lord, mientras éste se derrumbaba en el sillón.

—Te dije que te sentaras —dijo Hayes—. No me gusta nada tener que repetir las cosas.

—¿Estás bien? —le preguntó Akilina a Lord.

Lord leyó la preocupación en su rostro. Estaba bien. Era una herida muy superficial, suficiente para que brotara sangre y para causarle un dolor de mil diablos.

—Estoy bien.

—Señorita Petrovna, siéntese —dijo Hayes.

—Siéntate —pidió Lord.

Akilina se retiró a una silla.

Hayes se acercó a la chimenea.

—Si quisiera matarte, Miles, ya estarías muerto. Es una suerte para ti que yo sea tan buen tirador.

Lord se apretó la herida con la mano y utilizó su propia camisa para restañar la sangre. Su mirada se posó en Michael Thorn. El abogado permanecía perfectamente inmóvil en su sillón. No había manifestado ninguna reacción ante el disparo de Hayes.

—Ya lo creo que sí, es usted ruso —le dijo Hayes—. Se le nota en los ojos. He visto muchas veces esa mirada. Ninguno de ustedes conoce la piedad.

—No soy ningún Stefan Baklanov.

Las palabras de Thorn fueron casi un susurro.

Hayes se rió.

—No, desde luego que no. De hecho, creo que sería usted capaz de gobernar a esa panda de idiotas. Para eso hace falta alguien con mucho temple. El que tuvieron los mejores Zares. Estoy seguro, por tanto, de que comprenderá usted bien la razón por la que no puede salir vivo de aquí.

—Mi padre me anunció que habría hombres como usted. Me lo advirtió. Y yo lo tomé por un paranoico.

—¿Quién iba a pensar que el imperio soviético fuera tan frágil? —dijo Hayes—. Y ¿a quién iba a pasársele por la cabeza que los rusos quisieran volver al zarismo?

—A Félix Yusúpov —dijo Thorn.

—Y usted que lo diga. Pero nada de esto tiene sentido ya. Orleg. —Hayes se dirigió al inspector, indicándole la puerta delantera—. Llévate fuera a nuestro querido heredero y a esta mujer y haz lo que mejor sabes hacer.

Orleg, sonriente, dio un paso adelante para agarrar a Akilina. Lord inició el movimiento de incorporarse, pero Hayes le clavó el cañón de la pistola en el cuello.

—Siéntate —dijo.

Párpado Gacho levantó a Lord de su asiento, de un solo tirón, y le colocó el cañón de su rifle en la cabeza. Akilina ofrecía resistencia. Orleg la agarró por el cuello, pasándole el brazo, y apretó con mucha fuerza, hasta levantarla del suelo. Ella luchó por un segundo, pero en seguida se le pusieron los ojos en blanco, al quedarse sin aire.

—¡Alto! —gritó Lord.

Hayes le hundió más aún la pistola en el cuello.

—¡Diles que paren, Hayes!

—Dile tú a ella que sea buena chica —dijo Hayes.

Lord se preguntó cómo podía decirle a la chica que se lo tomase con calma, que sólo iban a llevarla al exterior y pegarle un tiro.

—Tranquila —le dijo.

Akilina dejó de forcejear.

—No aquí, Orleg —dijo Hayes.

El ruso aflojó su presa. A Akilina le fallaron las piernas y cayó al suelo. Lord tuvo el impulso de acudir a su lado, pero no le fue posible. Orleg, agarrándola del pelo, la obligó a ponerse en pie otra vez. El dolor pareció devolverle las fuerzas.

—Levántate —dijo Orleg en ruso.

Tambaleándose, Akilina permitió que Orleg la llevara hasta la puerta. Thorn, que ya estaba allí, salió el primero, seguido de Párpado Gacho.

La puerta se cerró tras ellos.

—Me parece a mí que esa mujer te gusta mucho —dijo Hayes, pasando al inglés.

Seguía apretando el cañón de su pistola contra el cuello de Lord.

—¿A ti qué te importa? —le contestó Lord.

—Nada.

Hayes apartó la pistola y dio un paso atrás. Lord se dejó caer en una silla. El dolor de su hombro iba en aumento, pero la rabia que lo inundaba le permitía mantener los reflejos a punto.

—¿Mataste a los Maks en Starodub?

—No nos dejaste elección. Ya sabes: no dejar cabos sueltos, y todo eso.

—¿Y Baklanov no es más que un títere, en realidad?

—Rusia es como una virgen, Miles. Hay en ella tantos placeres que nadie ha gozado nunca… Pero nadie puede sobrevivir sin respetar sus reglas, que son de las más duras que hay en el mundo. Yo me he adaptado. El homicidio, para ellos, es un modo aceptado de conseguir el fin. El medio que más les gusta.

—¿Qué ha podido pasarte, Taylor?

Hayes tomó asiento, sin dejar de apuntar a Lord.

—No me vengas ahora con chorradas. He hecho lo que había que hacer. En el bufete no ha habido nunca nadie que se quejara de las ganancias. A veces hay que correr grandes riesgos para conseguir grandes cosas. Tener bajo control al Zar de Todas las Rusias era una de esas grandes cosas. Todo era perfecto, de arriba abajo. ¿Quién iba a pensar que podía haber un heredero vivo?

Lord sentía impulsos de saltar sobre él, y Hayes pareció captar el odio.

—No va a ser posible, Miles. Te dejaré seco de un tiro antes de que puedas levantarte de esa silla.

—Espero que merezca la pena.

—Muchísimo más que la práctica de la abogacía.

Lord pensó que quizá pudiera ganar algo de tiempo.

—¿Cómo piensas controlar todo esto? Thorn tiene hijos. Más herederos. Todos ellos están al corriente.

Hayes sonrió.

—Buen intento. La mujer y los hijos no saben un pimiento. Mi único problema de control está aquí.

Hayes señaló a Lord con la pistola.

—Mira, no puedes echarle la culpa a nadie, es toda tuya. Si no te hubieras metido donde no te llamaban, si te hubieras limitado a hacer lo que te dije que hicieras, ahora no tendríamos ningún problema. Pero tuviste que largarte de San Petersburgo a California y meterte en un montón de cosas que, sencillamente dicho, no son de tu incumbencia.

Lord preguntó lo que verdaderamente quería saber:

—¿Vas a matarme, Taylor?

No hubo ni el menor atisbo de miedo en su entonación. Fue él el primero en sorprenderse.

—No. Lo harán esos dos de ahí afuera. Me hicieron prometer que no te tocaría un pelo. No les caes nada bien, Miles. Y yo, desde luego, no puedo permitirme el lujo de no darles satisfacción.

—No eres el hombre que yo conocí.

—Una mierda me has conocido tú. Eres un mero socio. No somos hermanos de sangre. No llegamos ni a amigos. Pero, si quieres saberlo, tengo clientes que confían en mí, y no me queda más remedio que cumplir. Sacándome, de paso, un buen pellizco para la vejez.

Lord miró más allá de Hayes, hacia fuera.

—¿Te preocupa tu queridísima rusa?

No dijo nada. ¿Qué podía decir?

—Seguro que Orleg está disfrutando de ella... en este mismo momento.

49

Akilina iba tras el hombre a quien Lord llamaba Párpado Gacho, mientras se adentraban en el bosque. Un lecho de hojas amortiguaba el ruido de sus pasos, y la luz de la luna se filtraba entre las ramas, bañando el bosque en un resplandor lechoso. Un aire helado le congelaba el cuerpo, dada la poca protección que le ofrecían los vaqueros y el jersey. Thorn iba el primero, con el cañón del rifle apuntándole a la espalda. Orleg iba tras Akilina, pistola en mano.

Prosiguieron durante unos diez minutos, hasta llegar a un claro. Allí había dos palas clavadas en la tierra. Era evidente que antes de la aparición de Hayes en la casa ya habían planeado las cosas.

—Ponte a cavar —le dijo Orleg a Thorn—. Vas a ser como tus antepasados, vas a morir en el bosque y vas a ser sepultado en tierra fría. Puede que dentro de otros cien años alguien encuentre vuestros huesos.

—¿Y si me niego? —preguntó Thorn con calma.

—Primero te pego un tiro a ti y luego disfruto de ella.

Thorn miró a Akilina. Al abogado no se le había alterado el pulso y mantenía el control de la respiración.

—Puedes verlo así —dijo Orleg—: unos pocos minutos más de preciosa vida. Cada segundo cuenta. Más de lo que tuvo tu bisabuelo, de todas formas. Afortunadamente para ti, yo no soy bolchevique.

Thorn, manteniéndose erguido, no hizo el menor ademán de ir a coger la pala. Orleg soltó el rifle y agarró del jersey a Akilina. Se acercó a la chica y ella empezó a gritar, pero él le tapaba la boca con la mano.

—¡Ya basta! —gritó Thorn.

Orleg puso fin a su agresión, pero le colocó la mano derecha en el cuello a Akilina, sin apretar lo suficiente como para hacerle daño, pero sí como para que no se olvidara de su presencia. Thorn agarró la pala y se puso a cavar.

Orleg manoseó el pecho de Akilina con la mano libre.

—Firme y bonito —dijo. Le apestaba el aliento.

Ella levantó la mano y le clavó los dedos en el ojo izquierdo. Orleg se apartó de un salto, para en seguida recuperarse y abofetearla con todas sus fuerzas. Luego la tiró al suelo húmedo.

El inspector recuperó su rifle. Tras haberlo cargado, puso un pie en el cuello de Akilina, violentamente, aplastándole la cara contra el suelo. Luego le encajó la punta del cañón entre los labios.

Ella miró hacia donde estaba Thorn.

Tenía en la boca un sabor a óxido y arenilla. Orleg le hundió aún más el cañón, y le vinieron náuseas. El terror se adueñó de ella.

—¿Te gusta, perra?

Del bosque surgió una sombra negra que se abalanzó contra Orleg. El policía se tambaleó ante el impacto y hubo de soltar el rifle. En cuanto notó que le apartaba el cañón de la boca, Akilina comprendió lo que acababa de suceder.

Había vuelto el *borzoi*.

Giró sobre sí misma mientras la culata del fusil tocaba el suelo.

—Ataca. Mata —gritó Thorn con todas sus fuerzas.

El perro movía de un lado a otro la cabeza, con los colmillos hincados en la carne.

Orleg aullaba de dolor.

Thorn blandió la pala y golpeó con ella a Párpado Gacho, que parecía momentáneamente aturdido ante la llegada del animal. El ruso exhaló un quejido cuando Thorn volvió a utilizar la pala contra él, clavándole la punta en el estómago. Tras un tercer golpe en el cráneo, Párpado Gacho se vino a tierra. Su cuerpo se agitó dos o tres veces y luego quedó inmóvil.

Orleg seguía aullando, mientras el perro lo atacaba con incesante furia.

Akilina fue a coger el rifle.

Thorn acudió corriendo.

—¡Alto!

El perro soltó presa y se sentó sobre las patas traseras. El aliento de su jadeo formaba una especie de nube en torno a su boca. Orleg rodó sobre sí mismo, agarrándose la garganta. Inició la maniobra de levantarse, pero Akilina le disparó un tiro en la cara.

El cuerpo de Orleg se quedó inmóvil.

—¿Te sientes mejor? —le preguntó Thorn, con toda calma.

Ella escupió de su boca el sabor a metal.

—Mucho mejor.

Thorn se acercó a Párpado Gacho y le buscó el pulso.

—Éste también ha muerto.

Akilina miró al perro. El animal acababa de salvarle la vida. Las palabras que había oído decir a Lord y a Semyon Pashenko le recorrieron la mente como un fogonazo. Algo que un supuesto hombre santo había dicho cien años antes: *la inocencia de las bestias servirá de guarda y guía del camino, para ser el árbitro final del éxito.*

Thorn se acercó al perro y le acarició la sedosa melena.

—Buen chico, *Alexis.* Buen chico.

El *borzoi* acogió las muestras de cariño de su amo, devolviéndole las caricias con sus aceradas garras. Tenía sangre alrededor de la boca.

—Hay que ver qué pasa con Miles —dijo Akilina.

Se oyó el eco de un tiro en la distancia, y Lord aprovechó el momento en que Hayes apartó la vista de él para agarrar una lámpara con su mano sana y blandir la pesada base de madera. Se dejó caer del sillón mientras Hayes se recuperaba y disparaba una vez.

El salón estaba ahora iluminado por una sola lámpara y el resplandor mortecino de la chimenea. Lord se arrastró rápidamente por el suelo e hizo caer la lámpara en dirección a Hayes, lanzándose luego hacia el sofá situado enfrente del hogar, para en seguida saltar por encima. El esfuerzo hizo que se le acrecentara el dolor del hombro derecho. Otros dos proyectiles trataron de alcanzarlo, atravesando el sofá. Se desplazó a cuatro patas, buscando la cocina, y logró refugiarse en ésta al mismo tiempo que una nueva bala se incrustaba en el cerco de la puerta. Se le volvió a abrir la herida y empezó a sangrar. Trató de contener la hemorragia con la otra mano, esperando que la transición de luz a sombra afectara la puntería de Hayes —no era cosa de recibir otro balazo—, pero sabía que los ojos de su oponente no tardarían más allá de unos segundos en adaptarse.

Una vez en la cocina, logró recuperar la vertical, pero perdió el equilibrio durante un momento, por culpa del dolor. La habitación le daba vueltas alrededor, mientras él trataba de recobrar el control de sus sensaciones. Antes de saltar al exterior, cogió un paño a cuadros de la encimera y se lo arrolló al hombro herido. Al salir cerró de un golpe la puerta, con la mano ensangrentada, y tropezó con un cubo de la basura.

Luego corrió hacia el bosque.

Hayes no estaba seguro de haberle dado a Lord. Trató de calcular el número de disparos que había hecho. Cuatro, si no se equivocaba, tal vez cinco. Ello quería decir que le quedaban cinco o seis balas. Sus ojos se adaptaban rápidamente a la oscuridad. Las débiles ascuas de la chimenea aportaban un mínimo de luz. Oyó un portazo y dio por supuesto que Lord había logrado salir de la casa. Con la Glock por delante, fue avanzando y entró con mucha precaución en la cocina. Su pie derecho resbaló en algo húmedo. Se inclinó y mojó los dedos en el líquido. Por el olor a cobre, era sangre. Se incorporó para acercarse a la puerta. Un cubo de la basura le cerraba el camino. Era de plástico. Lo apartó de una patada y salió al frío de la noche.

—Muy bien, Miles —gritó—. Parece que ahora me toca a mí cazar un mapache. Espero que no tengas tanta suerte como tu abuelo.

Extrajo el cargador de la Glock y lo sustituyó por uno nuevo. Disponía ahora de diez proyectiles para terminar lo que había empezado.

Akilina oyó los disparos y Thorn y ella echaron a correr hacia la cabaña. Llevaba consigo el rifle de Orleg. Al llegar al exterior de la cabaña, Thorn indicó que se detuvieran.

—Vamos a no hacer tonterías —dijo.

Akilina estaba impresionada por el control de sí mismo que ejercía el abogado. Estaba manejando la situación con una tranquilidad reconfortante para ella.

Thorn subió al porche y se acercó a la puerta cerrada. Desde detrás de la cabaña le llegó la voz de alguien que gritaba: «Muy bien, Miles. Parece que ahora me toca a mí cazar un mapache. Espero que no tengas tanta suerte como tu abuelo.»

Akilina se agachó junto a Thorn, con el perro al lado.

Thorn hizo girar el pomo de la puerta y abrió ésta de golpe. El interior estaba en la oscuridad. Sólo se veían las brasas de la chimenea. Thorn entró en la casa y fue directamente a un armario, de uno de cuyos cajones extrajo una pistola.

—Vamos —dijo.

Akilina lo siguió a la cocina. La puerta al exterior estaba abierta de par en par. Observó que *Alexis* olfateaba el suelo. Al agacharse, vio un reguero de manchas oscuras procedente del salón.

El perro estaba concentrado en ellas.

Thorn se inclinó.

—Hay alguien herido —dijo en voz muy baja—. *Alexis*. Huele. Adelante.

El perro olisqueó intensamente una de las manchas. Luego levantó la cabeza, como para indicar que ya estaba listo.

—Busca —le dijo Thorn.

El perro salió a la carrera, por la puerta.

50

Lord oyó las palabras de Hayes y recordó la conversación que ambos habían tenido en el hotel Voljov nueve días antes.

Parecía haber pasado mucho más tiempo.

Su abuelo le había contado lo que sucedía cuando los blancos de clase baja descargaban su cólera en los negros. Al tío abuelo de un amigo suyo lo sacaron a rastras de su casa y lo colgaron, sólo porque alguien había sospechado de él en un caso de robo. Sin arresto legal, sin imputarle nada, sin juicio. Lord se preguntaba a veces cómo era posible tanto odio. Una cosa que su padre siempre había hecho era procurar que ni los blancos ni los negros olvidaran nunca el pasado. Había quien lo consideraba populismo. Otros pensaban que con ello no hacía más que reafirmar los prejuicios. Grover Lord solía decir que era *un amistoso recordatorio del Hombre de Ahí Arriba, a través de su representante.* Ahora era él, Lord, quien corría por los montes de Carolina, con un hombre siguiéndolo, dispuesto a impedir que viese la luz del nuevo día.

El paño de cocina que se había atado al hombro le servía de alguna ayuda, pero el continuo roce con ramas y arbustos le estaba haciendo daño. No tenía la menor idea de adónde iba. Según recordaba, Thorn había dicho que el vecino más próximo estaba a varios kilómetros. Con Hayes, Párpado Gacho y Orleg persiguiéndolo, no cabía suponer que tuviese muchas posibilidades. Seguía resonándole en la cabeza el disparo que Hayes había hecho antes de acercarse a él. Se le ocurrió dar media vuelta y acudir en busca de Akilina y Thorn, pero comprendió la futilidad de tal esfuerzo. Lo más probable era que ambos estuviesen muertos. Más le valía perderse en la noche, salvarse para contarle al mundo lo que sabía. Era lo menos que les debía a Semyon Pashenko y la Santa Agrupación, sobre todo a quienes habían perdido sus vidas en el empeño. Como Iosif y Vassily Maks.

Detuvo su avance. Cada vez que respiraba, era una corta entrada de aire que, luego, al exhalarla se evaporaba ante sus ojos. Tenía la garganta seca y no lograba orientarse. El sudor le cubría el rostro y el pecho. Le vinieron ganas de quitarse el jersey, pero no era pensable que su hombro pudiera tolerar semejante esfuerzo. Estaba mareado. La pérdida de sangre estaba empezando a afectarle, y la altitud tampoco contribuía a que se encontrase mejor.

Oyó ruidos a su espalda.

Apartó una rama abajera y se metió en una zona de espesos arbustos. El suelo iba endureciéndose bajo sus pies. Vio afloramientos de roca. La elevación estaba acentuándose, y tuvo que emprender una subida fuerte. El suelo pedregoso emitía crujidos al ser pisado, y el silencio los amplificaba.

Ahora tenía delante un vasto panorama.

Se detuvo al final de un precipicio que dominaba una negra garganta. Al fondo se oía un arroyo de curso rápido. Lord podía ir a la izquierda o a la derecha, y regresar al bosque, pero decidió sacar provecho de aquel sitio. Si lo encontraban, podía ser que el factor sorpresa le otorgase alguna ventaja. No podía seguir corriendo. No con tres hombres armados detrás. No quería que lo matasen como a una bestia. Les plantaría cara y lucharía. De modo que se encaramó a las rocas, hasta un saliente que dominaba el precipicio. El cielo abierto se extendía sin límites, eterno. Ahora, Lord poseía un punto de observación desde el que vería llegar a cualquiera que se acercase.

Tanteó en la oscuridad y encontró tres piedras de buen tamaño. Tensó los músculos de la mano derecha y se dio cuenta de que podría lanzarlas, pero no demasiado lejos. Sopesó las piedras y se dispuso a recibir al primero que llegase.

Hayes había rastreado muchos animales en su vida, y sabía cómo seguir unas huellas. Y Lord había recorrido el bosque sin preocuparse de las ramas rotas que iba dejando atrás. Había incluso huellas, en las zonas de terreno húmedo. A la brillante luz de la luna, el camino seguido por Lord era fácil de descifrar. Por no mencionar las manchas de sangre, que venían con predecible regularidad.

De pronto, las huellas desaparecieron.

Hayes se detuvo.

Su mirada se desplazó rápidamente a izquierda y derecha. Nada. Ni una sola rama que le indicase el camino a seguir. Examinó el follaje y tampoco encontró manchas de sangre. Extraño. Aprestó el arma para disparar, por si aquélla fuera la ocasión que Lord hubiese elegido para el enfrentamiento definitivo. Hayes estaba convencido de que el muy tonto acabaría optando por la pelea, en algún momento.

Bien podía haber elegido aquel lugar.

Avanzó un palmo. El instinto no le indicaba que lo estuviesen observando. Iba a cambiar de dirección cuando notó una mancha oscura en un helecho situado delante de él. Fue adelantando la posición, paso a paso, con la pistola por delante. El suelo pasó a ser de piedra y la vegetación quedó sustituida por afloramientos graníticos irregulares que se levantaban en torno a él, por todas partes, trazando mil sombras deformes. No le gustaba nada el cariz que tomaba la situación, pero prosiguió hacia delante.

Sus ojos buscaban pistas —acaso una huella de sangre en alguna roca—, pero resultaba difícil distinguir las manchas de las sombras. Redujo su marcha a un paso cada varios segundos, tratando de reducir al mínimo el crujido de las piedras bajo sus pies.

Se detuvo al borde del precipicio: agua en el fondo, árboles a izquierda y derecha. Más allá se expandía un vasto cielo que mil millones de estrellas tachonaban. No era el momento de entregarse a consideraciones estéticas. Se dio la vuelta y estaba a punto de entrar de nuevo en el bosque cuando oyó el silbido de algo que rasgaba el aire.

★

Akilina salió de la cocina en pos de Thorn. Vio la huella de una mano ensangrentada y pensó en Lord. El *borzoi* ya había desaparecido, pero un leve silbido de Thorn hizo que el animal regresara de entre los árboles.

—No se aventurará muy lejos. Sólo lo suficiente para encontrar el rastro —susurró Thorn.

El perro se sentó sobre los cuartos traseros, a sus pies, y Thorn lo acarició.

—Busca. *Alexis*. Adelante.

El animal se perdió entre los árboles.

Thorn siguió en la misma dirección.

Akilina estaba muy preocupada por Lord. Era casi seguro que estuviese herido. La voz que antes había oído era la de Taylor Hayes. Lord, seguramente, pensaría que ella y Thorn estaban muertos, porque sus posibilidades de salir con vida frente a dos asesinos profesionales eran muy reducidas. Pero el *borzoi* había marcado la diferencia. Era un animal portentoso, dotado de una admirable lealtad. También había que tener en cuenta a Thorn. Por las venas de ese hombre corría sangre de reyes. Quizá fuera eso lo que le otorgaba tanta presencia de ánimo. Akilina había oído a su madre hablar de los tiempos imperiales. La gente veneraba al Zar por el vigor de su carácter y por su fuerza de voluntad, viendo en él la encarnación de Dios en la Tierra, y requiriendo su protección en los momentos de necesidad.

El Zar *era* Rusia.

Tal vez Michael Thorn comprendiera el alcance de su responsabilidad. Quizá se sintiera suficientemente relacionado con el pasado como para no amedrentarse ante lo que se le venía encima.

Así y todo, Akilina tenía miedo. Y no sólo por ella, sino también por Miles Lord.

Thorn se detuvo y lanzó un ligero silbido. *Alexis* apareció unos momentos después, jadeando fuertemente. Su dueño se puso de rodillas y lo miró a los ojos.

—Ya has encontrado la pista, ¿verdad?

A Akilina no le hubiera sorprendido que el animal contestara, pero el *borzoi* se limitó a sentarse sobre los cuartos traseros y recuperar el aliento.

—Busca. Adelante.

El perro salió corriendo.

Ellos dos le fueron detrás.

Un disparo restalló en la distancia.

Lord lanzó la piedra al aire, en parábola, en el preciso momento en que Hayes empezaba a darse la vuelta. Sintió que algo se le desgarraba en el hombro y, en seguida, un dolor terrible, que le bajaba por la espina dorsal. Había vuelto a abrírsele la herida.

Vio la piedra chocar en el pecho de Hayes y oyó el disparo. Saltó desde su posición, yendo a estrellarse contra su jefe. Ambos hombres cayeron al suelo. Lord seguía sintiendo un dolor electrizante en el hombro derecho.

Tuvo que ignorarlo. Su puño hizo impacto en el rostro de Hayes, pero éste, sirviéndose de muslos y piernas, logró alzar en el aire a Lord, que cayó de espaldas. Las duras piedras del suelo se le clavaron en la columna vertebral, haciendo más intenso su dolor.

Un instante después, tenía a Hayes encima.

Akilina echó a correr. Thorn también. Ambos en dirección al disparo. El terreno que pisaban fue haciéndose más duro. Había rocas por todas partes. Enfrente, a cierta distancia, Akilina oyó jadeos y el ruido que hacen dos cuerpos al debatirse.

Acabó el bosque.

Ante ellos, Taylor Hayes y Miles Lord combatían cuerpo a cuerpo.

Akilina se detuvo junto a Thorn. También el *borzoi* se detuvo a mirar a la pelea desde unos diez metros de distancia.

—Acaba con esto —le dijo Akilina a Thorn.

Pero el abogado no utilizó su arma.

Lord pudo ver que Hayes saltaba sobre sus pies y se disponía a lanzarse contra él. Sorprendentemente, aún le quedaron fuerzas para proyectar el puño izquierdo y cazar a Hayes en plena mandíbula. El golpe dejó atontado a su oponente, al menos por un segundo. Lord pensó que debía encontrar la pistola. Se le había caído de la mano a Hayes cuando la piedra hizo impacto en él.

Golpeó con la rodilla derecha, forzando a Hayes a que se irguiera. Luego recuperó el equilibrio y se plantó de rodillas. Estaba harto de esas pequeñas rocas que le laceraban el cuerpo. El hombro le sangraba abundantemente. No iba a echarse atrás precisamente ahora, sin embargo. Había que acabar con ese hijo de puta, ya mismo.

Buscó la pistola por el suelo oscuro, pero no pudo localizarla. Creyó ver dos formas más allá de las rocas, hacia los árboles, aunque le costaba trabajo enfocar. Serían Orleg y Párpado Gacho, seguramente, asistiendo divertidos a la pelea, con capacidad para decidir el ganador con un solo tiro.

Placó a Hayes por la cintura. Fueron a caer contra un saliente de granito y notó que algo cedía en su rival, quizá una costilla. Hayes lanzó un grito, pero logró hundir ambos pulgares en el cuello de Lord y retorcerlo, presionándole la tráquea. Lord trató con todas sus fuerzas de tomar aire y tan pronto como aflojó el placaje de Hayes éste le clavó la rodilla en el torso y a continuación empujó con fuerza, haciéndolo tambalearse hacia el precipicio.

Lord se preparó para la segunda carga, mientras Hayes saltaba hacia delante. Giró sobre sí mismo y lanzó el golpe con todas sus fuerzas, pero Hayes dio la impresión de haber previsto ese movimiento, y detuvo su avance.

Los pies de Lord sólo encontraron aire.

Akilina vio que Lord rodaba por el suelo tras haber fallado un golpe, pero que en seguida se plantaba sobre las rodillas y se volvía en dirección a Hayes.

Thorn se arrodilló frente al *borzoi*. Akilina hizo lo mismo. El animal emitía un profundo gruñido continuo, sin apartar los ojos de la confusa escena que tenía delante. Abrió y cerró las mandíbulas un par de veces, dejando ver los afilados colmillos.

—Está pensándoselo —dijo Thorn—. Ve cosas que nosotros no vemos.

—Usa la pistola —dijo ella.

Thorn la miró a los ojos.

—La profecía ha de cumplirse hasta el final.

—No digas tonterías. Pon fin a esto, ya.

El *borzoi* dio un paso adelante.

—Si no usas la pistola, usaré yo el rifle —dijo Akilina.

El abogado, con suavidad, le puso una mano en el brazo.

—Ten fe.

De su voz y su actitud emanaba algo difícil de explicar.

Akilina no dijo nada.

Thorn volvió a dirigirse al perro.

—Tranquilo. *Alexis*. Tranquilo.

Lord logró a duras penas levantarse y se apartó del borde del precipicio. Hayes hacía una pausa en su ataque, tratando, seguramente, de recuperar el aliento.

Lord miró a su jefe.

—Adelante, Miles —dijo Hayes—. Hay que acabar esto. Solos tú y yo. De ésta no puedes salir sin acabar conmigo.

Giraron sin perderse de vista, como los gatos. Lord se desplazaba hacia la derecha, en dirección a los árboles. Hayes, hacia la izquierda, en dirección al precipicio.

Luego, Lord la vio. La pistola. En el suelo de roca, a dos metros de él. Pero Hayes la localizó también y, de un salto, logró agarrarla por la culata, antes de que Lord pudiera reunir las fuerzas necesarias para intentarlo.

Un instante después el arma estaba montada y el dedo de Hayes en el gatillo. El cañón apuntaba directamente a Lord.

Akilina vio lanzarse hacia delante al *borzoi*. Thorn no le había dado ninguna orden. El animal se movió por decisión propia, sabiendo, de algún modo, que ése era el momento, y sabiendo también el sitio exacto donde debía golpear. Podía ser que el perro distinguiera los olores y que conociese bien el de Lord, por la sangre. Pero también podía ser que actuara bajo la influencia del espíritu de Rasputín. ¿Cómo saberlo? Hayes no vio al animal hasta el momento mismo en que entró en contacto con él: el peso del *borzoi*, a toda carrera, lo lanzó hacia atrás.

Lord aprovechó el momento y se proyectó hacia delante, empujando a Hayes y al perro hasta hacerlos caer por el precipicio. Un aullido rasgó el silencio de la noche, apagándose paulatinamente mientras ambos cuerpos se disolvían en la oscuridad. Un segundo después se oyó el impacto de la carne al chocar con la roca, acompañado de un gañido que le rompió el corazón a Lord. No se veía el fondo del abismo.

Pero tampoco hacía falta.

Se oyeron pasos acercándose.

Lord se dio la vuelta, temiendo encontrarse con Orleg y con Párpado Gacho, pero fue Akilina quien apareció, seguida de Thorn.

Akilina se abrazó a Lord con todas sus fuerzas.

—Cuidado —dijo él, por el dolor en el hombro.

Ella aflojó el abrazo.

Thorn se situó al borde del precipicio y miró hacia abajo.

—Pobre perro —dijo Lord.

—Le tenía muchísimo cariño —dijo Thorn, volviéndose hacia él—. Pero ya se acabó. La elección está hecha.

Y en aquel momento, bajo el resplandor de la luna creciente, dura la expresión y sin vacilación en la mirada, Lord vio al futuro Zar de Rusia.

51

El interior de la Catedral de la Dormición resplandecía a la luz de cientos de velas y candelabros. Era una iluminación especial, adaptada a las necesidades de las cadenas de televisión que retransmitían la ceremonia en directo para el resto del mundo. Lord ocupaba un lugar de privilegio cerca del altar, con Akilina al lado. Por encima de ellos, cuatro hileras de iconos salpicados de joyas titilaban a la luz, como proclamando que todo estaba en orden.

Al frente de la catedral había dos tronos de consagración. Uno era el del segundo Zar Romanov, Alexis. Llevaba incrustados casi nueve mil diamantes, con rubíes y con perlas. Tenía trescientos cincuenta años de antigüedad y había sido una curiosidad de museo durante los cien últimos. Lo habían traído el día antes de la Armería del Kremlin. Y era Michael Thorn quien lo ocupaba ahora.

Junto a él estaba su esposa Margaret, en un trono de marfil traído a Rusia en 1472, para Sofía, la novia bizantina de Iván el Grande. Fue Iván quien proclamó *Dos Romas han caído, pero la tercera prevalecerá, y la cuarta no será.* Y, sin embargo, hoy, en una espléndida mañana de abril, la cuarta Roma estaba a punto de nacer. Lo secular y lo sagrado se unían en una sola entidad: el Zar.

Rusia, de nuevo, gobernada por los Romanov.

Lord pensaba de vez en cuando en Taylor Hayes. Aún ahora,

transcurridos seis meses de la muerte de Hayes, el pleno alcance de la conspiración seguía sin conocerse. Se decía que el propio Patriarca de la Iglesia Ortodoxa Rusa, Adriano, había participado en ella. Pero él se había apresurado a negar toda colaboración en el asunto, y, por el momento, nadie había podido demostrar lo contrario. El único cómplice seguro era Maxim Zubarev, el hombre que torturó a Lord en San Francisco. Pero antes de que las autoridades pudieran someterlo a interrogatorio, su cuerpo apareció en una fosa poco profunda, en los alrededores de Moscú, con dos tiros en la cabeza. El gobierno sospechaba que la conspiración había sido muy extensa, hasta incluir a la *mafiya,* pero aún no había surgido ningún testigo que permitiera demostrar nada.

La amenaza que estas personas desconocidas representaban para la monarquía emergente era muy real, y Lord estaba bastante preocupado por Michael Thorn. Pero el abogado de Carolina del Norte había dado muestras de un coraje notable. Había fascinado al pueblo ruso con una sinceridad que a todos encantó, hasta el punto de que incluso llegaron a considerar positivo su origen norteamericano. Los líderes del mundo entero hallaron reconfortante que una potencia con capacidad nuclear fuese gobernada por alguien con perspectiva internacional. Pero Thorn había dejado muy claro que él era un Romanov —la sangre rusa corría por sus venas— y que iba a reafirmar el control de los Romanov sobre una nación que su familia había gobernado durante trescientos años.

Thorn había anunciado con anterioridad que nombraría un gabinete ministerial. Tras otorgar el cargo de asesor a Semyon Pashenko, encargó al jefe de la Santa Agrupación que formara gobierno. También habría una Duma por elección, con el suficiente poder como para garantizar que ningún monarca incurriese en el absolutismo. Se cumpliría la ley. Rusia tenía que entrar, aunque fuera por la fuerza, en el nuevo siglo. El aislacionismo se había hecho imposible.

Ahora, este hombre sencillo ocupaba el Trono de Diamantes, con su esposa al lado. Ambos daban la impresión de haberse hecho cargo de sus responsabilidades.

El templo estaba lleno de dignatarios de todo el mundo. Allí estaba Su Majestad Británica, con el Presidente de Estados Unidos y los Presidentes y Primeros Ministros de todas las principales naciones del mundo.

Había habido un fuerte debate sobre si el nuevo Zar debía designarse II o III. El hermano de Nicolás II se llamaba Mijaíl y, supuestamente, gobernó por un día, antes de abdicar. Pero la Comisión del Zar acalló todas las disputas al resolver que la renuncia al trono de Nicolás II sólo tenía validez para el propio Nicolás, no para su hijo Alexis. Tras su abdicación, el trono del Zar había pasado a Alexis, no a su hermano Mijaíl. Lo cual significaba que los únicos herederos legítimos del trono eran los descendientes directos de Nicolás. Michael Thorn, primer varón en la línea dinástica, sería llamado Mijaíl II.

Fue el amigo que Thorn tenía en la Oficina del Fiscal de Carolina del Norte quien hizo lo necesario para que al día siguiente de la muerte de Taylor Hayes acudiese a Genesis un enviado del Departamento de Estado. También fue convocado el embajador de Estados Unidos en Rusia, que se presentó inmediatamente ante la Comisión del Zar para revelar a sus miembros lo ocurrido a once mil kilómetros de distancia. La votación final fue objeto de aplazamiento, para dar tiempo a que el heredero compareciese ante la comisión, lo cual ocurrió tres días después, con gran aparato y acaparando la atención del mundo entero.

Las pruebas de ADN confirmaron que Michael Thorn era descendiente directo de Nicolás y Alejandra. Su estructura genética mitocondrial concordaba exactamente con la de Nicolás, incluidas las mismas mutaciones que los científicos detectaron al identificar los huesos del Zar en 1994. La probabilidad de error era menor de una milésima de uno por ciento.

Una vez más, Rasputín había acertado: *Dios proveerá el modo de asegurarnos la justicia.*

Rasputín también había acertado en otra predicción: *Doce deben morir para que la resurrección sea completa.* Los cuatro primeros en Moscú, incluyendo a Artemy Bely; luego el guardia de la Plaza Roja, el colega de Pashenko de la Santa Agrupación y Iosif y Vassily Maks; y, por último, Feliks Orleg, Párpado Gacho y Taylor Hayes. Una procesión de once cadáveres, de Rusia a Estados Unidos.

Pero faltaba uno en la lista de bajas para alcanzar los doce.

Alexis, un *borzoi* de seis años.

Lo enterraron en el cementerio, a sólo unos pasos de su tocayo imperial. Thorn consideró que el perro se había ganado el derecho a descansar eternamente con los Romanov.

Lord fijó su atención en el altar cuando Thorn se alzó del trono. Todos los demás asistentes estaban ya en pie. Thorn llevaba una túnica de seda que le habían colocado en los hombros dos horas antes, en el primer acto de la ceremonia de coronación. Ajustó los pliegues y se puso de rodillas, lentamente, mientras todos los demás seguían en pie.

El Patriarca Adriano se acercó a él.

En el silencio que siguió, Thorn rezaba.

Adriano, luego, le ungió la frente con el santo óleo y pronunció un juramento. En una edificación levantada por los Romanov, protegida por los Romanov y, en última instancia, perdida por los Romanov, un nuevo Romanov recogía el manto del poder, usurpado por la muerte y la ambición.

El patriarca, lentamente, colocó una corona de oro en la cabeza de Thorn. Tras un momento de plegaria, el nuevo Zar se puso en pie y se acercó a su mujer, que también llevaba una hermosa túnica de seda y que se postró de rodillas ante él. Thorn le colocó la misma corona y a continuación volvió a colocársela él. Luego acompañó a su esposa hasta su trono de marfil, la ayudó a sentarse y tomó asiento junto a ella.

Los dignatarios rusos, en ininterrumpida procesión, se acercaron a jurar su lealtad al nuevo Zar: generales, ministros del gobierno, los dos hijos de Thorn, muchos sobrevivientes de la familia Romanov, incluido Stefan Baklanov.

El aspirante al trono se había librado del escándalo negando toda implicación suya y desafiando al mundo entero a demostrar lo contrario. Afirmó solemnemente no conocer la existencia de conspiración alguna y proclamó que habría sido un buen gobernante, si lo hubiesen elegido. A Lord le pareció inteligente su actitud. ¿Quién iba a dar el primer paso para acusar a Baklanov de traición? Sólo sus cómplices, que jamás abrirían la boca. El pueblo ruso valoró positivamente su franqueza, y Baklanov no perdió popularidad. Lord sabía muy bien que el aspirante había participado a fondo en la conspiración. Se lo había dicho Maxim Zubarev, con estas palabras: *un títere consentidor*. Se planteó la posibilidad de ir contra Baklanov, pero Thorn vetó la idea. Bastantes disensiones se habían producido ya. Dejémoslo estar. Lord, al final, estuvo de acuerdo. Pero no podía dejar de preguntarse si no se habrían equivocado.

Miró a Akilina. Seguía la ceremonia con los ojos húmedos. Lord la asió de la mano, con ternura. Estaba radiante, con su vestido azul perla bordado en oro. El propio Thorn se había ocupado de que llevara este ornamento, y ella le había agradecido el detalle.

Se miraron. Ella también le apretó la mano, con la misma suavidad. Lord vio el afecto y la admiración reflejados en los ojos de una mujer de quien quizá se había enamorado. Ninguno de los dos estaba seguro de lo que sucedería luego. Lord no había abandonado Rusia porque Thorn quería tenerlos cerca a Akilina y a él. De hecho, Lord había sido invitado a quedarse en calidad de asesor personal. Era norteamericano, pero llevaba puesto el sello del pasado. Era el Cuervo. Era quien había contribuido a la resurrección de la sangre de los Romanov. Teniendo en cuenta esa circunstancia, su presencia en un escenario que no podía ser sino radicalmente ruso tenía justificación.

Pero Lord no estaba decidido a permanecer en Rusia. Pridgen & Woodworth le había propuesto un ascenso: Director de la División Internacional, en sustitución de Taylor Hayes. Con ello daría un buen salto en el escalafón, adelantándose a otros más antiguos que él, pero se había ganado con creces el privilegio y, además, su nombre era conocido en el mundo entero. Estaba pensándose la oferta, pero era Akilina quien lo detenía. No tenía el menor interés en dejarla atrás, y ella había manifestado un fuerte deseo de quedarse con Thorn y trabajar con él.

Concluida la ceremonia, los monarcas recién coronados salieron de la catedral, llevando —como Nicolás y Alejandra en 1896— sendos mantos de brocado con el águila bicéfala de los Romanov bordada.

Lord y Akilina fueron tras ellos y salieron a la fresca mañana.

Las cúpulas de oro de las cuatro iglesias circundantes resplandecían al sol. Había una fila de coches esperando al Zar y la Zarina, pero Thorn no los aceptó. Se recogió el manto y la túnica y condujo a su esposa, sobre el empedrado, hacia la muralla nororiental del Kremlin. Lord y Akilina, que los seguían, observaron la expresión que vibraba en el rostro de Thorn. También Lord respiró el aire fresco y se sintió rejuvenecer, junto a un país que rejuvenecía entero. El Kremlin volvía a ser la fortaleza del Zar, la *ciudadela del pueblo*, como Thorn había dado en llamarla.

Al pie de la muralla nororiental, una escalera de veinte metros llevaba a las fortificaciones. El Zar y la Zarina la subieron lentamente, y tras ellos fueron Lord y Akilina. Al otro lado de la muralla estaba la Plaza Roja. Simples adoquines cubrían ahora el lugar en que antes se alzaron la tumba de Lenin y las Tribunas de Honor. Thorn había ordenado que derribasen el mausoleo. Los inmensos abetos plateados seguían en su sitio, pero no así las tumbas soviéticas. Sverdlov, Brezhnev, Kalinin, fueron exhumados y vueltos a enterrar en algún otro sitio. El único a quien se permitió quedarse fue Yuri Gagarin. El primer hombre del espacio merecía un lugar de privilegio. Otros seguirían. Gente buena y honrada, gente cuyas vidas fueran dignas de aquel honor.

Lord vio a Thorn y su esposa acercarse a otra plataforma, justo debajo de las almenas, suficientemente alta como para situarlos a ambos por encima del muro. Thorn se alisó la vestimenta y dio media vuelta.

—Mi padre me habló de este momento. Me explicó cómo me sentiría. Espero estar a la altura.

—Lo estás —dijo Lord.

Akilina se acercó y le dio un abrazo a Thorn. Él devolvió el gesto.

—Gracias, cariño. En los viejos tiempos, a continuación serías ejecutada. ¡Mira que tocar así al Zar, en público!

Una sonrisa se instaló en su rostro. Dirigiéndose a su esposa, le preguntó:

—¿Estás preparada?

Ella asintió, pero Lord no dejó de percibir el recelo en los ojos de aquella mujer. ¿Cómo echárselo en cara? Una felonía cometida hacía muchísimos años iba a ser reparada, haciendo las paces con la Historia. Lord también había decidido hacer las paces con su propia conciencia. Al volver a casa, iría a ver la tumba de su padre.

Había llegado el momento de decirle adiós a Grover Lord. Akilina tenía razón cuando le dijo que el legado de su padre era mayor de lo que él percibía. Grover Lord había hecho de él el hombre que ahora era. No por su ejemplo, sino por sus errores. Pero su madre había querido enormemente a aquel hombre, y siempre lo querría. Podía ser que hubiera llegado el momento de cesar en su odio.

Thorn y su esposa subieron a la plataforma de madera utilizando una corta escalinata.

Lord y Akilina se situaron en un hueco entre almena y almena.

Ante la muralla del Kremlin, hasta donde alcanzaba la vista, se extendía la multitud. Las agencias de prensa acababan de calcular su número en dos millones. Habían ido llegando a Moscú durante los días previos. En tiempos de Nicolás, una coronación se habría celebrado con fiestas y bailes. Thorn no quiso nada de eso. Su país, arruinado, no podía permitirse tales lujos. Había ordenado que se levantase aquella plataforma y que se hiciera saber que a las doce en punto se mostraría en ella. Lord tomó nota de la puntualidad del Zar: en ese mismo momento, el reloj de la torre empezó a dar las doce.

Los altavoces distribuidos por toda la Plaza Roja hacían llegar a todos unas palabras que, seguramente, resonarían en el país entero. También Lord fue presa del entusiasmo. Lo emocionó aquella proclama que, durante siglos, había sido el grito al que se congregaban todos los rusos en busca de caudillo. Cuatro sencillas palabras que brotaban una y otra vez de los altavoces. También él se puso a gritarlas, con los ojos húmedos por lo que querían decir.

Larga vida al Zar.

NOTA DEL AUTOR

La idea de esta novela me vino durante una visita al Kremlin. Al igual que en mi primera novela, *The Amber Room,* quería que los datos fuesen exactos. El tema de Nicolás II y su familia es fascinante. En muchos aspectos, la verdad de su destino final es más fulgurante que la ficción. Desde 1991, que fue cuando se exhumaron los restos de la familia real de su anónima sepultura, viene manteniéndose un gran debate sobre cuáles de los hijos de los Zares son los dos que faltan. Según un experto ruso, que fue el primero en examinar los huesos y que llegó a sus conclusiones por medio de la superposición fotográfica, ni María ni Alexis estaban en la tumba. Luego, un experto norteamericano analizó muestras dentales y óseas para llegar a la conclusión de que quienes faltan son Alexis y Anastasia. Yo opté por Anastasia por la fascinación que en torno a ella se generó en su momento.

Unos cuantos detalles más.

Hay de hecho un movimiento monárquico en Rusia, tal como se describe en el capítulo 21, pero la Santa Agrupación no existe en la actualidad, sino que es fruto de mi imaginación. Los rusos están asimismo fascinados con el concepto de una «idea nacional» (capítulo 9) capaz de obtener el apoyo popular. La que en este relato se utiliza es mía, y muy simple: Dios, Zar y Patria. También se da el caso de que a los rusos les encantan las comisiones y suelen delegar la adopción de decisiones importantes a algún colectivo de ese tipo. Lo lógico es pensar que la elección de un nuevo Zar se plantearía así.

Las secuencias retrospectivas (capítulos 5, 26, 27, 43 y 44), en que se relata lo que ocurrió durante la ejecución de los Romanov y momentos posteriores, incluido el extraño modo en que se deshicieron de los cuerpos, están basadas en hechos reales. He tratado de recrear lo sucedido a partir de lo contado por quienes participaron en los hechos. La tarea era complicada, porque había relatos contradictorios. La fuga de Alexis y Anastasia es, por supuesto, pura invención mía.

La carta de Alejandra (capítulo 6) está inventada, salvo por el detalle de que muchas frases están tomadas al pie de la letra de otras cartas que Alejandra envió a Nicolás. La relación entre ellos era de auténtico amor y auténtica pasión.

La declaración jurada de un guardia imaginario de Ekaterimburgo que se cita en el capítulo 13 es un documento real.

Las predicciones de Rasputín están recogidas con fidelidad, con un solo añadido de mi cosecha, en lo tocante a la «resurrección de los Romanov». Sigue siendo objeto de debate que fuera realmente Rasputín, durante su vida, quien hiciese las predicciones, y no su hija, una vez muerto él. Lo que está claro, sin embargo, es que Rasputín ejercía un efecto sobre la hemofilia de Alexis. Sus esfuerzos en este sentido, tal como en esta novela se describen, están tomados de testimonios reales.

Lo que se cuenta de Félix Yusúpov es todo verdad, salvo lo tocante al plan para salvar a Alexis y Anastasia. Desgraciadamente, a diferencia de mi Yusúpov, que es, a fin de cuentas, un hombre honorable, el auténtico nunca llegó a comprender que el asesinato de Rasputín había sido un disparate y había causado un grave daño a la familia real.

Yakov Yurovsky, el oscuro bolchevique que asesinó a Nicolás II, está retratado con exactitud, casi siempre con sus propias palabras.

Los trabajos de Carl Fabergé son todos auténticos, menos el duplicado del huevo Lirios del Valle. No resistí la tentación de meterlo en el relato. Esta obra maestra parece el lugar perfecto para ocultar fotos de los herederos sobrevivientes.

El árbol de la princesa detallado en los capítulos 40 y 42 crece en la zona oeste de Carolina del Norte. Su relación con la familia real rusa también es auténtica. Las encantadoras Blue Ridge Mountains bien pueden haber constituido un perfecto santuario para los refugiados rusos, porque (como comenta Akilina en el capítulo 42), la zona es muy similar, en muchos aspectos, a ciertas partes de Siberia.

El *borzoi* (galgo ruso), que tan importante papel desempeña en el relato (capítulos 46, 47, 49 y 50), es una raza muy ágil y enérgica y, en efecto, está relacionado con la nobleza rusa.

Quede claro que Nicolás II no fue, en modo alguno, un gobernante bondadoso y benéfico. Los comentarios negativos que a su respecto hace Miles Lord en el capítulo 23 son correctos. Pero ello no impide que lo ocurrido a la familia Romanov fuese una verdadera tragedia. Las muertes de la familia Romanov que se cuentan a lo largo de la novela ocurrieron todas en la realidad. Hubo, de hecho, un intento sistemático de borrar el linaje entero. También es cierta la paranoia de Stalin ante los Romanov, y su ocultamiento de todos los documentos relativos a ellos (capítulos 22, 23 y 30). Imaginar una resurrección otorga cierto sentido a su espantoso final. Desgraciadamente, el hecho es que el destino auténtico de Nicolás II, su mujer y tres de sus hijas no fue tan romántico. Como se detalla en el capítulo 44, tras la exhumación de 1991, los restos de los Romanov permanecieron en un estante de un laboratorio durante más de siete años, mientras dos ciudades —Ekaterimburgo y San Petersburgo— se disputaban su posesión. Finalmente, otra nefanda comisión rusa optó por San Petersburgo, y lo que quedaba de la familia recibió sepultura, con fastos reales, junto a sus antepasados.

Los enterraron a todos juntos. Y quizá fuera lo adecuado, porque, según todos los observadores, en vida fueron una familia muy unida por el afecto.

Y así, en la muerte, seguirán.

Impreso en el mes de mayo de 2006
en Book Print Digital, S. A.
Botánica, 176-178
08908 Hospitalet de Llobregat
(Barcelona)

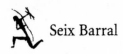
Seix Barral

España
Av. Diagonal, 662-664
08034 Barcelona (España)
Tel. (34) 93 492 80 36
Fax (34) 93 496 70 58
Mail: info@planetaint.com
www.planeta.es

P.º Recoletos, 4, 3.ª planta
28001 Madrid (España)
Tel. (34) 91 423 03 00
Fax (34) 91 423 03 25
Mail: info@planetaint.com
www.planeta.es

Argentina
Av. Independencia, 1668
C1100 ABQ Buenos Aires
(Argentina)
Tel. (5411) 4382 40 43/45
Fax (5411) 4383 37 93
Mail: info@eplaneta.com.ar
www.editorialplaneta.com.ar

Brasil
Rua Ministro Rocha Azevedo, 346 -
8.º andar
Bairro Cerqueira César
01410-000 São Paulo (Brasil)
Tel. (5511) 3087 88 88
Fax (5511) 3898 20 39

Chile
Av. 11 de Septiembre, 2353, piso 16
Torre San Ramón, Providencia
Santiago (Chile)
Tel. Gerencia (562) 431 05 20
Fax (562) 431 05 14
Mail: info@planeta.cl
www.editorialplaneta.cl

Colombia
Calle 73, 7-60, pisos 7 al 11
Bogotá, D.C. (Colombia)
Tel. (571) 607 99 97
Fax (571) 607 99 76
Mail: info@planeta.com.co
www.editorialplaneta.com.co

Ecuador
Whymper, N27-166, y A. Orellana,
Quito (Ecuador)
Tel. (5932) 290 89 99
Fax (5932) 250 72 34
Mail: planeta@access.net.ec
www.editorialplaneta.com.ec

Estados Unidos y Centroamérica
2057 NW 87th Avenue
33172 Miami, Florida (USA)
Tel. (1305) 470 0016
Fax (1305) 470 62 67
Mail: infosales@planetapublishing.com
www.planeta.es

México
Av. Insurgentes Sur, 1898, piso 11
Torre Siglum, Colonia Florida, CP-01030
Delegación Alvaro Obregón
México, D.F. (México)
Tel. (52) 55 53 22 36 10
Fax (52) 55 53 22 36 36
Mail: info@planeta.com.mx
www.editorialplaneta.com.mx
www.planeta.com.mx

Perú
Grupo Editor
Jirón Talara, 223
Jesús María, Lima (Perú)
Tel. (511) 424 56 57
Fax (511) 424 51 49
www.editorialplaneta.com.co

Portugal
Publicações Dom Quixote
Rua Ivone Silva, 6, 2.º
1050-124 Lisboa (Portugal)
Tel. (351) 21 120 90 00
Fax (351) 21 120 90 39
Mail: editorial@dquixote.pt
www.dquixote.pt

Uruguay
Cuareim, 1647
11100 Montevideo (Uruguay)
Tel. (5982) 901 40 26
Fax (5982) 902 25 50
Mail: info@planeta.com.uy
www.editorialplaneta.com.uy

Venezuela
Calle Madrid, entre New York y Trinidad
Quinta Toscanella
Las Mercedes, Caracas (Venezuela)
Tel. (58212) 991 33 38
Fax (58212) 991 37 92
Mail: info@planeta.com.ve
www.editorialplaneta.com.ve

Grupo Planeta   Seix Barral es un sello editorial del Grupo Planeta www.planeta.es